本书为国家社科基金一般项目"美国华文报刊文学资料整理与研究（1937—1949）"（批准号16BZW126）阶段性成果

本书获广东省高水平大学建设项目资助

抗战中的文学崛起

20世纪40年代美华文学资料选编

李亚萍 编

暨南大学出版社
JINAN UNIVERSITY PRESS

中国·广州

图书在版编目（CIP）数据

抗战中的文学崛起：20世纪40年代美华文学资料选编/李亚萍编 . —广州：暨南大学出版社，2021.7
ISBN 978 - 7 - 5668 - 3161 - 3

Ⅰ . ①抗…　Ⅱ . ①李…　Ⅲ . ①华文文学—文学研究—世界—现代
Ⅳ . ①I106

中国版本图书馆 CIP 数据核字（2021）第 105927 号

抗战中的文学崛起：20世纪40年代美华文学资料选编
KANGZHAN ZHONG DE WENXUE JUEQI：20 SHIJI 40 NIANDAI MEIHUA
WENXUE ZILIAO XUANBIAN

编　者：李亚萍

出 版 人：张晋升
策划编辑：杜小陆
责任编辑：康　蕊
责任校对：苏　洁　陈皓琳　林玉翠
责任印制：周一丹　郑玉婷

出版发行：暨南大学出版社（510630）
电　　话：总编室（8620）85221601
　　　　　营销部（8620）85225284　85228291　85228292　85226712
传　　真：（8620）85221583（办公室）　85223774（营销部）
网　　址：http：//www.jnupress.com
排　　版：广州良弓广告有限公司
印　　刷：佛山市浩文彩色印刷有限公司
开　　本：787mm×960mm　1/16
印　　张：18.25
字　　数：298 千
版　　次：2021 年 7 月第 1 版
印　　次：2021 年 7 月第 1 次
定　　价：69.80 元

目 录

下编　20世纪40年代美国华侨文艺论争资料选录

上编
20 世纪 40 年代美国
华侨小说选录

夜

余学仁

秋是潇洒的；秋的夜更是潇洒中带有着陶醉的气氛。

百老汇给那从西天抽起的晚纱覆盖了后，统制了的灯光，在这么的一个世界里酿成了魅人的感觉。

泰晤士方场上，光亮的汽车，甲壳虫似的，那么地一连串，一丛簇，来往地交织着。雾地里，交通灯柱上的绿十字换掉了一个红色水的；那站在十字路上的警士，魁伟的个子，穿了一身整洁的深青制服，那么傲岸地吹了一声哨子，接着扬了扬手，一个熟练的姿势，浮在他的身外；跟着，也是一连串，一丛簇的光亮车子，横面地穿织起来，代替了那纵面的，泰晤士报馆的流动电光时事要录，一排排用灯光砌成的字体，映入过往拥挤着的行人底眼睑，可是人底心太凉快了，是的，都陶醉了在这个潇洒的秋的气氛中，对这时事的报告，起不了怎么样的反应。斜对过去的派拉蒙戏院，一幅在放映着的明星照相挂起，多珞琲，蓝姆尔的美娟照相，在一连串小灯光下贴着！一只翘起的丰圆大腿，那陶醉人的，引诱过客们底瞳子，一对青年的男女在面前站了站，青年的绅士说：

"看，她又来那么的一个了！"

"唔，我就是喜欢她的这一类作风……"女的答。

跟着，一双头贴近，低声地咕哝了几句，在影院的入道消失了。

斜对面，穿过了马路，服装公司的门上，一幅广大的骆驼牌子香烟的广告：一个兵士的头像，圆的口洞，不时吐出一阵阵青的烟云；旁连着的，是幢幢的立体东西，"他辅"大旅店就占了这一堆高峰；对峙着的也有一堆，两下里并迤着，奔展开去，一对峭崖似的，马路便成了纵横交流着的暗昧的流域。

季候风从北海一口气赶上来，在空间作了一个旋舞，撒下了一束冷箭，向人们没防备的地方突袭，使行人更鼓急了他们的步武和零乱。

"阔！"一辆一九四二式的普立谋夫敞底流线型车子，在行人道边响了一声，突地停下来了。

车是停在夜总会对门的路边，穿着红色将军服式的仆欧①，恭谨地走过来，"沥"地把车门放开了，便探出了一个东方的面孔，接着，整个身体也走出来。

"晚安，先生。"仆欧微笑地，略俯着腰，轻轻一摆手。

这东方面孔的绅士，正了正鼠灰色的呢帽，向前走了几步，便一脚踏在夜总会大门口上的一片黄铜板级上，一对明亮的玻璃门子，无声地掩开了，待他穿过后，门又悄悄地拢起来。

一道红的光波，红的，红的，红的……

一道绿的光波，绿的，绿的，绿的……

一簇滚动着的人，滚着，滚着，滚着……

音乐，旋律，伴着人们的腿下飘起，把人们底感觉和意识都飘起了，在一团红的绿的烟雾里摇荡。

倏地，音乐止住了，团舞着的人们，断了联系的珠链般，零落地散回各自的座位上，空场上只剩那荡漾着的烟霞，语声开始在座间流动着……

"哈啰，蜜斯脱范，怎么了，独个儿站在这里？"

一个声音，像一串银铃，在蜜斯脱范底耳后响起来，我们底蜜斯脱范把飘荡着的感觉，从烟雾中条理下来，头儿循声的方向转去：高翘的卷发下一张丰润的脸孔，一对浅黛了的长睫眼儿，夹着一条棱峻的鼻子，底下是两片红红的唇，在那圆滑的下颔上；淡绿绿的轻盈晚裳把这么一个中度的身儿裹住了，只留那隆突的胸前的一段空白，一片柔腻的肌肤，中分一道玄妙的缝隙，神秘的缝隙！目光往下扫，便是一双圆美的腿，踏在黑色的斜跟鞋儿上。

"哈啰，我底美丽的娃儿，安娜！——怎么了？不是为的找你吗？"

人是站起了，迎将过来：

"唔，笑话，找人，站在这儿找得着了？——来的这样迟，我不依你的——该罚！"

一双手捉住了蜜斯脱范底臂儿，指儿是那么柔皙，染着红红的指甲，像章鱼底爪上的吸盘，把他牢牢地吸的紧；高翘的卷发下的丰润的脸儿，斜斜地挂在他底肩上。

"好，你罚吧，怎么样罚法，五百条舞票还是三十杯香槟？"

"谁和你打价？"

"那么拉倒——一块儿坐下来再说？"

---

① 编者注：英语 boy 的音译，亦即仆役。

两杯红的酒，像人间的血，提起呷尽；再来一支黄的酒，像人间的汗，蜜斯脱范高高地举起，黄澄澄的液体，透过了这，蜜斯安娜底那么婉媚的身儿，一起放到唇上——呷干！

"再来一杯白马牌！"

"这里要威士忌！"

"白兰地——要陈年的！"

"香槟，香槟，香槟！"

各处的座间，传递着要酒的语句，蜜斯脱范底兴奋，可真给掀到了顶点来。

突然地，几声大鼓，一支高亢悠扬的笛子吹起，一支曲子奏起来了。

各人连忙找着他们底伴侣，把兴味、动作，都溶在旋律里去。人是一对一对的在旋动，音乐送到他们底耳里是旋动，甚至连天地也都旋动，旋动，旋动……

一支曲子的完结，跟着就是另一支的开头，像大西洋上的波涛，那么汹呀汹的，似乎再没有竭止的时间，人们随伴着，把各自的时间、金钱、感觉，统在这上面流走了，还是兴致十分地，像一盘永不停息的陀螺，一丛簇地舞下去。

"我的爱，你可要听一点东西？"

"什么事情？"

"你想，今天我们在圣约翰酒店晚餐后，我便直到新世界珠宝店取那镶玉钏，见着了那里的老板，他对我说：'这是一片少见的名贵玉钏，如果再有一片让给我，随时我都可以出一千块的代价，因为有一位上议员底夫人看中了这'。但是我说只这一片，是由我底一位中国好友送的。"

（离国前夕从妈的首饰箱里见到的两片玉石情况，在他底脑间震了一下。）

"这样，你可拾到了一条发财的捷径哩！"

"我不依的，怎么人只说一些趣事出来，你便要嘲笑人了！"

"这么一小点也忍不了？"

一支曲子尖锐地飞起，盖过了一切的声浪，穿过了烟霞底笼罩，从四壁下反射回来，沈在团转着的人堆上。

"唔……唔……唔……啊……"

蜜斯脱范轻轻地从喉间哼起朦昧的谱调，拍和着那支歌曲，不一会，笛声低降了，跟着便停歇下来，大家又重复像断了联系的珠链般，零落地散回各自的位上。

"两杯香槟!"

"怎样了，今夜的玩意?"

"还有一件未有达到——Miami。"

"没有底的心潭。"

"什么，不是为了你，我就永没有应允过人家的约会!"

"——但是，也没须这么的快。"

"威廉士今天来的信，是催我们在这两天内动程哩。"

"看着，真的在这里也玩得有点腻了，好，就在明天下午，和你一起去吧!"

蜜斯脱范偶然地抬了抬头，从蔽眼的烟光雾彩中，现出了一张斗方的脸庞，浓的眉，一丛小胡覆住一个阔的嘴，伴着一个蛋儿形的面孔，纤眉秀眼，小红口边挂了朦朦的浅靥，——正向着他们的座上行来。

"安娜，看，这里他们到了!"

"哈啰，露丝，蜜斯脱黄，怎么才来了?"

"啊，哈喽，你们早在这儿?"

蜜斯脱黄张开了小胡子下的阔嘴，咔重的声音，飘送过来，趁势在安娜的位旁坐下。

"怎么，今天的节目好吗?"

"我就觉得不错的——露丝，怎么你们就这样的迟，马场的战绩怎样了?"

"呵，今天? 我倒也获到一点利，他却赢了不少呢。"

一阵娇媚缠绵的语音，从红红的小口里迸了出来，左口边的笑靥，明显地浮上了。

"老黄，好运气?"

"运气不算得是好，只可说是不幸中之幸罢了。"

"什么?"

"什么? 我险些儿忘了告诉你——"声儿放轻了一点，头也移近向蜜斯脱范些："今天由行里转来了一封电，是由舍弟在重庆发出的，说香港陷落后，府上和舍间全都逃回乡去；不料上月十七日，日军从南溪登陆，第二天就把乡占了，舍下只逃出了贱内、舍妹和小儿国新；府上只逃出了令弟雄文，他们现都统在重庆公馆里，只是尊夫人和令寿堂却说失踪了，至今尚未找着；其次他还报告了港、星、乡、沪各地我们的损失，查实你的数在八十万元上，我的也有七十多万。"

"完了——"一个思想轻轻地浮上了蜜斯脱范的脑间。面容跟着闪了一闪，可是他马上用他底稳固的理智力镇压下来，在嘴角上抹了一道浅笑说：

"在我出国时早就知道香港不稳，不过为了国家贸易处和这里的出入口银行接洽期太迫，使我未遑把他们布置下来，至有今日！"

"这场战争是起于仓卒，恐怕你老在香港反吃虚惊不少哩！说起贸易处，上月的利益可也不薄呢，据舍弟说，只纯利上月就有七十多万，照七四二十八的算法，你我的收入，就不是有二十多万吗？"

"嚇，你们有什么秘密，需用你们的言语来说？我们是不依的？"

安娜扮着含嗔的容态，一手搭在蜜斯脱范底颈上，头就凑上去，趁势恰巧他底脸转回来，两张脸就打在一起，"唧——"一个吻在丰圆的脸上：

"爱的，不要嗔，没有秘事，我们就不说吧！"

"冬，冬，冬隆……"又一个节目展开了，老黄给露丝一把提了去，这里安娜也章鱼似地抓住蜜斯脱范底身躯，旋了入移动中的人群。

舞，舞，舞，不要停止地舞下去！

饮，饮，饮，饮尽那杯杯的香槟！

为的想涤去胸中的一点烦郁，蜜期脱范抱住了安娜不停地旋舞、痛饮，时间底行程不经意地在歌乐中流尽了。

最后的一支曲子由疲乏的乐队吹奏出来时，客人已剩了寥寥几个，老黄颓醉地摇动着他的阔脸，由露丝扶着，对他们说了声"再会"便溜出舞场去。

肥短的老板，照例陪着笑脸和他俩玩笑了几句，才把他俩送出到场外底车里来。

"阔——"喇叭响了一下，一辆光亮的车子负着了这一对疲乏的人，在一条康坦悄静的大道上溜去，几点疏落的街灯憔悴地蜷伏在高耸的建筑物下，冷峭的秋晨之风，觉微微地从人底毛孔渗入，使人起了寒颤的感觉。

蜜斯脱范支了沉重的脑壳，倚在车里的沙发垫上，意像惝恍，胸中的一点烦郁膨胀了起来，幻成一段段翻覆着的思潮——

一封电……妻和妈失踪了……失踪了？！……日军从南澝登陆！……港、星、乡、沪的损失就七十万……

莫非雌底劝购十万元公债……一张扁小的红口，轻快地动着，……有钱出钱，有力出力，你范先生百万富豪，十万元购债，算不了多，国危还不力救，怕国亡后成了犹太富人般，报国无由了！

自己底意思：购债的名誉是要的，便是十万元也太多了，还是一万元消案……结果还不是一样丢了吗？……当时可不会拿港地的两行捐出去，还更获好名，说不定国际贸易处长的交椅也有份儿！……

贸易处上月的利益就不下七十多万，假使自己名誉高大一点的话，组织时把他统揽下来，现在可不是成功了一件美的事业吗？……

完了，港、星、沪、乡的财产——八十多万……

莫非雌扁小的红口轻快地吐出的说话……

"唔，都是自己弄不来！"

他一瞬眼，旁边的安娜正甜蜜地倚在位上睡觉，她一上车便没有说过话，闭上眼睛直到入睡了。

一个好玩意的去处，就在今天的下午，姑且解解闷再说……

东方的天角，裂出了一条淡黄的晨光，那么地鲜嫩的，照到暧昧的大地来，从车窗的玻璃入流上了一道暗光，看见蜜斯脱范那张在鼠灰色呢帽下的瘦削脸庞，高鼻厚唇，一双憔悴的眼睛瞪着车窗外的景物。

大地已经是在向光明滚去，只蜜斯脱范底思潮尚那么地翻覆着！……

"阔——"车驶入了一条横道去，一阵青烟遗在冷静的空气中飞舞，把事的影子也遮没了。

（《华侨文阵》1942 年创刊号）

夜踱街头

翼不郎

西区的屋宇是挺新的，和陈旧的东区比起来，像两个不同的世界。

百老汇，竞争着生意的夜总会，细意斗妍。过门前，鼓弦音韵打动着人们的心，看吧！男的女的，一双双、露背长裙、新发装、扮得很漂亮的女人们，高个子、大块头、光秃老头子，多是鲜衣美容，拥进拥出，川流不息地活动着。夜深了，夜总会同一街头上，差五六间铺位的距离，一间高五六层的大楼宇，楼的灯光照射出街外，不是老建筑，也不是新楼宇，相当雄伟，巍然地和别的建筑物一起矗立着。

正门面是一间咖啡店。生意正当兴盛的时候，坐满了人，这店是离街上水平够高的，下边还有一边"半土库"① 街沿和"土库"的门口也只差半截门的深度。"半土库"有大门口通街外，门旁有石阶，上咖啡店去的。"半土库"内有几个人，在明亮的灯光下，手不停地工作着。白天你可以看见到有人拿一包包的脏衣服入去，只要看到那堆积如丘样的、用各色各样纸理成堆的脏衣，就知道这是一间相当好生意的洗衣馆了。

老炳是店主，儿子是助手，另外一个老李是他的妻弟，这衣馆是老炳的生活泉源。除自己的老婆是父亲给他娶来之外，他返了三次唐山② ，筑新屋、买田地、养儿子，以及儿子们的教育经费，全由这小小洗衣馆用手和力磨出来的。虽然一生的时间都化在"半土库"，前几年他倒非常满意自己的收获成功，不是吗？大儿子结了婚，女儿出嫁了有钱人，二儿子到了美国来，接连着大媳妇生了孩子，而且是男孩。

情形不同了，如今肥壮的身躯变成面色枯黄消瘦，他痛恨儿子们的不肖。大儿子吃上了鸦片烟，常日流连赌档烟窟。本来自己打算供给他大学读书的，他不去，反化清了学费，从广州奔回来。自己老妻也死了，现在唯一的希望寄托在小儿子旦国身上，但青年人多么不争气，不循规矩，也

---

① 编者注：这是唐人街常见的一种半地下室性质的车库，常被华人出租用于住人或开设洗衣店，条件比较艰苦，很多经济拮据的华人常寄居于此。

② 编者注："唐山"指华人在中国的家乡，并不确知何地，以此代称故乡。

只知道化钱，买衣服吃大餐，只知道反对他。他年老了，时常因指摘他而遭他反击痛骂的回复。

有人对他说，不应和儿子娶老婆，害了儿子还不自觉，他以前不明白这个意思。"我的老子不是会找一个女人做我的老婆吗？我们夫妇和谐，我却争气做工赚钱养活和创造一个大家庭。"他感慨着，现一世代的后生是不感激父母的恩养的。

衣馆里头父子两人，不问不答，寂寂无声的，除了助手一个间或和他们父子两人说话外，简直是一块布满仇怒怨气的地方。

任由他常常向别人诉苦，儿子总是不改态度，贯彻到底，中间也曾两度逃走，离开父亲，往别人处去做工。堂叔伯们调解结果，第一次走后几天回去，到第二次堂叔伯调解也不行，后来经这位助手的调停方才应愿回去。助手是青年人的小舅父，和外甥平时是讲得拢的，结果条件要阿舅一起去做，小舅父不得不答应，才保持现在的状态。

他老了，说是做工也只是帮帮手，再劳苦是不行的。

令他最不满意的还是儿子的脾气，他常骂客人，痛骂"白鬼"。他以为客人是骂不得的，骂了会损失生意，"你们这代还好，吃气很少，以前白鬼更可恶的，除了言语不逊外，石头子会像下雨似的落在我们的头上来哩。可我们猛虎不及地头龙，我们会忍辱。""哼，没种没气的白鬼！"儿子总不和父亲搭头。

一天，儿子为了洗坏的衣服和"白鬼"动起武来，急得他发昏，连忙推开儿子，歉意地调解那件他认为将起的大祸，结果这一空反为"白鬼"所乘，用力一拳，反把他击落地上。

夜间，这小"半土库"收工的时候，街上汽车还飞驰驶过，喇叭也间歇地乱响，而夜总会的闹兴正当浓盛。老炳患失眠，有时候辗转床上，反侧不成梦儿，这大概是年老的原故，而他的床是单人的木板凑成的硬床子。全铺的中段，是一睡宿房间，内边有床三张，除他的木床之外，还有两张小铁床，在离木床不远的地方，并排地布列着，成了一个"川"字的形势。

他睡不着的时候，坐起来，喝一口"水烟筒"，气一吸，水声咕咯咕咯地响，青年人都是瞌睡虫的，从来不给这惊醒，老炳偷偷地看一看妻弟，一忽儿又移过视线集中于自己儿子的床上来。他这时能清楚地偷看儿子，自己又是一阵快慰。儿子这么年轻强健，倒也是好模样儿，比自己漂亮多，这是自己血统，老妻勤劳吃苦养育成的一个好模样。他欣喜、自慰，对儿子的怨恨突然消了许多。瞧了又瞧，躺下去重起来，他感觉有儿子的可喜、老妻死了的可悲，这样继续想下去，总是睡不着的了。

脑壳间尽是演上儿子，老妻，儿子……

再回想到日间工作的当儿，父子间仍然高墙石壁隔开了一样，不闻不问地维持这关系，于是又摇头叹息。

老炳从前有一个意思，想打发儿子回唐山去，而他不愿接受父亲给予的盘费，反而这样说："我不是你了，祖父可以给钱使你返中国，给我是不行的。"这使老炳格外惊奇和不解，青年人反了，反了，叫他们去东，他们索性走西，难道凭经验走出来的路会错的吗！

送儿子上英文学校读书，这事老炳起初很反对，几经人的怂恿才答应了。所以他的儿子初到美国时，读了年多的英文，会说会写。这倒使老炳惊奇了，为什么自己来了三十多年的美国，连通常英文会话都不懂，儿子会学的比自己高强，显出一代胜过一代。于是以前的"识英文是坏蛋，揽女人至流落番邦"的定义也无形中消了几分真意思。

每当星期六晚，儿子独个下街去了，唐人街上，常见衣服完整、光滑发装的三四个青年人做一队儿，他的儿子就是其中的一个，他们集体的看戏、逛街。有汽车，虽旧得可怜却还胜于无车可乘的，有时还见他们挟上几个女人，御着车巡回地兜风。

这些女郎都是中国女人，看上去像在美国生长的。

老炳接了很多报告关于这类的事情，自己认为忍无可忍，但事实证明，对儿子的训责也再不见效用的了，虽然无可忍，但不能忍也别无善法，于是还得忍下去。

痛苦和容忍下过活着，这变成每晚失眠之际来磨折他的中心。

新中国戏院名旦登台，老炳早已听到这个消息，在六点钟已入场，真出人意料之外，以为最早入场，而座上已满了八成，他的座位在中间旁边，找到原定的号数，坐下去，跟着人如潮水似的涌了入来，堆得那个大空间成了一个实人的大堂了。

看戏的多是老炳的相识兄弟和朋友，没有座位的站着也要来，曲腰的老伯父、戴近视眼镜的秃头子们，站起来顶辛苦的，他们可不介意。

台上落力做戏，台下凝神静看，有时观众惊动的目张口呆，有时欢笑而打掌。

老炳对隔邻的老友说："不错，究竟名不虚传，唱情做作，都保持十多年前的上乘功夫，没有变动，好，顶好，非常好！"

戏完人如水的涌出来，老炳也跨过了阴暗的东百老汇路，由这里回华埠有两路可行，但东百老汇路和桥头（布碌仑桥①）交界处，很阴暗的这一条是转回华埠的捷径。他正在走过，猛不防间，两个人跳了出来，老炳一急，慌了起来，略略辨认，原来是"番鬼"，反抗也不及了。他们将白布把他的口完全塞住绑紧，一个高汉把他双手朝后一夹，动不得，很和平，无争执像一个羔羊了，另一个肥汉就在老炳全身搜一遍，掏出了好多钞票和手镖，还有很多零星东西。

他们达到了目的，便一推手，把羔羊摔在地上，临走时还一脚蹬在老炳的肚子上，这一蹬老炳伤了，不知几时给人发觉抬往医院。

这一蹬给他们父子俩一个和平谈判的大机会。病院里，旦国常常去见父亲，老炳的伤势颇重，或者从此不能再作工，但儿子的反常，使他欢慰多了。

无头公案，要告谁，这儿的包龙图是白脸的，也没有张龙赵虎会得捉风套鬼，无头公案就终于无头公案而已。

老炳因伤势过重，热度体温也随之增加，医生说："还要鲜血注射才行。"

"两个番鬼，一高一肥，一高一肥的……"老炳有时神志昏迷起来呓语着。

虽然老炳不主张复仇，他怕生事，"过去的了，由他们吧，我们来金山志在挣钱，不是志在斗气的"。他说。

离这事情发生后几天内，旦国态度默然，工也不做了，叫别人代替，自己到唐人街上来吃和打麻雀，有时去看看老炳。

一到黄昏，吃饱肚子，伸伸腰，朝百老汇走来，净在这条街上走来走去，走了好几夜了。一个月夜，月色照耀着睡眠的世界，新中国戏院也早完了场，不特管弦沉寂，而且，人亦散去，像潮退后的海滩，又像旅客过后的沙漠，一片静寂。

旦国一边抽烟望望明月，看看阴暗的街角，转入去亨利街，又转了出来，别街上也见他的踪迹。

踱来踱去，踱来踱去。

于是就这样子，月落了，太阳上升，除了时钟管着时间的推进，没人知道，黑暗的宇宙忽如换穿明衣了，人声的嘈杂，也随钟头的过去而增加了，汽车渐飞驰来往于各路间。

派牛乳的人管着马车慢慢的沿门分派着，正是一个好早晨。当他跑到

---

① 编者注：即现在的纽约布鲁克林大桥。

一个偏静角落的街尽头去处时，发现卧在地上的尸体，血流地上，被利刃刺毙的，一高一肥。

"一高一肥"——仇恨的代价，谁干的?! 也就是谁干的。

从华埠到这块角落的街尾尽头，不很远。

(《华侨文阵》1944 年第 4 期)

琴 音

翼 不

"看啊，这不要脸的野货！"

"肥胖了，看来体面些呢，姓马的多够功夫。"

"肚儿似乎涨大呢，后台高，哼，好生养！"

前面街中横踱着一个女人，丰润的脸色，油晃晃的，长发向后披，粉红匀白的额头，丁圆的鼻子，一个时时像笑的嘴唇，转着臀儿，活活泼泼，她，从右边踱过左边街来，显然有点气喘，大热天，白绸布都不通凉，点点的汗珠，从体内分泌出，透过她的白绸套，隐约贴着肉块。

街角上站着三个青年，眼睛朝她钉送着，窃议着，像他们的样子，多风凉，暑天对他们没有丝毫威胁似的，看行人东西往来，尤其是女人，是他们议论的对象哩。谈人家的长短底细，也是消夏的善法呢！

她终于消失在人丛中，而不久，在另一街头上，她又重次出现于人们的眼帘，在一间洋楼梯旁跑上去。这块地方是住家区域，店户冷落，连车辆都只三三两两地行走，和兴旺的大街，鱼贯情形相差太远了，小孩子们，自由地、天真地逛游街上。这是离华埠不远的去处，也住着很多的中国人。

是的，结婚后的她，生活立刻变换了形式，变换了心情，多少总算得到新的安慰。南是不错的，就是想也想不到、梦也梦不到如今的境遇。自己最憎恨那些老头儿，南的父母不是离开远远吗？这样下去，或者新生活会继续延长，继续发放美丽的鲜花，平地里，心头顿觉清朗，精神立刻振奋起来。养孩子，吓，我和南只须要一对，一对就足了，男的女的。南工作辛苦，夏天应该休息休息，是呀，每年夏天到避暑埠避暑去，今年不行，我们结婚费用耗去过多，买钢琴不成事实——既然要做人家，家里连钢琴都没有，成吗？明年必定要买一个。还要添置些"摩登"家私，美尔士百货公司设计的家私不错，全副家庭桌椅布置，只是五百九十九元，单单的五百多元，钢琴二百元，七百多元，七百多元，数目不算大呢。

她计划着美满的前途，益发看重了她的南，如同耕种人看重他的牲口一样。当丈夫从辛苦工作里放工回来，晚餐预备好等候着，饭后还到浴室去放满一池热水，叫丈夫洗澡哩。这不为别的，明明白白，除了南，别人不给实现这样的企求的。其实，这希求并不太大，白种人的家庭里，不是如此这般设置吗？白人丈夫们，不是拿来作应办的事吗?! 还有啊，我必定要养条狗，一条强健的德国狗儿，看门喇，做伴喇，南日间返工去，岂不是很寂寞吗？自己上街呢，不牵着狗儿也不见得体面的，我还得买衣裳，春夏秋冬的款式，愈多愈好，天天可以换一套……

提起了她，是有根底的，母亲从中国来，爸爸是一个厨师，她们住在离华埠较远的布朗市里，一兄两妹。母亲年轻时已从中国回来，闲着便把很多祖国事，讲给他们兄妹听，譬如，讲到贼匪的多，如空中飞鸟样的，外祖父怎样被贼掳去，怎样因为年老气弱，受不了野汉们的虐待，怎样不及赎回就死在山寨里，死了。母亲还说，外祖父死了的消息传到村里来，外祖母一连哭了两天两夜呢！又说后来怎样全村的人，群起组织更勇来防守村子——更勇就是警察吧？带枪，不错了，就是警察了。还有呢，到后来，开了什么父老大会，父老是老头子，老头子开会，哼，议决预备入山，和贼们一决雌雄，后来呢，不知如何，没有结果。外祖父是有钱人，留下许多田地，母亲出嫁时，完全享不到半点财产分与，母亲恨舅父和背地里作祟的舅母们。她也不期然埋怨远在祖国的舅父母们来了，美国人公平，父亲死了，女儿亦可享遗产，应该哩！

母亲常常忆及家事，总滔滔不绝的唱家世，几百箩谷子的佃租收入咯，几多个婢女使用咯，舅父娶四个妾侍咯，她们都是旧时的家婢升格做舅母等等。

突然间，她起了怀疑，这怀疑还待母亲去解决。

"妈，什么叫做婢女？"

"哦，买断了的，长长久久在我家作工的女孩子啰。"

"做长工，多少钱工资的？"

"不，傻孩子，他们是没有人工①支给的，有吃有穿要钱来做什么？"

"她们的父母答应吗？她们没有男朋友替她们争论吗？"

"卖了，做妈的不能再有权去管女儿的事呢，做妈的得到了的是钱，有了钱，女儿是人家的了。"

"但她的爱人也不起来帮助帮助？"

"混账！我们乡下人没有这新花样的。"

---

① 编者注："人工"是粤语，指工资。

像压力一样的话，她没有勇气问下去，小小的心灵，起了一层云雾，这云雾凝着许久都消不清。婢女用钱买来的，要作没酬劳的空工，美国里头，那有这类事情，我不是有妈妈吗？隔邻的洋人夫妇雇用的小黑姑娘不是天天回娘家去吗？一个男人占几个女人做老婆，哦，几个老婆呢，大家一起睡觉，睡觉，二舅父和几个女人睡觉，可羞啊！

她渐渐的长大起来，母亲也已经说给她听过许多祖家事，村里人怎样耕田、住茅屋；什么庙堂里，供奉数十个泥菩萨，神像似人一般的高大；灵灵的，报梦呀；显圣呀；什么和尚是剃光头，莲花庵的尼姑还俗生孩子。还有一件事，母亲说了不知几遍，对客人面前，和她兄妹们讲往事时拿来做资料，就是全个区域的旱灾，母亲认为，这是她一世永不忘记的事。旱灾之后跟着闹饥荒，乡下那期间死了许多人，他们都是穷人，米贵得惊人，许多人吃糠皮度日。后来连糠皮都没有得吃了，吃树皮、挖草根，舅父到底有钱人，一家有存粮，一家康康乐乐，渡过了那难关，真是天生眼……

当时没有雨，田畴山岭都干枯萎黄，舅父有名望，集合乡人，开坛求雨，拜了几次神，化了很多钱，天神依然倨傲的性格，芸芸众生无法沾半点光。结果，那结果是一个胜筊杯①，—张签儿，那签儿说：你们触犯了天意，继续求神悔过，雨或者会洒下来。雨没有洒下来，远近的人，就通通饿了，病了，死亡。

"上天真晓意思哩，我的兄弟没有死，我还没有饿过半餐，平平安安过了这场灾难。唉，替苦替难观世音菩萨！"妈妈说到这里也叹起一口气来。

有一个明朗的月夜里，大地静寂，布朗市她的家里，在深夜，语声仍不绝的传出来，那灯光的踪迹，是从里面透出来，里头厅边角落的坐椅上，呆坐着一个女人，那便是她。凝思样儿，期望着对开座位上的父亲，父亲的老友钱伯伯，在滔滔不绝的发挥议论，母亲靠近火炉旁，男人们谈话，她也插上几句："光哥儿成了家未？"光，是钱伯伯的儿子。

"讲到他，忤逆子，他妈给他定成了一门亲事，索性不理，走了，不知那里去！"钱伯伯说时，露着悲苦的样子，柑皮皱脸，打起烘烘的暖意；"现在读书人要不得，只知道反叛、违命，难道我们老人家想过的事会闹

---

① 编者注：掷筊是传统的人与神灵沟通请示的方式，杯筊的材料是木头或竹头，由工匠削制成新月的形状，共有两片，并有表里两面外突内平的成对器具，杯筊的凸出面称为"阴"，平坦面称为"阳"，若一阴一阳叫做"圣杯"，亦即所求之事可得到允许。此处"胜筊杯"就是指圣杯。

错的吗！"

"读圣贤书好，这代小子们开口读新书，什么狗牛羊，入口讲争气，要不得，弃圣贤而不跟，学坏蛋！"

父亲很同情的样子，拧拧头儿，似乎说，这一代是狗猪生养的。

她听得莫名其妙，他们的谈话，她懂得半点儿，什么年轻人"走"，什么"没有用的青年"。父亲常对她说及祖国的读书人，怎样下苦功、中功名，羡煞乡里，怎样的懂道理，有势力，可以向公众拿钱，称赞得高贵万能。现在她多少同情光哥儿，光哥儿多像美国人呀，学校里先生说中国人呆板、落后，和不清洁的民族，是吧？但我顶清洁的呢，只有钱伯伯、父亲、母亲一流人才配称。我，我是在美国出世的人呢，美国人呢，我们美国人才是进步哩！先生很对，美国一切都胜人一筹，可不是吗?!

钱伯伯提议，把她的妹妹送入华侨学校读书，父亲赞成，母亲顶欢喜，并且说："练成几个唐字好，人家不会叫你们竹升①。"唯她不以为然，自己想：嚇，读什么唐书，乌蝇的装扮，怪难看的，我不是也读过吗？怪没意思的。

凭耳听来的、亲眼见来的，钱伯伯和父亲们是不对的，这可以用事实证明。她记得有一次，她遇着了一个人，那个人就是人人称赞的朱老师。哼，那老师，满口牙烟黑，脸色黄黄的，腰肢驼驼的，像一只骆驼，小鬼似狞笑，透苦了她的心房，嚇，读唐书的人有这酸相！

钱伯伯走了，大家睡觉去，她翻来想去，睡不着，脑海间浮现着强盗、辫子、衣服褴褛的中国人，说着小丑的口气，和荷李活②电影的中国演员一样，逗人发笑，跳跳蹦蹦，猴子样儿，幻想变成了一班穿漂亮衣装的洋人，美国人到底是文明百倍哩！

明天醒觉，懵松带倦，妈妈催着上学去，洗了脸，提着手袋儿，夹上书本子，梳妥了几条卷发，朝大街去。

上学的洋伙伴们，一班一队，一堆一群的：街上成了年轻世界，小娃们和顽皮子，有的跑，有的追，大些的女生们，短裙儿高吊，脚踝都露，大腿也露着一些儿，白白的嫩肉腿。搽上口红的嘴唇，在那里动着、颤着，叫着相等年龄的男孩们，勾引着男孩们。

男孩们走近来，贴住身边，并肩走，有的在嬉笑，有的相唾骂，不合

---

①　编者注："竹升"是粤语里"竹杠"的意思，"杠"与"降"同音，为避讳叫作"竹升"。竹杠由大竹子做成，中间多节而不贯通，所以广东人常将出生在美国的华人后代称为竹升仔、竹升妹，意即他们两边文化都不通，颇有讽刺之意。

②　编者注："荷李活"是好莱坞的早年翻译。

规的步伐，昂起头，吸唉新鲜空气。

她正跑在一群人的后面，阿兰迎上来，一同走。阿兰的家，也在附近，在学校里，她和阿兰之外，没有别的中国女孩子，读中学比读小学时不同，小学时的洋同学，不论男女孩子，都相亲相爱，到了中学，同学反疏远的，男同学不和她亲近不计，女的也渐渐憎恨了她。那一天她和约翰坐在一起，谈了些少时候，不是遭到她们的嫉忌吗？虽然，约翰是一个漂亮的爱尔兰人，很多女孩子追求着他，然而，追求是她们的事，我连讲话都不准和他讲吗？私地里鬼鬼崇崇，好不公平！

她和她们在街上碰着头，她跟阿兰刚刚从她们身边挨过，正走在前面，听到这样嬉笑，她脸红了，阿兰忿怒的怪相，突然浮现着。她们一班挑战人，跟在后面发出难听的笑声，她心里也突然涌上了波涛，自身立刻感到受人的袭击和侮辱。这从来受不起的侮辱，耳朵抽搐着，差一点打崩透了耳膜，一阵混闷轰上心来，脑儿受了影响已提出抗议，脑儿红光着，想立刻反过身来，给她们一点苦头吃吃。

但她们是一群人，自己一个人是战不过她们的，阿兰又胆小，况且自己也晓得中国人有点儿像不起人啊。由她们去吧，我们是中国人哪！

练成吃气态度，"受苦受不死人"的妈妈忠言，终于在这特殊环境下利用了。但人们对她呢，没有改变，总是不为她理想的来，人们的态度是如此不变，如此这般，通社会都受传染，中国人到底是中国人，什么"请请"。在公共场所，学校里、街上、谈话间、报章上、播音时、和电影的银幕上，表现着一切，她一天一天地长大，就一天一天地感觉到应付不来，她悲伤，她抱恨，她痛苦，她想尽几许方法解她的烦闷，她自恨自己为中国人，不，我不过是中国人所生，我是美国人哪！

她开始做美国人应做的国民责任，诚心诚意，心头儿直挂着合众国，心情儿顶热烈，赞叹华盛顿和林肯的伟大，唱起国歌时，气概万千。我爱我的美国，人人共爱的地方，我爱她，保护她等等的歌声，整天不离口。

中学毕业了，她知道父亲无能供给她升大学，决定找工栖身去。早先，由古格豆奥神父那里探来消息，一间百货公司招女打字员，年龄要十七八岁，正合她，打字经验？她打得很敏捷的，她欢喜极了，应征去！

公司办事员是一个架眼镜子、特别长的鼻、很高大的汉子。次第口试他们一班应征者时，眼儿碌到她的身上，怪异地问：

"到这里来做什么？"

"应征。"

"唔，应征？你没有当打字员的能力吧？何国人？"

她无暇去咀嚼这些话，出了意外的冲撞，她不计较，仍然装着安详的说：

"美国人。"

"不，我问你是不是中国人？抑是菲律宾人？"

"唔，我是生在美国的！"

"是中国人吧？"

"但是我在这里出世的啊！"

"好了，别多说了，我们已经额满，对不起。"

怀着失意的心情，归途上又发生怀怨父母的心意儿。做中国人最叫人看不起，妈之过，中国人不争气，连我也受了罪来，看白种人多么强壮，多漂亮，多聪明，就是服装、举动也好，多高明，她觉悟了，将来一定嫁个白汉，强壮的，生下儿子就脱了华人样儿，第二代、第三代就完全脱清了。阿兰太傻瓜，嫁到洗衣作，眼前吃苦，生下受苦的儿女，洗衣作又寒酸又穷苦，可羞呀！我玫瑰不嫁洗衣作，洗衣作懂什么爱情？包他们连接吻都不会。

从此她有了新计划，不和中国人混，像古格豆奥神父和他们家人，都算友谊的，教友们也诚实可爱，她想，就和他们再进一步接近，或许创造新生活。以前很少去礼拜堂，如今，差不多每星期日都去走一次，有闲时常常走访神父家，但是，他们对她，几个月来，不见得热情增加，只是敷敷衍衍，和从来一样，使她找不出端倪来。

好，她们白女人注意脸部的修饰，我玫瑰也可以呀，拿起镜子自照着，感觉最大缺陷，是没有白种人的骨骼。她工作了，希望把脸儿改善改善，画弯了眉毛，用力掐着鼻子拔，想把它牵长。还是不够，找到了明星的相片，照样打上正牌美国美女子的美唇红，打上够厚的白粉。照相片把头发两边拨，可惜眼睛转不上绿色，可惜眼眶不能深陷，可惜……呵！

做了一番工夫，还感不够劲儿，做着种种表情，走路要扭臀儿咯，挺着身躯演胸儿咯，把双乳儿装得突起咯，利用眼波流盼咯，手部动作要合节拍咯，指头儿要打上指甲红，指甲红要和两颊粉红相亲咯，说话要十足柔顺咯，和爱人一样，和老年人又别一样……

打扮妥当，是一个美人儿，预备她的新境遇来临！

上鞋店去，想找高跟鞋，在街上，平日的准备工夫，一一用齐，走起路来，咯咯咯的边走边扭臀块，眼波流射着追引她的男人，立刻感到很多人注意她起来，羡慕她了，追求她了，尊敬她了，她感到兴奋、活泼、快乐，自慰着计划的成功了。

一入店门，店员跟上来招呼，欢天喜地的，劈头就喊："美丽的友邦①姑娘，要新鞋吧？"

是晴天的霹雳，是功败垂成的一刹那！

失败突然兑现，扮来扮去都是中国人吗？这老子该杀，苦汁透上心来，话也不回答，连头也不回顾，颓唐的走出去。和在母亲面前赌气一样，偏知道自己不对，偏要做，那老店员，把她成功的光荣和矜夸粉碎了。是羞惭，是失意，却也是新意识的萌芽。起先想，难道中国人永远是中国人吗？变不去的吗？那有大道给我走？顶好做一只鸟儿吧，翱翔天空，自由快乐，聊胜于吃苦心烦！

失败带来了新意识，新意识给她一次自我检讨的"新估计"！

以前的心情是坚决的，大希望和大忠诚，是一百分唯美国是尚，唯洋人是超人，这意思，经过一次的阻碍、一次的自诅咒，减到了九十分。现在，从鞋店回来一番痛哭后，又减了十分，以前百分之一百诅咒中国人，如今，和缓了许多了，百分减去一二十分，那便是结果的得数了。

既然跟洋人混不熟，拿平等地位去混更不成，拿平等地位去和中国混，或可奏效吧，和自己一切相同，歧视是没有的吧？阿兰早就怀了爱中国、爱自己人的心情去热情地亲近中国人，就是广东话，阿兰讲得很多很正，且还愿意同洗衣作回中国去，阿兰是错误吗？也许未必，不过，不过嫁这洗衣作，我就替她不赞成！

事实告诉她，阿兰养了孩子，她丈夫也体贴她，阿兰也结识了很多很多的中国人，认识阿兰的人总是说："难得呀，好嫂嫂。"

那些都不打紧，可怜自己连一个男朋友都没有，还谈得上丈夫？

阿兰生活有目的呢，有希望的生活够趣味，自己配不上她，不是很苦闷，不是在烦嚣的圈里打转吗？但是，洗衣作肮脏……不，嫁不得，玫瑰是生活在有生气的氛围才畅快……矛盾的心情巡回着在她的心上了。

一件事，在刀割样压着她，哥哥结婚了，女人，是波士顿中国洗衣作的女儿！

走访了阿兰的家，说"家"，是洗衣店里两用的。从阿兰处走出来，好像心胸儿阔了些。挤在地道车中，人们忙得东奔西走，列车来，列车去，车门一开，潮水般涌出，一会儿，又有急急挤进的人们，谋个位置。她等车移动将闭时，才跑进车厢来，顺睛一瞥，座位坐满了，看那水兵依偎着少女的胸怀打盹睡，少女还摸着水兵的头发，无限的深情样儿。又看

---

① 编者注：此处"友邦"指二战中与美国称为联盟的中国。

那边一对小情人，两口笑得合不拢来，男人的手向女的手上按，乘空在她臂上一扭，哗，她疼痛了，闹起别扭，一口就咬起男人的顽手，这一咬，男的乘势拥抱通个的小身材，在全脸上部开始吻，舔了……这一切突然打上玫瑰的心，人家有福分，我是大姑娘呢，孤魂鬼，从来未尝过这味儿，中国男人会不会调情，不会吧？她羡慕那两对幸福的洋人了，她怅惘着自己所处的孤境，憧憬着未来的甜蜜，倘若有个男人能体贴我，明白我，像这羔羊样的水兵，顽皮稚气的青年伙子，那就……

车正在黑乌乌的隧道走，黑暗的路，循着轨道，渐渐露了灯光，慢吐吐停下来。站上的人比上一站稀疏，在这里下车的人倒多哩，几乎空了一半，她才找个位坐下，眼正往门外瞧时，进来一位中国人，年轻的，眼睛四下瞭望，明明想找座位，终于坐下来，凑巧在她的左边旁。

车颠簸着，往后一退，她侧身斜压着，往那青年的身上一碰，她偷瞧了他一眼，他也回针了她一下，她装着对不起的微笑，他也装着不以为意的正经态度，直视车厢间排上的胶糖药物等广告。对中国人的微笑，这是她第一次的自愿。阿兰的幸福，不，阿兰的生活收获给她一新印象，洗衣作丈夫不是和其他的善良人一样？和他的谈话中，问长问短，要煮饭呀、买雪糕呀，待她作上宾的，够礼貌；其次，那阿兰生的小孩子多活泼生气，中国小孩子和洋孩子一样叫人一见欢喜呢……阿兰作工不叫苦怪难明白，真奇怪，活像一个熟练的洗衣作呢。冥想着，忘记身旁的同种汉，车停了，气一泄，她方由冥想中醒过来一望。

青年站起身走达门口时，还回头反顾死睛地瞧一下她呢！

哥哥结婚了，难道他也爱上一个洗衣作的女儿？新嫂嫂不见得比她坏，倒还懂事情哩。中国男人也不错呢？先前走出去的青年汉，也够壮健呀，她幻想着，效法水兵和少女，哥哥和嫂嫂，不期然的甜蜜的引诱使她止不住心猿意马。假如有一个像那年青汉，相处一起，也不算冤枉一世呀，在往时，玫瑰乘什么车时，总想避免和中国人碰见，顶怕和他们坐在一起。一有中国人坐在旁边，她每每纳闷，苦着脸儿，硬着心儿，直至下车为止，此次的改变，还是第一回哩！自己想，哥哥结婚了，我，我是相当大了，也可以……无论什么人，就是中国人也成。

不知在那时候她认识了马南，南是当企台①的，他和很多青年一样，患着共通的"家庭病"，儿子和父亲相处不和，他就是这样一个离家的"逆子"。离家后的他，和其他青年有点分别，肯做苦工，这几年中，做过

---

① 编者注："企台"在粤语里是服务员的意思。

洗衣作，现在当着一家算华丽的餐馆的企台。

于是，跟着哥哥结婚之后就有玫瑰的喜事。

他们倒还和平的相处着。

玫瑰现在走起路来，昂着头，遇着相熟识的仗中国人，活泼的打招呼，和隔邻洋人谈话时，常常说："我们中国军队打精神呢，器械劣是小事，士气倒重哩，打一年、两年、三年，愈打愈坚，吓，看法兰西，强国……打不来！"

虽然她从来不关心中国的打仗，从来不参加爱国运动，可一说到这类的话就说得"我们"和"中国"的字句特别响亮，像对谁复仇似的。

华埠里，人们问起来，什么都爱谈，老华侨中间，有这样的谈话，人人说："阿南坏孩子，和不懂事的'竹升女'住在一起，将来愈坏了，看吧！"

看！前面牵着一条狗的，不是玫瑰吗？并肩和阿南走，怪亲爱的，这条狗并不是她心爱企求着的"德国"种，是一只被人轻视的小毛狗哩！然而她总算达到目的，又是聊胜于无！

路过他们的住家时，传出来蜜蜜浓浓的细语，又是商量着、计划着什么吧？虽然还未听到半丝的钢琴音。

（《华侨文阵》1945 年第 2 卷第 2 期）

平木桥上的血

茫　雾

　　天气是这样酷热，在城市里无所事事的话，那是怪闷人的。所以，在七月中旬，我便独个儿拖着那病后初痊的躯体，跑到了离城三十余里的一个滨海小镇，去享享郊野的生活。

　　清新的空气、美丽的海景、遥远的沙滩，周围的一切是这么富有诗情画意，这使我的心情也随着而旷畅了一些。

　　本来，处身于这个平静的环境里，人与人间的一切变态，是很难看到的，而且也不希望能够看到。可是，事情很凑巧，而出乎我底意料之外，就在八月初，离小镇不远的海滨的平木桥上，发生了一宗黑人与白人打架的大惨剧！

　　那一天傍晚，月亮似乎早些爬了出来，银白的光芒，把一片海水映射得像雪花一般的闪闪灿灿，微波一送，越发娇艳动人了。吹送到岸上的海风，虽然是猛大了一点，但也很凉爽。平木桥上的行人，越来越众，看来会有"人山人海"的一般热闹。这时，我正沿着桥栏漫步，听听浪声，看看红男绿女，也颇有趣。

　　一会儿，人群中蓦地走出了一个小孩子来，口里不断的嚷着，声调是相当的激动：

　　"警察在哪儿？警察在哪儿？"

　　"喂！小孩子，你找警察干什么？"

　　一位中年的男人，从桥栏的一张铁椅子上跳起来，一把的抓着那个小孩子，好奇地问。

　　小孩子气喘喘地，顾着声这样回答：

　　"两个醉汉在那儿打架！"

　　说着，用手向前面指去。

　　一小群的男女，已争先恐后的向前奔去看光景；跟着，另一小群也走了上去。我是拥在后面的一群里的一个。

　　出事的地点，是在一间意大利人开设的餐厅对面不远的桥上。一个白人正握着一把大菜刀，向着一个黑人乱斩，情势是相当的严重。三四个系上了白围布的餐厅工人，正在冒死排解。但，事情愈闹愈凶，那个白人已把黑人的肩膊斩伤了一块，飞溅着殷红的血，黑人痛得像发狂，咬着牙根，狠狠的向白人乱殴，却误打了当中一个排解的工人。这时，其余协助排解的两三个工人，忽然转了初意，齐向着黑人痛打，一时拳脚相加，黑人就如俎上之鱼，任由摆布了。最使人着急的，就是那个白人乘了这个好机会，欲挥刀把黑人结果了性命的一刹那间，警察们赶到了，把他击倒，夺去了那把大菜刀。

"恶战"总算已告一段落，但"骂战"跟着又来了！

"天杀的，四个打一个，真岂有此理！"

人群中的一个青年人，气愤愤的说，眼睛里冒着火。

"这个小黑子也是该死的，袋里一有钱，便整天烂喝，而今闹出了事来，给人家打一顿是合理的！还算他够运数，没有送掉了那贱命哪！"

一个壮年的英吉利人，说来似乎有点幸灾乐祸。

"好兄弟，你们不用作偏激的争论，在我们未明白事情的真相时，最好是静默一点。"

这是一句比较公道的话，是出自一位爱尔兰人的口里。

可是，跟着我又很清楚的听见了以下这些偏倚的话了：

"黑种头是贱格①的，他们就爱闯是非！"

"他们是没有国家的，行动就像野兽，是要不得的！"

"我们在这国度里，是无时无刻的为着这些黑种难题而麻烦，最使人讨厌！"

"我们要把这些死不绝的黑种送回非洲去，让他们讨个吃不消的苦头！"

"……"

以上这些，都是"主见"太高，把"真见"埋没了，听来委实刺耳得很。

不管一部分人的争论是怎样剧烈，但判断是很难下的，我们还是看看事情的本身。

那个黑人和白人被警察分开了后，不到十五分钟，一辆公共医车和数量警备专车已驶到，随来的还有六七位新闻记者。

医生把黑人的伤口敷药裹好了后，又把那个白人灌醒，小心地检验

---

① 编者注："贱格"是粤语中骂人的话，有粗俗、无礼、不懂自重等意思。

一番。

于是，摄照和问话，跟着就开始了。从警长、记者们和目击者的询诉下，这个故事是这样的：

黑人的名字是史格地，是一个园丁，向来忠于职守，但深染酒癖，他结婚已有六年了，生育子女三个，家境小康，生活平凡。白人的名字是巴而利，生于波兰，失业已有一年，时常靠酒消愁，品性躁暴，交游很狭，人们给他一个"醉猫"的绰号。这晚，巴而利在此处喝了酒没给钱，史格地欲替他结款，巴氏不但不感激，反而辱骂起来，说黑人不配请白人喝酒，随后又骂黑人没国家，留在美国实在恬不知羞。这，使史氏大怒起来，义责一番，巴氏不服，起而拳击史氏，史氏为自卫计，乃起而应战，结果把巴氏打倒在地上。巴氏老羞成怒，索性走进了餐馆的厨房拿了一柄大菜刀，向史氏追杀。

事情的真相已说完了，但结果怎么样呢？法律的制裁我虽还没探悉，但翌日从一张镇报里面，我看见了这段不大"老实"的消息：

平木桥上黑白恶战　黑人倚酒逞凶生事

读者们，你们试想想，这一个论断，是公平，还是偏私？我不想再说些什么了，明眼的人士都知道这是"色种歧视"在作祟！

（《绿洲》1945 年第 4 期）

三千块钱

老　竹

在中国城的一条不算阔大而很繁盛的大街上，一家叫做京都的西式杂货铺子里，邢谋时先生跟他的老伴儿的心头肉上近来长了一个想起来便痛透了的疙瘩：斐璧这个妮子变了质了！

因为邢老先生在若干年前将他用劳力换来的血汗钱买了一间半新旧的铺子——这间京都杂货店。那时候，两个大儿子在中学、最小的宝贝斐璧在小学念书。这么着，邢老先生夫妇俩和一个大侄子管理了这铺子，孩子们放学回来后便多几双手脚帮忙，邢老先生操持账目的银子事务，两个儿子便管理货物往来的外交事项。因为是自己的买卖，即使多流几滴汗，赚回的钱到底往自己的银行存折上添的。这么辛辛勤勤的苦心经营，他又能低声下气的受主顾们的脾气，所以他的买卖很有起色，到这起色的时候，一个儿子已读完大学，获了个商业硕士回来预备扩大规模了，女儿却还是中学时代的小姐哩。

邢老先生夫妇俩看着这个买卖做得不错，一家大小都平平安安的，而且一个儿子又找了个颇为合意的对象，很快便可以喝媳妇茶①了，这不开心才怪。可是娶媳妇要花笔款子，扩大生意这件计划也不是说说就成事的。虽然银行存款的数目很为可观，然而东一把西一把的开支，剩下来的零星等于铺子开张后的第二年，这不是全为儿女债而白流汗吗？虽然跟老伴儿的棺材本另有准备金，但他有他更大的奢望。自己的年纪六十差不远了，可幸身体还算强壮，那么再过十多年，不难亲眼看到自己手创的铺子多分几处支店，这么着，他脑子里的算盘声响了几次后，便响到女儿的身上来了。

"振的爸"，商量了好半天，老伴儿的皱皮脸也喜形于色了，"我看，五千块是不多的，至少要这个数目！"

邢老先生听了，连忙取下嘴上的雪茄，头点了几下，但忽然有所悟似

---

① 编者注："喝媳妇茶"在粤语里是希望儿子早日成亲的意思。传统习俗中，新媳妇要给公公婆婆敬茶，这就是媳妇茶。

的提他的意见：

"本来，多点呢，我也要的，不过……"

"不过什么?"

"不过，这是在美国呀，青年男女们，动不动讲爱情，老大不看重金钱的。"

"但是，我做父母，当然由我做主。"老伴儿直截了当地说。

邢老先生离开了沙发，在厅中踱了一回，老伴儿的近视眼跟着他来回走着，希望她要五千块钱礼金这个价目并不太过火，但是邢老先生没马上同意，后来，只得再来个辩证法：

"在这文明的国家里，是不能整天的用绳子缚住他们的脚的，而且……而且，我们总希望我们的女儿找到个有作为的丈夫，一个小伙子不能单靠父兄的钱来充排场……所以，照我看，五千块吗，对有点年纪的人也许不算多，可是我们不希望自己的女儿嫁给个像我这样的老头子啊!"

"照你说，干脆的送给人家，一个铜仙也不要?"老伴儿有点气馁了，她毕生的经验叫她知道胼手胝足的赚钱是不容易的，而且养大一个女儿不是容易的事，"无论如何，需要有个代价呀!"

商量到最后，到底打了六折。

邢老先生费了这些唇舌，便吩咐老伴儿去弄点咖啡来润润喉咙，老伴儿的嘴里还不时的咕噜着："三千元太便宜呀，哼! 三千元!"

恰巧大儿振东和女儿跑回来了，问这三千块是什么，做妈的说小孩子追长问短的干嘛，后来还说：

"又到那儿逛来啦? ……以后别跟别人家到处乱跑了，你不再是不懂事的丫头了，得正正经经点个……"

"跟罗勃去看电影来，没有什么正经不正经呀，妈，二哥同密斯陈去玩滚球戏，大哥也和他的女友玩呢! ……"做女儿的才不管你想怎样去束缚她，她有她的理由哩。

振东瞧着这个光景，知道其中一定有点什么曲折了，他可不能含糊，就问他的爸说：

"爸爸，你说是不是，男女朋友交际是很平常的，我驻军在重庆时，看到的情形也很公开，只要不太过胡闹便是了。你们刚才说的三千块是什么来的?!"

"生意事，你们别管!"邢老先生干脆的答。

过了几天，街坊上的人们居然晓得了京都杂货店的一件值三千块钱的货色了："老板的女儿!"

可是，许多好管闲事的人便把这件事作新闻似的传播了：

"要是我有三千元呢，我也会作买卖呀！"

"我不会回祖国去选一个么，何必要买这独市货？哈！"

甚至有人一股儿的跑到门前去看个究竟，而打起吊膀子的油腔来：

"这样的娘儿也值三千元吗？哼！……"

"就是贴我三千元，我也不要呢！"

但是，"百货中百客，烂货自有烂人客"呀，要是单凭不如己意便任意挖苦别人，这是干吗？可是这个鸟世界就是这样的！

本来，斐璧小姐是没有什么坏心眼的，她不算不漂亮，也不算不聪明；她倒不愿自己像商品一样无主无意的卖给顾客呀！她有她的情人：罗勃张那个青年，因为罗勃张的家世比不上邢老先生他们的，她的妈便奚落他。这么着邢老先生夫妇俩便对女儿限定时刻起来了：放学后依时回店帮忙，收市时得一定一起坐车子回家休息，只准星期六出去看电影，但也得陪着母亲或有振东的女友同去才行。

这样，过了那么的三个月，邢小姐没有从前那般活泼愉快的劲儿了，她的脸色也像她们的铺子里卖剩的苹果那样了！然而邢老先生夫妇打的如意算盘响得还挺有意思呢！……

罗勃张也晓得这个，他来到店里探望邢小姐的时候，在两老的目光监视下就不能像在公园那样欢心畅意的谈笑了，有时在电话里也只能简短的说几句，他才不敢多闯乱子，因为他晓得他俩断绝来往，那时是会更糟糕的。

…………

可是，终于在一个黄昏，斐璧小姐假托要找一位女友而跑出去了，她找到了罗勃，便坐车到一家离中国城很远的咖啡店去——

"罗勃，我闷极了，爸妈他们气得我几乎要自杀了！……"她一面说，一面流着泪，怪可怜的，罗勃也叹着气，他沉吟了一会儿，才安慰她说：

"斐璧，别伤心啦，古旧的中国家庭，我们是要起来反抗的，是吗？我们是在美国啊，……我们爱着，彼此都不愿由家长做主作买卖，……别傻啦，这儿大庭广众的流泪怪不好看的！"

又替她拭去泪，她吁了口长气，然后继续说：

"罗勃，我的爱呀，谁愿有那一天，除非是地裂天崩！……"

泪水又涌出来了，罗勃张的手挽紧了她的腰，睨住她说：

"我的家境不富……但我念完书后找了事，是有人息的，现在焦急也不是办法……"

"可是呀，我的宝贝，听说有一个中年人的暴发户跟爸妈他们说着我了！怎，怎么办呀？……"

斐璧小姐的泪珠落得更多了，这突如其来的事真教罗勃措手不及，他也几乎给气死了！带她一块儿出去走吗？手头上没多大的钱！借钱马上结婚吗？也不成！

再过了几天，街坊上的人们仿佛都是顺风耳、千里眼似的，于是又盛传着这京都老板的女儿更不值三千块钱了，因为已经变了质了！

这么着很快传到邢老先生夫妇俩的耳鼓里了，不知尤可，一晓得便几乎昏过了去，马上吩咐儿子们照料铺子的事，匆匆忙忙的把女儿拖进车子里，驶向家中去。

在严词的诘责下，做女儿含了泪地招认她已不是全毛全尾的小姐了！这叫老人家气得说不出话来，皱皮的脸孔发青了，皱皮的手儿也抖索起来了！

做女儿的可不管死活，索性预先多给老人点颜色看看，她说：

"爸，妈，你们得原谅我，因为我爱着他；真的爱情不是用金钱能买得来的！不是我愿意在未正式结婚前做下这种事，更不是罗勃的罪过……即使在法律的面前，我也要这么说，不会有罪的！……"

做爸的老是摇头，做妈的只哭得透不过气来了，做女儿的到底是女性，也禁不住的抱着她的妈，叫妈不可那么伤心，她的哭声里还说明迟早总得跟罗勃结婚的："他是个有出息的青年呀，现在虽穷，可是他是有希望的呀！……"

这么着邢老先生夫妇的心头肉便长了一个疼透了的疙瘩了，他俩现在才知道那使坏主意就糟蹋了一个好好的女儿了！然而现在，有几个新的问题在他俩的心坎里打着筋斗：女儿、金钱、罗勃那小子的前程和街坊人们的嘴巴！……

（《绿洲》1947年第29期）

邻 居

小 麦

我是住在一间红色的砖楼上，除了每月交三十元房租之外，再不用耽忧什么了，若有，那就是和我邻居了十三年的一群孩子。

十三年前，他和他的新婚妻子迁进来，我想，多么一个温美的家庭呀！

他姓陈，见了面时我总呼声陈先生；他很好，总回复我一个笑脸，但我和他们除了打个招呼之外，从未有过长谈。

他是在夏天迁来的，隔年的春天，他的妻子进了医院，两星期后抱着一个小孩子从医院出来，男的雄壮的可爱。我又想，多么一个温美的家庭呀！

这真的有点出了我底意外，十二年来，他的妻子竟入过院七次，现在一共有了九个孩子，最大的十二岁，小的只有三个月，因为两次双生，九岁和七岁间的孩子竟有五个。近两年来，每在晚上八时，中文学校放学，楼梯上总是万马奔腾，使我忽然想起银幕上的西方牧童电影，数十个杂乱的马蹄在遍野奔跑。

起初，我不感到可厌。我想，爱动的孩子总是好的，有时，我也刚在楼梯碰到这群小牧童，我说他们是牧童，不是假的，他们有的持着枪，有的持着绳，虽然全是从玩具店买来的，但大的枪声响起，小的便倒下去了。

我相当称赞陈先生的品行，他勤恳，整天工作到晚。结婚初期，他在一间餐馆里工作，后来却在两间餐馆里工作。我每天是晨时七时起床的，但往往在七时以前便被陈先生洗脸的水声弄醒，可知他比我早起床，但当到夜深仍可看见陈先生的房间透出窟窿的灯光。

陈太太为人也很好，但生育太多，十三年来，看来像老了廿年一样。她也工作，但不是经常，怀孕的时候便停工，但怀孕的时候居多。她是不择职业的，她力量可能做就做，我曾看见她拿着一大堆的衣服去晒太阳，证明她洗全家的脏衣服，但孩子们的衣服仍很脏。许多时候，我却耽忧了他们的事，尤其是我看那群小牧童时，我想，你们晚上是怎样睡的，况且房子还这么狭小。

我这疑问很快便得到答案，他们的住处有房两个，还有一个小小的厨房，陈先生与太太和最小的孩子住在一个房，其他八个孩子占一房，但孩子们没有床，晚上便睡在木板上，但孩子们除了扮演牧童之外，也差不多每一个都有一个擦鞋箱，星期日荷着到公园去，到晚上回来，房内便也放满了鞋箱、鞋油，原始白色的墙壁也涂上不同的油色了。

从他们的住处来看他们的生活，我是很同情的，我时常希望他们能迁到较好的住处，一天，一月，一年，他们仍没有迁，我知道失望是必然的。也大约在我生活有了变迁、需要一个较静的环境的时候，我便开始憎恶这群小孩子们了。

我只知道那个最大的孩子叫阿华，他最顽皮，不但在楼梯走动时最响，在新年，把爆竹放进门孔烧放的也是他，他也时常打他的弟妹，而且，一打便要打到哭，他将来有机会上电影的话，一定是个飞檐走壁的英雄。

使我感可厌而彻骨的，就是他们的嘈杂，往往经三四小时不止。许多时候，我说："这群小野兽、野孩子，应当是到外面去的，在楼梯摔倒也不是好玩意。"阿英必接着说："你不能怪他们，华侨社会根本没有什么可玩的地方，三两个方寸的游戏场，决不能容下数千孩子。"我又只可忍住了。

我的女人常为他们辩护，我也为了她给他们的辩护而不平。有一次，我生气极了，我说："他们不能到游戏场去，和父母到海边去吧！"大约我说这话也不太审慎，又立即得到回答："父母是整天工作着，那里有时间，像你这样，全不想到客观的环境。"

一个人，最痛苦是有话想说而又说不出的时候，我也翻想到，"客观环境"，游戏场既缺乏，父母又忙劳，华侨社会里，嫖和赌似乎特别发达，一个孩子，困住不能出去，在楼梯乱跑，摔倒了，最多是断了手、折了脚，和妨碍我这个需要清静环境的人。环绕着我邻居的邻居，他们也未必能为孩子的模范。推广言之，我也看不出孩子们能吸到优美的气息，嫖啦、赌啦，到处现象子然；强的欺弱的，多的打少的，有了利，忘了义，有了自己，忘了他人，却也正是这个训育孩子的社会，不，还是不出去吧，跌坏了身体是比出外胡混好的，我又不禁无言。

话虽如此，我们希望他们迁到一个较好的地方，最好在晚上睡时不用堆叠起来的，这也可以减低华埠肺痨病的数目，但迁到那里去呢？整个美国都闹着屋荒，华埠是整个病状中较严重的一处，况他们一旦离开了华埠，便更接近到那无理的种族歧视，更加上经济的威胁，陈先生确不能搬家，我底内心有时很欢喜，我虽然憎恨他们的嘈杂，但我倒是个有邻居的人，孩子的啼哭与楼梯的震动都证明我住的不是荒郊。

世上的事大约都选不出利和害，我希望他们搬走，又不希望他们搬走，但他们的生活非我能左右，他们要做的事更不是我能先知道，昨天的下午，他们忽然要搬家，当快要搬清时，我问：

"陈先生，找到一个更好的地方去吗？"

"没有"，他说，"比这里更坏，但每月可回五元钱"。

我忽然感到我的话是给陈先生一个讥讽，难怪陈先生的脸堆上阴郁的颜色。

（《轻骑》1948 年第 1 期）

控诉书

老　竹

　　当我从东京坐火车回厚木机场经过横滨的途中，偶然瞧见地板上有一叠摺了几摺、给忙乱的搭客们所踏污了的纸头，我被好管闲事的心所驱使，便拾起来一看，才知道是用中文写成了而未装进信封的信，笺纸上印有美国红十字会的字样，我就推测到这一定是驻在日本的一位美国华裔军人所写的了。可是这附近有许多处是美军的据点，想找回这位不相识的而又没有英文名字的朋友是很不容易的。我便慢慢地读下去，读完了，我透了口气，脱口说了出来："如今这个世界，还有这种现象?!"字写得倒玲珑，仿佛是印刷出来的，在这里还得说一说，这封不是爱情信，也不是给普通朋友报告异地风光的什么信，而是充满着痛苦、憎恨、愤怒、悲哀和足以使人掬出点同情之泪来的一封家书。如今找不回原主，只可全盘的披露出来，怕不会见怪我是偷看别人的信吧，反正会叫我们知道世界上有这样不幸的遭遇，而又居然敢向家庭提出控告的一个青年，即使不会掬出点同情的热泪，至不济也要叹口气，而咒骂那可怕的、半封建的、黑暗的、专会断送青年的旧家庭。全文如下，不过除去该位朋友的名字，而给这封信起了这个"控诉书"作题目，相信也是恰当的吧?!

亲爱的祖母、母亲：

　　等到了现在，我才来问你们，如果我一直的闭着抑郁着我的胸怀，即使不会吐血，也要闷出病来，现在，我不管你们答应与否，我都要一一地倾泄出来，追问你们，仔细地读下去罢，仔细地想下去罢。

　　为什么连信也不寄一封来我，而又当我远离了祖国、兵荒马乱的时候，就暗地里替我娶了一个跟我毫不相识的女子，你们的用意到底是什么？我究竟犯了什么罪，才这样对待我？你们以为那样算是最高明的善策良谋吗？抑或恃你们做家长的尊严，可以压服我做孩子的心理？你们以为那样就可以抱孙、抱曾孙，而能增光耀祖吗？你们没有想到其他较好的方法去对待你们的孩子吗？你们怕你们这孩子没有老婆吗？为什么你们要那样做法?! 难道你们怕这孩子将来跑得太快，预早在他背后缚上大石头吗？你们怕这孩子的腰骨不会硬而预早在这孩子的嫩肩上搁上重担吗？你们怕这孩子会用拳脚去打别人而将他的手脚缠上了铁链吗？呵呵！殊不知就这样害了你们的孩子了，殊不知这样就枉费了你们对孩子抚育的功劳了！

大哥在十七岁那年，刚收到了祖父寄回来的"口供"，要打发他到美国去，你们就哭哭啼啼地硬要给他张罗婚事，祖父他们也没有过这个主意，但你们还要耐烦地去借钱来办"你们的"大事，大哥那时还是个百分之九十九的孩子，他也曾拒绝过你们的主张，可是到底斗不过你们那固执的硬心肠。你们胜利了，他做了你们的俘虏，婚事也就草草地完成。我知道你们是喜欢的，甚至还以为孩子是害臊、忸怩着不好意思直率地应承罢了，可还未够四个月，大哥就离开了家。当他到了美国时，祖父和父亲憎恨、严厉的质问他为什么这样早就结了婚，后来又同样地问过我关于大哥的事。这可以算是大哥的罪过么？他不是也因了早婚的缘故，身体渐渐衰弱而致使染了那种可怕的、不可医治的痨病了么？而今，你们又用同样的酷刑施到我的身上来了，难道你们还没有觉醒么？难道你们还没有尝够那种苦味么？抑或是自己尝够了，不服气而故意的向下一代报仇呢？我真不懂。为什么你们要那样做法！或者是嫌家中的谷物过多、金钱过多而再多拉一个人进门了吧？你们以为婚姻像买猪肉或嫖姑娘那么随便？其实当你们去买猪肉也要有所选择的呀！你们以为做了这种事情就算尽了你们做家长的责任么？你们能逐一解答出这些问题么？如果你们以为你们这种做法是对的话，那我就老实告诉你们：我不再可怜你们这般愚昧的可怜虫！

不知我者为我妻，实在是天下的大笑话。但我不因此而减少我向前进取的志气，甚至于要自杀！我没有看破红尘，因为我还带着一颗热望着人生，不管这人生的前途是怎么阴霾的心，也不管这人生可讥骂的程度高低。这不过是给我生命的一个小打击，但我反因此而增加了探求人生真谛的决心！

我还要为我的前途而争斗，我不顾做一个旧家庭的囚徒，而一定要挣脱这个累赘的、不自由的枷锁！我不喜爱像你们这样的家长，我也不要那跟我毫不相识的女子做我的妻！我要抛弃你们这可怕的家庭，另外找寻我的满意的家；现在，四海就是我的家了！我有手、脚、口和脑，我不会饿死。我不再倚靠任何人，我要赤手空拳出来制造自己的世界，我要跟着那远地的一点光亮，去追求那光明的黎明；不管前头有多少风浪和凶险！我将去追求一个满意的、能帮助我的人儿来做我永远的伴侣！

离婚，我晓得，纵然我愿意，她也不肯干。在中国的社会上，这玩意还未达到普遍，自然你们一定以为是不可能的了，因为你们已根深蒂固地怕在名誉上有阴影！而我既然不要她了，还有谁要?！我想了几十天、几十夜，头发也想白了百几十根，都想不透。她不能将她的终身寄托于我。算她倒霉！我不可以伴着她终身，算我开罪了少数人；但我不能为着这样一个家庭而连累了我的前程！她却没有一个合符我现在所需要一个满意的妻子的条件，带她跟我出来做什么？搁在家里等于无！在这里，只可下一个结论：由她自生自灭！

你们看了我这最后一封信，不必悲伤，你们盲目地做事，即使悲伤，也不能拉向我这受伤的心头；但希望你们千万不要再用同样的刑法施给明弟，要不然，那就多损失一个孩子！明弟要读书，我可以供给他。因为我知道，夫妻轻于兄弟，而且他又是一个纯洁的、未见过世面的青年，我要供给他读书，才不至于在社会上又多一个只会消耗粮食的家伙！我不是没有一点怜人惜物之心的人，也不是怀有什么恶毒的心肠的人。我对你们养育我的恩典，一点也没忘记，我已办妥向美国政府要求赡养费的手续了，你们每月可以到中国银行去提领；祖父的遗款也很快就由中国银行汇过来了，也是由美国政府代办的，你们拿来建楼房也好，买田地也好，随你们喜欢。

从这一点，你们可以明白我的心头的创痛。但这种创痛不能使我在人生的路途上畏缩。这种创痛只是在我生命史里多一个伤痕。正如一个身经百战的战士，身上满是伤痕，这伤痕未愈的时候是痛苦的，但当他好了之后，反会骄矜他过去的勇敢和不屈的精神。那些疤痕也就能点缀他生命的美丽，我也是一样。我不求我这人生永远像在西湖的水面上泛着小舫艇那么平凡，我要向这世界上的崇山峻岭、大河小溪、荆棘草原、沙漠冰雪、城市村落、野兽与人类，奋勇地冲过去，去接触他们和它们。这当然要预付一些代价：饥饿、消瘦、忧伤，甚至死亡！但当我未死亡之前，这更会反映出我这人生的真趣味，也能锻炼我更强健的身体。这才觉得有价值，要不然，人生的路途上到处像泛舟于西湖的水面上那么平静，而没有崇山峻岭、大河小溪、荆棘草原、沙漠冰雪、城市村落、野兽与人类，则世界已不是世界了！你们只晓得月亮是一面会圆会缺的镜子，天上的星宿也只是神怪的东西，而不知道那里是另有天地！正如你们只会过了相当的年纪，便想娶媳妇抱孙一样！啊呵，这可咒骂的家庭！这可咒骂的人生！

我没有半推半就去依从你们的主意，我被你们狡黠地摆布。弄到我终日头昏脑涨，而你们就以为我是愿意，而说我听话。我没有去逃避做人的责任，也不是说什么漂亮话，但我竭力设法来充实我自己，预备去争取比做一个旧家庭的孝子更有价值的事业！你们拉我去做一个不相识的女人的丈夫，这已是没半点道理。在你们看来，是很有你们自己的道理的，可是你们到底是你们，我依然是我，断不能说你们喜爱的东西也要我喜爱。比如她既没有纯真的灵魂，也没有好看的外壳，那么，同床异梦，总不会得到好的结果，只有各奔前程罢了！我不能一声不响地就此低头去受罪，她虽然也是一个旧家庭的俘囚，可是我不能用同病相怜的态度，而永世相共！我不愿全神去应付她这一个：许多人，往往为着自己更大的前程而辜负少数人的心愿，我也赞成，我也是这么一个！你们不必希望我再会有信回来，也不要写信来问我的行踪，因为连我自己也不能够知道。我得远走高飞，漂流四海，在四海，有同情我的朋友。你们更不必希望我会回来，如果我喜欢，就回来，不喜欢呢，就拉倒！试问有父亲不能得到供给，有妻子不能得到安慰，有家庭也得不到温暖，叫我回来做什么？我自己会保重，不必牵挂我。你们当我已经死了，或当我在这个世界上根本没有生存过！我对你们失去了信仰，失去了你们以为应有的孝心。因为我这曾有过的信仰心与孝心已经给你们弄到冰冷了，僵硬了，死亡了，毁灭了！我不满意你们替我娶那个"结发"，就连带地痛恨你们起来！我不同情你们，也不可怜你们，反而憎恨你们，痛恶你们这班家伙，更加爱护起明弟来。

祖父为了做一个家庭的奴隶，而终身奔波，竟如此下场！我不愿再蹈他的覆辙，因为那是不幸的、危险的，对我自己无裨益，反而增加我的苦痛！你们说我没有良心也可，说我没有道德也可，但我一面写这封信，我的心头就阵阵作痛，因之我也一面在流泪。每当你们在面前，我要流泪时就跑出去，我没有在你们的面前流泪而跑到深山大林里去痛哭！

你们不要再提起我，因为我对你们已恨透了骨！你们害了我！或者你们会说我傻了，但是千万别要误会我，我一点傻气都没有。从前没有在你们面前说过这类话，更没有长篇大论的去讨论过，你们就以为我什么都不懂。但现在，我痛心地说出来了，无怪乎你们要怀疑我是傻了。其实，我的头脑还极清醒，不过你们一定要诬我的坏话，那也没法，由你们好了。

我也知道这是对你们的不敬，但这种不敬是你们自己播下种子的，简直不是我的罪愆！

你们仔细地看吧，第一回不明白，再看第二回，要是依然不懂，就拿去请教识字的先生们，他们会告诉你们，会更详细给你们解释的。然后你们再想多一想，看你们这种做法是不是极矛盾的、极残忍的刑罚去施给你们自己的孩子?! 望你们珍重。

大逆不孝××男谨上
写于东京美国红十字会

（《新苗》1947 年第 1 卷第 1 期）

勇 士

晨 风

虽然今早十一时左右翁少先生就已经醒过来了，但半小时过去，他仍怪静地躺在那张窄小而凌乱的帆布床上，一动不动。因失眠而浮肿的满布红筋的眼睛死板板地瞪定天花板，眉尖紧蹙，仿佛被一些什么苦恼住他。

房里死静静的，黑墨墨的凌乱而污秽，唯一的声息就是他自己的呼吸和壁间那个尘垢封满的时钟滴滴答答的走动声。

昨夜，不，今早吧，他二时半左右才回这个他们翁姓的公司房子来，即使他当时感到浑身疲劳，可是却翻腾到天快要亮的时候才昏迷地睡去。他心里不停地滚起他不愿想的事情，像波涛样一起一伏；发财给衣公司呀，蓝星衣馆呀，花斯女士呀，尤其是昨夜在埠上平伯柏文①那里连输几把番摊②，乃至收尾赌牌九又连打两次二三更的衰庄……

现在他又这样追想着，越想越心头火起，愤愤骂起来，像要对谁过不去似的。

"一不做二不休，拉出存在银行二千块，同你死过！"在"死过"两字间特别骂得响，像在这个誓言里打下印章。

于是牙较紧紧一挫，掀开被盖，霍地跳下床来，旋风般滚到盥洗间，用冰冷水粗抹一把脸，牙都不刷，头发也不暇梳，便急速穿上衣服，领带在他是从来用不着的（除了有时难得和花斯女士一道行街之外），就这样草率地把门开了半边，闪身出去了。

真快，仿佛应了谁十万火急的号召！

刚跨出房门，一阵在隆冬季节所具有冷的刺人的风，从走廊两端的破旧的窗子间偷进来，正巧迎着他围击，随即浑身拌颤起来，他才知道忘记穿大衣。外面天气顶冷，街道上几寸厚的积雪，凝结成了坚冰，改造了这平坦的街道。在坚冰上行走是很艰难的，但翁少先生却满不在乎，疾步走过街去了。

---

① 编者注："柏文"是 apartment 的粤语音译，公寓的意思。
② 编者注："番摊"俗称豆子、翻摊，中国一种古老的竞猜游戏，后被用于赌博中。

走过两个街口后，他那股急劲儿渐渐消失了。肚子叽咕作响，意识到需要喝杯咖啡。于是他走进附近的咖啡馆里。他粗声粗气地吩咐了侍者之后，他掏出一支香烟，燃着了火连吸上几口，浓辣的烟雾刺得他红线网样的眼睛雾个不停，止不住地用手背去抹拭被刺出来的泪水。

正在啜着他那杯没有牛奶的咖啡的当儿，"哈啰"，一阵这样轻俏而熟悉的声音从左近放出，随即有一个苗条多姿的身形站在他右边。他认识她，使他不耐烦沉下了脸，像命令一般，对她说道："坐下！"

"好几天没有见到你面了。哪里去？不是忘记了我吧？"这个人就是花斯女士。她嗔怒地虎了他一眼："昨夜我就在我们的房子过夜来的。"她由嗔怒而撒娇了，拉过椅子坐在他身边，伸手拿过他那半截含在嘴角的香烟，放在自己嘴里吸着，媚眼迷迷地盯住他，娇声细气地说："亲爱的，我们就回去好吗？"

"不能！你走！我有事！"

红线网样的眼睛，射出不耐烦的光芒，往她脸上滚来滚去，那副用脂粉涂抹得红白均匀的脸，和那不粗不细的长眉毛下那对似睡非睡的迷人眼睛，却柔和地承受了一切逆来的袭击。是这样美丽柔顺的可人儿呵，他心里不由得深悔一时孟浪，本能地放松了语气，勉强装出笑脸，说道：

"花斯，原谅我。"顺手在她腰肢间扭了一把。

她点点头，媚眼闪了几闪，怪秘密地咬住他耳朵咕噜一会儿，然后撑住他肩膀慵懒地站起来，回头一笑，就扭动腰肢，摆动丰臀，走出去了。

翁少先生从银行出来，袋里有了二千块，顿时心里轻松了许多，夜来的焦灼与不快都几乎消失殆尽了。他昂然走着，急急地，仿佛被谁追赶着。当他走近一间酒吧门口，偶然向里面看一眼，意外地一个熟悉的面孔被他发现了。他定睛再一看，没错，花斯女士在里面。她正和一个碧眼棕发的彪形大汉碰杯，怪亲热地贴近坐在同一张椅子里。他，翁少先生不由得起了点酸意，才得轻松下心情又给激起了火花，他正想冲进去，但几乎是同时，像有谁在他耳边说道："何苦呢，她本来就是玩物呀！"于是，他恶狠地虎了他们一眼，就大踏步急急地走了。

一口气赶到三号车路车站，才轻轻吐了一口闷气。走进天面车车厢里，他极力抑压下不快的心情，可不是，要是有钱花得出手，还愁没有女人玩吗？他看了看手表，才下午一点钟。还早呢，平伯那里怕还未开皮哩，这样推料着，他便自悔为什么不先到发财公司走走，足迹没有踏进自己的公司很有些时日了，作为三大股东之一，这么不负责任，不怕他们生反感吗？但是这时却已在上埠的车厢里了，管他呢，自己那份已押给别人了。现在正要去拼命把它赢回来，说不定在这时候倒恰巧碰着"脚头神"会马到成功哩！他这样杂乱地想着，渐渐被车厢里的温暖催眠，加上夜来睡眠不足，脑筋有点昏晕起来，眼皮也沉重地垂下去。

不知是有人告诉他呢，还是习惯，车刚到他该离开的那一站，他便忽然醒过来了。匆匆地走出车厢，冷风迎头一吹，精神陡的振奋起来。拉上了大衣领，逆冒冷风大踏步走去。看那神气，仿佛是一个勇往无前的战士在进军！

他熟悉的往平伯的柏文楼下特设的暗门闪身进去，由于他来得突然而又快速，使得那个"睇水"（把风）的人吃了一大惊。

平伯那柏文是在第三层，有两个房子、一个厅堂和一个小厨房，其中有一个房子最为热闹，厅里次之，人一进去，会有兴奋的感觉。低沉的喧嚣和浓辣的烟雾弥漫了整个房子的空间。

"六九四三二 A 一一，青子龙四，四！"

"我话是一，一，一必矣！"

"还死第三口？哈，恰应'大只田'的路了！要是'尖仔少'，准会输脱裤！"①

"怎么'尖仔少'还未到，莫非输怕了?！"

"哈，四，真是四，系路了！"

响着这样的声浪，低沉而粗浊。

"哈啰，'尖仔少'，怎不早些来？彩教去矣！"

翁少先生一出现，就有人这样质问他。

"先前顺条，刚才缩到第三揸，丢②，现在且莫动手，等看下势色先！"又有人做着这样热心的劝告。

他好像没有听到，傲然地一径歪进另个房子去。

这里又是别有天地，和那一边几乎成为反比，死样寂静，虽然人是有三个在，他们好像连呼吸的微响都停止了，有人来了，却也连动都没有动一下，哗！莫非连知觉都失去了吗？三个人，都躺在硬地板上，那张软绵绵的弹簧床反而被冷落了，脚对头又头对脚的，像三根竹杆子摆成一个正三角形。当中一灯如豆，这便是房里有的一点光，原来他们三个正在"打三星"③ 大修其道。

---

① 编者注："大只田"和"尖仔少"都是带有一定特征的绰号。大只指身材庞大，尖仔指瘦弱或者头脑精明的人。

② 编者注："丢"是粤语里的脏话。

③ 编者注："打三星"在此处是指他们在吸鸦片。

翁少先生脱去大衣和呢帽，便挨近这个三角形的一角，坐下去，这才有一个摆近烟灯的脑袋，眼睛欲待睁开却睁不开来似的，单单把眼皮缩动几下，之后，那嘴巴也微微活动起来：

"这儿吧，我够了。"嗡嗡然，音韵低沉得像苍蝇绕屎缸。

"有货没有？"翁少先生慢声问。

"不多！但你可以用一点，别人呢，休想！货真少，堂里的亚总也闹'黑米'荒哩。"说到这里竟睁开了眼，同时缩一缩嘴角，算是笑了一下，"昨晚死鬼国才拿了五贴来。"

说话的人就是这里的主人——有悠久光荣历史的老捞家（吃江湖饭的）平伯，他那鸡脚样的手，往腰带里掏了半天，才掏出一小堆的烂报纸来，用心地拣出一块，凑着鼻子嗅了几嗅，蹲着来一个深呼吸，然后才郑重地递给翁少先生，边说：

"这是最有分量的一块，别人要么，哼！须得三三见九，而你呢，打个折扣就二四如八吧？"

翁少先生不耐烦地横了他一眼，好像在说："捉吧，看你有命捉得到，却怕你没命去享受哩。"

那时候他早就把枪横在怀里，那枝钢针也在他手指间飞舞起来。一小块的鸦片烟被火焰烧溶后，嗤嗤地冒出了一种异样的焦香的味儿，他止不住地还用鼻子作着深吸进，不够，索性拿过来狠狠地嗅了这么几下，同时，身边眠着的那两个也耸动着鼻子，眼睛开了一道缝，贪婪地瞧个不停。

他十分钟内吸了三次，每次都是一气吸完，然后张开嘴，那浓重辛辣的青色烟雾就像冲出缺堤的洪水，向周围泛滥开去，鼻子里也冲出两道支流。三口鸦片烟尽了那块烂报纸的所有，剩下来的是一片焦黄色，细看还可以认出一些模糊的字迹，仿佛是一种花柳药的广告。

难道他忘了昨夜"城下"之辱吗？不，他晓得取胜之道在于聚精会神，现在他悠然地闭目养神了。嘴边还啜含住烟枪嘴。大概未够瘾吧，他对平伯发作了："去装善吧，平伯。不过三口，值八块？我卵毛一条！"

"喂，细佬。"平伯陡的睁开眼，放出点黄光，像有点生气的样子。"指头那么大的一口，有三口还不值八块?！丢，吃米唔知价！"他微微顿了一下，眼睛又疲倦地闭上了，鬼鬼祟祟地茄的笑了一声，拉转话题了。"我们还是说正事吧。蓝星的底子怎么值得一千？百一二银生意罢了（原文不清楚），至多值六七百。唔，发财那里你也不过有三分之一的股，有人说，发财的生意近来大跌，那么，公公道道，我们计八成吧？一八如八，八五中四，八四二就是千二。"他一气说完，还呵呵干笑了几下，很得意似的。"还来吗？又顺啦！"

这一番话真把翁少先生气恼极了。正要发作，就在这当儿，闪进一个人来报告：

"'尖仔少'，又顺啦！"

"哈，怎样？"平伯冷冷地送过来这么一句。

他，翁少先生，霍地跳了起来，夺门而出，曾不踌躇地冲进"四方城"去了。

三四回合之后，他袋里二千兵马已经伤亡过半。

"不必忙，慢慢来，赢他个十倍。"有人见他急得青筋绕额，目眦①差点崩裂，冷汗湿透征袍这么狼狈的样子，就好意地安慰他。

在这个无把握的角逐中，每每使人很容易失掉理性，愈是不得手，愈是狠起性子来。

别人叫他慢，他可偏急进，坚决地集中所有的兵力在第一、四方面，布置即定，就死力盯住那谜一样的铜质田盅，尽管旁人议论纷纷，他一百个不理睬。

平伯也站到那扒摊手的旁边，脸上光彩得很，可也好像很担心似的。

那个扒摊的猛地喝了一声："离手，杀！"喝过了后，伸出左手用兰花式手势轻轻地揭起那个铜田盅，暴露出百多粒扁圆的摊子来。于是所有眼睛都万分注意地集中在那里，全房死静无声，但这样也不过一霎眼工夫，人的声浪又爆发了。

四个摊子一批批的扒了两批，一个高朗声音就像晴空里一个闷雷："四，四，四必矣！唔系②就割耳！"

可是又有人不以为然，硬说是"三"。

翁少先生被这两个声音弄得一喜一急。

一小堆摊子渐渐扒完了，最后，剩下来的果然是个四。于是全房轰然……

"死关已过，何不乘胜追击！？"有人惟恐翁少先生不够胆气，就来这么一句鼓舞他，好多看点热闹。

然而，他呢，早已下了决心："再一次总攻击，成成败败都罢手了。"于是又尽所有再度集中在四。这一下，使得在场的看客们都有点惊异，有人认为对，也有人认为不对，于是场中又议论纷纷，仿佛翁少先生的成败

---

① 编者注："眦"指眼眶。

② 编者注："唔系"在粤语里指不是。

就是他们的成败，激烈地争吵着，四壁为之动摇。他们忘记所处在的是怎样的一个地方。

平伯仍站地那里，看样子还是很镇定，凭经验，他用不着发慌。翁少先生缩住气呃住嘴，满脸杀气，他在极力镇定跳起打滚的心。

两分钟后，翁少先生侥幸地又获到再次胜利。

他忍不住地狂笑起来，用眼光去寻找平伯。可是，找不着他。

尽管旁观者怎样在怂恿，他都不作兴了。骄傲的微笑挂满在嘴角和眉宇间，在人们的喧嚣声浪中，他转进那个"打三星"的房子。平伯死板板地盘膝坐在里面像老僧入定，做出若无其事的样子接受胜利者掷过来那种有刺的揶揄。

翁少先生撕碎了昨晚才签下自己名字的那两张按押贴据，向平伯扬一扬手，就手披上大衣，一只脚刚跨出门外，猛回过头来，笑哈哈对平伯说出他的"临别赠言"：

"再见！平伯，"拍拍衣袋。"我这荷包，你以后休想染指了。你做人太过沙尘①，又孤寒②。你也算当捞?!"他向房外招招手。"懒佬福，你来，这些赏给你，有这么睇摊头的好本事，何苦在这里鬼混，转去十六街那儿吧！"便扬长而去了。

那夜，虽然夜色已深，天气又那么冷，往常，他总留在暗室里烧鸦片烟熬到天明，那夜，他可就不愿再逗留了。他兴腾腾的像个凯旋的将军，冒着冷风，赶回埠上他自己的房子。

是一个颇精致的小柏文，一睡房、一小厅和一个小厨房，很适合一对夫妇小组织的家庭居住，他们把这香巢布置得很现代化。

翁少先生刚跨进睡房门，脂粉香阵阵扑进他的鼻子，他知道花斯女士在里面熟睡。"她竟不失约！"心里这么称赞她。今晚他是满怀高兴，对于这个曾被贬为"玩物"的她，格外地好感喜爱。于是这个曾被冷落了一时的房子又为人的温暖、爱的芬芳所填满了。

他们俩同居已有年把久，而成为朋友却有三年多了。那时他只不过是蓝星衣馆的老板，而她那时却是一个三元之类的上门货色，经过一次偶然聚会后，他们便结了"不解缘"。于是由于他的年轻力壮、手段阔绰，被她许为一个合意的姘头。从那一晚起蓝星衣馆的后门，她几乎晚晚跨踏过，日子久了，两人间发生友谊的感情，她也就不好意思挂起三元货的招牌了。

---

①　编者注："沙尘"在粤语里指锋芒太露。

②　编者注："孤寒"在粤语里指吝啬、小气。

花斯女士给予他的殷勤在他好像是一种鼓励，年前他锐意奋进，和友人们创设发财给衣公司，生意挺好。他的生活发生了新的改变，自由自在地享受丰富的日子。而她从那里获得到满意的享受。她是一个聪明人。她要使目前这样的不劳而得的享受得保障，所以"同居"，还是她屈尊地自动向他提出，这，在他安有不点头之理。

"同居"后，她更加觉得这一着做得不错，因为她得到更多的身外的给予，珠光宝气、打扮入时，俨然像个高贵的少妇。

可是这个高贵的少妇竟缺少高贵的排场，她出门时老是孤另另地一个人，每每使得人误会她是一个年轻的寡妇。在这方面，他，翁少先生也有自知之明，自己老是烟油满脸，乱发蓬松，颜色又那样不相称，即他不自馁，和她并肩游街，她也未必就愿意哩。无须乎也好！只要你每晚在我的身边就得。他好几次对她做过这样知趣而坦白的表示。

他现在经常回去发财公司，料理这么一天半天，若是上足烟瘾的话，他就撸起衫袖也来摺上三几百的衫，那么他可够一天的黑米钱了。不时的，他还会去敲暗窦①的门，不然就找个安全地方打其三星，或者和三两位"同志"拍上半天麻将。但无论如何，得在半夜之前赶回花斯女士怀里去，她缚得他越紧了。

自从那天得胜回来，他就决定再不走平伯的暗窦，因为他憎恶那个吃鱼连骨吞的老捞家。而且，他现在赌暗窦，又再度应用他那老战略了，从前在他还未大败给平伯时，他定下一个攻打"四方城"的战略，那是"得手就进击，失手就及时回马"；他所以败给平伯，就因违反这战略，他自己也明白。由于他定下这个战略，他博得"尖仔少"的雅号。别人背地这么议论他：尖仔少尖则尖矣！除非你不来，不怕你不上钩。

这时候将近岁末了，天气格外冷，风更吹得有劲，雪倒没有下，只是冷风里带来阵阵牛毛雨，老是下不完。街道上的积冰也老是那么多，碰到这样的天气是不宜出门的，翁少先生于是索性躲在家里，正好领略"温柔乡"的滋味。

在凄风寒雨的包围里，人们却挺有劲地在街道上熙熙攘攘地来往着，一个最能使人们狂欢的节日——耶诞节快要到临了。

大节日的大清早，牛毛雨不跟寒风一起跑，灿灿的阳光却凑趣地射遍了大地，这是冬季里一个上好的晴天。

花斯女士起来得很早，说是出去拜会朋友，便打扮得花枝招展径自出

---

① 编者注："暗窦"指地下烟馆或赌场。

门去了。

几天来躲在温柔乡里，翁少先生有了乏味之感，他想，今天是大日子，该出门走走，预备下的鸦片泡仔吃清了，得去再弄一些回来，也趁便找个门儿多吹几口，他又想起在这大日子里上暗窦一定会有大的来头，未去之先，得到公司瞧瞧，邀请一二"同路人"去，助助声势。

他就这样定下了当天的节目。

到黄昏初临时，他和他的"同路人"们带了三分酒意赶到暗窦里。

果真如他所料，暗窦里已经填满了攻打"四方城"的勇士，番摊开上三铺之多，但有些勇士还无地用武。

翁少先生今天烟瘾既足，酒意也有，笑呵呵，忘其所以地大下其注，甚至无条件把他那个精乖的战略都取消了。可不是，在这猛将如雪的场合，还要用那个吗？他打定主意，赌它个痛快，做个出色的勇士。

不幸得很，他连战皆北。

"现银下注！"杀手这一声吆喝，那些想赌押头的也宣告绝望了。

他愣住了，料不到在这一瞬间，竟残忍地毁灭了他近日那快活的心境。他心里冒了火，然而袋里空空，饶你能征惯战的勇士也只好徒唤奈何！

满怀悲愤地回到埠上香巢里，兀自一语不发。

花斯女士也愣住了，她摸不着头脑地问：

"你不舒服吗？"

他总是一语不发，精灵的她只得施展出她的温柔手段，奇怪，给推开了，她不禁着慌起来，心里想：糟了！他变了心？要是，那目前这不劳而获的享受岂非失落定了？她不安地来回走着，着急地搓手。腕间手指上的东西在灯光下霍霍闪耀人眼。他心里一亮，跳起来，攫住了她的手，笑逐颜开。

"亲爱的，借给这些东西用一用。"眼光射着她的手。

"什么？你要我的手环和戒指？"眼睛睁得怪圆。

"是的，即刻就要！明天还给你。"不理她许可不许可，便来动手了。

"不，不！这是我的，我不给！"她挣脱他的手敏捷地跑开。

"什么？这是我的。你敢不给。你敢！"他饿虎似地扑过去。她灵敏地绕着圆桌子闪避。没法捉到她，他累了，呼呼地吁气。他竟斗不过一个女子，深重的鸦片烟毒戕害了他。

花斯女士开了半边门，站在那里喘气。

他坐在沙发上，翻白眼，无可奈何地望住她。

这一夜，他想了一夜，花斯女士也大胆地陪他熬煎到天明。他终于想出一条路——拍卖蓝星衣馆。

可不是，衣馆是他自己的，照顾不来，才请人代做。从前卖不出好价，不愿脱手。如今事迫，卖了去赶注要紧！

为此，他很早起床。临出门时，他不知所以然地，向花斯女士道过了歉。

衣馆由那守盘的人承买下来，生意加底契约在内竟值一千元。本想即时现款交易。可是对方要办清手续，不愿这么简单。他只好先借多少，立字为据。

他先回来会花斯女士，他担心她的气未消。

她知道他会回来的，而且知道他带回卖去衣馆的钱。她正在房里忆恨夜来的遭遇，越想而反感越深。本来她不是真心爱他的，她所以不惜牺牲白种至上的身份来屈就一个异种的人，为的他肯花钱供自己挥霍，不然，那是可能的事吗？现在她知道了一切，这条路快会走尽了，于是她决心在今晚给一点颜色他看。

翁少先生回来了，一进门，眼睛一亮，花斯女士懒洋洋地斜躺在沙发里，穿上一身蝉翼般薄的晚服，丰腴的肉体隐约可见，就像没有穿衣服似的，金发垂肩，似睡非睡的眼睛迷惘地盯定他，他心里开了花，多么使人陶醉呵！

她早准备了上好的威士忌酒，满满斟了两杯，眯细着眼睛向他招招手，碰了杯又碰杯，柔情万斛地尽在他怀里献媚……在肉香与酒味的陶醉下，他渐渐支持不来了，最后终于完全昏迷过去，连睁眼的力量也没有了……

第二天醒来的时候已经是正午，他觉得头疼口渴，他闭着眼睛有气没力的唤道：

"花斯，亲爱的，一杯开水。"

可是回答的是寂然死样的沉默，他等了一会儿，喉咙焦痛得像被火煎熬着，这可使他耐不住了，霍地翻过身来，同时沙哑地大叫："喂！开水！开水！"

依然没有人回答。他粗暴的坐起上身来，用力挣开那被烈酒烧红的眼睛：淡淡的冬天的阳光穿过窗子射进来，一切显得如此的明朗，他满房里一瞧，哪里有花斯的影子。

一阵不祥的预感突然浮上他的心头，他飞快地跳下床来，才知道房里凌乱得一团糟，他随手抓起大衣、裤子探索了一遍，嘿，那个黑亮的皮钱袋再也找不到；再向案头、抽屉……一看，一切贵重东西通通失了踪，自然，花斯女士自己的东西是半件不留了。

他的心仿佛被撕裂似地隐痛而昏乱，忘记了口渴、喉痛，忘记了一些，他攥拳怒目……之后，他颓然长叹一声，往床里倒下来。

淡淡的冬天人阳光更淡了，仿佛在凭吊这不可一世的"勇士"的收场！

（《新苗》1947 年第 1 卷第 2－3 期）

老钱伯

百 非

时间只是下午四点五分，去晚餐的匆忙期间还有大半个钟头，所以老吴姆仍在厨房门首那张沙发坐着。她那巴雷尔①式的身躯充满着丰足和安适，她那油灰的面孔焕发着自得和欢欣，一些儿也没有被她那两个在她跟前地板上争闹着的女孩——阿珍和阿珠的喧噪所骚动。

老吴姆的肉体和精神的满足近来更显著了，这自然是因为餐馆生意好、利钱厚，但更大的原因是新近获得一个好企台老钱伯。从老吴姆的观点来说，老钱伯总算是理想的伙计了：老钱伯招待顾客周到，使顾客满意、舒服；老钱伯能忍气，不和顾客争论短长；老钱伯不嫌工夫多，有时做过钟头也满不在乎的；老钱伯喜欢和她谈话，和阿珍、阿珠玩耍。使她们愉快在这人力缺乏之秋。得一个无论什么样的人来帮忙已算是万幸的事，至若老钱伯那般勤谨耐劳殷勤容忍的人，碰在手上，能不说是天赐之福么？虽然其他的企台像老刘叔，对老钱伯似乎有些不满，但这大多是嫉妒老钱伯花利②多过他所致。横竖这是他们的事情，老吴姆乐得个管不着。

壁上的时钟当的一声响，老吴姆抬头一看，却是报的半点，知道老钱伯就会由楼上下来开工了。同时她那个大的女孩阿珍也停止了磨难她的小妹，仰头向时钟尽睁着两只扁溜溜的眼睛，不耐烦地问：

"为什么老钱伯还不返来呀？"

"不要噪，老钱伯就会返来的了。"老吴姆答。

果然，不久前门启开，随着一阵浓厚扑鼻的香水气味，走进了老钱伯：年纪约莫四十来岁，身段不很高，却颇有点肥，尤其是下半截；头尖，毛发稀少，但仍细心地从中间分开，光滑地在两边贴着；眼长而狭，笑起来只露出两道裂缝；身上穿一件不够阔度的白斜纹布小楼，把上身紧裹着，使得下部越发见得庞大，若是腰间扎一条围裙，便成了一个活的不倒翁。

---

① 原文注："巴雷尔"，英文单词为 barrel，即琵琶桶。
② 原文注："花利"，小账。

老吴姆看见老钱伯返来，不自禁地喜形于色了。阿珍和阿珠也都立刻停止了她们那些无意识的吵闹，起身走到他身旁，争着叫他和她们玩耍。老钱伯便像久客归来的父亲刚入门见到他的孩子一样，伸出两手去，先握住阿珍的小腰，然后把她一上一下的举着。当他把阿珍举过头上时，虽然嗅到一阵强烈的泥垢和屎尿混合的气味由阿珍的裤裆射出来，令他欲呕，但他仍尽力抑制着自己，把她连续地举了几下，才放她下来，又依样地把阿珠举了几下，然后，两手各抱一个，走到老吴姆面前，笑容可掬地向她请安：

"哈哈！阿婶，你好么？今日生意也好么？"

"我很好，老钱伯！但生意……"老吴姆停住口，把眼光向在右边餐台正折着茶巾的老刘叔睨视一下，然后换个音调说：

"但生意，今日不知为什么，却不很好。"

"生意今日不好么？别忧虑，阿婶，今晚必然会好的。"老钱伯自信地安慰着老吴姆。

"我也望今晚生意好哩。"老吴姆放了心地说。

老钱伯还要持续地和老吴姆谈下去，但给他抱持着的阿珍和阿珠却不耐烦听这些她们所不懂的说话了，吵着要他和她们去玩耍。老钱伯便离开了老吴姆，抱着两位小姐绕着餐厅走。

餐厅是分开两边的，两边靠墙各有厢房五个；对面又有小厢房四个。老钱伯先由一边向门走，转个弯，又打那边走回来。他两手虽然各抱着一个女孩而致头面两边被她们的身躯所遮蔽，使他的视域只限于前面，但他每经过有食客坐着的厢房时，总要缓下他的脚步，稍微更动他的方向，务使自己能够看到里面坐着的人是否他曾经招待过的熟客，尤其注意台面有花利没有。他这样地行过了几个厢房，走到右边中间的一个，终于发现有一个簇新的半元银币在杯盘狼藉的一边闪烁，宛如放着引诱的光芒，心中一动，他连忙走到老刘叔那里，站着对他说：

"嘻嘻！老刘叔，四点四十五分了，放工去吧。让我替你做埋这十五分钟得了，老伙计，算什么？"

老刘叔持续折茶巾，也不抬头看他，只冷笑说：

"你若闲着没有工夫做，可以折折茶巾。我是和事头婆订明五点钟放工的。"

"折茶巾？嘻嘻，我一会儿有空就来！"老钱伯还未说完，便又抱着阿珍和阿珠向老吴姆那里去了。

时钟已打了五点很久，老刘叔也放了工很久，可是吃晚餐的顾客还没有到来，餐厅显得空虚，老钱伯开始感到不安。他的双手虽然在和阿珍、阿珠玩耍着，他的嘴虽然和老吴姆谈说着，但他的双眼都不时向门首张望，说不出一种期待顾客来临的焦躁，十五分钟又迅速地流逝了，仍然没有一个人走进来，老钱伯忍不住了，便岔开他和老吴姆所谈的事情，失望地、叹息地，半对自己，半对着老吴姆说：

"为什么今晚生意这样淡呢？"

"是呵！不知为什么这样淡呵！"老吴姆同感地答道。

十五分钟之后，终于有一对青年男女走进来了。老钱伯喜不自胜，马上停止谈话。撇开孩子，从小桌上拾起两张菜单，毕恭毕敬地过遇去欢迎：

"哈哈，good evening, Madame；good evening Sir. "老钱伯曲着腰，叩着头，笑着脸说。

老钱伯是很伶俐的，他一看见那两个青年男女的动态，就知道他俩是一对恋人。因此他通气地引他俩到右边最后亦是最僻静的厢房，等他俩坐定，然后把菜单展开，恭敬地在他俩的面前各放一张，他走去茶房里，先从架上取两个玻璃杯，用布一再拭抹干净，向冰水喉斟满冰水。放在白铁盘上，捧出去给客人饮，然后肃然直立，听候他们点菜。菜点定了，他走向厨房去传报。传报罢，他又走到茶房，从抽屉里拣选正当、完好、洁白无疵的刀、叉、匙各两件，用布一再拭抹干净；又从架上拣择两张折得正当、整齐、没有褶皱的茶巾，然后一同携了出去开台。

当老钱伯携着刀、叉、匙和茶巾到厢房时，那两个男女，他们初时是对面坐着的，这时已经坐到一边并且拥抱着在接吻。老钱伯到来，他们并不停止，持续着长吻，似乎没有别人在旁一般。老钱伯也当作没有看见，曲着腰，低着头，尽顾自己安排刀、叉。

老钱伯虽然知道顾客所点的菜要十分钟才办得来，但他总希望或有可能早些备办，所以仅仅挨过了五分钟，他便走回厨房去，及至看见菜还没有备办，又走出来看看有没有新顾客来临。隔不上两分钟，他又走回厨房去，这回，菜的一部分已经好了，他便探手由蒸汽底下取出一个大的白铁托盘，放在台上，又由架上堆着的大碟当中，拣了两个没有破缺、没有瑕疵的，用布把底面都抹得发光，摆在盘上，等待其余菜都做齐了，才好一同捧出去应客。

这时，做帮厨的老黄正和洗盘碗的老许笑谈着。老许说：

"老黄！在这里做工的人，你和老钱伯算系最有成就的了。"

"我那里比得上老钱伯！"老黄说着，转向老钱伯，"闻说你在乡下有一座三层高、三间横过的洋楼，有五石肥田，又有三个婢女，是不是，老钱伯?"

"嘻嘻！不是不是，"老钱伯谦虚而又得意地说，"我那间屋只有两层高、两间横过罢了；田也只有三石多；婢女呢，前时虽有两个，可是一个已经跑掉了，现在就共还是只有一个啦。"

"就算那样，你也是最有成就的了，老钱伯！"

"嘻嘻，不敢当，不敢当！"老钱伯机械地答着，因为这时候菜都办全了，他正在一碟一碟的仔细地放在盘子上，并检点着有没有遗漏。

"老钱伯！"老许还刺刺不休而且带着一些讥讽追下去，"你家里那样好了，你为什么还在这挨企台?"

老钱伯已经把般般菜肴安排妥当，更不耽搁，只照例干笑两声，作为回答，端起托盘径自走出去了。

顾客渐来渐多，老钱伯越来越高兴，招待格外精神，斟水、开台、端菜肴、收盘碗忙个不了，有时还要放开跑步方才照应得来。不过这都是老钱伯所乐为。是的，举动不快捷，怎好说招待周到？招待不周到，怎么会有好花利？站在"花利至上"的立场讲来，跑死了，老钱伯也只合叹句"活该!"

老钱伯虽然很喜欢尽力替顾客们奔走，但有时也不免感到一些空虚，感到他的努力不尽为顾客们所激赏。自然，顾客中有许多因他招待周到而重重打赏的，可是诛求无厌，连多谢一声也没有，就把你当作家奴般看待的也不少，至于吹毛求疵、故意生事，或平素仇视华人，无端辱骂，尤其是喝醉了酒，专闹是非的，当然更不消提了。

忽然右边中间的厢房里一阵敲碗碟的声音震动了老钱伯的耳鼓。老钱伯虽然正在气喘喘地捧着一大盘碗、碟、杯、壶走到厨房门首，也立刻把它们弃在侧边的小桌上，回转头向着声音所传来的厢房那边走去，对那几个吃着的顾客说道：

"嘻嘻，你们哪一位先生在喊我?"

"Hey，Chink①! 我另点的炸虾在哪里?"其中一个带着几分酒意的喝道。

"嘻嘻，炸虾?"老钱伯不失满脸笑容的说。"大虾炸好了，我就去取来。"说完，便飞跑向里面去，连刚才弃在小方台上那些盘碗等件也不及顺带捧回。好在炸虾果然炸好了，他便捧着飞跑出来，恭敬地放在那醉汉的面前道：

---

① 编者注：Chink 是对中国人的蔑视性称呼。

"嘻嘻，先生，怠慢了，对不住。"

老钱伯正欲转身，但醉汉喝住他，不许他去，又由那碟炸虾中挑选一只最细小的到眼前，用照显微镜的神态细察数下，然后伸着手把它吊在老钱伯的面前，严厉地、发怒地问：

"你叫这做炸虾么？"

"是，先生！这是炸虾，是先生所点的。"老钱伯奉承地答。

但醉汉的怒气却不因老钱伯柔顺而减少；相反地，他把那碟炸虾掷回老钱伯，更加发怒地说：

"我点的是炸虾，但这哪里是虾？快的拿回去，另外拿一碟虾的来！"

醉汉的同伴，知道他无理取闹，也为着减少老钱伯的困窘起见，由而调停：

"不要理他了，约翰！"一个对老钱伯说，"他醉了。"

"还说我醉？！"醉汉反问，又把两只碧眼睛盯着老钱伯断然地吩咐道：

"快些拿回去，另取一碟炸虾来，晓得吗？！"看着老钱伯仍露出那副牙齿立着不去，便更加大声喝：

"不要呆仔似的站在那里！去另取一碟来，去！"

老钱伯好像被困在穷谷里，进退两难：不把虾拿厨房去换，就逆了顾客之意；拿回去又怕厨师们未必肯给你换。他踌躇了一会，终于采取后一条办法，因为顾客是必须满足的，虽然他们不对，看在花利上面，不对也得优容他们呀。而且从过去的经验，他知道酒醉的顾客虽然无理取闹，难于服侍，可是他们往往挥金如土，给起花利来是意外的多。若能拼着麻烦把炸虾转换一碟较大的拿出去，又安知他不会一下子高兴起来，特予重赏？"我们走外洋志在求财，受一点气有什么要紧？"他这样安慰自己。

"好，等我拿回去试试看。"老钱伯低声下气地说，"如果有大只的，我当然另换一碟给先生。"

老钱伯于是把虾捧回去，对厨师说：

"嘻嘻，老关伯！客仔想把这碟炸虾换一碟较大的嗷喎①，很多事！没有法子，看在生意。"

老关伯注视他一下，猝然地，谑而且虐地说：

"好！可以呀，你去海边捉几只大的回来吧，这里欠奉啦！"

老钱伯觉得像被冷水一淋，但他仍然死抱着他的希望挣扎，不肯放松。

---

① 编者注："嗷"读 dàn，粤语中意为"吃"；喎：读 wāi，一般作语气助词用。

"嘻嘻，老关伯，那里"，他指着老关面前那一筐熟虾，涎着面用恳求的声调说，"似乎有些大一点的，将就给他换几只，做做好心吧，我实在。"

这使厨房之内，唯我独尊、别人不得与议的老关有些难忍了。

"你不晓得厨房的规矩吗？"老关问，他那被铁灶下的火气烘得通红了的脸越发红了，"只有腐烂的、酸臭的、吃不下喉的餐品才可以拿回转换，客仔嫌细只哇！换更大只的哇！岂有此理！"

"我也晓得不合规矩咯"，老钱伯慌忙道歉，"实在客仔"。

"客仔叫你去食屎！"素来不以企台先生花利第一为然的老关说；停一会，又把空气缓下来持续说：

"老钱伯！做人难道真要这样卑下？客仔不合意，可以叫他去别家餐馆吃。就是逆了他，他不再来，又算得什么？如若他敢生事，不妨把他趁出去。到了今日，我们还要受人家无理欺负？这种人，你还稀罕他的花利？生性点啦！"

老钱伯很没趣，不敢再说什么，只好又把那碟虾沮丧地捧出餐厅去，当他去到餐厅时，站在那里的老吴姆，虽然已经听见了一切，却还装做不知道的样子问他："什么事呀？"

他正垂着头，苦着脸，似囚徒押去受刑般，不情愿地慢行着，忽听老吴姆动问，便立刻停步诉苦。

老吴姆把炸虾瞧瞧，叹息道："死佬呀！这虾怎说得是细只呢?!"又低声问："他是独自一个人吃餐的还是同着几个人呀？"

老钱伯明白她的意思，也知道自己的困窘将有解救了，连忙答道："他是同着三个人来吃的！"随又夸张地说下去："他们总共有五六元的交易。"

"有五六元的交易吗?!"老吴姆心上闪起了光，"唔，你在这里等一等，我去给你换一碟来。"她接转了虾走回里面，由那筐里挑选了十来只大虾放油锅里炸。老关虽然觉得她过分侵犯了他的管辖权，而且她那庞大的身躯阻塞了厨灶和蒸汽台间的通路，使他不能进出，但因她终究是事头婆，也只好敢怒而不敢言。老吴姆把虾炸好，盛在碟上拿出去。老钱伯见了大喜，赶快接转捧给醉汉。那时醉汉和他的同伴已经吃完，在起身了。他慌忙把虾放在醉汉面前，笑容可掬地说："嘻嘻，先生，我替你换得一碟大虾来了。"

可是那醉汉轻蔑地把它推开，说：

"迟了，我不要了"，边说边蹒跚地走了，"把我们的菜单列出来，又，记着，休把那虾计入内!!"

　　晚餐的时间过去很久，宵夜的顾客还没有来，餐厅显得空虚，老钱伯感到不安。他的嘴虽然和坐在沙发上的老吴姆坦说着，他的双手虽然还和踞在地板上的阿珍、阿珠玩耍着。但他的双眼都不时向门首张望，期待着顾客的来临。十五分钟又迅速地溜过去了，仍然没一个人进来，老钱伯益发感到不安，他便离开了老吴姆和阿珍、阿珠，出去门外站立着向左右张望，过了一会，他又走回来，惘怅地半对着老吴姆，半对着自己叹息说：

　　"为什么今晚这么夜，还没有吃宵夜的顾客到来呢?"

　　　　　　　　　　　　　　　　（《新苗》1947 年第 1 卷第 4 期）

春　宴

湘　槎

春天到了世界的第一大都城。

不管地球别的角落里还在苦寒、挨饿、逃难、战争，这里积雪已扫清，阳光遍地，公园里的树枝在发芽，小鸟在枝头歌唱，是极升平的世界。

下埠里华侨住区，正在闹着迎春的把戏，莫街两端的高楼，顿时添了威风，从第四层楼起横扯过两面"花氏公所"的大旗，差不多垂到第二层楼，吻着过往的高大车辆。

花氏公所举行春宴。

莫街是姓花的人的势力范围，人们在通姓名时，如遇到一位老花，他的答语总是很自豪地指一指鼻官①说道："我是姓莫街的！"于是知趣的应当立即叫声："原来是花先生啊！"要不然，他会笑你外乡人，再啰嗦，就不难发生意想不到的乱子。自然，也看对方是姓什么的人而定，假如姓杜，他便例外，而且也一样有指着鼻哥而言的资格："小姓桂街！"之后，双方便一连几声"素仰"，这叫识英雄，重英雄。

早几天前，春宴的报名册就挂在大连楼的账户了，报名参加的可不过寥寥几个，这使茂叔有点不安。

大连楼是花氏公所旗下一间一等酒馆。

花茂发先生是大连楼的主人，胖大个子，不过五十开外，花白的头发已通了顶，红润的面颊藏着两个酒窝，笑起来格外显得和蔼。据厨师叶满枝的考证，茂发先生早年的身世也不大高明，在埠仔做间洗衣馆，满枝那时和他合伙，地位相垺，现在一个做东家，一个做工人。老叶的才干没有半点比不上茂发先生，就差还是姓花，只好在这廿多年来，眼看他人叔伯兄弟聚在一堆，你扶我拥，不几年便挤上了社会知名的人物，他还要跟着别人称呼茂发做茂叔，心里着实恼气。而茂发先生也感到委屈呢，他出尽

───────────────

①　编者注："鼻官"指鼻子。

死力向上爬，爬了多年，依然是在二三流之间的角色，侄辈"自"字派的如自芳儿，也不过比他的长子自强大五岁，识多几个"番字"，就年年连选公所的主席。最令他过不去的就是去年春宴演戏时，"哑佬拜寿"一幕，拜完了"中华民国万岁""花氏公所万岁"之后，竟然拜起"花自芳先生健康"来！这何以处堂堂父老?！此其一。二呢，想起来更懊恼了，自己人也不争气，他底自强大少爷，没有半点少爷风度，见了伯叔兄弟，冷冷落落地，三言两语就掉头而去。店里和家里的事，总不感兴味。交流的尽是外间人，不论中西黑白，简直姓不姓花也不大要紧的样子。还幸会考什么学位，快要大学毕业了，从没有伸手向他讨钱交学费，这是他惟一感到满意的事。二少爷自开和他底哥哥迥然不同，可像个少爷了。满公所的宗人，谁不在茂叔面前赞几句自开兄交际灵活，克家之子。这弄到茂叔几番想在大少爷身上找出些什么来责成一顿，拿着二少爷什么来夸奖一回。可是，回心一想，都是他底儿子呵！大少爷可疵议的小节很多，却没有值得特别责骂的大错；二少爷可夸奖的行为确不少，而花钱却比别人分外卖力，茂叔勤俭一生然后有今日的地位，任他二少爷怎样解说"交际应酬，以小博大"，茂叔总觉心里肉痛，万不能赞同。还有老三自秀，这位憨三爷更费周张。一身好力气，却不用心读书，最伟大的志愿就是憧憬着有日在大连楼当正"头厨"，承受"大师父"的称谓。这给予茂叔一门三博士的计划以严重的打击，使他觉得每事都不能尽惬己意。还好三爷却也懂得节俭，能够耐劳，没心算计别人，从不说半句诳语。茂叔虽憾恨爱子低能，负了他所期望，有时又下意识地觉得此子肖父，将来承继大业的不难就是老三。

为了参加春宴，茂叔曾开一家庭会议，要不是那招摇好事的自芳主席定了新例，那家庭会议简直不必举行。就因为今年新例，凡十八岁以上男丁，要缴费二元才有得吃。还好，他们保持妇孺免费的条例，茂婶和兰妹有权白吃一餐。尚余应讨论的问题是大爷的态度怎样，其他像三爷的年纪也应该核算一回。

如所预料，大爷直截了当地回绝不去，理由是没空闲。三爷今年十七岁零五个月，照旧历是十九岁了，西人则依然十七，茂叔肯定地说：

"在金山就依新例。"

于是断定了三爷没出钱义务，有白吃资格。他那一家只有他和二爷合该破费，就报了两个名。

大连楼里也因为揭开春宴的序幕，兴了小小的风波。本来全楼的伙计中，姓花的占了百分之八十。无如，旧伙计往年吃过亏的，心里早已有了成算了。可不是，花氏旗下有五间餐馆，数茂叔的大连楼最刻薄自私。公所开销每席五十元，大连楼的菜至多值三十元。反正一样花两块钱，不如报名在自芳的随意馆，乐得吃个快哉。

眼看两个"发"字派和三个"自"字派的态度不明，茂叔心里已猜着八九，春宴那日，恰逢他们 off day"休假日"，一定是早已在随意馆报了名了。然而，这不能予茂叔重大威胁，他知道大连楼至多能接五六席之间，再多便无法摆下。他所关心的是那一席"后叙"的问题。照规例，公宴定下午六时，往年大连楼老例伙计们因要为那些赴宴者服务，没空一齐同吃，所以有权留回一席，叫做后叙，但必须凑足十个人。

茂叔打开春宴报名册一看：

"茂发（有眷），自开，长发，满发，自盛。"

都是嫡系人物，疏一派的简直没有一个人参加。这不能不使茂叔对自立那些后生们投下憎恨的一瞥。心里打算着：这怎样好？只有五个人！虽然在"有眷"的题目下可以生出文草，茂婶、兰妹和自秀，那又加上三位了，问题是还差两个人。自秀长成比他高一寸，像不像个孩子可以白吃，这个还应考虑一下。可是他没空计较这些，谁不赏些面子给德高望重的茂叔呢？

倏然想到还有面子这一件武器，登时又喜上眉梢了，立即走入厨房，轻轻拍一拍叶满枝的肩膀，干笑一下，颊上那两个酒窝显得更深，和气地对满枝说：

"明天春宴，你也报个名吧！"

叶满枝摸不着头脑，惶惑地呆望着他。

茂叔等不到老叶的疑问出口，便先替他选择。

"你和我们廿多年老伙伴，犹如兄弟一般，而且花叶一家，更不是外人，我担保人家都欢迎你！"

老叶听了这话，感情顿时复杂起来，仿佛跌落厨房个五味罂似地，自己在世委实伶仃，那有参加什么公所春宴的资格？心里是有点苦味，但究竟也有人来认亲，乐意邀请，似乎又觉得甜蜜蜜地。可是，要是像个客人，应该公所下帖邀请呀，用不着拿两块钱出来报名，于是有了点酸意了。进一步分析，他理解到这不过是茂叔为凑足十个人一席起见，便从他身上来剥削，又感到受了委屈的苦恼。纷乱的感情交织着老叶的心弦，他不知道先从那一点发作，反正不过就两块钱的事，他也乐得拿出来省却一场烦恼。他始终保持沉默，从裤袋里抽出银包，拈出两张一元纸币，塞在茂叔手里。

茂叔没空打量叶满枝脸上作什么表情，左手接过钱，右手拿着的铅笔便在簿上加多一行字：叶满枝先生（客）。

还差一位，他四处端详，看有什么可以入格的人物，首先接触着眼帘的就是莫雄，厨房里的杂役，性情粗暴，人们都叫他做"牛精雄"的，茂叔忽然灵机一动，走过来莫雄身边，正在想先做一个笑脸，然后开声。莫雄果然"牛精"，抢先封着茂叔的口：

"老坑（老头子），你种野（法子）唔驶得（不行）嘅，你姓花，我姓莫，全无关系！"

茂叔知道要过难关，非出几度功夫把老莫说服不可，便装做很老成持重的样子说：

"细佬，出来捞世界①不能太绝情的，什么没有关系？花、叶、莫、蒋，都是'草头郡'一脉相承，旧时堂口打架，你老莫全靠'草头郡'出齐人马帮手，而家请你饮都唔来？"

"丢，讲旧时，旧时你脑后有条辫呢，如果请饮当然来，出钱就免问！"

莫雄就是这样难以理喻的，这使茂叔束手无策。他怏怏没趣地走出厨房，也不管大少爷来不来，只好添上自强的名字，才凑足了人数。

花氏公所春宴第一日是星期日，这日大连楼像没有这一回事似地。茂叔不是忘记自己姓花了，他始终誓死拥护"花氏公所万岁"的口号。然而，做餐饮的全靠星期日旺市，他不能让姓花的兄弟占了全个餐堂，闹个半天，这影响西人顾客。他曾通盘计算一回，权衡轻重，而结论是得不偿失。他宁可这几小时内暂不姓花，毅然拒绝公所于星期日在大连楼摆春宴的提议。

第二日，依然是春宴，只剩得吃餐、赌钱、听戏几个节目，再没有开会演讲等仪式了。过了中午，茂叔便跑上公所的大堂，他此来是有些使命；在公所里露一露脸，叫人知道他对公所事业并不是漠不关心，为自己利益计，他想打探昨天的宴会情形，大事如曾经在祖国显赫一时、现在逍遥海外的本家将军，有没有惊人的言行？小事如有谁吃醉生事？有没有悲剧或笑话发生？这些，他都想预先探听明白，免至人们讨论起这题目时，他无从咨议。

公所里的空气比平日更热闹，就说麻雀吧，平日开两张台的，现在活动范围增至四张台，玩纸牌的还未算入内。人的动态和物的布置成了正

---

① 编者注："捞世界"在粤语里就是出来闯荡、赚钱的意思。有时文中出现捞家、老捞等，也有蔑视的意味，指这些人不务正业，通过赌博或骗偷等手段轻松赚钱。

比，庞杂、凌乱而带点紧张。赌的技能，茂叔半点不懂，在麻雀战场里的人们，偶然见了他，心里也不会兴起重大的反应。有些人简直把他划出界外，认为不合流，也有些人觉得他连这样大众化的玩意儿也不懂，深为他底低能觉得可悯。茂叔却满不在乎呢，反之人们觉得可怜正是他内心引为自矜之处，因为不会赌，他没有瞬息不同的荣辱，他有一文钱积一文，而他底名誉、地位和银行存折一样——与日俱增。不管别人对他怎样，几十年处世经验，他练成永不逞强好胜，永不开口得罪别人。单凭这些，他有他的知己。

　　临街的窗下，他和根伯在凭窗俯瞰花氏公所的大旗，这已经是他们的会话快要结束的时候了。这位头部特别发育、和那短小躯体不大相称、六十多年人生经验的根伯，说完了祖国经济混乱，影响他不敢买田，美国的世情渐趋不景，叫他又不敢投资做生意，对现实咒诅一回，差不多发挥尽致，没有转弯的题目了。恰巧看了"花氏公所"四个大字随风飘舞，又引起了这位老人家宗族观念的兴头。根伯虽是茂叔兄弟行，却比茂叔长十来岁，拥有两间杂货店和餐馆，在公所里他是剩余无几的元老派之一。他比任何人见闻多，对新人物的不满，也比任何人为甚。比方，他是花氏公所的开国元勋，他们那一代人所定的章程，限于西江县份的宗人，才有资格加入。大权一落在亲人手里，任得东江、北江的客家籍也混了入来，语言不同，习惯各异，居然认兄认弟，客家人做副主席，做理财，而他们正统派的元老呢，不过是空头的参议。眼看新人物自芳之流的思想太自由，渐渐反客为主，大权旁落，叫他怎不为公所前途担忧呢！茂叔也有同感，在旁附和，于是他们开始讨论下届人选，茂叔说：

　　"我看遇春有争正主席之意，我们怎样应付呢？"

　　"还是举自芳吧。"根伯默然半晌，然后毅然地说："到底他是西江水的人。别人怕敌不过遇春，会落选。遇春一得势，客家佬更恶死了。那无关重要的副主席我们不要，但文书和理财一定要争回。"

　　"那理财非你勉为其难不可了，根伯。"

　　"且看情形吧。"根伯很高兴茂叔说中了他心坎里的要求，又有点不好意思一口承受了，只好含糊地答应。"文书我想给开儿，这班后生既算他能干，而且，在社会上有点职责，便知道自尊……总之，也该历练历练……"

　　这意外的抬举使茂叔有点喜极而张皇，他没空细味根伯的话还有什么深意，他觉得万不能一个"不"字回绝这有潜势力的老人，断送一宗家门光宠的事业，而他内心也很矛盾，患得患失，固然欣幸儿子成材，为人看重，又虑自开二爷才不胜任，贻笑大方。他笑眯眯地喃出断续不完的句语：

"嘻，根伯，你真是，他年轻呵⋯⋯"

接着，他们把声音放低，商量怎样选的方法。根伯肯定地认为客籍人不能联合一致，自己呢，单就他手下的店户，受他支配的就有选票六十条，他估计大连楼全力响应，那末，入选简直不成问题。可是，茂叔的问题多着呢，大连楼当然有十多位宗人，试问有谁比得上满枝先生驯服、亲切？就可惜不是'草头郡'选人，满枝不姓花而姓叶！这也是一件煞费踌躇的事，他惟有笑嘻嘻不置可否。

正在那时，对面街角转过一双男女，手拖着手踱过来，远视病的根伯，一瞥就认得清楚，连忙用手推茂叔，暗示叫他注意，茂叔不看尤可，看了之后，气得脸色一阵红一阵白，简直说不出话。

原来是自强大爷和一位黑种女人。

在根伯面前，茂叔用不着为儿子或为自己说解嘲的话，他知道根伯是同情自己的人，根伯呢，更难措辞了，他比茂叔知道的更多，正在想讽示开二爷和锦云小姐的行径，好教茂叔及时制止。却不料一波未平，一波又起，意外地看见自强这样的行为！慰勉茂叔吧？他比茂叔更忧虑了，谴责自强不长进吗？这当然是行为乖僻之一类，不过，这些事似乎是华侨社会特有，他所读过的中国古籍中，什么不忠不孝的故事，简直无可比拟，都是受思想太新之累，追源祸首就是送孩子入学校读书，不过，不读书那会有洋博士？那能够回祖国谋个一官半职，光耀祖宗？真难，不寄望于新人物当然不成，而新人物就是这样不驯服的，老人家心灰意冷，不想开口。茂叔底内心，不特失望，而且带点悲哀，在任何角度看来，自强都没有值得饶恕的道理，男大思婚，怪不得他和女朋友交游，可是，华埠里也有许多世交闺秀呀，偏要看中个异种人？就是异种人也应当拣个皮肤洁白的才好呵，偏要拣正个黑鬼？！而且迟不来早不来，偏又拣正公所春宴的日子才来华埠游行？！分明是存心捣鬼！！

在沉默不欢的情绪中，茂叔别过了根伯，走下公所的大楼，也没有熟人提起这事，而这件事在他心中却片刻不能忘怀，他在盘算着应付的方法，这叫什么罪名呢？下流、不择交、行为不检，都是可以发作的题目，然而自从一落脚踏实异乡以来，固然心里欣幸团聚一家，又眼看孩子们一个个长大成人，减少了许多身边累赘，跟着，似乎有点损失，比方，做长辈的在异乡不及在祖国够身份，后生们一晓得自主自由，父权渐渐衰落，就算责骂儿子也要讲究艺术，因为他们不大尊重所谓长辈的尊严的，他意识到一提出"你下流"时，对方一定会回敬一个"你落伍，不配管我！"那就拉倒，父子反脸，这岂是一个老成持重的人应有的行为？干涉不来，放弃不得，他转而迁怒那黑女，都是她不好！一想到连她的名字自己也不知道，又觉得这咒骂对象不清，有点无聊可笑。他再分析自强所以强项的原因，无非是年纪大、读书多、不靠父亲供给，进而推想到将来自开经济独立，自秀进了大学时，也许就踏上了他们底哥哥的路径，到后来，他只拥着一个父亲的虚名，儿子不属他个人所有，不特儿子要娶外国媳妇他管不着，就是儿子不喜欢跟老子姓花，他也无权干涉！一步一步地跮回大连楼，前面是埋藏了炸药似地，他愈行前一步，愈接近死期，下意识地一连打了几个寒噤，四肢也跟着起了颤抖。

当茂叔回到大连楼时，来应春宴的已到了二三十位，大堂五席台铺上洁白的台布，摆好杯、筷，单候人齐入席，已到的人们，似乎把那五席台视为禁地，不约而同地看谁够勇气的先坐下去了，然后才有人效尤。他们各找着认识的人做谈话的对手，占满了餐堂两旁的小厢座。西人食客走入来，有见厢座满了人，大堂又摆得怪齐整，只得掉头而去。茂叔于这群人，只认得几个西江正统的，他不敢干惹那一大部分客家人，心里干着急，不能作什么有效行动。看看入席时间已过了十五分钟，赴宴的也来了不少，连公所派出的招待员都出现了。这招待员是公所指定的，任务是点人数，收集"春宴券"，发烟和酒，所谓招待，不过是次要的任务，自芳这人，真有负元老派提拔的好意，就说用人，往往出人意料之外，派来一间正统派餐馆做招待的，竟然是副主席遇春先生——一个四十左右、短小精悍的客家人。他唇上一撮胡须，人们说是像日本人打扮，拿来做攻击对象，即茂叔亦觉得不够华胄风度，不以为然。现在，公所有喜宴，宗族交游有体面的人们碰了头，尽管心里各怀鬼胎，招呼起来，依然是装做很亲热的样子。

遇春一来，大家才开始入席。

在人们秩序未定、言语嘈吵当中，茂叔偶尔回头，却见了自开二爷和自芳的妹子锦云小姐双双在门口出现。他俩从小生活在一起，因为争一个玩具，不知打了多少架，不过边打边和，从没有结冤家到两小时以上的。长大了因为同校读书，出双入对，不足为怪。茂叔有时深许他俩有缘分，像对同胞兄妹，有时又下意识地想着，锦云要是叶满枝的女儿，那就是一个很称心的媳妇。可是，如今没空想及这些，为防备他们入席，破坏那一席"后叙"的计划起见，茂叔走过来招呼他们：

"锦云，嘻嘻，你们也来了。真吵闹呵，听候今晚才吃，包你更舒服!"在她耳边像有什么秘密似地加重一句:"特别加料!"

锦云小姐已是十八岁的少女了,倘如早年受了这样软哄,她心里就不愿意,也只好鼓着腮儿委委屈屈地顺从,博个好孩子的声誉。现在,她心里觉得茂叔手段不够高明,今非昔比,他还墨守古法,岂不可笑!对于小姐身份应有的矜持,她懂得很透彻,那时自开的手正在揽着她底腰肢,她便乘势把烫过了的水波纹的发丝,轻轻挨着二爷的肩膊,脸上露出不大高兴又满不在乎的神色,仰首凝眸,听候做男子汉的为女儿家申辩。自开二爷所以得人喜欢,在女子方面言,当然因为他知道尊重女人,赶得上美国绅士的水准,一般说来,多半是由于他晓得鉴貌辨色猜中别人的心事,他不待锦云开言,已先代为解说:

"爹,要吃餐日日都有得吃。我们是来看热闹的,散了席,还要去看戏,怎能听候你们'后叙'呀?"

这是很合情理的,青年人和老者心境不同,他们要轻松写意地过活,不能去计较实利,先使自己不快意。茂叔既是爱惜儿女,也只好任得他们随意所欲为。

扰攘一回,人们都已坐定,自开和锦云也入了席,遇春先生开始执行职务了。他把庶务预先带来的威士忌和雪茄分派,每席放酒一瓶、烟一盒。在席的守人便把以两块钱换来的"春宴券"交出,遇春把人数和券数点过,大家含糊其辞地说"饮多杯,饮多杯",可没有人说"赏光"或"多谢"的,他们觉得大家都是主人,不必客气。

自开和锦云坐在最近厨房的席次,由近门口依次数来,他俩在最末一席。例外地这一席只得六个人,还差四位。茂叔知道自开手上没有"春宴券",他便抽出一张来交给遇春,随即把其余那六张一并交出,约略说明尚有一席"后叙"的意义,还郑重声明,这是老例,年年如此。

遇春先生就是不大尊重老例,也不讲什么情面的人,他板起面孔,打着他带点京腔的客家话,说道:

"茂叔,这里只得六张券。"

"是的,因为未计贱内、小女和三儿。"茂叔陪笑道。

"秀哥未成丁?"

"这个……嘻嘻……细蚊仔(孩子)……"茂叔含糊其辞。

"也不过是九位。"

"初时估话阿开一份,现在他变更计划,只好这样。"茂叔很抱歉,无可奈何地说。

在他们对话时,早已吸引邻席的人们的注意,猛地有人说道:

"一条飞（券）作（食）两餐，又抵呀!"

自开二爷飞红了脸，想起身抗辩，略一移动，见找不着是谁说的，不好发作。然而，人们见他要反脸的形势，闲言更多起来了。

"咁都得嘅①，昨日随意馆十二人迫埋一席，呢处（这里）十二人分开两席?"

"监硬（强制）省牛王（揩油）喔!"

"喂，兄弟，一场高兴，留情呀!"是一位正统派的声音。

"兄弟? 公公道道就有兄弟做，公所支钱嘅啵，大家有份至系架，点解益埋一家人呀?!"②

于是，各地来赴宴临时聚在一起有识有不识的花氏兄弟，便各守壁垒，争论起来，虽然没有发生严重乱子，却也叫闹得很起劲了。

茂叔一生好吃点小便宜，从来是看得准、吃得下然后动手，却没有试过动了手又吃不下的经验，估不到有这样不通情的昆仲，他心里慌张，想撤退，又不知如何下场，弄得很狼狈。遇春轻轻叹一句：

"办公家事真难!"

像是对自己诉苦，提起个"公"字，迫得茂叔不敢硬来，只好装做很慷慨的样子。

"这不是我有心取巧，往年有这样的老例。不过，现在这里正有空位，就请长发叔各位入席吧，似乎不必另设'后叙'了。"

茂叔无条件投降，空气顿时和缓了。于是上菜、猜枚、干杯，闹成一片，这才像个春宴的样子。尽管平日有谁觉得谁不够义气，不配做兄弟，衔恨在心头，现在要放在一边，毕竟同是姓花，同是一个祖宗产下来的骨肉，好丑都是自家人，当有可恕之道，何况又在饮酒吃肉的当中?!

自开二爷和锦云小姐本是抱着一团高兴而来，却不料中了支冷箭而感到没趣，二爷见父亲懦弱无能，不惜牺牲权利以求妥协，心里更为此事而愧恼，他们细语喁喁地商量好了，不待席终，一齐站起来，二爷撑着锦云的狐衣，服侍小姐穿着好了，挽着手儿，双双离席出门。

"同姓的，不行! 男女都出族!"

敌方又放冷箭。二爷忍耐不住，想回马交锋，锦云小姐却畏缩地缠着他的臂膀，不让他回头。他也知道局势于己不利，就算找到说话的人，对方反口说："我没有提你的名字呀，好没来由!"那岂不是自讨没趣? 恰巧，也听到有人立刻回敬了：

① 编者注：粤语，意为这样都行啊。
② 编者注：此句意思大约为"公所出钱的，大家都有份才是，为何都让他一家人受益呢?"

"文明世界。你管得?!"

知道世间还有同情自己的人，他们都感到并非失尽面子，交换着满意的眼光，也不敢再听下文，立即出门而去。

一连发生几宗不愉快的事件，茂叔有点失常，他机械地跟着别人举杯起筷，酒不甘，肉无味，不知怎地，便散席了。

人散楼空，厨子们便走出餐堂瞎扯，莫雄问道：

"喂，茂叔，还有一席，公所不要，打算怎样?"

茂叔心恨他还撩起这话，索性横了心肠，说道：

"牛精，还用问，难道你们不吃饭的?!"

"哼！居然顶硬上，"莫雄细声对自己说。转过来揶揄叶满枝了："早叫你悭番两鸡野（二元钱），偏不听我言，高攀大族！学下功夫嘞，不花一钱，吃一样菜式，嘻嘻……"

叶满枝紧皱着苦脸，有冤没处说。

茂叔觉得站不住，他极需要歇息一会儿，便披起衣服，离开了大连楼。

回到家中，只见自强孤清一人躺在梳化①看杂志。他又触起两点钟前公所楼头下瞰的一幕景象，趁空没有别人在侧，正好父子二人开诚谈判，也许可以劝化过来，他便装做很和气地问道：

"怎么不出外闲逛?"

"刚回来哩。"自强却很老实。

"我和根伯在公所也望见你们经过。"茂叔也觉得不必转弯抹角了。

"是的吗?"自强随便敷衍，精神却注意在那杂志上。

"她是谁?"

"那一位?"

"和你同行的那一个黑……"茂叔斟酌用"鬼"字呢还是"人"字?

"和好的同学。"

"唉，强，现在，做父亲的，本来呢，唉……从前我相识有个衣馆阿伯，娶个黑鬼，不敢落唐人街，白鬼又不愿租房……唉……"

"你是说从前。"

"现在亦一样。"

"所以要斗争啊！"自强霍地跃起来，握着右手的拳头向空一晃，仿佛是找人打架，"天赋人权，一律平等。如不斗争，将来亦一样!"

_____

① 编者注：指沙发。

"可是……可是……让别人去斗争。"

"你真是！"自强摆出一副怕厌烦、不屑开导他的神色。大家沉默了片刻。终于做儿子的见老父颓丧得很，心里又觉得有点可怜，便说：

"朋友也不一定就结婚的。"

前路既露出一线光明，茂叔立即说"这样就好了"。想住口，又觉得自强大爷很少这样柔顺的，趁现在软化了，机不可失，继续进攻，也许得更切实的保证。于是又说：

"本来呢，男大当婚，做父母的也日夕留心这事，只要不是异种女子，就好商量。"

"这是我自己的事。"

"可是，做父母的不应该关心吗？你妈今年比旧年更衰弱，她历经许多艰辛养育你们，当然想亲眼看见你们成家立室。"

"等候着吧，好在开弟他们也快要结婚了。"

"什么话？"自强的话又像平地起了一声春雷，他不敢相信自己的耳朵，连随追问："你怎会知道？"

"我们是亲兄弟呢，他什么事不告诉我？"自强像是开玩笑地："你的思想要是赶得上这个时代，他也不会瞒着你。"

一听到什么"思想""时代"的新名词，茂叔知道又有新把戏。他从心坎里打一寒噤，仿佛预测到不吉的先兆。

"不要是……"

"是的，就是她！！锦云。"

"不行！这是乱伦！"像野兽受了刺伤的呼号，茂叔觉得脑袋好像顿时涨大几倍，眼花缭乱，半晌不能继续说话。

自强却很平静，若不介意地说：

"同姓结婚多得很，我在唐山读书时那个校长也是同姓夫妇，你素来又喜欢锦云，为什么不行？"

是的，茂叔也听过这些事故，他就不反对，也万不能赞成。他的哲学是：凡是那种不可行而又有人行的事，让别人做好了，却不能在他家里发生。对于自开，是他最爱的儿子，聪明伶俐，逗人欢喜，爱子伸手要廿元，自己便给三十，宁愿薄待自己，却让给爱子享受，体贴爱护，无微不至。而现在呢，证实不如自己所愿，空寄希望，白费尽心血，所有从前伶俐行为、悦耳说话，都成了欺骗的伎俩，骗他的物质，骗他的心！爱深绝望，抱恨更深。他觉得二儿比大儿狡猾，更奸险，更可恶！望着对坐的大儿，想起平日偏爱二儿，冷落了他，心里勾起一缕歉意，但连承受也引起一线希望，他苦求着自强：

"强，你做做好事吧，他听你话的，劝劝他，世间美女多着呢，何必一定要娶同姓的？不听我的话，我一文钱也不出！"

自强也很抱歉他之无以为助，婉拒着父亲：

"爱情是神圣的，我怎能破坏？我看你还是任由他们吧，自芳哥就不干涉锦云。"

"唉！"茂叔长吧一声，倒在梳化上。

猛地，自秀三爷扭开了门，兴冲冲地跑入来，冒失地问道：

"爹，公所春宴演戏，快开场了，妈在楼下听候，问你去不去。"

茂叔没精打采地摇了摇头，却不开口，自强代答：

"今年春宴爹不舒服，不去了。"

"你去吗？哥哥。"

"我从来就不参加这些混账把戏。"

（《新苗》1947 年第 1 卷第 3－4 期）

枪手伯胜底奇功

百　非

　　当他在龙山公所底大厅里见到他底本家沙仔强勃然大怒，执起议事柜上的大算盘，向柜面使劲一击，把算盘架和算盘子都击得四散，然后断然地挑衅地叫喊"谁说不是，只管说来"的时候，伯胜虽然感到兴奋和荣耀，但同时也不免替沙仔强担忧，恐怕他至少要遭申斥；及见厅堂静寂，坐着的主席、议长、议员、书记和昆季①数十人都默默相看，没有一个敢出声，伯胜底忧虑即变成惊异了。

　　目不识丁、身无一艺、没有隔夜粮、没有四两力的沙仔强，竟敢在大庭广坐中向旅居支架高②城一姓中德高望重、智深识远的领袖人物挑战，又竟能把他们慑服，伯胜真不解，来自别村及和沙仔强没有来往的昆季，或因不知他底底细，会受他吓倒。但那同是本乡人，尤其出在强房的，从前何尝看得他上眼呢？如果他在乡里胆敢这样骄横作势、耀武扬威，他们纵然不把他大打一顿，也把他撵出去；然而他们现在却一句话也不敢说，只口呆目瞪地相对着似一群哑子一样。沙仔强真不知从那里获得这超人的勇气和威力，把他们慑服得来。

　　假使他也能够与沙仔强一样，把他们慑服……

　　一连串过去的、模糊的，然而无时不怀有心头及无时不要求洗雪的不平和怨恨，无论真有的或由他自己那个过敏的神经制造出来的，都在他底脑中晃动。他忆起他少时在乡听见父兄辈说怎样被强房底人欺凌侮辱；他想到他自己见强房的人那种养尊处优、颐指气使的生活时所感到的卑微和惭愧；他看见到美国以来又怎样被昆仲们忽视、奚落。这美国还是民主国吗？在民主国里的人不是个个平等吗？他不是和别的昆季一样吗？那么，为什么公所历年的职员，就是最低微的庶务，他也没曾当过呢？为什么公所讨论什么问题、举办什么事情，都没有问他一声，当作他没有存在一样

---

　　① 编者注："昆季"是兄弟的意思。

　　② 编者认为"支架高"应该是 Chicago 的音译，在本书另一篇文章《一个深秋底下午》中也出现了该词。

呢？他究竟有什么不及人的地方？论年纪，他已不止三十岁，足够被选的年龄；论本事，他嫖赌饮吹都会，三教九流都晓，不能说没有经历；论身体，他够高大，够漂亮；论气力，谁比得他上？那几个职员，他实在可以一手执起一个，从窗口掷下去。然而因为他们出在强房，或有多少钱，就垄断公所底事情，即如那长颈少峰，他有什么本领呢？只因他祖宗遗下的家产还未被父兄化清光，借着读了几年书，识得几个字，就连当了几任书记。又如衰鬼松寿，也只因他日做夜做，吃单餐，穿架尾①，积有些臭钱，就做到理财员。假使他也能够似沙仔强一样，把他们吓一下，使他们敬畏慑服……

会议没有结果地散了，昆仲他们也没有趣味地去了。龙山公所里只剩下住在那里的伯胜和庶务坤培叔，伯胜坐在椅上苦着脸沉思，坤培叔曲着腰收拾散在地板上的算盘架、算盘子，口里喃喃着似恨沙仔强把算盘击破，使年老力衰的他多这一番收拾的功夫，伯胜觉得可笑，便撇开心内百思还未想得解决的问题，去激他一顿。

"沙仔强今晚真威势呵！"他对坤培叔说，那先前感到的荣耀又在脸上焕发出来。

"哼，威势！"坤培叔竖起身子，把一口唾涎使劲地射在地板上，表示不足道的样子。"他若不是堂界人，就是两个沙仔强也被掷下楼梯去了。"

"今晚没有人敢驳他，就是为着这个原因么？"伯胜感到领会和喜悦了。

"不是为着这，还是为着什么呀？"

"唔。"两天后，伯胜即请沙仔强做介绍人加入联英堂。

立刻地，伯胜底言行发生重大的变化。从前，他底举动是瑟缩的，语言是吞吐的，态度是驯顺的。虽然身内潜伏着的不平和怨恨有时不由他自主地闪露出来。他遇见同姓的尊长辈，必停住脚向他们问好，又待他们走过，才敢行开。星期日昆仲们在公所聚集，他只在那里木然坐着，有人询问，才开口说话。而今他底言语却具有确信肯定的音调了。行步时，他仰高颈，挺起胸，似雄鸡一般，遇着尊长辈仍迈着阔步走；他们向他打招呼，也懒于回答。星期日在公所里听见昆仲们说话，辄插嘴加入……

伯胜自己虽然经过了巨大的变化，可是奇怪，昆季们对于他，态度仍似从前一样，全没有改换。他始初还以为昆仲们眼目拙、知觉钝，要经过相当的时间才能够看出他底改变；及过了两星期，见得他们还是没有注意

---

① 原文注："架尾"，洗衣馆里顾客不来领取的衣服。

到，他便决定星期日在公所表演一点手段，给他们下个警告，使他们知道自己已不是往日那样无足轻重的人。

公所里，每星期日都有昆仲们在那里拍麻雀，这一天拍麻雀的四个人中，有一个恰巧是伯胜平素所痛恨而又无可如何的，他叫做其保。伯胜看得分明，便把手臂劈开围观的众人，直冲进去，使被冲着的人们都觉得愕然。这更增加了他底信念和勇气，于是他便兴奋地、旁若无人地站在其保下架的甯华背后，等待机会去向其保挑战。不久，机会果然到临，其保因贪吃和，放出一个白板，被甯华碰上，并且吃了个三番。伯胜随即带着讥讽的口吻对甯华说：

“哼，甯华，你底祖宗不知葬在什么好山，使得你有这样便宜的好菜送到嘴上来。”

“你叫谁做菜呀？”他刚说完，其保已跳起来质问了，双眼睁着，满面怒气。

伯胜预备着的还答原是：

“叫你啦，契弟①。怎样呀？”若他还争辩，便一拳打过去。但这句话只能升到喉咙就缩返去，发成声的只是柔弱的、融和的：“谁讲你呀哇。”

昆仲们都去了，龙山公所里又只剩下伯胜和坤培叔，坤培叔在扫地板上一天积聚着的卷烟头、火柴头、瓜子壳，伯胜在椅上垂头丧气地坐着，日间可耻的失败，仍在胸中掀动不已，要求发泄。他再坐了一会，不能忍了，便向坤培叔发气道：

“多得你底好教训，使我吃气。”

“哎哟，你真没道理了。”坤培叔还答，良善和蔼的他也感到一点不平，“谁教你胡说乱道？”

“还不承认？你从前不曾说过，父兄们不敢反驳沙仔强，只因他是堂界人么？”

“哈哈。”坤培叔不由的笑起来，停止了扫地，双手倚住扫把站着。“我估你想做什么，原来你要借堂界底权威去吓人，事情不是这样容易的呵。”

“又来哄人啦，不是这样容易，还要什么呀？”

“你吃了几个派②人就怕你了。”坤培叔说这句话时，不笑了，面上且露出了厌恶和鄙弃来。

但伯胜不觉得坤培叔可恶，相反地，他喜欢了。

---

①　编者注：“契弟”是粤语中对男性蔑视性的称呼，可以理解为“家伙”。

②　原文注：“吃派”，堂号中人底隐语，杀人之谓。

明天清早，他破例地提前起床，去当铺私买了一支手枪和五十颗子弹归来。

公所平日虽只有他和坤培叔住着，但因为是在一座楼宇底中间层，又因为位在大街，不容许他在那里把手枪放起来练习。因此他只得把空枪瞄准着那里的桌、椅、花瓶，对联上的字，图画中的花、鸟，加以射击；有时也用坤培叔做他想象中的敌人。

"砰砰！"他狰狞地把手枪向着坤培叔叫："契弟！你还敢沙尘①么？"

这使坤培叔难过极了，同时也使他感到一点内疚。他前日实在不应该把堂界和吃"派"的事情告诉他，致使他征聘这种狂想，虽然他那时并不认真。

"别这么傻啦，"坤培叔诚挚地劝伯胜，"这不是好玩的。老实地，安分地去做工吧。"

伯胜不答，只急急转个身，像发觉另外有一个敌人在他后面向他袭击似的。

"啊，你也想死么？"他把手枪对头靠墙的茶几叫道，"好，就送你去见阎罗王吧。砰砰！"

不久以后，联英堂和敌堂因争华埠底赌饷，打了起来。伯胜立即到"军机处"自告奋勇，请缨杀敌。军帅因他是个无名小卒，本来不肯任用，及后见他请求恳切，说是不忍妨碍后进，便给他机会显显身了，派他去杀敌堂中一个在七十一街开洗衣馆并且和他同样无足轻重的老郑。

伯胜领命，如获至宝，他返回公所，又把空枪练习一番，挨到天黑后，才把子弹填满手枪，藏在衣袋，兴奋地、自信地，从华埠出发。他乘电车至七十一街；下车后，向西行去。那条街两边多是住宅，因此街灯很疏，行人更少。伯胜行了两个博洛②，看见前面北向那一排楼宇中间的单层房屋，铺面灯光灿然，知道到了目的地的那间洗衣馆了。他不动声色，持续向前慢慢行去；经过洗衣馆对面时，把眼向那边侧视一下，见到里面有一个人对着柜面，低头熨衣。他感到一阵欢喜，以为这是一个天赐的、攻其无备的机会。可是他不即走过街去袭击，却仍旧持续行去；至博洛尽处，又转头行回来。经过洗衣馆对面时又把眼再次侧视一下，一心要探准那里的情势，好得下手。这回还没有看定，便觉那低头熨衣的人也似乎举起头来向他偷看了一眼。糟了！他心里蓦地一跳，同时双腿便向前开跑，一直到博洛尽处才止，心里兀自忐忑不已。他在那里站了一会，待心神镇

---

① 原文注："沙尘"，作威作福之意。

② 原文注："博洛"，英文为 block，一排屋宇。

定，然后鼓起勇气，毅然跨过街，向洗衣馆走去。将近洗衣馆门口又停住脚向四周望望，见没有人才从衫袋掏出手枪，向前溜进。可是，正欲进门，那熨衣的人已不在了，只见熨床横端似乎有一条青色的、光闪闪的、钢笔大的铁管向门口瞄准着。伯胜毛管粟起，面色变白，双脚好似两条章鱼爪一样，粘在地上。他用死劲才把脚拔起来，拨转头马上飞跑，连握住的手枪也无暇放回袋里。他一直跑到博洛尽处。没有听到枪声和脚步响，才敢回头一顾，又见得没有人在后面，才敢停住脚步，但仍走入那位在街角闭了市的小杂货店门口底凹入处把自己遮蔽着，四肢紧张，把枪备好，不时伸出头来，向洗衣馆那边探听，期待那人出来追击。但四周寂静，只听见自己底呼吸紧促地一出一入的喘，心脏忽急地一上一下的跳。

伯胜焦灼地等候了五分钟，见洗衣馆那方面全没有动静，才想到这回也许是他自己神经过敏和缺乏经验所致。洗衣馆里那个人未必真个发觉他到来袭击，预备了对付；安在熨床端、向门口瞄准着的铁管未必就是枪管。他想到这里，不禁自愤起来了，为什么生得这般怯懦无能，未和敌人接仗，便望风先逃，若真正驳起炮来，怎能抵御？还敢望杀敌致果？这是不可恕的，也是极可耻的。大丈夫做事，当断就断，当行就行，那可顾前顾后，愁东愁西？他必要乘着这个机会，克服这些弱点，做一个敢作敢为的人。

他底勇气被他底决心激励起来了，他便挺起胸膛，咬紧牙关，又把手枪底勾机按住，连手一齐套在衫袋里，昂然径向洗衣馆方面走去。无奈他底勇气不能跟着他底脚步并进，相反地，他底脚步愈前进，他底勇气愈退后，及将近目的地的时候，又已完全被别的考虑所消灭了。洗衣馆里那人未必真个发觉他到来袭击，那条铁管未必真个是预备着向他迎头痛击的枪管。但万一是真的，那他贸然闯进去，岂不是自投罗网？自然他是不惜牺牲别人，可是自己给别人做牺牲，却是太愚了，就算不顾一切，进入去和别人拼个死活，同归于尽，也是太过不值，太过无益。因为自己倘被杀死了，怎能去享受胜利底果子？怎能领受昆仲们底敬畏、强房人底服从？不，他必要另寻一样较为稳当的方法，去完成他底任务。

想到这里，伯胜底双脚即停住不进，同时衫袋里握住手枪的手也放松，伸出外边来。他站在那里想下去，但他那迟钝的脑筋却不给他帮助，使他得有收获。他再想一会，仍旧想不出办法，只觉得不可孤零地立在那里，给敌人以固定明显的目标。他回转头走回原处，又转个弯，向南机械地踱去，心中仍在思索，连方向远近都不管。这样地踱了好几个街头，至到达一个去处，觉得有些熟识。从街角竖着的路标看时，原来是七十七街和贺尔斯呖街。一个由联想得到的意见便从他那苦思着的脑海浮现出来。再行一个博洛不是敌堂的老吕仔底杂碎馆么？他认识老吕仔，老吕仔未必知道他已加入了联英堂。何不就到他那里诈作访问，乘机把他杀害？军师虽然命他去杀七十一街的老郑，杀死老吕仔虽然和命令不符，但老吕仔是个有一点名声的斧头仔，杀死他岂不较杀死那个无关轻重的衣馆伯轰烈得多？他底舍易就难，建立殊功，岂不令军师喜欢、褒奖？

主意定了，伯胜就向七十七街行去。不多时，即见到老吕仔底杂碎馆窗门灯光明亮，还未收市。他欢喜了，便装作偶然经过那里的样子，推门进入去。

老吕仔底杂碎馆是一间个人经营的外卖处所，地方不大，设置也和普通的杂碎馆不同；虽也分作餐厅和厨房两段，但餐厅只有两张小桌，四五张椅，供顾客等候或有时在那里吃食之用，厨房却有门关着，只板墙中间有个小窗口做交易的地方。

伯胜从前到来访问，老吕仔必打开厨房门，请他进去，又把门关上，然后和他倾谈。但这回他进入前门时只见得老吕仔伸出半个面，用一只眼小心地从窗口向外一瞥，就缩返去，又不听见他开声招呼。伯胜觉得有点异样，但仍照旧一样好意地叫：

"老吕，生意好啦吗？"

"到来做什么呀？"老吕底声音，紧张的、沉重的从窗口传出来。

这个非常的所答非所问使伯胜狐疑起来了，但仍持续向闭着的厨房门行去。正要去把门钮扭转时，听得内边有脚步向房门跑去，紧接着又听得铁栓"克勤"一声在门内响。伯胜把门钮扭几下，开不得。知道老吕仔不放他进去了，他更感不安，但还强作镇静说道：

"喂，老吕，为什么呀？开门让我进来坐啦。"

"不要进来坐了。"老吕仔底声音又从窗口传出来，比前镇静一点。"现在风声紧，回华埠去吧。"

"风声紧？什么风声紧呀？"

"你也知道了。"

"呵，你指堂斗的事情，我是没有堂的，怕甚……"伯胜停住口愤然地把一手握成拳头向下一顿，自怨着失策，说堂斗便够了，何必涉及自己和堂号的关系？老吕仔若不知道自己已加入了联英堂还不打紧；若知道的话，这个诈伪岂不是对于他有不利的企图底自白？

伯胜想回头出门去，可是别的思虑和老吕仔底可疑的静默迫他把刚举起的脚停住了。老吕仔真知道他加入联英堂，也看破了他到来访问的真意，他现在在里边做什么？只闭门自守，抑或待他转身出门去时，从窗口向他背后一枪打死他？老吕仔是个斧头仔。这于他是很可能的，也不是没有把握的。

伯胜全身颤抖，像中了疟疾一样；接着，也像中了疟疾一样，出了一身冷汗。他急由门前跳开，至门和窗口间的板墙那里紧靠着；同时竭力思索，希望得一个方法去脱离这自设的陷阱。他僵立着不敢作声，也听不到老吕在里边有什么动静。老吕持续的静默，终于把他底疑虑证实了，同时也替他把应付的方略决定了：他必须先下手杀死老吕才得脱身。于是他从衫袋掏出手枪，又从裤袋取出手帕揩干手掌底汗，握定枪，然后把自己一寸一分的移向窗口去。至窗边，他背贴墙边立着，细听里面底动静。一切都寂然，除了他自己心脏和脉搏底跃动。他这样站了一会，不能忍受了，只得一面提起手枪，一面伸头至窗口偷看一下，却见得老吕果然持着手枪蹲伏在铁炉底横端。他赶快把头缩回，砰！一颗子弹就从窗沿穿过；若果缩得慢一些，不难正中了脑袋。危急了，他伸手把枪向窗内胡乱放一响，连随扑在地板上。向前门口爬过去。砰！第二颗子弹又从窗口射出，打中左边的砖墙，跳起来，转向他底头上呼呼飞过，他一面爬，一面又举起摇曳着的手枪再向窗里放一响，然后死命快爬，爬到门口，他探手摸着了门钮，轻轻地把门向内拉开一些，闪身爬了出去，站起来，立即拼命飞跑，不敢返顾老吕仔有没有追出门来，也不觉得邻近的住宅几处有人打开窗户把头探出来张望。他不敢一直跑，到博洛尽处，便即转弯；跑尽了这个博洛，又转入那个，弯弯曲曲，一共跑了六个博洛，跑到脚疲气竭，回才停头看看；见没有人，这才停下脚来；又长长的透了一口气，恢复呼吸，然后把自己拖到一根街灯柱旁靠着。

伯胜靠着街灯休息了五分钟，心内的惊悸渐渐消除了，可是紧接着又冲进了一种别的情绪——悔恨。他实在不应那么轻妄躁率，到军机处自告奋勇，请缨杀敌。现在他知道了，杀人不是一件像他所想的那样容易的事情。实则，它是十分危险的；双脚要是逃得迟慢一点，他底身体恐怕要被子弹中了好几处，甚或横死步道上了。想到这里，他又震颤起来，他取出手帕，揩干净额上和掌上的冷汗，又驱除了一切思虑，才感到安静些。但这安静不一会又被别的情思所扰乱了。生命虽然幸得保存，可是任务却没有完成，怎能回去复命？这样空手而归，军师纵或海涵包容，不以败事见责，亦必以为怯懦无能，不再起用。若果不再起用，志愿何由得达？志愿无由得达，抑郁其何以得伸？不，不，不，他必要趁这堂斗的机会，干一件轰轰烈烈的事情，给人们，尤其族人们，更尤其出在强房的乡人们看看。令他们敬畏、慑服，他才可以出人头地，不致永远被人轻视、奚落。但是，怎样才能办到呢？怎样才能办到呢?!

纷乱的构思持续地使伯胜迷惘着，使他不知道在那个夜晚的时候，在那条全是西人居住的街上，只有他一个异种人像失魂鸡一般，倚着灯柱胡思乱想；直至有一个晚归的西人向他奇怪地、疑惑地盯了两眼，才觉得自己和境地不相配，情状会令人怀疑。他离开了灯柱，怅惘地向前踱去，心中仍被纷乱的情思萦绕着。无目的地踱了五分钟，他不知不觉达到阿市仑和六十九街的交切点，是一个交通要道。他底双脚又疲倦起来，便靠着铺窗边站住，这样，希望计划或者容易产生出来。但六十九街的密密来往的车辆底轰隆声把他那本不灵敏的脑筋弄得越发迟钝，没有条理的思想越发糊涂，六十九街底电车只使他联想到那是经过温活街，由那里转车，即可回去华埠——和那安稳的被窝，永恒的淹没！

伯胜踌躇未决，忽见对面街角，有一个华人缓步走将过来。他惊悚了一下，立即走进铺门口间入处去躲避；同时他底右手本能地伸入衫袋，握住手枪。那人到达街角后，转向他那边行去；到他面前时，侧目向他望一望。他急忙把脸掉转。那人继续行了两步，突然停住不进，又回转头，诧异地向他道：

"伯胜，你在这里做什么呀？"

伯胜已把手枪掏出一半了，闻声，才把它放回去，又定了定神，才认准叫他的是来自别村的远房叔公，士良公。

"啊，三公！"伯胜回答。他右手仍留在衫袋里，因为士良公虽属同宗，却是列名敌堂的。

"刚才在朋友那里倾谈，打这里等车搭回华埠去啦！"

"我正由华埠回洗衣馆去。"士良公说，"本应早些回来的，因为华埠风声不好，怕惹是非。不过说来又说，我虽挂名堂籍，但对于堂事，一切向不参与，又和人无怨无仇，且又老迈，谁还要算计到我呢？"

他又把手里的纸袋提起给伯胜看，持续说：

"好，我买得一磅火肉、一樽玫瑰露，和我回去坐坐，吃了餐才回去，岂不是好？横竖你不是堂界人，向来又住在华埠，人面熟，迟早回去都不妨事。"

伯胜听见士良公说他没有堂籍，不独心中感到安慰，同时，他那垂绝的希望也似被注射了一针兴奋剂一样，活跃起来。他虽然连遭失败，力尽智穷，但他还是未甘罢手，还想找得别的方法补救，从别一方面去完成他底任务。况且一晚底惊悸、奔命、思虑，已弄得他脚疲手软，神错脑乱，喝几杯玫瑰露，吃几块火肉，既可充养口腹，也许会醒脑宁神，有利于他把计策想出来呢。

"三公厚情了"，他还答，勉强表出感激，"但使你破费，怎过得意去？"

"那里话来！"士良公诚恳地安慰他，"我们是叔侄辈，有无相通，有什么过意不过意的？别多说了，且随我来。"

伯胜伴着士良公向前行，他那疲倦的脚步，仅能和士良公衰弱的、缓慢的行动相及。行了两个博洛，即到士良公底洗衣馆。士良公开了铺门，引伯胜进去，开着电灯，又关上门，然后一同进入铺尾，他底睡房和厨房那里。他叫伯胜在厨房里小桌旁坐下，自己走出铺面熄了电灯，回来打开纸袋，把火肉盛在碟里，放到桌上，又开了那樽玫瑰露，斟满两杯，然后对着伯胜坐下，和他一面饮，一面谈。

饮了几杯酒，吃了几块火肉，伯胜底气力渐渐复原了，脑筋也较前活动得多了，可是总不能如他所愿，产出什么计策来。于是他重复消沉下去，他连续一口喝干了几杯酒，想把刚才弄糟了的事情底痕迹浸沉了去，但他底心不肯受他羁勒，却像野马一般向旧路奔腾。实况又毫不体恤地压迫着他，使他不得不去应付了。就此放弃一切，空手回去么？从前的屈辱已属过去了，晚上的惊悸也可归诸阅历，可是茫茫的、空虚的、荒漠般的将来怎可捱忍？若不幸而今晚的失败，可耻的、无可辩解的失败泄漏出去，明天又怎有面目见人？他想到这里，心中即觉得被绳绞勒住一样，痛得几乎要叫起来。

伯胜再饮了。他放下酒杯、筷子，茫无头绪地向厨房四顾。他看看自己，看看士良公，又看看中间二尺多阔的桌子，忽然觉得这个情景和老吕仔餐馆厨房里可有的过分相像之处，仿佛天公恶作剧，把它复制出来，使他难堪的。不是吗？向使他不失口，向使老吕仔不乖觉，他现在当和老吕仔一样地对坐着，乘着他不疑和无备，一炮——他底右手随即下意识地溜进衫袋去摸手枪，触着时，觉得寒冷的钢铁磁石似的把他那被酒力温热的手指粘着——一炮从桌子底下穿过去，结果了他底狗命正如可以结果士良公底老命一样容易——结果士良公底老命？不，不可——

"伯胜，想什么呀？饮啦，起筷啦。"

士良公底询问暂时把伯胜底奔突着的思潮壅塞住了。

士良公喝了一口酒，举起筷子在那碟火肉上面画一个半圆形，同时又对伯胜说：

"起筷！"

伯胜不舍地放了手枪，拔出手来，执起筷子去夹火肉。还未吞下喉咙，那被窒塞着的思潮已冲破堤堰，滚滚地泛溢出来了——结果了他，明天消息传出来，堂中手足称誉，华埠震动，族人，尤其出在强房的乡人，胆破心寒——

"伯胜！"士良公底谈兴被酒意鼓动了。"你没有工做很久了，但是，工字不出头，你年壮、气力足，还是买一盘生意做才高见，光阴是易过的，你宜及时努力，若待至年老，像我现在一样，然后去挨苦工，那就迟了。"

"自己做生意自然比替人打工高见很多，但那里有本钱呢。"——年尾公所选举职员，自己底名字列有候选的名单上。开票后，被选为评议员，参与族事。

"我们那一个由祖国带着本钱来？只要兄弟问，你拉扯我，我拉扯你，就成了。"

"三公说得是，但那个公叔肯拉扯我呢?"——明年升做议长，又明年，做理财员，一直做到主席，独裁一姓的事情，行使侨令底权威，说怎样，就怎样，要做什么，就做什么——

"若缺少钱，可我来这里取。凡事，我都喜欢帮助你的。"

"真个?"——结果了他，便可以达到这个境地——有什么不可？——成大功的不顾小节——谁叫他列名敌堂？谁叫他碰着我？算他失运了——

"难道叔侄间还说假话?"

"那么，你就是助我完成这件事吧。"

伯胜放下筷子，把手伸入衫袋去。接着砰地一声响，一道火光从桌底闪过去，士良公也跟着叫声"唉唷"，把手压在腹上，向伯胜失望地、可惜地看一看，訇然倒在地板上。

（《新苗》1947 年第 2 卷第 1 期）

虚伪的忏悔

老　竹

　　自从听了那位新近结婚跟丈夫跑来美国过活的近房侄女美娥姑娘的一番话后，刁丁财先生在他自己的斗室里徘徊了那么个大半天，居然清醒地晓得留在遥远的祖国的太太跟儿子以前寄来的信并不全是放屁话，另一方面也知道自己过去的胡闹也太过分了点。这时，他不免感到几分叫做内心诘责的苦痛。

　　侄女的报告怕不是故意夸张其词吧？是她亲身的经历，而她诉说时的表情又是那么招人同情，他听了，实在连做梦也没梦过会有那样的事故。固然他也订得有一份华文报纸，所以对于国内的情形多少也得知个大概；自己故乡的消息，报上虽然载得少，可是除了他自己收到的家信外，还有别的同村兄弟的家信，都一致苦诉着故乡的万分不景气，无如他总不相信，一概置之不理。如果说他心肠硬，倒也不全对，当其他的许多事情奔向他时，他都给屈服了；独有对自己的家人表示强硬到底。这一问可奇怪，例外地居然被侄女的报告所感动了，谁说江山易改，品性难移呢？你看！他已经应承改天一定到银行去给家里汇款了。

　　"十八年了！唉，十八年，也该寄点儿款回去了呀……"

　　这句话不由得叹息着道了出来，并作着第一次的忏悔——这当然只可算是他离乡别井后的第一次！不过这第一次计算的数目已经几乎把他自己吓坏了，可不是呢，离家的时候，爸爸、妈妈如何地叮咛，太太怎样的情意，以及那白胖的孩子的脸面，在叫他感到难以割舍下那个不能不算是温暖的家庭。只为的不久以前有过一位同村的叔叔由美国满载荣归，曾经广置良田、大兴土木、娶媳妇、纳妻妾，并极力夸张到美国去的人人都可以断绝穷根！刁先生呢，虽然家里算不上是穷，相反地，由祖父遗下的田产还有二十多亩，如果不是兵荒马乱的时年，而在水浆调匀的盛世，那除了能够养活一家数口之外，还可以留出三五石谷子，再加上平日种得的瓜菜和自己编织的竹器、麻绳，另外更有豢养的禽畜之类，对于年中的衣裳穿着是可以马虎过去的；柴、米、油、盐、酱、醋、茶这七件更是不在话下。这难道还不算是个小康之家吗？然而终于受不住物欲的诱引，给那叔叔怂恿了三两回之后，便由父亲忍痛卖去了五亩离村子较远一点的田地，凑足了船费，还恳求一个近房的亲戚买一张"土生孙纸"，就抱着莫大的希望要跑到这奇异的美国来。那个时候，正在秋收完后的一个晚上，他跟父亲把耕牛牵到草场上去安顿好了，一家子坐在门口乘凉，作着最后一次的团聚。恰巧那半盈的秋月从东方山峦上升起来了，做爸爸的又挺亲热地嘱咐他：

"丁财，以后得生性点啦，出门不似在家呀；忠孝为基，信义为本，……你到那边，切莫贪慕浮华，免致把歧途误入了；要勤恳做工，节俭度日，时时写信回来，以安慰家人之企望呀；……如今把田地卖掉了，你将来要寄钱归来赎回才好呀，……过几年，孩子长大起来了要念书的，也得要钱用。我老人家活够了，但望你能早些回来见见面，我便死也眼闭了啊！……"

老人这么颤巍巍地嘱咐着，刁丁财先生那时也因自己的颇算幸运，有机会出外洋而欢喜，他唯唯的听从着，决定不辜负爸、妈、妻子的殷望，他早也听说过跑"州府"这条路是吃苦多的了；可是有外洋钱可捞，而且跑的是"金山"，那么纵然更辛苦一点，总比守着这工业全无、商业萎缩、农业破产的家园几尺地好得多！

那时候，"土生孙纸"卖到每一岁值价一百块钱，他二十岁，恰巧要二千块，其他的状师费由那位亲戚包办，然而就只这两千块也够刁丁财先生挨得了！那时候，因为年龄和环境的关系，也没有念洋书，况且又碰上是经济恐慌时期，找工作已然是不容易的一件事，薪金又是那么低；不过他还记得自己家里的种种艰苦事体，兼且是个刚从农村跑出来的年轻茁壮汉子，肯卖力去干活，所以倒很得到东家的欢心。而他那时还是个纯洁的青年，更不敢沾染洋场的习气。为的债务还清了，此外逢年过节，一定寄点钱回家去。可是在这畸形的华侨社会里，受了种种罪恶的熏陶后，刁丁财先生渐渐把那离得远远的家庭抛弃得更远了。他对那个有父、母、妻、子的靠锄头过活的家厌恶起来。这么着，他就只顾自己在物质上的享受，将自己辛苦挣来的钱尽量花散，甚至连爸爸病死的消息知道了也没一个片尼（penny，一分钱）汇回去。

赶到第二次世界大战无论如何不能避免的时候，美国政府也加紧抽起壮丁来了，刁先生也算是美国籍民，可他没有吃上这场难，因为他不懂洋话，例得缓役，他感到大大的欢喜。然而在非洲战事吃紧、南太平洋失利的当儿，他又收到征兵局的通知，叫他去验身，准备入营。他自然不是笨仔，自然会替自己设法，他千方百计把强壮的体魄用猛烈的酒精去摧残，把肺部烧到发痛，把血压烧到异常之高，结果，他又把兵役跑掉了。一旦逃出难关，他就平静下来，休养了相当时候，便跑到船坞去当打杂，譬如扫地、收拾粗制家伙之类。他获得的代价却很可观。因为做了4F①的缘故，挣钱的机会那么多，入息超过了旧时几倍，于是，他在人世间得到了平生最优越的享受了。

他干活的时候便干活，下班的时候反而觉得空虚，没地方去消遣，他嫌时间太多，一句话就是嫌命长！这么着，他把"人肉"、酒精、麻将、白鸽票这几样去填塞他的空虚，间接也截短了他的生命！这使他本有的淳朴的个性完全变得相反了，他自己也明白，但倘若不这么办，他的人生观一定更缥缈！

战争完结后，许多人都有一个计划跑回久别的祖国去。譬如老年人，趁着自己还有半口气，把自己的骸骨带回家乡，在未断气以前也可以重见故园一面，甚至享享所谓晚福；中年人跑回去多生一个半个儿女，或把大的孩子带过来承继自己的事业；青年人跑回去成家立室，喜欢的也把太太带过花旗来；小孩子也有的回去，接受一些祖国的教育，虽然祖国的现时局势，给当政者弄到遍地烽烟，盗贼四起，鸡犬不宁，途有饿莩，但也没能阻止那些归国侨胞的决心！只有刁丁财先生简直不爱玩这一着，他觉得外面的什么东西都比中国好万倍，他早已打好了"无需乎归去来兮，宁死在异邦"的主意了。他还以为留在祖国的人受罪挨苦是活该！这么着，即使屡次读到告急的家信，他也无所动于衷，压根儿连电报式的复信也不作兴寄一封回去，还说得上寄钱?!

就以上星期那封家信来说，妈妈病的很利害了，太太也动不动就病起来，病了没钱买医药，断了粮也借不到钱；弟弟给拉丁拉了去打内战了，弟妇看着有几亩田便留下来死死活活的帮着管理田土；儿子长大要念书，家里的田已卖掉一大半，而且儿子也快娶得媳妇了……家乡的现象的确太惨，收获如不是因天旱或水灾、飓风等而得不到好年成，便是因征实过苛的连累，一粥一饭也难以自给度日！耕牛统瘟死了；住屋的栋梁也被白蚁蛀得空空的，快要塌下来；值钱的衣物都变卖光了，破到不能再补的也要穿用；山上已经没半根草留存了，田地也因没肥料瘦秃得看去更是不消提了。是抗战八年容易过，胜利一日也难挨！

一句话，第一是要大量的金钱接济，第二是要整个的人回去把好些待

---

① 编者注：在美国的义务兵役制度中，"4F"是指因身体、精神或品格上的原因不能入伍。

决的事情解决！十八年了，十八年前会想到有这许多的不幸、扭气的事故发生吗？可是十八年内，刁先生可不再是十八年前的刁先生了！他才不相信家乡变得这末难题：然而美娥侄女的报告也一样，这怎么会全是放屁话？刁先生的心意有些感动了，所以他先要在他的斗室里来回的走着，推敲这件事情该怎么办才对。设若单是寄钱回去，怕还可以办，倘非回去不可，那就一百个不行！

这么着，刁先生便忏悔他过去的糊涂，自己挣过的钱是不算少了，可是，积蓄过没有？回去，不是易事！寄钱，手头上没有多少。想了一回，总没个归结，于是，他换过衣服，跑出去到咖啡店喝了两杯咖啡，定定心气，一面在心坎里咕唧着：要是能捞个三、五、七百呢？……一定！……他就这么地决定了。

在中国镇的一条可算得很繁盛的街道上，刁先生很熟稔地，响应着一位侨胞的"发财上车"的口号。

无论白天、晚上，这个特出的中国镇老是那么闹哄哄的，除了西人的重要商业区外，这中国镇也可算是一个"胜地"，白天里的人潮、车流是那么地紧一阵、密一阵；晚上的霓虹电火，又那么地闪烁辉煌。而且，这儿的中国人连中国古代的特色的建筑也用科学方法搬过来了，许多西人都带着一颗好奇的心来参观这热闹、古旧、窄小、不平、比许多别的地方都肮脏的中国镇，然而他们是局外人，能看到的只是表面上的古怪气象。对于这个有着新的模仿、旧的坚持那种种色色的人群、集团、机关、商店所聚成的难以解剖的畸形的华侨社会，却看不出它内里是许多人在这里投机、发财、升官、破产、金迷、纸醉、奋斗、堕落、成功、失败……排演着一出出的悲剧或喜剧。

刁先生把忏悔寄托在"发财上车"的命运去了，他的意思是说：且看那个"煮饭婆"有没有福气享受这个。

但不幸得很，他在烟雾浓厚得叫人冒汗的赌场上乱闯了几个钟头之后，终于不能如愿的跑了回来，忿忿的咒骂着：

"苦！你们活该！你们倒霉！你们没福气！你们前世作了孽！……"

这之后，他闪进一家酒铺子里，买了一瓶白马牌的威士忌出来，在那五光十色的霓虹管照映之下，窜回他的寓所去。

这么着，浓烈的酒精把他醺醉了。

（《新苗》1947年第2卷第1期）

一个深秋底下午

百　非

一

　　气候一天一天的寒冷起来，显然酷热的夏天已经过去得远了，凛冽的严冬不久便会到临，太阳光几天来已似乎忘记了照向大地；空中是阴沉沉的铅色，常带着一重含有雨意的薄雾。园边的灌木丛开始凋零了，草坪上的草也已半黄，树上的黄叶更不住地萧萧落下。荷池中，金鱼瑟缩地隐匿在荷叶下，不敢出来游泳，似抵不住寒气底袭击。橡树下，栗鼠勤紧地在觅橡子，把积聚在地上的枯叶爬得沙沙地响。就是疏散着园中的那一些游人也仿佛失掉了夏天时的活泼，只懒洋洋地在小径上慢踱着，或无精打采地在长椅上坐着。是的，宇宙间的一切都随着时序变换了，人底心弦会不会也因此弹出不同的单调呢？

　　别人底心弦会不会那样不得而知，但在笛克逊公园的长椅上，面朝着六十七街坐着的子明底确已不同了。这天下午，他一进公园，一种沉重的东西即把他底胸膛压住，使他感到异样。这自然是天气底阴森、寒冷和园中景物底荒凉、萧瑟所致，因为近来没有什么特别的事件发生，使他那冷灰似的心情有所变动。五点起身作工，八点吃早餐，下午两点食中餐，九点食晚餐，十一点放工、睡觉；星期日休息半天，去公园逛逛，去戏院看看电影，或去青年会看报纸杂志——一切如常。就是这下午到这公园来也是循着两星期一次的老例。然而两星期前他在这里的心情和现在的却大不相同了。

　　这也不是说他那时感到愉快，现在不感到愉快，不愉快这名词久已没有存在他底意识中了。他到这公园里也不是为着浏览风景，赏心怡情；他所需求的只是借着这块较清静的地方去消磨了他底闲空，去忘掉了他现在的暗淡、寂寞和空虚，过去的痛苦和悲哀。可是他现在不独不能获得这些，而且他那不愿追怀、不愿提起，久经埋葬着，及甘心任它消灭于记忆底坟墓中的种种情绪，反跃跃地要冲破遮盖，喷涌出来了。

子明内心在挣扎，一阵寒风忽然迎面刮来，把前面立着的那几株杨树的黄叶如雨般吹落，吹得他底帽子上、肩上、膝上都是叶。他正要立起来，去把树叶掸掉，风已转个方向刮来，把它们吹得四散了。子明仰头向杨树望望，见得几株消瘦的树干，各权桠着几条和树干一样瘦的树枝，只树梢上还有几片叶儿伶仃地临风摇摆着，他觉得实在丑样，还丑样过脱落了头，便下意识地举上去把头发抽一抽。却没有脱落。可是他不感到安慰，因为他不能欺骗自己；他底头发久已开始脱落，而且一天一天的转白了。但这也不算得奇怪，因为他底青春久已过去；今年十月他便四十岁了。在他底易于衰老的、短命的家族，四十岁的人，实在没有几个。他底父亲死在三十八岁，他底大哥死在二十五岁，而他现在还在健全着、操作着，这可算侥幸而应感激的了。但怎么的人生啊！怎么的生活啊！

他底不愿追怀、不愿提起，久经埋葬着及甘心任它们消灭于记忆底坟墓中的种种情绪，终于壅塞不住，冲破遮盖，喷涌出来了。

二

子明底神经像中了流电似的活动；过去的种切都相争浮现于他底意识中，要求承认，但都是闪闪地、纷纷地如万花镜一样没有中心，没有持续。首先的是十五年前他和他底母亲在故乡的离别；一闪却又跳返去三年前，他底父亲底失败和死亡。又迟一年，他母子们所嘱望能够维持农业的大哥夭折，和家道底崩溃。一刹那他底意识已跨过浩茫茫的太平洋，至到墨西哥了。他看见自己在炎日当空下在田上种菜，看见农场被溃败的革命军焚毁，伙伴底被害，他自己底逃亡和落魄。又一刹那意识又跨过了加勒比海至到古巴。他看见自己在一所蒸汽蒙蒙、火气腾腾的洗衣馆洗熨衣服，在满坐着高傲自大、骄气凌人的老西的餐厅捧着盘碗奔走。最后他底意识便跳过了墨西哥湾，至到现在的支架高。十五年来的生活只是连贯困苦、悲痛、屈辱、失望、寂寞和空虚。目下虽得到居住在所谓世界最富、生计最易的美国，在漂流转徙、困顿苦闷当中，虽获得暂时的解救，可是这解救也是盗来的，因为他在法律上原没有居住这里的利权：他只是一个偷关的外国人，随时都有被移民局查出及驱逐出境的可能。实则，这可能已渐渐地逼近了。前两次，拘了十多个没有册纸①的华侨了。但这个消息也不曾使他那为失望、困苦所硬化的心发生了什么恐慌，到急迫的时候，他便逃奔加拿大去。他已流浪了三个国土了，多流浪一个，又算得什么？

---

① 编者注："册纸"即身份证明。

他好像面前树上的一片黄叶，命运是不由自己控制的，任风吹去。

三

天空昏黑了，小径边的电灯已开放着；游园的人也去了，只有几个衣裳褴褛、形容沦丧的仍无精打采地在长椅上留连着。子明从背心袋里掏出时计对着灯光看看，只是五点二十分。他仰头向空中望望，越见得黝暗，全没有星光，而且带着不久便会下雨的样子。他想：不能久留这里了，归去罢。但他不立即起来，却忧然把身子屈下去，两肘按在膝上，两手托着腮，向地下瞑视。接着他底脑中便浮现出一个为他所难堪而又无可奈何的景象：一间长十五尺、阔十尺、高八尺，镀锌铁板制成，四周上下都被污垢和煤烟熏得乌黑，用来烘衣裳的房子头上伸扯着十数条铁线；水门汀的地面上，当中立着一个铁月台，月台上平列着一对铁炉，台下储着一些焦煤，左边叠着一堆干柴，右边摆着一个大卤桶，桶面，实则桶底，放着一个闹钟、一卷书、一支燃了一半的白蜡烛……

子明不愿往下想，他正要动员所有的意志力去驱逐了这个景象。一阵悠扬清脆的歌声，从对面的楼房传进他底耳朵，哀怜地把他底思潮牵引去了。他仰着头向楼房一望，见得窗内都点着各色的花灯，那柔软而温暖的光芒，引诱地、期待地从窗纱里招邀着，蓦地一个完全相反的景象又从他底眼前浮现出来了。

楼房底墙壁似乎是透明的，里面的一切都明显地呈露着。子明看见一间房子，是中等人家底客厅，悬着厚重绿剪绒的厅门首右边下，放着一个钢琴，左边是一个满藏着典籍的书柜；侧面壁炉上挂着一幅油画；炉边立灯之下，圈椅之上坐着一个男子，抽着烟管在看报纸；在男子对面摇椅上坐着一个妇人在编织；厚而软的地毯上，两个孩子蹲踞着在弄猫儿。

子明又看见一间不及先前的那样大，却陈设得很精洁的房子。里面有一对青年男女在沙发上躺着，他们的身子相互依偎着，手相互紧握着，半闭着眼，静默地满足地在听由收音机发出的香艳的、撩人的情歌。

他又看见一对男女，在朦胧的灯光笼罩下，在床上……

突然，子明跳起来，全身紧张，双眉紧锁，嘴唇紧咬，两拳紧握，好似用死力去把什么压下去。

四

在子明邻近坐着那几个衣裳褴褛、形容沮丧的人们都被慢慢地下着的冷雨迫走了。只有守园的警察还脚步沉重地在小径上踱着，经过子明面前时把眼向他注视，仿佛是怀疑他是个无家可归的流氓。子明向四周望望，似乎辨认方向，又似乎选择去路。他站了一会，才扣住大褛底纽，拉起衣领把颈和胸口裹住，又把双手插入衫袋里，然后机械地、不愿地从园边的小径望北行去。这里也没有人，除了由西边石岛街偶然传来的电车疾驶的轰轰隆隆的，和汽车底橡皮轮辗着被新雨润湿的街面所产生的吱吱唧唧的响声外，一切是静寂。

子明在静寂中冒着细雨行着。行了一会，他开始感到平静，好似身体内酝酿着的火已被冷雨淋熄了，他便放开步向前行。忽然一阵女子底痴笑声和跟着的男子软语声，胶粘似的，极之缠绵，从小径一边的大树荫下刺进他底耳膜，毫不体恤地把他底平静粉碎，把身体内刚窒息了的火复燃起来。根据过去的见识，他知道这种声音是从什么的情景生出来，但他不忍去观看。他要逃避。可是路径狭，又没有支路，折回也不便。没奈何，他只得低着头，装聋诈盲地持续向前行。经过那株大树时，仍不免见了一男一女在长椅上互相拥抱着接吻。

子明行尽了小径，转个弯，从对着六十三街的大路出了园门，跨过石岛街，即向立在街角通出天面车站的铁扶梯跑上去。可是才跑了四五级，他却裹足不前，反慢慢地行下来，立在街角了。他向石岛街北边望去，又向南边望去，似乎要看看还有什么去处可以留连消遣的。但是，只西边有几盏街灯在细雨中磷火般时隐时现地闪动着，东边一带是一大团昏黑。他转向六十三街望去，见隔着两个博洛远那里有一丛灯光照耀着。他思索一下，忆起是一所电影戏院，是从前到过的。他解开大褛底纽，从背心袋里掏出时计对着街灯看看，也只是六点十五分。他苦着脸想：归去也惟有睡觉，但在这细雨的黄昏睡觉……

"老契，在找人么？"娇柔的声音忽然打断子明底思虑了。

子明心里一跳，同时脸上的苦恼也消散了一大半，似他底问题会从这声音得到解决。他急掉转而向发声处期待地张望，看了一会，才辨出东边墙壁下竖着一柱昏黑，恰似一个用黑大理石雕着的人体底雕像般，除了一双大面圆的、闪动着的白眼睛，一副完整的、笑着的白牙齿。子明细看一下，憎恶和不屑的感觉就把先前的期望、安慰压倒，使得他羞愧地、自愤地回转头来，径向六十三街有灯光照耀着那里去了。

子明一面行，一面把大衣底领拉下来，又把帽子和领带整理端正。行到电影戏院时，却见得买票观戏的人颇多，排队在窗口等候。子明想转身回去，因为他不愿明显地失落的孤雁似的在西人群中站着，惹他们注目。但他返想：只要等候一刻吧，这总比回去那里好呢。他终于加入买票的人丛底行列中。

"两条。"在子明前头的人几乎一个个都这样对窗内售票的女子说。子明一时不懂得一个人为什么要买两条票，因把眼跟着买了票行开的人看去，才见得有群女子在左边等待着，她们看得男人们买到票就径自走开来，把臂膊给他们挽住，一双一对地进了戏院。

子明急掉转面去看右边墙壁上挂着的广告画。接于目的又是一个漂亮的男子把一个艳冶的女人从后面紧抱着，在吻她底粉颈，画上并题着一行大字：**乐园之夜。**

一股热气由子明底脊梁上升，几乎使他站不住。突然，他从行列中溜出来，径向街外走去。前后立着的人和售票的女子都愕然，但子明全不觉得，只一面把大衣底领拉起，把帽缘扯下，把衫纽结住，一面向着六十三街东边走回去。

走到石岛街，子明即向铁扶梯上去，可是还未走上第二级，刚才听过的声音即把他牵住了。

"还在找寻人吗，老契?"她娇柔地在背后说。

子明立着不动，一手紧握住栏杆，双脚各踏在一级，像在妥协心内的交争似的。

"为什么呀，老契?"

声音又向他问："你不愿得有好时光么? 我会令你愉快啊!"

子明仍在立着不动，过了一会，一句微弱的短语才从他紧闭着的嘴唇挣扎出来：

"随我来。"

没有回顾，他即走上天面车站去了。

(《新苗》1947 年第 2 卷第 2 期)

新　客

摩　天

　　陈太太静静跨过熟睡的丈夫，爬下床，穿上由祖国带来的那对绣花黑缎拖鞋，轻轻走到客厅拉起百叶窗。七月的正午太阳强烈地射进来，刺得失眠的眼睛发痛，头也发晕。她合上眼，斜懒在沙发上，不胜疲惫似的；拖鞋脱了，垫在脚跟下，纤细的趾头在空间一屈一伸，在做着柔软运动般。

　　她做了陈太太将近半年了。在这短促的半年中，她生活的幻变，由舞女转为一位美军的妻子，由送往迎来的厌烦而安享充裕的物质供给，现在，她却沉到苦闷的深渊中。她是在上海一间夜总会结识陈先生的。陈先生走遍天下，不知怎的对她一见钟情，而相恋，而热恋，而结婚。那时陈先生是留驻上海的，他每天走几次美军 PX①，买香烟和其他东西出来做"黑市"供给她挥霍。那里的日子过的是从心所欲！可是，回到美国来，黑市无路，陈先生退伍还民了。坐食终会山崩，他得寻求职业，以维持生活。在这人浮于事的今天，找事做真非容易。经了几许艰辛，他才在华埠一间不夜天餐馆找得一份工。每天下午五时返工，至翌晨破晓才放工归来睡觉。陈太太其始噘着嘴反对丈夫"俾昼作夜"的职业，一方面因为夜里不能同衾共枕，另一方面因为她胆小，每当夜归的同楼住客扭开水龙头发出角落角落的音响，或是耗子在厨房里骚动，便把她吓得缩进被底焗出大汗，长睁眼睛到天亮。还有别种缘故，大概就是不能晚上和丈夫去看电影和跳舞了。日间，起来打扮好了之后，她无聊地在沙发上呆一会，到厨房里去也呆一会，生厌地听着丈夫睡熟的鼾声。有时想唱唱留声机器，但丈夫睡着，未免太残忍，而且唱来唱去尽是《多情燕子归》《银灯照玉人》《再折长亭柳》《知音何处》和《一代艺人》……那几只唱碟，既听得太厌，又给人一点怅怅之感，索性还是半睡半醒懒在沙发上，及至忍无可忍，她大胆地推醒丈夫，要他起来陪她去逛街，游名胜，或到百货公司去

---

　　① 编者注：PX 此处是指 post exchange，设于美军基地内的购物街。

买时装衣服，纵然买不成，看看也叫心息。怎知丈夫做到筋疲力倦，推不起床。

今天，天气特别热得恼人，虽然她照常不能入寐，头有点沉沉重重的，但她再不能挤在只听鼾声不见温存的丈夫身旁闷死了。她起来懒在沙发足足个多钟头，仍是百无聊赖，她像爆发的火山，毕竟要爆发才觉痛快，她便叫了起来。

"肥佬！……肥佬！……"她惯叫丈夫做肥佬，虽然他并不算胖。从前或许是胖胖的，现在被她激瘦了。或有可能，不能下断论。

"唔……"

他睁大血丝纵横的眼睛盯住她，似乎她是陌生人。大概他还是在梦中。

"起身，起身和我一起去买几套热天衣服啦，可以吗？"

"又买衣服？！——前两星期不是买了几套么？！"

丈夫的红眼睛睁得更大了，那大概不是在梦中徘徊吧？

"那些都是'二八天'的，这几天穿着委实太热了——"她挺恩爱的搔着他的头发、额部、须、颈子、胸膛……

"睏未够呢，不要搅我！"他拨开她的手，翻了个身。

"不，要你起来，给我买，肥佬！"她仍在祈求他，搔着打扰他。

"一天干十三个钟头，在餐堂上跑到脚板都烫了，你还不让我好好地睡？！"

"今天给我买了，明天就让你好好地睡。"知道他有点讨厌她了，她立即舔几下他的耳朵，叫他痒得笑起来了。

"噫——唷！够了够了！给你钱，你跟黄太太买去。"

"黄太太做工。"

"找赵太太去！"

"赵太太和李太太都入夏令班学英文。"

"那我问你：黄太太、李太太、赵太太和你都是同船来的。她们有的做工，有的学英文，只有你却闷在家里，想东想西，夜间睡不着，日间就叫头晕眼花……"

"好了好了！人家不是讲那定的下半部呀，给我钱吧，我自己想办法去买！"

她终于拿过钱，独自去了。

陈太太穿着白色高跟鞋、肉色玻璃丝袜、浅蓝布裙、桃红短袖衬衫。腰细，身段很好，原是很漂亮的样子，却为了失眠而抹煞应有的妩媚，脸色有点青黄，眼眶略带些儿黑，被强烈的阳光照着的眼睛半睡半醒似的。不过，任是她怎样粉饰，华埠的人一见她走过就看出她是个新客，"正牌唐山货"。

走进摆也街一座半新旧的楼子，她按铃，一会儿，一个穿着花布旗袍的年轻女人把门开了。

"啊！陈太太，请进来。坐，坐！"那女人欢迎着。

"赵太太，伯母她们呢？"

"前两星期往埠仔避暑去了，坐吧。"

"好，谢谢你。近来你的英文大有进步吧？"

"惭愧得很，一天只能学两个钟头，……有了孩子，做乜①都难专心一致。"

"小乖乖呢？……睡着了吗？"

"刚才发脾气，哭个死去活来，他抱着去公园逗着玩呢。"这个"他"当然指的赵先生了。

谈呀扯的，不久，她们就扯到衣服问题上来，陈太太请赵太太伴她去买衣服，赵太太推辞道：

"很抱歉，我真正没半点儿空闲，真的！就是早上去学两点钟的英文，丢下孩子给他看管，自己也不大放心。他们男人家怎会管孩子呢，粗手粗脚，不难把孩子的骨都给弄折了，而且我只学了三两个月英文，连字母也还未弄清楚，怎能做得传话的呀？！——现时你有的穿就算了吧，多买也没意思，根本就穿不来。"

"我不过要个伴罢了，到三十四街那间'咪市'去，看中了货色就有人来照顾，懂几个数目字便行，我连数目字都不懂呢。"

"我说，陈太，倒不如趁空去学学英文罢，言语不通，样样都不方便的，你现在还没有孩子，容易啦。等到抱了孩子，那时就抽身不暇。你看黄太和李太现在真正雄心万丈，上午学英文，下午做车衣，帮助丈夫不少，——李太还打算在华侨学校执其教鞭呢，不过没有后台，倒成问题……"

"哼！我才没有那些劲儿哩！"陈太太坐得愈不安了，对方不伴她上街去也罢，还要唠三叨四的，怪讨厌！

"这儿不同中国，老赵说的"，赵太太可是没有发觉对方的嫌其聒耳，她只是忠诚一片，"不论贫、富、贵、贱都要做工。其实趁年轻有为时发

---

① 编者注："乜"在粤语中指"什么"。

奋几年积聚些钱，晚来日子好过，倒是上策，……他们男人挣几个钱也不易，不是熨衣，便是跑堂，做到金睛火眼的！"

"跑堂！……跑堂！……"陈太太鄙屑地喃着，赵太太那些话正挑起她心底的恨火，可不是?！她和陈先生相恋的时候，陈先生有的是钞票，而且是美国的钞票。他又骄傲地说他家住在纽约的，谁不知道纽约是世界第一大都市、人间的天堂呢?！她满以为住在那儿的人，不是富豪，就多少有点家当。及至跟他直抵纽约，连找个住房都成问题，他们足足住了半个多月旅店，才由一个衣锦还乡的疏堂叔伯让这个住房给他们。这几乎把她活活气死。她恨当初只会盲目地恋爱，不曾查明陈先生的家底，现在大错铸成，徒呼荷荷！向他提出离婚么？那又不至于，陈先生虽然不是富豪，却有一片真心爱她，她是知道的。在这言语不通、人地生疏的国度，找个真心爱自己的男人未必容易，没法儿，只好暗暗的怨在心底，恨在心底、丈夫不在跟前时，她很想候他归来呕一次气；可是当她面对着他，她又呕不出来。反会退一步回心一想，她从前不是做梦也想游游美国的么？而今身居其境，不是完全凭仗他之功劳么？但赵太太提起跑堂这两个字来，偏偏挑起她鄙屑和憎恨丈夫的职业。陈先生口口声声说是什么大学念过书的，而今却熬夜更，托其盘底这种没出息的跑堂贱役！

"赵太太"，她的气顶到喉咙了，"你真的不去，那么我要走了！"

带着怨己尤人的矛盾心情，她走出赵家。她忽然想起赵先生抱了孩子到公园去，到那儿碰碰他也好，或许赵先生会帮助她的。及至公园，环顾四周，不见赵先生的影子，园里是静静的，寥落的坐着几个褴褛的无赖，小麻雀和白鸽在恼人的烈阳下张着嘴，透不得气的样子。

"……人们到哪里去了？……避暑埠？"

她回忆起赵太太的家婆和家公打趣她那番话：

"陈太太，天气热得焗出油，和陈先生去避暑埠住两三个月吧。新客到来，游游地方正好，用不着那么着急赚钱！游两三个月暑，有益卫生，化钱不多，一千几百就够了。"她也记得那时跟丈夫商量之后，得到了什么回答："一千几百?！我有一千几百，倒不如寄回去养家，我两只手赚钱，供给十几人用，我要养母亲、养你，还要久不久寄钱给你爸爸，我们怎能享乐?！"

"……我们怎能享乐?！……我们怎能……!?"她不自觉地叫了出来，颓然的踱出园子了。

穿入华埠，经过那间一年四季兴哄哄的打玻馆，她知道是应该加快脚步的时候了。不过，任是走得怎快，总不免听到一些粗俗的对话抛在后边的：

"……返工啰？工字不出头，劳神乜呀?!"

"就这样做骡仔养大你啦，卵头阿仔!"

"为什么不做女人呢，扯街赚钱易呀，你妈个臭屁!"

她听不入耳了，急急跑回家来。脱去丝袜，一手扇着报纸，一手摸着额头，懒在沙发上。

"雄，雄，……肥佬!……"她向里房叫。

"嗯……又是要钱?!"丈夫惺忪地答出来。

"我想去学英文，也想做工——"

"唔……"

"坐在家里当真把我闷死啦!——行不是，坐不是；上埠上逛没人作伴，不懂话；去唐人街，但杂碎馆、杂货铺，男人眼光光的瞪着你，臭言恶语的。"

"很好! 做工也好，学英文也好，随你便!"

"你几时'柯夫'① 呢? ……他们说四十街那间唐人开的夜总会，比西人那几间更好! ……我的衣服……"

"你又来了!"陈先生翻了个身。

(《新苗》1947 年第 2 卷第 3 期)

---

① 编者注："柯夫"应是 work off 的音译，休息之意。

黄金国

老　竹

四个月才过去，吴先生现在就后悔他为什么要带了这块"肉"——吴太太的鸟道理。他很伤心。吴太太呢，做了太太才四个月，晓得丈夫的心里窝了这个岔儿，当然也很伤心。为什么有这个岔儿？不止吴先生这对小夫妻碰上，还有其他许多人都走了同一的路向：可算是个小悲剧的开端。但是吴先生究竟有许多地方不同。

这就没法不叫他回忆过去的快活：还属"光棍一身轻"那段岁月，别的且不说，单就驻在南京的十个多月中，下了班的时候，跟同事们在首都内最著名的地方去逛，譬如玄武湖、五洲公园、莫愁湖、燕子矶、紫金山……虽然经过了侵略者的炮火摧毁，留下来的只是教人凭吊的残迹，但是他们单是为了观光开心，所以游山玩水的走疲了后，就到夫子庙一带去宿夜。价钱相宜，货色也不错，这怎么不开心？即使有不知趣的中国宪兵在半夜里来敲门查房间，也不妨事，这不是常有的。常来查问的倒是美国宪兵，而他们又全是"自家人"，不会出什么乱子。于是就可以放胆在那里胡天胡地，那还管它蹉跎了青春不?!

他被派遣到中国去，很开心，自己的国土，自己的京城，当然觉得挺亲热；可是跟其他的同事一样，被中国的老百姓管他们叫作"少爷兵"什么的了。可不是，中国的老百姓在强暴的独裁统治者强行的重税征兵征粮、占房夺产的狼毒政策下去打内战，弄到枪炮肥、人民瘦，家散人亡，叫苦连天中，而他们美军倒居住得舒舒服服，吃喝得暖暖饱饱，穿着得光光烫烫，行走得方方便便，工作也挺轻松。中国内战没有给他们影响什么，而依然以"少爷兵"的身份自居，出出入入，白眼儿老那么一眨一眨的，真叫人作呕。瞧来中国老百姓吃不消那种痛苦倒是活该的，唉！只有"少爷兵"才是二十世纪的骄子！

然而，许多无枪无炮的中国老百姓把事情看得蛮清楚，没法不对这许多不公平、许多不顺眼的事痛恨，没法不联系起来向爱屠杀的暴主跟他的鹰犬们提出控诉，反对内战，而至举行雄壮的示威运动了。这个运动非用武力不可能遏止，相反的，它还蔓延到其他的各大城市，都一一向"政府"抗议起来。于是在街衢的空壁上就贴满了标语，有些是："请美国兵快撤离中国的领土！""碧眼儿的帮凶们马上滚出去！""收回中国固有的各项主权！""外国人不许干涉中国的内政！""停止内战！""救救中国的无辜受苦的老百姓！"……

这么一来，他们还得不滚蛋？所以他们就像以前那些被痛恨的日本人那样给赶回来了！但当他没有离开中国的几个月前，他接到他的爸爸在美国给他的信，叫他无论如何要找个女子结婚，带回美国去过活。这因为：第一，吴先生的年纪不算轻了，有了那么二十七八岁；第二，趁着能利用军人特有的权利带妻子过来，可以省却许多要不得的麻烦手续和不少的钱财；第三，他的爸爸近年来的运气颇为亨通，兼且他又是个独子！

穿着那种逢季按节更换的军服好几年了，跑的地方不算不多，随着同事们胡天胡地干的痛快事也算搞得可以，虽然军队的生活有很多地方不满人心，但在各处寻高兴的时候可也不算一回事，反觉得骄气凌人呢。他本来就不稀罕什么女人，可是爸爸的嘱咐这么亲切、有理，你不想依靠这个想怎样怎懂？所以他还没将这个意思说完，他的一位朋友便极热心地给他奔走，介绍了一位姓林的小姐给他。这个时期，他当然停止了去夫子庙一带的宿夜了。

姓林的这位小姐长得很标致，谈笑也挺合人意，这怎么不逗得吴先生倾心相向，共谋百年好合呢？尽管吴先生有两三样不大合标准：近视，矮小，笑起来像鸭子叫。可是林小姐愿意到美国去，她根本就不爱死屈在中国吃苦。而且，林小姐也不是个十八岁的姑娘了，也曾逃过几年难，更曾经给异性的朋友追逐过，然而她到底没有把他们的爱接受过来，因为漂亮的不一定聪明，聪明的不一定有钱，有钱的一定不止一个太太，健康的不一定能干，能干的不一定漂亮！单只为了去美国这件事情，就不能不叫她马虎一点了。于是，她没有什么苛求于吴先生：求婚的次数要四五回，条件要十全十美，像她早前对待过别的许多异性朋友那末苛刻。这一次答应得很快，而且搬出了她所有的魅力和千万种温柔法去迎合吴先生。她的爸妈呢，林先生和林太太也渴望过到美国享福；赶到自己的憧憬成了绝影时，就寄希望于下一代。碰巧自己的女儿走了这个运气，干么不开心？干么还要考虑？

吴先生跟林小姐的婚事在"闪电战术"中实现了。婚礼和其他同事的一样，在军中的牧师面前通过了，很简单利落。自然，新婚的夫妻没有不欢快的，何况是自选自择？这期间，吴先生又蛮有劲地对太太说述了许多关于在美国各种有趣的生活故事。这才乐得太太巴不得马上就想离开那蹩脚的祖国，任由战争打得怎么起劲，受灾殃的老百姓怎么凄惨，别人有没有吃是别人的事，也碍不了他们的毫毛！赶到要"滚蛋"了，他跟太太是那么高兴的跑进运兵船的舱里去。

有了一个美丽的憧憬，带了一个新生的希望——可靠的，无论目前的痛苦怎么大，也是不算一回事的。因此吴先生和太太在二十来天的航程中也很能"安身立命"。晕了几次船，脸上的灰色跟航行的日子增加了，可是还未抵达加州的海岸时，吴先生便陪了太太偎依到甲板上的栏杆上去，用"识途老马"的劲儿遥指着远处说：

"媚，你看，那边就是我的第二故乡——在金门港里面，再过一会儿就可以看见那朱红色的金门桥了，还有一条从三凡市通过屋仑去的屋仑桥……"

于是他又述说他们的伟大处，单就那条缆子的小钢丝纤维就能沿着赤道绕地球一个圈子，合结起来两个大人也抱它不过，为了建造那条桥，化了一笔怎么庞大的款子，牺牲了怎么多的人材和物质，连那工程师都"鞠躬尽瘁"完了蛋！……

吴太太的柳腰叫体贴的丈夫挽着，发波被多情的海风撩动着，苗条的躯体让媚人的晨光照浴着，耳叫音乐似的涛声娱悦着，心情给美丽的彼岸招引着。吴先生的述说多么温柔中听，仿佛是神话里的故事，欣赏着大自然的优美，这些难得的享受，真给陶醉了，这不够诗意才怪?! 于是紧握着吴先生的手，嫣然地一笑，这一笑，恐怕真把"阳城"和"下蔡"① 都迷惑了，何况是吴先生？

最好气的便是在遣散营那里闷了那么十二三天，才把退伍的手续办妥。虽然离三藩市不远，没事的时候可以坐车子去。这么着吴老先生和儿子媳妇会面了。照情理上说，当然喜欢到不得了，暗地称赞儿子的眼力不错——拣了这个出色的媳妇。在照片上也瞧过，可是照片上的媳妇和这个真的是很有点分别。她会不会做事是后来分解，单看样子就开心了。可是——媳妇的说话要儿子来翻译，这似乎有点别扭。可是别急，只要大家相处久了，哪怕言语不通？做媳妇的定能在最短期间学到洋话，还有自己家乡的土谈。而他做公公的也定能在最短期间学到媳妇所说的普通话。自己的儿子在中国才十个月，就说的那么流利，他老人家怎么不可以？所以吴老先生心内又"定能"的下个决断。他笑了，他很痛快。可是在这由痛

---

① 编者注："阳城""下蔡"均为地名，出自宋玉《登徒子好色赋》中"嫣然一笑，惑阳城，迷下蔡"。

快而笑的一刹那，忽然收敛了他刚有的笑容。这是怎么来着？做儿子能不能不痛不痒的，不关心爸爸的忧虑？他就诚恳地询问：

"爸爸，为什么这么不开心呀？莫不是阿媚不会服侍你？还是不喜欢她不是广东人？……"

"不，孩子，不是这个。"

然而这个"不"了之后，就蓦然象征出这个"外江"[①] 媳妇是个"不吉利"的来由！他更气闷了，可是儿子的问候不能不答，除了向这个独一无二的亲儿子诉说衷曲外，可还能从谁那里得到半点安慰？于是他噎了口气才慢吞吞地说下去：

"唉！天有不测风云，人有旦夕祸福！……建纬，我不说，你也不知道……"怪悲哀地咳了几声，但又不能不说下去。"建纬，你说是不是，天有不测风云，打仗这几年，工价那么好……呕，呕，那么好，没病没痛的……辛辛苦苦积下了点，连中几次'白鸽票'[②]，总要有个一万八千啦，唉！……可是运气坏了，坏了！十年之功，废于一旦啦！……"

又咳啊咳地才把话停住，吴先生看不过眼，就去倒开水。吴太太听不懂这个，但是瞧了这光景，似乎有点不是头路，就关心地问丈夫：

"啥子事呀，嗯？"

"别忙，后来跟你说。"

吴老先生把开水润了润肺气，还咳清了嗓子，才继续说下去：

"十年之功，唉！全盘，全盘……输光啦！"

微窝着的眼眶子泛了泪，脸儿也多了几道花纹。怪可怜地瘦了一圈儿了。做儿子的无论怎样也得找些话来安慰老人家，虽然自己受了这个打击也不算小，他便找到了这几句：

"爸爸，没关系的，天有不测风云，今天破了财，或许明天会拿回更多的哩！"

"你还是这么说，可是易来易去啊！"老人家的泪掉下来了。

"但是易去又更易来呀！"

"谁知道？这个数目不算少啦，……唉！总是自己不好，有了这个客观的数目，还贪图……"

"那么铺子里的股份呢？"做儿子的老是想办法来补救补救，可是老人的泪连鼻涕都淌出来了！哽咽着，竟全啼了出来：

"也，也完啦！"

---

① 编者注："外江"在此处指非广东人。
② 编者注："白鸽票"意为彩票。

"那么我还有笔款子存在银行呀!"

吴先生可真焦急了,他再把这个希望搬出来。

"中什么用,两千来块那个数目;现在各样用品还是涨价,而且各行商情也比战时淡下去了。薪水减低,货物涨价,真没道理!"

…………

许多在襟上插着金色展翅鸟儿的青年汉子带了娘儿在街道上溜达着,有的手挽手排行着,有的跟在后面跑,用一种惊异的神气来看这陌生的光怪陆离的"中国新娘"。看样子,可以证明哪一个是从大都市或从乡村来的。总括一句,都是从穷困古老的中国,抱了一颗美满的、倾慕的、侥幸的心儿才跟着丈夫跑到这黄金国来。可是面临了这事实和从前过高估计的差错,她们实在有点伤心!然而局外人还这么来打趣:

"又是中国来的,你看,多幸运!"

"如不当兵,能有这一手吗?"

"喂,这个倒不错,可是你听她的口音吧,'外江婆'!"

"……"

可是吴先生在银行提了那笔款子,还不够他建立一个小家庭的开支,而且是设备得多么马虎啊!他没法不彷徨,没法不为着前途焦急:

一,太太说近来爱头晕作呕!这么快,怎么办?

二,老爸爸仍然没有起运的气色,也很爱来几句噜叨噜叨。

三,那么单就领取一点政府津贴便能够维持吗?

当兵的生活把习惯也弄成了含含糊糊,见了工作也打不起劲了。可是为了生活,看你还能想出别的好办法来?太太不惯于工作,而且也找不出合适的职业。但是为了要生活,焉能叫她老呆在家里消耗粮食?所以他这样出了主意来安置父子媳妇三个:

爸爸有了领取五十多块养老金的年龄了,这可以办,可是打算还送太太去车衣厂干活时,太太就不那么依从他了。干吗,这就是黄金国?满以为离开了多灾多难的中国到这儿享福了,要是早知道这个就不来;自己的出身不算不娇贵,这怎么行?

但是吴先生一面流泪,一面哀求太太在还未生产前多助一臂之力。要不是老爸爸倒了运,还可以舒舒服服过日子。但是……而且美国和中国根本就不同,不能一个人工作养活全家!

吴太太的心悔恨了,他骗了她,伤透了心,她当场的流泪!

吴先生更比他的太太感到没趣,对她讨厌起来了,所以他就后悔为什么要带这块"肉"来受罪!可是单是后悔也不是办法,他不能再化费时间去动脑筋了。这么着就跑进一间洗衣馆子去卖命！一星期做六天，每天做十三小时，只有星期六提早个钟头放工，这不是卖命是什么？但是卖不卖命也好，自己要吃饭，有负担，而且这个战后的萧条景象是不可避免的，许多人也吃不消这个，那末，只可认命！

（《新苗》1947 年第 2 卷第 3 期）

搬　家

老　竹

爸爸：

　　我现在找到了个合适的工作了，是靠近学校的，我要搬到那边去住了。

男　汉惠留字

　　杨汉惠独个儿在他寓所里转了几个圈子，终于愤恨地把嘴角吊着的半截香烟卷费劲地拔出来，在烟灰碟里熄了，然后七手八脚地收拾了必需的日用品，就急匆匆地留下这个条子在桌子上，带着那个皮箧把门关上了，便飞快地跑下楼梯，离开这座有年纪的老房子——住了许多年的蹩脚臭寓所——他带了一颗小鸟脱逃樊笼的心，将要速远走高飞，到一块比较清静的、无拘束的地方去。

　　别说跟自己的爸爸和几个同自己的年龄相差得很远的同乡住在一个很不松动的地方是件顶麻烦、顶讨厌的事，还有许多吃不消的气人事，也叫杨汉惠不得不再向第二重封建家族对抗的。他的爸爸是个"一责不付，十里洋场，百尘皆染，千样花头，万事不管"的个人享乐主义者。另一个六十多岁的老头子也一天到晚的板着脸孔唠唠叨叨，说这样不对，说那个不是。老是用训诲的口气来耍玩艺，简直叫年轻的杨汉惠听了一点都不舒服的。还有一个像害着痨病似的酒鬼更觉可怕。虽然他的爸爸跟那个一不说话就怕嘴巴生了锈似的老头子不常住在寓所里——他们是住在雇主们的洋房里的——可是这个无酒三分醉的酒鬼在早两星期给雇主赶回来了，因为在一次宴会完后，雇主吩咐他冲壶咖啡喝喝，他倒弄壶茶递出去——他喝得太厉害了，又把自己醉透了！

　　杨汉惠，是一个退伍回来不久的青年，他现在领受那还有一点良心的政府津贴过来的六十五块钱做生活费去念书，放学后便到市场去买东西回来弄饭菜，可是每次碰上那几个老头子休假时，也得闷着气陪他们用饭。这时候，杨汉惠可不能再慢条斯理地咀嚼了，因为每一次吃到半途，那个老头子忽然就呛咳起来，咳过来后便要喘几分钟气；他的爸爸也动不动要除下那副假牙来，弄掉陷进去的骨屑子什么的；那个酒鬼的手老是摇摇颤，看来像是打着搭子症似的。杨汉惠用完了饭时，他们还在噜噜唆唆的唧咕，那个酒鬼擎着杯子敲着黄牙：瞧这光景，仿佛到死也不后悔他为什么在赌场丢了十多年的积蓄。近几年来，小脖子支不住胡桃似的脑袋了，脚步也跑得不比早前那么有劲了，多上几级楼梯起也觉得很有点不顺了，近来更是傻里八机的，现在又加上辗转在失业中！才四十许的人啫，就苍老的这么利害了，还能够干多少年的活呀？可是他始终向那几滴"猫尿"①鞠躬尽瘁！

晚上，酒鬼早就溜进被窝里打起叫人听了便哆嗦的呼噜来，但杨汉惠怪耐心的戴上眼镜，在灰暗的煤气灯光下，"沙沙"地写着，做他的数学和其他的科学答题，或是预备明天的功课什么的。在晚上动脑筋的时候，没有人爱别人跑来胡扰的，可是这酒鬼的呼噜停止了便磨牙齿，磨完牙齿又有头没尾的发几句梦话，过后，忽然又怪痛苦似的呻吟起来。

老实说，杨汉惠真吃不消这个了，他很想像在军队时那么粗声大气的喝骂起来："妈的，缝上你的鸟嘴巴！不然，我就扭断你的脖子！"他回过头来瞧瞧，老样子，酒鬼隆起腿子仰卧着。哭丧着脸，张着嘴，艰苦地呼吸着……

"讨厌！"

他不爱再瞧那难看的样子了，但当他将疲倦的眼睛转向四周时，又是老样子：满屋子油腻腻地，天花板给煤气灯熏成了两个大黑点，墙上挂着老头子们几代的"全家乐"，亲亲戚戚的照相和那些千疮百孔的地理图，东一幅西一幅的贴着褪了色的古装美人的电版画，又间隔的钉了七八份不同的银行、洋服公司卖告白的日历牌子；左右两旁的架子上，搁着乱七八糟的许多废物：锯子、锤子、扫帚、擦地板的抹子、抓痒的"不求人"、剪刀、勺子和咖啡筛子等，感有尽有的挂满了钉子；不计其数的罐子、瓶子躺在木橱内给尘埃埋得喘不过气来；旧报纸、彩票单子都撒在椅子上；弄饭菜的器皿也在一个角落里冒着油汗；此外还挂着三四面镜子，一面的水银已脱落几分之几，一面照起来使你的脸青口唇白，另一面照起来使你的头脸歪歪扭扭的！这许多不中用的家伙几乎把整个房间塞满了，可是你不能动它们一动，即使扫掉地板上的垃圾，老头子们也不大依你的！

"晦气！"

---

① 原文注："猫尿"，暗指烧酒。

杨汉惠就在这又讨厌又晦气的环境下，没得叫自己舒舒坦坦地活过了许多时日。

赶到杨汉惠也睡下了快要入梦时，那个酒鬼可又不那么懒板板地困觉了，他忽然爬起来，扯亮那盏煤气灯，跟着跟跄地跑去窗门关紧了，然后再卷根野牛牌的烟粹来烧烧，一会儿又"砰"的开门到茅厕去。好容易得他睡下了，一会儿却再爬起床倒杯"猫尿"灌灌肚肠。天还没有亮就把煤气灯点着，猛烈地煮起水锅子，壁上那个大时钟也冤魂不息似的啼啼哭哭……

这么着，能睡得安稳么？他只可认命了！可是这不是很影响自己的健康吗？真不是玩的！刚才从大钟楼传来的钟声，不是两下，三下的划过漫长的夜空刺进来？明天不是又要早起赶着上学？这一急，就更不能入睡了！

"非搬家不可了，宁愿啃少几块面包皮，谁稀罕这便宜的房租！"

这个主意打定了个多星期了，也跑过许多路了，到昨天才给一位朋友介绍了一处，是在西人住宅区的一间离学校不大远的房子，房间的设备也有了起码的需要：电灯、钢丝床子、冷热自来水、书桌子、椅子、大窗子和花布帘子、四层抽屉的橱子、洗澡间、毛厕，火烛梯也很便当，地方是干爽爽的、幽静的、雅洁的，不过叫像他这样没有其他入息①的苦学生去付一笔房租可也有点担不来，但都顾不得许多了，反正有了更多的自由，精神上没了那种受不了的痛苦，晚上用功的时候也可以不戴眼镜了，还不暂时住下去再说吗？将来真的找到工读时不是容易应付得多了？

这么着，他瞒着他的爸爸，撒了个谎，毅然出走了。

但凡做老头子的总以为自己的脑子是对的，可是，做儿子的却就不那么驯服，于是，"儿子反老子"的悲剧不免要发生。"一代不如一代"，过去的已有不少，现在也正多得很，那么，将来呢？还消说吗！

（《新苗》1948 年第 2 卷第 5 期）

---

①　编者注："入息"意为收入。

莫姑娘

百　非

　　德育家尽管劝人"厚于待人，严于责己"，但常人处世接物，总多和这个良好的规箴相违背，即我自己，所谓一个美术家，观察力和批评力都号称超乎寻常的了，也不能避免这种毛病；要不然，对于莫姑娘底事情，我又何至于像老吏高坐堂皇，片言折擎，那样地不假思索便把她遽加谴责呢?!

　　这里所谓莫姑娘底事情，自然是指她那件轰传华埠一时的桃色纠纷了。

　　我认识莫姑娘是在伊利奈州路易堡底一位同乡叫做甯华底餐馆里。甯华底餐馆是设在华埠本邑会馆自置的楼房里面。楼房共三层，两间横过。中间一层是餐馆；地下一间是赌馆，一间是商店；顶层前部是会堂，后部是公寓，有十来间房子，多为楼下餐馆、商店底工伴和赌馆底捞家①们占住着。

　　在路易堡，华女虽很少见，可是我始终对于莫姑娘没有注意过。后来见她几乎每晚上和星期日，整天地都在餐馆里和走堂们以及到那里消闲的捞家、赌仔们打牙较②，才觉得奇怪起来，以为像她那样一个单身女子，为什么成日家和散仔佬厮混呢? 后来虽从甯华处得知她是个研究音乐的留学生，原来所谓具有新头脑的，但这个知识不特不能令我减少对她的怀疑，相反地我底怀疑更因这一发现而增加了。我不主张社会要分阶层，也不反对男女间的自由交际，但我总以为一个未嫁的女子，尤其一个女留学生，应该自尊些、谨慎些，不应镇日在公众场所和散仔佬嬉笑，虽则她和他们也止于嬉笑而已，另外也没有令人觉察什么猥亵的地方，而且她也有几次企图和我接近，尝试着和我打招呼，可是我却毫无缘故地对她怀着一种强烈的不赞成的心理和不屑于周旋的态度。久之，这种消极的不理会更变成了积极的憎恶，当作她是个不正经的女子，将来必会干出坏事来。所

---

①　原文注："捞家"指不务正业、过着违法生活的人。
②　原文注："打牙较"指没有意识的谈笑。

以及至她底奸情败露，为邑侨①所唾弃时，我不独随声附和，把她谴责，而且还沾沾自喜有先见之明哩。

莫姑娘不再在餐馆出现了许多之后，我才觉得。又经过许久，我才有机会向走堂的陈三问及她。

"芸芳！哼！"陈三说，带点不屑提及却又禁不住要向人传说的样子。"不要说她啦，说起她来就惹哀一邑了啊。她这回很不得了呢！"

"什么?!她究竟干下什么大不了的事呀？"我底好奇心驱使我这样问。

"哼！她干得好事啦！她底肚子被人弄大了！"

因为我先前曾预测莫姑娘会干出这样的事情，我不感到诧异；我还露出一点自喜和戏谑说：

"我估有什么惊人的事，原来只是这样。肚子给人弄大了，在这里也不算了不得的事情。和恋人结婚把孩子生下来，便没有问题了。"

"哎呀！"陈三把头摇摇说，"事情不这么简单的。"

"有什么困难？难道她底恋人不肯担干系么？"

"许是肯。但她还不知肚子给那个弄大的，也不知和那一个结婚才好啦。"

"什么？"我问，兴趣不由得撩动起来。"她不止有一个恋人么？"

"嘻嘻，有两个啊！"

"啊啊！"我惊异了，也有点厌恶。

但陈三却津津地持续说下去，不待我底追问或鼓舞了。

莫姑娘底两个恋人，据陈三说，是天保和松盛。天保，我约略晓得，是个三十岁左右，好穿、好吃、好嫖、好赌，却不很好做工的人。松盛是个五十岁以外的第三流捞家，他们都是邑人而常到餐馆消闲的。据陈三说，他们和莫姑娘暗订下三角同盟已经很久。结果是莫姑娘底肚子不能隐藏地渐渐膨胀，使她不敢到餐馆和上学去。

陈三把事情陈述到这里，便有两个顾客进来，坐在他底柜位。他不愿地把话头按下来，走过去招呼着。我因为听得莫姑娘底恋人竟是天保和松盛那两个起码货，也存着一种深恶痛绝、不屑与闻的态度，更不待陈三回来把故事继续说下去就离开了餐馆。莫姑娘底事情几乎从此就消失在我底记忆中，如果不是后来我底朋友——雄飞使我不期地、不愿地和她会面的话。

雄飞是莫姑娘底同学，在这里半工半读的。从前他在餐馆做礼拜尾②，

---

① 编者注："邑侨"大致指五邑地区的华侨。
② 编者注："做礼拜尾"大致是周末打工的意思。

后来转去代理西商做贩卖洗衣馆的用具，莫姑娘到餐馆来是他在这里工作时引进的。

一天底下午，我因心情不快，懒于写作，便从了雄飞底意见，陪着他坐了汽车一道去各衣馆兜生意。当到达一处衣馆门前停下车来时，他突然对我说：

"我们进去看看芸芳。"

我愕然，问道："芸芳？她在这里做什么？"

"你不知道么？"雄飞奇怪地反问着我，又指着洗衣馆说，"这就是她和天保两口儿开设的啰！"

"啊，那样说，他俩是已经成为正式夫妻了！"我说，又讽刺地再加一句："这真所谓'有情人终成眷属'啦！"

雄飞有点不赞同我底态度，但也给我说明：

"已经半年了。孩子也养了下来，很乖的呢。来，我们进去坐一会儿吧。"

我推辞，可是莫姑娘在洗衣馆内已看见我们，并举手向我们招呼了。我没奈何，只得下车跟着雄飞走进去。

那是夏天时节，在户外已觉得闷滞不舒服；在洗衣馆里，火炉、熨斗和焗房内还未消散得清的火气，衣服被熨着时发出的蒸汽弥漫着，更是郁热得使人窒息。天保上身只穿着一件没有袖的汗衫，在绞衫领；见我们进来，即把机器停止，一面揩汗，而欢迎我们，可是寒暄后，就拿起一张椅子、一柄葵扇，独自出铺尾去纳凉。莫姑娘大概刚在熨衣，因为熨床上放着的熨斗底热气还隐约可见地在上升，布着的小衫还未装成；她底额上还挂着几层汗珠，衣背上也湿了一大块。但是她底状态泰然自若，似乎不感到劳苦；当雄飞走向她那个在摇篮卧着的婴儿，执住他底小手抚弄时，她底脸上显露出满足和荣幸。

我很不自然，不知称莫姑娘做什么好，也不知说什么话好，含糊地喃了两句就木然坐着。莫姑娘似乎看透了我底心情，对我说了几句客套话后，就任我默坐着，转去和雄飞交谈。

我向四周看盾，是一所典型的华人洗衣馆。前部对着柜台和玻璃窗立着两张牙熨床，靠墙立着一个衣架；中部一边设有一个锌铁板焗房，一边安着洗衣机、榨水机和大偈；后部接着焗房有一个小室，大概是睡室，对面立着一个汽锅，靠墙安着一个木水槽、一个煤气炉，一切不是被尘垢蒙着，就被烟气熏得乌黑，墙上的泥粉已有几处破裂及脱落了，天花板上的色彩已辨不得出来。

坐了五分钟，我不耐烦起来了，因向雄飞丢个眼色，暗示他引我出去。但雄飞不理我，持续和莫姑娘谈笑。我不管有无效能，再使个眼色后，即看看手表，装作惊讶地说：

"哦！四点钟了。"又对雄飞道："雄飞，我四点半钟要到美术陈列所去会一个朋友，要走了。你在这里坐吧。"

雄飞瞪我一眼，因为他知道我没有约会。但莫姑娘似乎了解我底意思，替我解围。

"雄飞，"她说，"你载郑先生到美术陈列所去吧。但是，七点钟你要回来食饭。"又对我说："郑先生若不嫌弃，也请你来吃餐便饭。"

我简率地拒绝，不待雄飞起身，就走出洗衣馆。

雄飞勉强跟我踏上汽车，开着车时，他责问我：

"喂，你为什么会这样吗？"

"我为什么会这样？"我高洁地回答，"我只不愿在这样的地方和这样的人多见面罢了。"

雄飞静默了一会儿才说："卫道，你知道么？你是一个早熟的老顽固！"

"我是个老顽固？"我有点不平了。"那么你以为她干出这种事情是应当的了？"

"这并不是一个应当和不应当的问题。因为，谁给我们以权能去判断别人底私事是应当的还是不应当的？你对于芸芳那不幸的事情似乎有绝对的确信，才这样把她深恶痛绝，但我且问问你：她底事情，你究竟晓得多少？"

"我知道她和两个人通奸，肚子被弄大了，才不得不和一个结婚啦。"

"这，无疑地是你知道的。但你知道她为什么干出这样的事情么？"

"有什么难懂的地方，不外意志薄弱，没有把持罢了。"

"不是这么的简单。"雄飞冷笑着说。

"不是这么的简单？"我有点懵了。因此讥刺地说："那么，还请你开导开导吧。"

"也许我应该这样做，"雄飞回答，并不感到我话语底刺耳。"因为芸芳对于你颇存好感，对于你底艺术也颇佩服。我不愿你持续怀着误解，冤枉了她。"他说到这里，便把车斜驶至街边，停在一间咖啡店门前，然后向我问道："你不是真要到美术陈列所去的，是吗？"及见得我摇头，又持续说："我们还是进咖啡店去坐着谈好。"

咖啡喝了一半了，但雄飞仍默然低着头坐着，把匙撩拨杯中的咖啡，好似不忍追述莫姑娘底事情的。我因为对莫姑娘的态度受了雄飞底抨击，有点摇动了，又为着万一听到他说起莫姑娘底事情，真相果和我所存着的完全不同，致曝露先时判断谬误和意见武断时留一点地步起见，便先开口说：

"本来，在男女恋爱自由的今日，独身的男女互相发生关系，女子肚子弄大了，都是他们自己的分内事，也是今日社会上当有的现象。但我所不解的：在餐馆出入的人也有和芸芳年纪、学问相当的，若保罗，若阿桐"，又对雄飞笑着，"若你，她为什么不当中一个公开地恋爱，却暗地和赌徒闲汉苟合呢？"

雄飞抬头向我看了一下，慢慢地才开口，像不屑给我教诲似的。

"你自命为一个美术家，"雄飞说，"我真不解为什么也这样懵懂。未为你解说之前，我且问问你：你和芸芳是同一社会阶层的人，都是所谓艺术家，也都是单身。向使她属意于你，向你传情，你肯接受她底爱么？"

"我……我……"

"你自然不肯！"雄飞代我回答。"但这不是因你人格高超，不做这种勾当，而是你嫌她不够漂亮，不配做你的对手，是不？我记得，有一次，她不是曾约你和她一同到美术陈列所观画去？你那时，岂真像你所说的没有闲空？只不过不愿意和她一对在街上走罢了！如果芸芳不是生坏了相，她不特无须把身体送给赌徒闲汉，就是现在极力谴责她的人，恐怕个个都争着向她献殷勤了呢。"

雄飞这段话语，顿把莫姑娘底事情，呈露在别样的光明之下，同时也使我羞愧地觉悟到我底观察力和批评力，并不是像我所自信的那样深刻准确。莫姑娘，我到此才记忆起来，她原来是个很丑陋的女子：高长的身材，消瘦得连两扇肩胛骨都像一对剔了毛的鸡肘从衣裳内顶起来；背脊稍微弯曲，颈又短，使头和身体失了正直，斜挂在胸膛上；而平坦，除了两颧和鼻子外，几乎是一个阳刻石像样子；鼻孔展开，唇大面反，很有黑种人底特征；剪短了的头发留长着，但没有烫卷，也没有做成髻儿，散披着，只鬓梢用针儿扣住，免使连两眼都遮埋；臀部和乳房都不发达，她又常常穿着旗袍，使得它们底轮廓全不显露出来，她整个的样子冷酷一点说，倒像一个被淫雨浸透了羽毛，飞不起来，没精打采地栖止在树枝上的黑老鸦。

莫姑娘底丑样许是我初见到她时没有注意及随后生出嫌恶的原因。喜美恶丑原是人们底常情，但这在从事美术的我却是不可饶恕的错误。美术家观察事物、批评事物，首先要客观，要虚心，要忠实。姑勿论美中有丑，丑中有美，就是绝对丑的东西，也值得注意、同情、欣赏；要不然，Rembrandt①底老翁、老妪，Rodin②底老娼妇，Van Gogh③底破椅、烂靴，又怎会创造出来，留存于世呢？

我知道我底肤浅和狭小了。

雄飞见我有点感动，就趁势往下说：

"俗语说，生坏命好过生坏相，芸芳要不是样子丑，她决不会沉落到这个地步。你知道她底家世是怎么样的么？她是富贵人家底女儿，她底父亲是个巨绅；她底舅父曾做过省政府底主席；叔伯兄弟都在商政学界活动。具有着这样优越的背景，芸芳底命运本来是平稳无忧的，幸福也应该是广博无涯的。不料造物主偏爱恶作剧，赋予她两种缺陷：十分丑陋的相貌和太过敏锐的感觉。前者既使她惹人奇怪的、不好意思的注目，后者又使她反理智地把自己底丑样和人们加于她的注意扩大几倍。因此，她渐渐地生出一种自省的、内感的、退避的脾气来。她深居简出，除在学校和亲戚间无法避免的应酬外，很少和外人尤其是男子来往。但她究竟是个热血的动物，感觉又特别敏锐，那么，这种孤独的、自抑的、非天然的生活免不了要使她感到无聊，少时欲望简单，还可以借着父母底爱护怜惜，兄弟姐妹底游戏笑谑，勉强过得去。及年纪日大，欲望日增，更添上了性底冲动、求偶的本能……在这样的情景中，她便觉得难堪，渐渐苦闷起来了。和她相识的男子，虽然有向她献殷勤又求婚的，但她都以为他底动机不是出于爱她，而是羡慕她家底富贵，想借她去巴结、沾染，因此，尽把他们拒绝。久之，就没有人敢追求她。在那时她已二十几岁出头了。"

"芸芳底父亲见得她这般地离群索居，郁郁不乐，也忧虑起来，以为这是青年女子不应有及不可纵容下去的状态。及得芸芳常把闲空和精神浸沉于音乐，好像只能从那里获得一点安慰，便劝她来美留学，一来可借异邦风物开开心烦，广广胸襟；二来使她把音乐底技艺栽成。芸芳久已感到生活干枯无味，亦想离家他去，换换环境了，因此她便感激地接纳她父亲底建议，走到这里来。"

"这里的西人对于华人的态度，你是知道的。他们不见惯华人，尤少华女，一见到芸芳，就认为稀罕，又因她貌丑，不免特别注意。这本是西人看待我们的常态，无足为奇，可是芸芳那过敏的神经就生出误解来，以为西人也一样，喜美恶丑，故意把她磨难。她悲愤起来，不独觉得这样环

---

① 编者注：此处指画家伦勃朗。
② 编者注：此处指雕塑家罗丹。
③ 编者注：此处指画家梵高。

境不能给她安慰，且深悔离家为失着了。因此她蜷缩返去旧时处世接物的态度硬壳里，不和人交接，校中一切的活动，避免得脱的总去避免，校外的更不消说了。随着，她精神上的苦闷、情操上的骚动也都复发，且比家居时更剧烈。"

"我家和芸芳家是世交。我少时曾和芸芳在同一的学校念过书，她到这里而不去别处就学是半为着我也在这里，可以照顾的。这么着，对于她在这里的福利，我当然要担一份干系。我曾带她去参加校中各种活动及去西人朋友家里访问。可是去过了一两次，她就不愿再去，晚上和星期末既蛰伏在斗室里，连和我也不多来往。我没法可施，最后只得带她到餐馆来，指望给她一点消遣，那知就种下她沉落的根苗呢？"

"餐馆的人都是散仔。他们底性生活是怎样干枯，你当明白。'寒不择衣，饥不择食'，凡是女子，他们都欢迎，对于国产的芸芳更加乐于接近。芸芳既是一个不谙世故的，于男性全没有经验的处女，自然不能从他们底笑容满面、甘言满嘴的外表，看出那里面潜伏着的卑劣的、污秽的野心。她被他们底欢迎和优待压倒了，便答以坦白的、诚挚的反应，渐渐地把从前对于男性的怀疑、冷淡，自己底畏缩、抑制消除，和他们相与起来，时常到那里和他们倾谈、玩笑，于向她特别献殷勤的色中饿鬼天保，尤另眼相看。"

"天保在祖国时虽已娶了老婆，听说还有了两个孩子，但他对于异性的追求，却不会因这而停止，不过，因所处的社会，华女寥若晨星，贵如珍宝，西女又往往把种族界限分得过于严明，不得不把活动极度减少罢了。所以他从认识芸芳开始，就好比一个在沙漠里久为涸渴所苦的人，乍见了甘泉一般急于沾溉。他既是所谓惯于踢索①之流，那么，对于勾引一个异性自有种种不传的手段，要把她收入囊中也不是怎样艰难的事情，何况芸芳又是一个对于男性底诡诈完全没有经验的女子！"

"向使我持续在餐馆做工，或者可以防止芸芳被天保所迷惑——但也许不能也难说，因为那时芸芳已经二十五岁了，摽梅已过，嫁杏无期，性的冲动也许已使她难堪，性的尝试也许已使她难忍。情势又替她行方便，使她和专好撩动女性的天保接近，她怎得不如烈火遇着干柴，炎腾腾地燃烧起来呢？结果是你所知的。"

雄飞底咖啡喝光了，他便停住口，起身走去柜台叫女走堂的再斟一杯。他这番述说虽把我对于莫姑娘底事情的见解更变了，可是还有一点未能令我心服意悦承认我底错误。雄飞取了咖啡回来，我就问他：

---

① 原文注："踢索"在粤语里是吊膀子的意思。

"芸芳和天保私合便好了，为什么又和松盛发生性关系呢？天保人虽无可取，还说得上和她底年龄相当。至于松盛，啊，他那个老废物！"

"你大概以为芸芳是喜欢和他往来的了？"雄飞反问，向我瞪了一眼。

"她若不喜欢松盛，又怎会勾搭上他？"

"这可见判断是非，审辨黑白，不是一件容易的事。"他又向我瞪了一眼，似乎警戒我以后不要信口雌黄似的。"我那时也把这点向她责问过。她说，和天保是自愿的，和松盛是被逼的。"

"被逼！"我惊愕着叫，同时感到愤怒。

"是，你或者也知道的啦，天保和松盛都住在餐馆楼上。一晚，据芸芳说，她由天保那里回去自己底寓所。刚出门口，就碰着松盛。她和天保的会合是秘密的，自己也觉得是违背礼教的，被松盛撞见，就不免有点惊慌和羞愧。松盛是个老淫虫，见得芸芳和天保有暧昧的事情，就要沾润。他追下楼梯去，把芸芳拦住不放，要挟求欢，否则他便把她底秘密宣扬出来。芸芳虽觉松盛乘势逼人，有近强奸，但在窘急中找不出应付的方法，不得不跟松盛返上他底房子去。"

"这联系的后果是芸芳所料不到的，也非她所愿的，但她无法摆脱；她已如作茧自缚的蚕儿，牢牢地被情欲底罗网绕缠住了。"

"那时，她和天保、松盛秘密的过从，我已略有所闻。我劝她停止，不要把一生误掉。但她不从，也许不能依从，因为在这种秘密的苟合，对方是有多少要挟力的。也许她自己已陶醉在肉欲中，理智失却作用，不愿停止。她这样沉溺下去，直至身有了孕，才悔悟恐慌起来，然而迟了。"

雄飞说到这里，便拿起咖啡去饮。我听到这里，也有点黯然，深感到世途底险恶、人心底巧诈，实在可怕；人处其中，稍一不慎，就被陷害。芸芳若安居家里，不遇着天保、松盛一流人，也许不会沉落。至是我恍然觉悟，我从前只知把她一人谴责，而置她底所以做出这种事情的原因和天保、松盛两人底人格行为于不究，那不过是我轻率的、主观的意见，并非经过详细的调查、客观的考虑而后下的判断。好在我已先留地步，否则我底自我不知要受到怎样的损伤！

"那时候，若果芸芳肯把胎儿坠下，便可以免除一部分的痛苦，也许不会弄到这步田地。"我为着使自己易于下台，还这般地提供了一个意见，虽然我也未尝不明白这样地"事后言智"完全对于芸芳现在的情形一无所补的。

"当时我也曾这样劝过她。"雄飞点点头，把咖啡放下了，继续说，"但不知她是为了太迟抑或胆小的缘故，没有接纳我底建议。孩子生下来后，我甚至冷酷地劝她把孽障弃诸孤儿院，自己走回家去。但她说，她家累代清白，父母又待她好，她不愿把这样的耻辱泼在他们底脸上。她宁愿将错就错，和天保结婚，就是辛苦点也要把孩子养大……"

"天保那无赖他竟也肯？"我急不暇待地追问。

"他起初自然是不肯，因为他所需要于芸芳的原只是单纯的性底满足。恋爱这个名词不独为他所不懂，即有始有终的美德，也决非他们底品格中所具有。而且他还有了妻、子在中国，他们，他已然赡养不来，又怎能再负担另一个家庭在美国？后来听得芸芳自愿把她父亲给她做留学经费的钱，买一间洗衣馆给他经营，又自愿退学出来，担当一份工作，他计算着有利可图，才含糊地应允了。现在他不但没有被芸芳底牺牲所感，痛改前非，反因了入息比从前丰裕，越发烂赌起来。听说还很有虐待芸芳的事实呢，那衰仔！"

"那么，芸芳就这般地和天保共同生活下去么？"

"不过另外也似乎没有更好的办法。"

雄飞还没有说完，我已经开始后悔从前太过冤枉芸芳了。我对于她的态度又走向另一端底极点去。我为她底过去觉怜惜，为她底现在表同情，更为她底未来生挂虑。我想像到她在悠悠长夜里，孤枕独眠时的寂寞，被情欲咬啮时的内心底斗争和身体上的痛苦，事情败露时，不敢见人、不敢上学的耻辱和懊悔。我忆起刚才见过的情景，我又看见她在肮脏的洗衣馆里，把渍透了屎尿汗液的衫、裤、袜子、手帕一包一包的打开来分类、记号；在两个火炉烧得太阳般红热的焗房里，把成箩的湿衣服一件一件的挂在铁线上；在水门汀的地台上，握着八磅重的实心熨斗流着汗熨衣……这些，都像单调的、沉郁的图画一幅一幅的在我底脑中浮现。因之使我发生种种疑问：她那瘦弱的、未曾经过劳苦的身体，挨得起这样的生活么？

我不能替她解答这些问题，也不能给出她什么帮助。但，为补偿我从前对她的误解和冤枉，及为求自己良心上的慰安，我得向她有所表示，使她知道我不像一般人那样的顽固、昏昧、偏狭。于是我对雄飞说：

"芸芳刚才叫我们回到她们那里吃饭，我一时推却，现在我转了心了，要和你同去，她不会怪我吧？"

"她自然不会的，你放心。"雄飞笑着答。

（《新苗》1948 年第 2 卷第 6 期）

岸

老　竹

　　GG 城的华埠商业区，忽然出现了一间挺出色、挺辉煌、挺新款的店子——水晶电器公司。

　　早两个多月，还是那间病里病气——只晓得赚钱，不肯装修——的唐山杂货铺"鸿记"宝号。门前排着的木箱筐子上摆着白菜、椰菜、黄芽白、辣椒、茄子和香芹什么的。店里幽幽暗暗地让苍蝇之群恣意飞舞。地台上撒满用来吸掉油腻的木糠。靠壁边货架上的罐头、玻璃瓶儿和地架上的红枣、腐竹、冬菇、陈皮梅、豆豉，洋铁罐里油浸的"三江腊鸭"，砧板上的猪肉、牛肉，盘子里的白水猪脚、卤味，钩子上的烧猪、叉烧、豉油鸡什么的，以及那几个满身油腻腻的伙计，这些都在老板"收拾行囊回省港"的政策下成了"树倒猢狲散"，而由新老板韩志强先生和他两个志同道合的朋友来个"换汤换药"的大经营。你瞧——

　　两丈多高的大招牌，差点没升到三楼的窗子上，又花红柳绿地镶上中英文的玻璃电管。靠街的墙壁和门子，全换上了斜体流线型的厚玻璃电管。里里外外的墙根，通通嵌上了水成岩似的石板子。漆过的墙上绘着些挺称心的图案画儿。天花板下安上明晃晃的可不大刺眼睛的柱体电灯。这么着，就清清楚楚地把壁上那些鲜明的新张广告、娇艳的纸花儿，壁架上、桌上和地上的各款电水箱、洗衣电机、收音机留声两用机、电灯竖儿、电炉子、电熨斗、吸尘电机、银器餐具、电风扇什么的货品，和那用火烧钢配上的门把子、落土库（早前是烧猪炉，现在改成货栈）的扶梯，都照得蛮醒目、怪光烫的。还打头儿一连三天的从午傍到晚上请了一班鼓乐队和歌唱明星来弹弹奏奏、哼哼调儿。这么着，老实的把这段马路添下了一笔极浓烈、怪写意的味儿。要是拿这间新张的店子和隔邻的钟表行、衣服店、古董铺、药材堂、鲜花铺、鱼肉坊、中西式杂货店、书籍店、酒吧、咖啡室和饭馆子比一比，可真体面得多了！

　　凭这光景，把溜街的人们羡慕煞了自不用说，就是老板韩志强先生他们，一律照规照矩的穿上崭新齐整的衣裳，镇日价也是没法把脸上的笑意捺它一下子，尽着怪舒坦、怪和气地搬出劲儿来，忙着吩咐伙计安置这些那些，自己又一万个热烈地招待着那送花篮儿、镜画、刺绣什么来的朋友、社团代表和别的店家们，老实的忙得他们的脑门子和鼻子直冒汗，连衣襟上的鲜花也给忙昏了似的。站立门外瞧热闹的男女们，也被豪豪兴兴地请进去参观了！

要是他韩志强先生没有被那个一向算作朋友的萧树仁先生瞪了他一大白眼，恐怕他也没法马上在事业上能打下这个好基础的，因为——

他曾经凭过他的一肚子"洋墨水"、一口洋话，就在洋人的电器厂混过了好些年；赶到美国成了联军的一员时，他也被征入伍，跨海长征，在亚洲"征"到完全胜利才回来。又凭着退伍军人的资格，得到旧东主保留了他的职位，薪水还不错，尽够他在生活上的开销，可是他忽然的心血来潮："工字不出头！"他跟自己这么咕唧着，所以在一天午餐时分就抽空儿跟他的同事区德年提到这个，想约几个人找个买卖让自己来当老板，他说：

"总要结结实实的来干几年，不怕一辈子没希望的！"这里他算一算自己的年岁，三十五六了，就又："老区，你说是不是'三十不豪，四十不富，五十将相寻死路'呢?!"

他庄重着脸色的说，那个胖子边听边呷咖啡，又除下眼镜子来抹抹给热气蒙上的雾影，然后慢条斯理的搭上这个茬儿：

"对呀，人望高处，水望低流……一辈子给人做牛做马真不是办法！……可是，……"

"本儿吗?"

"可不是?"老区又呷一口咖啡，咂咂嘴儿的来个断定。

老韩就掏出一根烟来点上，怪精细、怪认真地用万分的诚意和决心来跟他的伙计斟酌。他说：

"我问你，老区，你究竟爱干那一行的买卖呢? 你先说，……"

那个用餐巾揩一揩嘴，就干脆的答：

"开饭馆子呢，我不爱！"

"那末，开古董铺吗?"

"也没这个劲！……呃，老韩，你说对吗? '不在行，莫要干'……"老区说到这里，用手把跌到眼镜上的长头发抹回去，霎霎眼儿，等候对方的意见，可是对方的意见：

"也不尽然，爱干什么都可以去试试看，不在行吗? 反正也可以学的！……设若你说在行，莫不是在的这个行——电厂子?"

他边说边用开玩笑的调子试探。可是还没等到老区开口，他又像一个山谷似的自己打了回声：

"瞧，老区，凭良心说吧，我们华侨干的买卖，除了做西人杂货外，衣服、首饰、钟表和铜铁什么的才约略给我一点意思……如果我们几个要来干一手呢，唔，你说，电厂子？也行！……电——厂——子，喂，不太过火一点吗？……"

老区马上抢着插嘴：

"我们懂得这一行，对，但是伙计，真也太过火一点呀，不是说着玩的！……呃呃，那末，来个准儿吧，开个电器公司，小规模的，怎样？"老区挺豪兴的咧一咧嘴，然后又："我在银行里有几千公债嗄，此外，还可以向我的叔叔借点，他在沙加缅度①做的肉店很不错哩！"

老韩给老区的话一句一句的说到心坎上，叫他不能不激起跃跃欲试的劲儿来。他就连忙把烟屁胞扔掉，轻轻地接下去说：

"老区，你有办法，我也有点款子在银行，不过，……不中用的，……这儿，得有个预算呀，譬如，租间铺子就不是易事，然而要想打开这条路子，一定要弄得像样点，否则不但顾客们看了不高兴，自己窝在那里也不舒服的！"

"唔，预算？……两三万块吧，反正我们可以向这里来定货，不见得老板不欢迎的。另外，我们还是退伍军人，满可以求银行借几千块来做生意。经验，我们有；计划，也可以弄一个；担保，有这老板和我叔叔。哈哈，有本领，只怕你不肯来！……这儿不像在祖国呀，你尽管放胆做事，不怕会吃亏的！"

老区说得太高兴，不由的把脑袋从两尺多远外一劲儿凑过来，还"嗤"的笑了一下。老韩也把眼睛扁了一扁，叫颧上的肉往眼肚挤了一下，说：

"两三万块，不是跟吃冰淇凌那么不费劲的！你有叔父帮你的忙，又有几千块公债，可是我那一点点，够买三个电冰箱吗？即使凭着退伍军人资格，也只能借它个三四千！……不成，这个日子做事没有那么顺当的。"

老韩说到这儿，老实的感到个"难"字，下意识地把脖子摇了摇。但老区紧接着又说：

"你的朋友呢？那个，那个'树仁办庄'的萧老板呢？你不是曾经给他跑了许多腿的吗？如果他是够朋友的话……"

---

①　编者注："沙加缅度"是英文 Sacramento 的音译，是加州首府所在地。

这句话一下子提醒了他。因为在胜利期内，他在香港给萧树仁先生打通了许多办出入口货的路子。现在老萧做的买卖很不错，他们的交情可也有点来得。这么着，他的灵感也马上油然而生，就扬一扬眉，先"咕噜"的吞下一口开水，然后用水板在空中一拍，轻描淡写地说出来：

"真有你的！老区，我常常说你的脑子有点用场哪！不瞒你说……"

"如果还不够呢，再约鹿富聪怎样？我想他也不爱做一辈子蹩脚会计的！"

"他可有些斤两？要是，……唔，三万块，每人一万，总比较容易对付的！"他步步为营地说着，那个胖子又连连的点头。

"他在西人百货公司当会计，待遇很好，而且他又没有什么嗜好要花钱，论理该有点积蓄，人是很够朋友的。"说呀说的就把厚厚的手板拍一拍大腿，又挺开心地把嗓子提高点："我说，勿要怕，伙计，出来捞世界，一定要放厚脸皮点，就样样都有办法！多个人，胆子就大些；多双手，工作容易做；多个荷包，银子也听话点呀！"

"好！依你的，马上找路子！"

这里，他三下两下的把碟子里的肉扒塞进了嘴里去……

做西人工作普通是每天八小时，往往比中国的工作钟点少些的。所以，到韩志强先生下了班，又跟区德年喝了咖啡，他叫老区去跟鹿富聪接洽，自己连晚饭也不吃，就跑去树仁办庄找萧老板。那时候，伙计们正在摆桌子预备用膳。他熟识这些人，用不着通知，就一直走进账房。只见账房那个彭老先生在那里，彭老头跟他是疏堂甥舅的什么亲戚。他说有话想跟萧老板讲，可是彭老头告诉他半点钟前萧老板的太太打电话来，马上回去了。然后又问：

"没有什么要紧事哇？托我转告他怎样？"

彭先生一劲儿盯住他那满怀心事的脸色，大有"入门间荣枯事，观看颜容便得知"的光景。这个笑一笑，先说没有什么，后来灵机一动，心里说，不妨也问这老头儿想点法子，一来是亲戚，二来他平时也热心帮助别人的，这么着，他便文绉绉地把事情说了个大概。最后又有枝添叶的说：

"彭舅舅，你明白，我们华侨干的买卖，有许多应兴应革的地方，我老早就想来做个'先锋'，开间更像样的铺子；要是干得成呢，不惜怕别家的铺子不来个改头换面的，我相信，我们这华埠很快会走向更繁荣的局面的，是不是？"

彭舅舅"唔唔"的点着头，弹一弹烟灰，似乎预备发表点意见，可是说时迟，那时快，做外甥的又添下去说：

"不妨你老人家也来一手，做个股份怎样？反正是自家人！……"

"哈哈，敢情我这老头子还有精神干那样的大事吗？不瞒你说，如今我在这里管点账目，不过是混口饭吃住，等祖国平安了就要回去的，……唉，跑了几十年州府，……没法没法，孩子也念了两三年的书了，要不然，……"

彭舅舅又把怀乡病倒出来，不由得叹息着，就让韩先生抓到个机会，在这里打抽儿驶进去：

"彭舅舅，要是你另有回国的计划，当然无需做什么股份了，可是，能不能挪动下让我周转周转？等我打下了根基时，你老爱什么时候要都行……"

"Hmm！"彭舅弄清了嗓子就答："阿强，你有大志闯世界，难道做舅舅的会不肯帮一点忙吗？……即使不能全数答复你，多多少少，三几千块随时匀得出来，反正我现在也没有什么要花钱的事儿，即使我回国了，你也不用焦急着要还我的，先让我平平安安的到了家后再说吧。谁晓得路上……唉，这个时势实在要不得！"

彭舅舅说话时的眉头皱一阵、展一阵，老实的把这位外甥直惹动得跳舞起来，不由的连连表示感激和多谢。松了一松劲接着就说还要跟萧老板商量，连做舅舅的留他用饭也索性推辞了。

韩志强先生走进了萧树仁先生的家里的客厅，瞧见他夫妇俩的脸上挂上了一股愁气，所以打过招呼后就问："怎么这末不开心？"可是萧先生只把秃秃的脑瓜子摇了摇，脸上那股愁气跟着也晃动一下，他，韩志强就更加摸不出路数来。虽然他是负有"使命"而来的，可是他又不能那么不识趣地在这个闷人的光景下提起钱银的事儿来。可是当他喝了萧太太给他的茶后，萧先生倒先动问起因由来，这么着，他就不由的把打算做生意的主意说明了，然而，萧先生虽是听着了，却把眉头挤在一起，一面眨巴着眼的应着"唔"，那脸上的愁气一层一层的变成阴晦的杀气了！赶到这个说完，就把屁股离开了沙发，两个拇指左右开弓的扣在胸角的背心边上，让嘴边的雪茄一劲儿在那里冒烟，步子放得怪轻轻慢慢的，在地毯上踱着、推敲着，这个还一股正经坐在那里等着，那个像哑巴似的踱了半天，居然直一直腰的开口了，可是没跟这个打对脸，叫人疑心他是在跟鬼影说话似的。

"唔，唔唔，做生意是正大事，不错，可是……可是，说实的吧，这个世界根本不成话啦，是吗？你瞧，现在干什么买卖都要亏本的，自从国会取消了物价统制后，样样的价儿天天不同……咳，比方说，做西人杂货吧，那一家不叫苦连天？……我就不敢冒这个险！"

他说得煞有哲理的，说完就把左手板斜斜切开来，才狡黠地望住这个。这个很快的接过来幽幽地说：

"电器家具可不跟瓜菜生果那么容易烂掉的！而且我们有计划……"

"哈！论理，做生意，谁都有计划。不过，设若……唔，只要一不留神，准有你瞧的，老实说，我们开办庄的，往常压根儿有一倍多利益，可是现在，"这里又把那个秃秃的脑瓜子摇了摇，白森森的眼巴也翻了几翻，"所以，照我的意见，过几年，等世局安定了也不迟。你现在只是壮年，来日方长呢，干焦急也不行的……哼！这世界太不成话是真的，你瞧，我的侄儿在祖国给贼匪绑票去了，要一万块港纸才准赎呢！咳！一万块！"

这个听了这一大堆话简直不好受，就把气沉下，搓了搓手，似乎天气突然变冷，叫他马上点起烟来增加他说话的力量。说：

"萧先生，我们有计划也有决心，我相信是不容易取消的！第一为着自己的出路，第二也为着大众，让我们华侨争回口气……现在所差的不过是三几千块，而且，彭舅舅也答应借三千块给我，如果你……"

萧先生听到这个，当堂睁大了眼，脸上的杀气也震动得骇人了，后来就大声地恶笑起来，才没条没理地说：

"说真的，老弟，不是我不愿意提拔你，其实，三五千块不算一回事，平时请一次客，打两圈麻雀，三五千块也挺平当的！可是老弟，你看，这里一家大小，祖国又一家大小，全靠着我，而且交际又大，……你的舅舅答应你吗？唔，唔，他还是打算回国吗？……你瞧，祖国的贼匪太猖狂了，十万港纸！老弟，还是想别的办法吧？哈哈哈！……如果我在经济上得不到稳固的基底呢，我决不敢冒险！"

这个瞧着这样的来势，哆嗦了一下，他的心窝马上结了冰。

那个忽然用手掌拍着脑门子，一屁股摔到沙发椅去嚷着头痛。这个看得清楚，差点没说出"看你装什么腔，闹什么别扭"！

萧太太从卧室走出来，哼着"何苦呢，伤什么脑筋呢，唉，真是！"扶着丈夫进卧室去，又回头告诉这个"有事明儿讲"。

这个只可搬出牛劲镇着气的离了萧家，他的心里很明白，所以他折向他的舅父的寓所去，因为刚才那场光景，教他警惕了一下，老实的感到夜长梦多的危险。这么着，他就对彭老头说萧老板今晚不舒服，最好现在给他那笔款子，还有枝添叶的说：

"早一天开张，早一天赚钱呀，舅舅！"

彭老头也笑一笑，可也放缓了口气的关照：

"做事总要仔细点个，瞎心急不是路子！"

到底给他的疏堂甥子写了三千块支票。

他一边落楼梯，一边舒了口气，又咕唧着："这才不会出毛病哪，瞧那个鸟样子，成心陷害人什么都干得出的！……"

第二天，他在电器厂跟老区说了昨晚的事，老区反说他有点"杯弓蛇影"。既然往日有过交情，也不至于那么糟的，后来又告诉他鹿富聪也同意，有办法出一份钱。他俩正在唠叨着，写字间那个秃子叫他听电话，老区又开他一个玩笑：

"别发急，伙计，敢情又是密斯米约你去跳舞？哈哈！"

过了一两分钟，他带着沉甸甸的心肝走出了写字间，脸上的肉像冬天檐前的冰那样硬硬地往上挂，可也失了昨天那股热烈、光彩的劲儿，老区还以为他跟密斯米吵翻了呢，可是他结里结巴的说：

"老区，你还以为'杯弓蛇影'什么的，哼！一百个不是劲，真不出我所料，连彭老头都托故收回成命了！如果还是那个坏蛋捣鬼我就人头奉上！哼！这是朋友吗？这是交情吗？为什么要给他跑腿？这不是比刘邦更坏吗？不见得他自己帮帮忙也罢了，倒还要撺掇老头取消他的诺言，我昨晚瞧他的神气，听他的口语，就知道不妙了，成心破坏、阻挠、仇视，这是什么道理?！还一天到晚的说着要怎样怎样去和西人争取市场，哼，什么道理！简直把我气坏了！"

果然，气得他的眼睛发直。老区在旁摇着头连连的骂过后，也极同情、极愤慨地说：

"嘿！谁料得到呢？谁料得到呢?！……你跟他搞得那么好，常常请你吃饭、看电影……谁知道他有这副坏心眼！可是也犯不上气成这样的呀。"

"丢！请吃饭，请看电影，都是废话！心眼不对劲，根本谈不上朋友！……只怪我自己肉眼无珠，认错了人吧，我本来就不爱发性子的，哼，'路遥知马力，日久见人心'，让我多活一天，就多晓得一个人是戴着假面具！早前在香港，接到他的信，说得那么中听，将来合作做事业什么的，其实，到处只想利用别人，可又妒忌着别人，只准别人做他的卫星，烘托他做行星的光辉；做他的枝叶，增加他做花朵的美丽。这是朋友吗？丢！我一百个不稀罕！……"

这里老区就急急的说进来：

"老韩，他不答应你，他仇视你，他破坏，他瞧不起你，以为没有他你就不能成功；所以，你更要有骨气点，给些颜色他瞧，索性的把那张支票还给彭老头，自己另行设法吧！……唉，算了算了，朋友、亲戚什么的，哼，我以后也不敢买这个账。"

"老区，你这就说得对，不稀罕他的，可也要结结实实的干它一手儿，让他看着才不叫白饶呢！"

他当晚把支票交回彭老头，脸上装得满是笑意的多谢他的热心，说："天有不测的风云，既然舅舅想打发孩子来美国，当然不便匀出钱来帮别人的……"

这么着老区跟老鹿和他，再费了一番脑筋，居然从别处给他们弄到了一批款子，结果，没多大工夫，那间病里病气的唐山杂货铺"鸿记"号就变成了挺出色、挺新款的"水晶电器公司"了。

（《新苗》1948 年第 2 卷第 6 期）

出　走

鸣　钟

　　都板街①头的行人，跟着夜幕降临，逐渐逐渐减少了。一来一往的汽车，也很少才见了有一两辆飞奔而过，显出这个夜间热闹的华埠，无形中已走向静寂的时候了。基督教堂上那个报告时刻的巨钟，好像悲鸣似的响了两下，播送到这个美西商港之一的三凡市每个角落。正在圈里忙着排练，准备于下个月公演《斗争》三幕剧的主角王美芳小姐，突然听见哚哚地响了两下，敏捷地看看手上的表，她就没有再等候排完这幕剧，惶恐地像有些心事似的向各同志告辞说："现在时候不早了，我要回家去，待明天我再来排演吧！"

　　"不过还有什么廿余分钟就排妥了，怎解不等再做完这个场面……"坐在靠右边的一张沙发上的一位青年，手上持着一本小册子立起身子来想挽留她。

　　她离开这群热烈工作的青年，在回家的途上，她的心头顿时又被那苦闷的思潮交袭着。在这夜深的时候才回家去，恰给那个封建头颅的老头子知道，她又不知道如何备受责骂才好了。她的眼前清楚地又浮现着那一副没理性的狰狞的脸孔，不禁有点心寒。可是她检讨自己的工作和行动，委实找不出什么不对的地方，虽然是这样夜深了才返回去，但到底都是为着要干出一件有意义的工作。然而他们往往盲目地错认了青年团体，所以当每次向他们解释的时候，总都是一些无聊的责骂，不论什么事情，都统统地被骂在一起。这时她想着这个困难的境地，心儿不期而急速跳动起来。

　　她不断地分析思虑着种种事情，把脑筋都弄晕了，不知不觉中地已行到了自己的家门前，她内心的惊懦，这时却支配着她的一切，现在为着瞒过她的父母，于是立即镇定下去，静静开了门，电火都没有扭开，像小偷一样留意戒备，向自己的睡房走进去。这时，她见事情没有破绽，有意无意向床上倒卧下去，口中吐出像压郁了多时而仍在心头上的大气，在手袋

---

　　①　编者注："都板街"是旧金山唐人街的 Grant Street。

取出一块洁白的手帕，抹了眉头的冷汗。她的精神是疲倦极了，而她的眼睛像被睡神抓着般。突然瞥见放在书桌上一堆英文学校上课时的课本，她才记起今天从学校拿回家的功课没有做，明天又要呈报给老师去，她惶恐教师的责罚，和为着保证教师会给她模范生的头衔，于是她鼓起疲倦的精神，把各部课本，一一做妥。

这是第二天的下午，她从学校也是和从前的一样拿着些课本回家，推开正门，跨进客厅，她的父亲坐在一张刚从大新公司买来的沙发上，涨红着脸，上气不接下气的在那里抽大气，她见此情景，知道定会有件使他不满的事情发生了，这时她的心头，又不安起来了。

"美，昨晚往那里去来，迟到十二点几依然不见你回来，嘎……你……越大越坏……教你这样，你偏要那样……你……这样……我还配做你的父亲吗？……"他正在怒到无处出气，忽然看见美芳回来，就把昨晚的事情责骂起来。

美芳以为是昨天自己迟回家的事使他怒到这样，倘不将事实讲出，恐怕他又弄出更无谓的事情来，于是就坦白的向他解释一番。

"整日都听你说工作，究竟工作对于你有什么用？试问你一个年纪这么大的女子，常到外面去抛头露面，和一般男子捣埋到一群①，实在这成什么体统，况且……美，今我最后警告你，如果以后还到团体去活动，你可以不必回来见我……我亦不愿意见你了……"

她站在客厅，像木偶一样动也不动，呆呆地望着挂在墙上的钟出神，感觉一阵看不透的黑暗包围她的眼睛，只见黑暗一秒钟一秒钟过去，四围都是闷得死人般的沉寂，灰色的微光在这房子里不停地抖动，她觉得自己的脑筋有点发昏了，心头上隐约的苦痛，她自己都没有说得出是怎样了，她便怀着满腔的悲愤向自己的睡房走去。

这天的晚上，她忍痛为了服从父亲的尊严，便果然没有再回去团体工作，独自呆在家里，苦闷地幻想着团体里正在忙着筹备种种的工作情形，和一班兴奋工作的同志。但学校的功课，她却没有心神温习了……

在这样的环境压迫下，在家里度日如年的捱过了一个星期，她在团体内是负有着各方面的筹备工作，和在这次演戏上的责任，而且这出戏于下星期日要正式公演了。这一切，都在她的心头上涌现着，的确是一个难过的处境。

就在这个星期六的下午，她借淑英会约她去看电影为辞，向母亲请求

---

① 编者注：指搅和在一起。

外出，果然她的母亲应允了，这样她就趁这个机会回到团部去了。

过去这星期来，因她没有回过团部，所以这部戏的排练便无形中停顿下来，演员们见面的时候，总是讨论着美芳的问题，怎样去解决才好。

正当大家急得要命、议论纷纭的时候，有一个装出手疾眼快的模样，高声地叫着："美芳同志回来了。"

正在干着各种工作的同志，不约而同地向门外望去，果然，美芳与淑英一同走了进来。

团体里有些眼光狭窄的人，以为她是故意不返，他们对她的印象，从怀疑到渐起妒忌之心。她虽然在家里有着这样的环境，但她从来没有向别人谈及过，每当她和同志谈论事情的时候，她表面上常是露出兴奋的微笑，那有人知道这兴奋微笑底下隐藏着那无穷的悲愤呢?!

现在正当大家议论着她回来了，同志们纷纷向她询问，而她给每个人的答复，总是诚恳地说："因近来染着外感，精神上不甚舒服，所以不能回来……真对不起了……"她仍不愿把事情讲出。

她素来是一个诚实的、真挚的女同志，所以大家都深信了她讲的话，关于她的事情渐又放下一边了。经过一时混乱停止各方面工作的同志，有的已继续开始工作。大家都甚担心着这剧的演出，所以趁着她仍在这里的当儿，急速地进行排练工作了。

美芳这次得了淑英的帮忙，暂可以隐瞒过母亲的耳目，而回去团体里活动，她以为这计划会给她多少帮助，所以天天晚上都是假托淑英约她做什么，瞒过母亲。这时淑英在心坎里，实在是一个救星，她俩的关系，从此一天天密切了，成了一对互相最了解的同性伴侣，不论什么事情，她都和淑英商量讨论，正所谓一人计短，两人计长，她往往得着淑英的设计解决了种种问题去骗她的父母，而她的父母向来又是很信任淑英的。

准备多时的这部描写中国人民英勇抗战的《斗争》三幕剧，于是公演了，并且获得了华侨社会演剧的空前的成绩与盛评。美芳是剧中的主角，饰演一位在中国沦陷区里战斗的女性，表演的深刻，得到观众的特别赞赏。

在没有上演前，数个月来都担忧着这个剧的成就，可幸今天已算成功了，正所谓"一场风波又过去"。在未公演前一些拼命工作的同志，现在已逐渐减少了回来团部的时间，这个蓬勃一时的青年团体，顿时冷落下去，使一般负责的同志，又要顾虑到大家的工作问题。然而也有兴奋地继续工作的，美芳也是其中的一位。

然而自演戏之后，美芳在外面团体的工作，给她的父母知道了。

在一天的早晨，美芳在家里收拾各种零碎的物件。她的父亲急忙气冲冲地从外面回来，面上每根血管都露了出来，两眼闪着杀人一样的光芒，他那副凛冽的面孔，使人一望就怕。他怒到语无伦次，疯了一样的把女儿毒骂一顿，还决意要把她赶出家庭。在家里打骂的事情，她的确是司空见惯了。但这次见她的父亲这样激烈，知道没法再下气去和他讲理了。她没有说过半句话，等她的父亲骂完就走了。

她向来是一个拘谨惯了的女子，所以从没有将自己的处境和别人说过，只有一个她自己以为最可靠的淑英知道得最详细，于是她就立即找淑英商量怎样办才好。这时她感觉的确是忍无可忍了，她脱离家庭的问题，在她的心头上很早是已经慎密地思虑过了，为着自己的理想与前途，她知道定会有一天要脱离她的家庭。现在她的父亲既弄到这样的田地，委实是无法再能忍受下去了，但真正干起来的时候她又有点怕难为情。后来她还是同样得着淑英的帮助和鼓励，终于决定走出温暖的家庭了。

（《新生》，1945 年 2 月 9 日、10 日、12 日、13 日）

在杂碎馆中

宜 青

一

午餐过了，铺内的热闹的情绪，已降下了百分之百，然而，在伙伴这方面，还有些闲散的工作要清理，如洗、扫等的一切烦琐工夫。李全聪明机警地走到银柜枱上拾起了一份报纸，向左角的餐房子坐下；张仁看了有点眼红，忙嚷着："喂，老全，你又偷懒吃镖了。"

"我的工夫已经做完了，只独你正扫着的三分之地还未扫完，我那儿是吃镖呢？"李全抬起了头，在那浓浓的黑眉下的一副眼睛，疑钉着张仁打趣地回答。

片刻的默静，把这整个餐堂笼罩了。厨房里的刀、锅，也平静了下来，懒洋洋地躺在那儿。厨子们正在吃午饭——他们已暂时获得了为工作的劳苦的报酬了。

"你吃未？"

张仁已完了他的拖地工务，走到他跟前征求意见地问。

李全没有回答，只顾在看报。他继续问道："今天有什么新闻呢？"刚说完，就把头向街外望去。阳光从楼宇顶爬出来，洒在街道和行人上，他们也如平常的来来往往。对面街角的报摊，一个上了年纪的西人，在叫呐着："Paper…good news…200 miles from Berlin."

"是不是呢？华文报纸有没有呢？"

张仁听到这点珍珠似的好消息，兴奋的情绪急直升了百分之百，连忙地转回过头来，向李全深切地问。

"有！你看吗？近来的消息不错。"李全把报纸递给张仁说："让我先吃吧！"就站了起来，眼巴巴地钉住对面街角报摊的西报标题大字：离柏林二百英里。

他心里在盘算着："若每天有十五英里的进展，或多过十五英里，五五就二十五……不到一个月，怕柏林城的空际就飘扬了联军的胜利旗了。

唔……日本也易如反掌。"这中年的李全感觉到"易如反掌"的，即是这场战好快就要结束了；纵使日本未一下子在今年内投降，那德国已经崩溃了，日本只是时间上的问题而已……我们的李全就如太平无事、无忧无虑了，在嘴角浮现了一缕的笑容，这笑在李全自己是胜利的在望，有把握的"胜利的微笑"。

他把懒腰一伸，斜过头来望着张仁说："唔，取点儿吃吃吧！"

片刻，他已经在厨房出现了。

二

晚餐的餐期仍未来临，伙伴们趁着这点空闲来轻松地谈吐，句句几乎不离时事与国际大势。厨房的许伯，心里从未忘记过他的儿子——树葱（三年前入伍的），就在放了工，回去歇息也好。何时才停战呢？树葱几时才回来呢？这两个问题，简直是许伯现时最急切希求解决的问题。他每天拿起报纸来看读，心里总是要避免有关于他的儿子的或受伤或阵亡或被俘的消息。总之，是希望树葱安安全全、完完整整的回来，或在前线，绝对的没有半点损痕。

"许伯，今天登的，只离柏林二百英里，呀……想来还不到一个月，欧洲就和战了。"

李全执着碗儿正在盛饭，发现许伯、朱炳鳞、李普，一块儿在吃午饭，就带乐观的调子，从许伯处着手打趣他们。

"德国、日本，那里还抵挡得住呢！"朱炳鳞兴奋地说。

"一强、二强，都要打到半个不剩才得……"许伯一面在吃，带苦衷老弱的声调，忿忿地恨入骨地说。

"德国、日本，算是什么……唔，有前阵，没有尾阵……"李全刚说到这里，给打杂的李普打断了他的话，说："若他们有后阵还了得！"

"我希望他们没有后阵。"许伯比前兴奋多点儿了，迅速地针对着话题对大众说。

李全移步挨近他们三人身边，他的神态和在柜台看西报时一样自在轻盈，在他想来，"何必时常多在闷郁呢？"纵使要忧，哪里有这么多的地方和时间？无论在什么时候或地方，他总以为有方法可以打败别人的"闷"，那就如用"八宝"一样工夫入手，给予"闪电"战术："何必忧，何必虑，随遇而安吧！"这句话，在他的思想里，成为了"知世故"的处世"哲学"。

他说完，就转身移动了脚步，口里唱着武生派头的调子，兴昂地走出了厨房。

"日本这回是没有了。"李全刚一在张仁的身边坐下来，即用开场白似的话，和张仁谈论起来。

"若苏俄加入，哈！哈！还更快一点。"张仁觉得什么都在无所谓之下，若得了第三者的帮忙，敌人定是无法对抗的那么柔弱，不堪一击的就崩溃了。对这层，他的信心，坚牢得比旁的人更强。间而有人说："日本还有少许陆军。"他老是回答："不在乎！"然而即假设日本仍有少许陆军，这也是不堪我军的一击，等于纸老虎一样，"金玉其外败絮其中"。他想到此，轻轻地抬起头，对李全说："去吃吧，日本没有了！"

"我们怕日本吗？"李全好似误会了他的意思这样反问。

门儿拍的一声响，张仁举头望过去，他是将六尺的高度，鼻梁上架了一副近视眼镜，棕色裤，白衬衫。"看新闻纸？还有二百米就到柏林了，希特勒这回要被斩头了。"他一入来，瞧见张仁在看报纸，随便地对他们说。——刚说完，便向更衣室走去了。

三

"喂，超！有客仔来！"黄超正走出了更衣室，张仁注目地钉住那客人的背后，对黄超说。

"完战了，请他自己回家吃吧！"黄超不大在意，带戏笑的口吻回答张仁。"What's new today, sir?"

黄超打量了客人一眼，随便地招呼他一声。那西人是常熟的客人，说说笑笑，很是随便，每逢这时刻，他必然到来吃一顿餐。他的谈论，不亚于张仁，只独言语的发音各异，对时局的观察，宛如批评家。对德国的崩溃，他早已说在三月以前有可能。这大概是根据报纸的宣扬，下了大大的信任，和名人演播的言词所预言的影响吧。

然而，三个月已过，四月又来临，好消息频频传来，近日各报纸又登"希特勒将投降说"。张仁也曾这样发过梦，"停战吧！"这幻梦好似将成了事实，这是天天的新闻纸告诉我们的。昨晚张仁曾对李全说："德国停战的时候，我们在这里杀鸡宰鹅来庆祝。"

"Good news, boy! How you doing?"

那西人高兴地答了黄超一句，继续说："Give me pork chop saucy!"

黄超恭敬地答了一声"OK"，便自去做招待客人的工作了。

四

太阳的威力渐弱下来了，街道已印着楼宇的斜影子，戏院的电光招牌，辉煌地在闪灼。张仁的一群，忙个不了地奔走着，幸好晚风适时的在慢慢送吹，消散了炉内的一些闷热。到八时许，那餐期的热闹，也随减了下来，各人又恢复了日间的工夫——洗、扫……一切工作，预备收市关门，完结一天里的劳作，回家休息。

"若四月内停战，我出二只鸡来助庆。"李全对大众高兴地提议。

"谁呀？"许伯在洗炉头，听到了打心儿的话语，惊奇地问。

"呀，全，我也报效五加皮。"炳麟说。

"火鸭呢？"李善在旁插嘴说。

"东家请伙计大饮！"张仁也参加了众议，向大众宣布。许伯不信任似的加插了一句："切不可说大话！"

"好，我们现在要吃紧要，今天做到岂有到此理。"炳麟已煮熟了饭菜，转了话题向大众提议似的说。

…………

大家终于一齐围桌而吃，这是每天一次的伙伴大团圆。

（《新生》，1945 年 5 月 16 – 19 日）

冤与恨

奋　戈

一

夜深了，天空乌暗暗的一片，有如一方大黑纱，笼罩在一张大脸上。看不见月亮，只疏稀的几颗星星，藏在那黑纱里，闪烁着惨淡的光芒。

既然已到了五月的季节，但今年的气候和往年的不同，所以在这时候，那由附近海面吹来的海风，也一阵寒似一阵。

在唐人街上，刚才那种热闹的情形，现在也随着夜寒的加深，而渐渐的冷淡下去了。

然而，在街道上，依然的还有来往的行人，和来往的车辆；大多数的店铺里的灯光，也还一样的辉煌闪耀。但平时那些熟悉的骨牌的拍打声和呼喝声，这时却静悄悄地，一丝也听不到了。

这便是近几天来，江头阿三们①活动的功绩，也是一些店铺的老板们，所以要皱眉的事情。

在这些老板们中，兴隆店的老板，便是其中的一个。但这时候在他那里，却依然的还有几个人在门坐着，和不时的有一两个顾客，走进来讲点零星的东西，所以他才支持着那不大痛快的情绪，在那柜里面，未曾关门去睡觉。

"呀"的一声，一个人刚走出门去，便又是另一个唱着了戏文，醉醺醺地踉跄地踏进了来。

那人便是李福林，一个廿多岁的青年。坐在店内的那些人，大家见他进来，都投给他一个怪异的眼光，有的甚至显出厌鄙的样子。

但福林他不管这些，走进了内门，看一看，见没有人，听一听，也听不见有人声或牌声，于是便掉转了身子，重新唱着了戏文，踉跄地走出了门去。

---

①　编者注：此处应是指警察。

"这人真奇怪，前时勤做勤作，连纸烟也不多吃一口，只数月的时间，便成了另一个人，嫖赌饮吹，几乎样样都学齐……"老全伯望着福林的背影消逝在门口后，便不禁地摇头慨叹起来。

隔座随即又响起另一个声音，应和地说道：

"人是随时随地而变得，若交上了坏朋友，不想变坏也不得！"

二

一夜的时间，悄悄地溜过去了。

这是第二天的午间，李福林支着头，覆在桌边，眼望着镜子里所出现的自己的那枯削瘦黄的可怕的脸孔，心想：这样子，若不早点补救，不久便要去见阎王了！想到这里，心里不禁的起了一种无名的伤感和颤栗。

但接着，便又有另一件事，侵进了他的心里，刺痛了他的心，使他痛苦的长叹了一声，悲愤的说道：

"这样的生活，倒不如死了痛快！"

这时，他的目光，不自主地停在桌上的一幅相片上。在那相片上，有他底慈祥的母亲、年轻的妹妹，还有自己的娇妻和爱儿。

他一旁望着那幅相片，一旁在心里计算着：一月，二月，三月……不接到他们的讯息，已是两年多了，天呀！

半年里，他还这样的自问着：

"他们还活着吗？又活地怎么样呢？"但近来，他却已经相信他们已不在人间。

一切美丽的希望，都如水泡一样，一个一个的破碎了。现在，福林所剩下的唯一的希望，便是自己能够早点静静地死去。

他的思想改变了，他的行动也变了；前时洁身自好，勤作俭用，现在则不但不去工作，且还日夜在那些饮赌等黑暗的地窟里出入。

因此，从前他所给予人家的良好印象，不但是逐日的消减，就是从前那些赞美他的人，现在也是转过来，在他的背后责怪咒骂他了。他的身体也一日一日地被自己摧残败坏了……

三

一日，一个身穿戏装的好友——王仲英站在福林的面前，耿耿的目光，紧紧的盯着福林的面孔，用友爱、怜悯而带责备的口吻说道：

"想不到只别离了一年多，你便把自己弄得这个样子，唉……"

福林默然不语，规避地微微地低下头来，但他的心里却痛苦的很，这痛苦，是感激，是悲伤，是惭愧的结合。

"近来有家信收到吗？小华长得怎么样了？……"仲英不经意地如平常的慢慢的说着，他的话还没有说完，福林便痛苦地说道：

"勿再谈他吧……"

房子里没有人说话了，两人的眼光，痛苦地对视着，一个为了友谊，一个为了心事。

最后，还是仲英打破了这个沉默的气氛：

"唉，原来是为了这事！其实你用不着这样消极啊！现在好像你这样的人多着呢！就以我自己来说吧，这又何尝例外呢！"

他看一看福林的脸孔，见刚才那种痛苦的条纹没有了，才又接着说下去：

"不过，我倒感痛快，现在德国已经倒了，这时出国，自然向太平洋方向去，清算的日子到了……"

福林初时只静静地听着仲英的话，现在他却突然看看仲英的壮健的穿着军服的身体，又回过眼来看一看自己，脸上渐渐地露出一种异样的色彩。

仲英发觉了，便说道：

"你为什么不也像我一样的呢？自己静悄悄地死去，还不如走到战场上，杀掉几个，这才是有价值的呀！"

"可是现在已经迟了，我这个样子，离去见阎罗王的日子不远了，那还会被录取呢？"福林懊悔地喃喃自语。

"有什么呢？只要你今天起，好好的调养自己，过几个月，就恢复原来了！到那时候，他们还不录取你吗？"

接着，他们又说了好多的话，仲英才道别走了。

这一夜，福林果然依照仲英的话，不饮酒，也不出街，早早地吃了一点餐后，便上床去睡觉。

四

一星期过去了。在这一星期中，福林的生活是那么的有条序，使得他的精神和身体，日见好转，他在心里也暗暗欣喜，不久便可以踏上仲英的道路了！

这天早餐后，福林正坐在住所开着收音机消遣，邮差送来一封破旧的航空信，他看了看信皮，心里就不知怎地突然颤抖了起来，好似预料不幸的事件将要发生的一样：那是一封由祖国寄来的家信。

他用颤抖的手，急速的把那封信拆开，读着：

"台境①沦陷后，你的家乡，便已给敌人占领了。你的妹妹，在逃难慌乱之际失踪，至今未知下落。你的母亲，因惊慌和忧愁过度，已于三月前去世。你的儿子因营养不良，又染上了时症，夭折也有五天了。至于你的妻子，现又病倒在我这里，她虽然是我的女儿，但是现在我自顾不暇，无法帮助她。至于我自己的凄惨，我不想在这里告诉给你，因为你自己的事，已经够你伤心了。总之，现在大多数人的处境，都是一样悲惨。若你接到此信后，要急速寄些款回来，不然，祸事又到了！但据你家人说，两年多来，不仅没接收到你的一文，且屡次寄给你的信，也得不到一个字的回复，究竟是你变了，还是因交通的阻滞而遗失了呢……"

福林越读越心痛，终于不能再支持下去了，眼泪已淹没了他的眼睛，字句也看不清楚了，那封信，痛楚地、尽力地将它扔在地上，站起来。掉头向屋内四顾，忽哈哈地狂笑起来，声音惨厉地有如鬼哭；泪珠如自来水似的，不停地从他的眼眶里溢出来，浸湿了他的脸孔和衣襟。

"家乡沦陷，母亲死亡，妹妹失踪，妻病倒，儿夭折，祸事又来了……"如告状的一样，他一句一句的数落着，沉痛的数落着。

突然，他掉转了身来，走到桌子边。疯狂地把木屉抽出来，抓起了一小束中国银行的收据，紧紧的握在手中，叫道：

"两年多没接到到你一文……究竟我这三万银到哪去了？哪里去了？！……"

他发狂地捶着桌子，脸孔一片的云青，眼睛又红又大，射出了他心头愤恨的毒火，好似要把这个世界立刻烧为灰烬。

五

第二天，报纸的新闻栏里，在一角不大显著的地方，登载了一篇关于福林自杀的新闻。在那报道里，还有他的这样的一段文字：

在这个世界上，我已经受够了一切的酸苦，我已不能在这个世界上继续的活下去了，而在这个世界上，也没有任何的人和物，再能使我继续的活下去了。

---

① 编者注：此处应是指台山地区。

　　是的，我现在是要死了，但我死了也不会忘记那些给予我这种痛苦和这种结局的贪官污吏、不守土的军吏和残暴的日寇。在阳世里，我是对他们无可如何的，但在阴世里，若然我还有知，这个仇我一定要报。

　　上帝做我的见证，请莫忘记了我的冤与恨呀！

六月十一日于威明顿

（《新生》，1945 年 6 月 25 - 27 日）

彷 徨

小 黄

　　李杰自退伍回来，计来已四个星期了。他是李兄弟的东安房五个从军青年中，退伍的最先一位，又是年纪最长的。其次是李富，是在两星期前。李杰自营中出来，恢复了平民生活，得到和许多没有谋面的兄弟朋友的相见，在精神上不无点欣慰。在他未退伍之前，他和许多军人一样，心里猜想退了伍出来，就不难找到工作做，心中曾抱着两个小小的愿望：第一是希望出了来能够找到职业，其次是希望接到家书，能够知道他那劫后余生的老母和两个小孩子的安全。他恰在一年前收到最后的一封家信，报告他年高的慈母，惨受敌兵打断了足，他的妻子亦已病殁了，两个未满六岁的小孩子，送到岳母家去抚养。

　　退了伍之后的事实，已宣示着李杰以前两个愿望，皆成泡影，找职业既成问题，望眼欲穿的家书不独没有来，有时候他在报章上，偶尔看到家乡末次沦陷，令人心碎的零星报道。年来敌军为了预防联军在华南沿海登陆，曾增调了大陆敌伪军驻防台山，靠近县城的乡村，惨遭蹂躏，而且掳去不少壮丁和小孩子。这一些惨痛的讯息，当然会增加了他为着母亲和小孩子们的安全而担忧。

　　在过去李杰当然和其他的人一样，意识到只要联军击溃了轴心国家，世界人民就可安享和平了。现在轴心在远东最后的堡垒——日本，在军事上已告惨败了。然而目前的事实告诉我们又怎样？英美等帝国主义者，早已撕毁了《大西洋宪章》，反叫日军去厮杀安南、荷印等地革命民众。在中国，美军在华北登陆，实行干涉中国内政了，中国"当局"为要维持他们的统治，竟令凶横暴戾、畜淫掠劫的日伪军来"维持秩序"，不，叫他们做向中国民主力量进攻的前锋队！在美国各地，工人反抗减薪，罢工风潮好像燎原之火，失业数目日增。所有这些不合理和不如人意的现象，都使他感到目眩，不能理解，心境不宁。"世界就这么逆流吗？"他有时心里发问着。

　　现在战事虽已告结束了，可是物价一样地高涨，尤其是华埠伙食店，价钱丝毫没有减低，青菜还索三角几一磅。生活程度如许之高，他退伍后政府所发那三百块钱军俸，很容易用罄了。若长此赋闲下去，绝非久计，于是他前晚和李富约过，今晨九时即起来，两人吃过了咖啡多士，即一同搭电车到密怀街中央政府主办的雇工所去，听说那里退伍军人可获优先权利呢。

抵步时，他们看见那里已挤满了人。约在两星期前，李杰自己个人曾来尝试过，可是一瞧那里面的人群使他立即消失了勇气，裹足不敢进去了。这回有了李富作伴，两人挺着胸从人群中打进去，他们在挂着"退伍军人"的牌子下很长的行列末处站着，等了四十多分钟才轮到。他们在一个窗口做妥了登记手续，拿了两张表格纸走到写着"退伍军人"牌子下的木凳坐下，待了整整一个钟头，一位公务员才唤到他们的名字。走近一张办公桌旁两张木椅子坐下，那女人安闲从容地开始一面向他们问话，一面填写，从他们的父母名字、妻子年岁，以至于何时退伍、战前操何业，填满两张白纸后，那女人拿起桌上的电话筒，说了大堆话，把电话筒按下去，回过头来向他们瞪了一眼，好像很郑重地对他们说道："听呀密斯特。我们现在很难找到适当的工作给你们去做，除非你们愿意在商船上当雇工，工钱不错，所做的船也许到中国去，你们又可有机会和家人相聚，岂不是一举两得吗？你们觉得怎样？"

李杰和李富两人的目光互相接触一下，李富发声答道："我们愿意尝试。"

"很好，密斯特。"

她给他们两张字条，叫他们登二楼去，那上面大概是航业工作介绍部。他俩照样在不是很长的行列站着，等候，问话，交换两张字条，叫他们到煞打街战时航政管理局去。

到了那里又照样等候，问话，交换字条，这回则叫他们到海旁海员工会去了。工会的办事人对他们说："你们要先弄好出海护照，然后回来报名这里候工，本工会雇工规例，是按照日子轮批的。"他俩一瞧那工会里面候工的人群，就理会到找工作之不容易。从海员工会走出来时，已将下午四点钟了，他们差不多花了整天的工夫，没有成果，但精神已感到疲乏了。虽然做了几年兵哥，经过严格的军事训练，但此刻他俩那两只脚几乎不能再支持了。

两人失望地走回东安房，适同房的阿棠今天退伍回来，大家久别重逢，互倾心曲，欣慰不置。李杰将退伍以来个人所感，和今天他们找工作的经验，逐一告诉阿棠。阿棠和李富一样，还没有结婚，担负较轻，感不到生活的担子。但阿棠在未入伍之前，曾参加过西人的工会活动，对社会问题，颇多认识，他对李杰说："我承认失业问题是战后的美国不能避免而又是很严重的问题，我们劳动大众只有用集体政治行动，督促国会通过有关工人福利的法案，使全国人民都有工作可做，这是唯一解救失业问题的方法……"

这时李富买了菜肉回来做饭，大家吃过了饭，洗净了碗筷，电话忽而铃铃的响着。

"哈罗，欠一架？摆开它，就来。"

李富已被请到敦宗俱乐部玩牌去了，阿棠则出街找朋友。这时房中做夜工的人已返了工，做日工的还未放工回来。李杰不甘静悄悄一个人独坐房里，他照退伍以来每天的生活习惯，吃过了晚饭，在华埠街道上打几个圈子，来消磨时光。他走过都板街，街灯已放射出淡黄色的光，行人攒动，他无意地渗进了人流中。酒房里透出悠扬动听的歌声，醉酒水兵成群结队，随街狂喝狂叫。可是李杰没有心神去理会这一切，心里忙着回味阿棠刚才所说的话，似乎很有道理。蓦然又想到自身目前最迫切的问题，还是找职业呢。在街上随处都碰着许多衣襟上戴着退伍章的退伍军人，他心里又冥想着："他们的境遇是否和自己一样呢？"一缕一缕的思潮笼罩了他的心，越想越感到生活的苦恼、前途的渺茫，心地越空虚。刺利的晚风打得横挂街心庆祝国庆的中美国旗随风招展，秋凉抚着李杰的脸庞，灌透他整个躯体，他把肩膊缩一下，两手缩进裤袋里，拖着带几分沉重的脚步，盲目地在街上踱着，踱着……

（《新生》，1945 年 11 月 7－9 日）

新乡里的懊悔

登　丁

　　亚当自从去年由祖国来到这里，他的精神一天比一天颓丧，并且他觉得一些希望都完了似的，当他来到这里第一个星期的第一个晚上，我到他处去见他，他是多么活泼，多么让人想到他将来的前途是如何的伟大呢！他还说要设法去争取时间读书，希望将来得到一种技能，贡献于社会。可是过了几个星期他的志愿完全消失了。

　　我近来没有一些时间，连写信给他的时间都没有了。我也是从来没有接到他底来信，因此我时时在想念他，恐怕发生意外的事情。

　　前几个星期的一个早上，我返工经过华埠，忽然见到他的父亲，于是便问其亚当近来的生活怎样。他的父亲的满面笑容，突然转变了，呈现着凄凉，全身在发抖，好像有人在压迫着他似的，好久不能说出话来。我看见了他的恐怖面容之后，心里觉得十分憔悴，便很惊慌的询问他：

　　"亚当好吗？"

　　"亚当几天没有上工了，连学校也不返，长日的躺在床上，看他的样子十分不安，我不知道他为什么，最好你有时间到衣馆来探他好哩。"

　　说完这几句话，他就和我分手了。

　　我不断地想着，为什么亚当会这样的奇怪呢？他本来是一个很天真活泼的大孩子。当他和我在祖国读书的时候，他不但肯用心学习，而且肯刻苦，尤其是体育一科更觉得有兴趣，他时时说希望将来成为一个运动员，领导青年，把软弱的身体锻炼成铁一般的坚强，打破西洋鬼调笑我们为"东亚病夫"的耻辱。当四邑举行运动会的时候，他还是学校的选手，并且获得全场季军。为什么会一下子就变了志呢？

　　为了挂念他的缘故，当日放工我没有回家，就到他父亲的衣馆里见他了。

　　他的房里十分黑暗，除了通出作工场的门口一些光线射入来之后，就好像"老鼠孔"一般了，我把电灯扭亮，见他像死去般躺在床上，不断的喘息，他依然没有出声，我呆视着他的写字台的书籍，十分狼藉，并且有一些旧书籍撕碎落在地上。我开始问他为什么不返工，又不去学校呢？他没有做声，老是摇摇头，过了五分钟的光景才叹了一口气："啊！我懊悔！我的一切希望都完了，这里是没有出路的，我现在除了走向死亡的路途之外，再没有什么路可走了。读书我觉得一切兴趣都没有，既困难，又受气，我何苦去受无辜的侮辱呢!？况且我并不是一心一意在这里想得到什么学位，在洋大人面前讨饭吃。我最愿意的，是早些离开这个黑暗的世界，走向灭亡。"

他的父亲在熨着衣，听见他口口声声说灭亡，便走进来，问他究竟为了什么。"当，如果你嫌你在衣馆工作太辛苦，那么你可以将它辞去，挣多点时候到学校去学习，放学回来帮下我就好了。况且近来的生意又好些……"

亚当听见他父亲说了以上的一套话，马上从床上爬起来，像发狂的叫着："我要死去！我不愿意再生存，我觉得这里是一个人间的地狱，它只带来痛苦、寂寞、烦恼，简直没有什么值得使我留恋的。"

那时我才颇明白他的意思，原来他觉得来到这里有些懊悔。我便这样细声的安慰着他："我们现在正在发奋的时候呀！虽然我们来到这里是要揾世界①，可是我们仍要埋头苦干呢！你看老陈、老伍的前途是多么光明呢！他们永远不虚度他们底时间，努力去学习，他们也是半工读的。当，你太自暴自弃了。有几多个青年来到这里不须做工，专门去读书呢？假如你有这机会，或许反使你走向堕落。"

"登！你去罢！我希望你永远不要到这里来，我以为你来了可以带给我一些愉快，谁知道你还使我更快要死呢！"

我觉得他是一点没有憎恶我，我仍然向着他微笑。本来他是一点没有憎恶我的，我和他是两老表，况且又同过学，大家一向都很了解。他这次用像发狂了的态度骂我，使我一时摸不着什么意思。

我站了起来，在他的房间踱来踱去，大约有半点钟光景，他还是挣红了脸，有时用眼尾偷看着我的行动。当我回望他一眼时，他就不再看了。连我想和他说句道别话都没有机会。

当晚我从亚当处回来，我的心里也是觉得好像从他处带了烦恼回来似的。于是便懒洋洋的躺到床上去，可是眠落许久，老是睡不着，好像有许多事情在我脑海中徘徊似的，不一会儿又想到亚当的事情来了。我在猜疑着，亚当如不是事情的失败、同学的讥笑，就是和他父亲生气了。我要尽

---

① 编者注：也就是捞世界的意思。

我的能力去救救他，绝不眼睁睁的看着他走向死的路途去。

一早晨起来，父亲交给我一封信，我拆开一看，原来是亚当寄来的，他的来信写的是：

登，我没有上工和进学校已经有两个星期了。我在等待着灭亡，我觉得我不能再生存下去了，我只希望早点儿死去，我觉得人生是一点意义都没有。

自从由祖国来到这里，就一直过着牛马不如的生活，受着老番的气，何处是我的休息时间，我从来没有去想象过，只是觉得懊悔、烦恼、痛苦，加之我父亲的管束，半点不能放纵我，他还时时在憎恶我，说他争取我来到这里增加烦恼。这样我有什么兴趣活下去呢？

我本来是想为自己的前途挣扎。天还没有亮我就匆匆忙忙的赶去上工，把工作做完后，又去上学，放学后又得回来帮忙我父亲熨衣，我一向还忍着气的，可是我父亲还是不满意，时时骂我没有出息，我有时受此感触想硬着头皮离开了他，但沉思下去，又好似不可能的。

在这样的情形下我不由地想起我的童年生活，那是多么使我不能忘记的一页啊！尤其是在学校读书的时候，我参加了四邑运动会，获得优胜，陈觉生先生赠给我的奖旗上写着"后起之秀"的几个字，那时是多么使我觉得将来的前途是如何的光明呢！

到了现在，误走到这里来，许多事情在打击着我，黑暗在四周包围着我，使我正视现实的勇气也没有了。这就是我甘心走向灭亡的路底原因，除了上面的事情之外，其次就是见到祖国的新生，我不能回去参加工作，不能回去接受新教育，这一个最好的机会都消失了，我还有什么决心争下去呢？

这里我觉得是一个充满着黑暗和罪恶的世界，我再不敢挺起胸膛和他们去争了。我只可匿在房里，希望早点儿死去，如果还未死去，那么我一定倔强的离开父亲回到祖国去改造。有许多人说这里的教育好，我觉得不是的，自我进入学校，不但没有得到新知识，而且还趋向堕落。

登，我不能继续下去了，烦恼又来了。祝你进步！

当字

×月×日

我读完了亚当底来信，使我留下来一行同情的泪，这时我也觉得懊悔了，也同样的感觉到前途渺茫，种种的事情在阻挡着我的前进。我在想着，即使我同情了亚当，走向他的灭亡路线……但是，我一意不能这样做，我要硬着头皮，将他从灭亡的路上拯救出来。

那天放了工，我又去见他，这次他有点笑容，可是仍然是苦笑的。我在他的床边坐下，用手摸着他的脸，却满手都是汗水，我突然惊慌起来，便问："当，你病么？"

他用尽了力气说下面的话："是，我的病恐怕不会好了，或者就这样死掉了。我们这次见面恐怕是最后的一回了。登，你对我太好了，我希望你不要像我这样没有勇气，自己甘心走向灭亡的路，你要踏实地去做你的事情，把你那副热情和世界青年团结，创造你的新生。"

"当，你的病一定会好的，你不要过于烦恼，以致增重你的病，应该好好的休息一下，你何苦把你的生命作无价值的抛弃呢？"

"我觉得死是人生最快乐的事情，甚至都没有比它更快乐了。"亚当接着说。

我将亚当的病告知他父亲之后，他父亲也同样的觉得悲苦。我在无意中和他倾谈起来。他说："亚当的病是这些事情所造成的。他觉着这样的工作很辛苦，到处又受到外人的歧视，使他不能得到自由。同时看到祖国已将完全解放，听到祖国的教育正在发展，他不能回去接受新教育，因此一天一天苦恼下去而形成他的病。"

"在他未来这里的时候，我再三写信回去给他，说明在这里的种种痛苦，叫他在祖国忍耐一下，候着新生降临，继续求学。可是他时时来信都话说这样的书没用，一意来美国，结果我无法，只得取他来。而现在来到这里受过痛苦之后，不论在什么时候他老是喊着：我走差了路！登，你有时间多多来这里解释下他，希望他的病复好。"

我和他父亲说了这几句话，无情的时间又在催促我上工了。

过了好几天，接到亚当父亲的来信，说亚当的病有些起色，而且吃点饭，叫我星期六带他去公园消下闷。

我决定去见他，那时我有多些机会向他去解释了。

这次他的精神的确好得多了，而且能坐在凳上。他一见我来，含着微笑对我说："登先生，好吗？我确不能猜到我们还能见面，我还未吃够苦呢！"

他的话虽然是在和我开玩笑，同时我觉得他的心有点转变了。不一会儿，我们就不约而同地到公园散步去了。

亚当一开口便说："我觉得人生是指定何日灭亡的，谁知道我仍然生存呢？！"

"我也是同你一样想，不过我们不能切切实实知道是何日灭亡，在这样的情形看来，我们就要为自己的前途光明挣扎。人生本来没有甚么时候是老年，甚么时候是青年，完全没有分别。只要有强健的身心，坚毅的精神，我们的学习时间在呼吸最后的一口气之前，都是我们学习的时间。"

"我们虽然是误走了路，不能在祖国读有益的书，可是学习不一定在学校受先生的指导，才能得到知识。看啊！新时代的英雄，在学校读书的机会有多少呢？为什么他们会得到万民敬佩呢？这就是他们肯争取时间，自己去潜心学习。假如我们有机会到学校去读书，时时有先生指导，你不回去温习，彻底研究，结果也是徒然的，这样不但虚度我们的宝贵光阴，而且花了我们家长在这里的血汗结晶和辜负先生们的谆谆指导。"

"你时时觉得懊悔走到这里来，不能在祖国接受新教育，这也是错误的，我们不一定在祖国才能得到新知识。我记得胡风先生写给我们华侨青年的一封信说过：'祖国社会是华侨社会的根，而华侨社会是祖国社会的枝叶，根是怎么样的，枝叶也就怎么样了。'祖国的新生已经降临了。那么，我们海外的新生不是一样降临?!"

当我引用了胡风先生的这一句话告诉亚当的时候，他好像在思索这句话，没有作声，只是点点头，我讲得更加起劲了，在这一刹那，我们的谈话好像变为小组讨论了。

"我们得到祖国的新生照射到这里来，那颗光芒万丈的明灯，照耀着我们的头上，指挥着我们前进，迈步向前，前面还有更美满的新生。"

"我们处在这里虽然受到外人的歧视，这一点更要拿来时时刻刻警惕自己，为什么人家是人，我们也是人，我们怎么会被人歧视、侮辱、欺凌呢？我们要时常去观察，设法去打破它。"

"当，你要打破你的小圈子主义，找机会去参加团体生活，它不仅能使你的生活过得有兴趣，就是在修养方面，也可以得来启示，改造自己，在这新时代里孤独自处是不能生存的，尤其是在海外，更必须参加集体生活。"

"你应当记得，我们在祖国读书的时候，在星期六的周会里，是多么有趣呢！就是在童年的时候，我已觉得有同伴一块儿才生发兴趣。"

"登，像你这样说来，我觉得我以前所懊悔的事情，完全是自己不能了解的。我现在觉得我的前途还有一线希望，我一意照你的话去学习。"

"和我们年纪一样大来到美国的青年，我相信好多像我这样觉得失望的。你可知道，最不幸就是我们十八九岁的青年，大多数都是失学的，登，你还有'大半桶水'呀！我恐怕好多人像我一样的连'半桶水'都不够。"

"我们还未读满小学，就遇着太平洋事变了，跟着就望校门兴叹，一到光复，我们就立心来这里'掘金'了。"亚当含着笑说出他的不幸，向我挑战。

"我也是同你这样想，也同样的不幸，可是我们能醒觉，知道自己将来的前途，我们终有一天会达到光明的。"

"你的来信说过，因为你的环境恶劣和你的父亲管束你太严以致迫你走向灭亡的路，这样想法也是错误的，环境怎能支配你呢？如果你说环境阻碍着你的话，那就可说明你没有决心。社会的黑暗，人们都能动破它，创造光明，难道我们的环境不能被战胜吗？"

"你不要憎恶你的父亲，反要爱他，他对你是完全好意的。他管束你的目的，就是恐怕你走出轨道，变为坏人，他对华侨社会的情形是比你多经验的，更明白的。"

"当你病在床上的时候，是的，我们可以知道，和我们同一年来到这里的友人，多少走向歧途呢！首先他们以为自己是一个进步的青年，以为自己是有本领，能和异性朋友结合，在夜阑人静的时候，花费了他们的时间，在无意识的谈情说爱、无意识的投合，就成为终身伴侣，结果事情是不能收拾的。"

"当，我恐怕你也是为了缺乏伴侣而感觉苦闷，是不是呢？"我在和他开玩笑。

亚当站立起来呆望着我，很可靠的说："我永远没有这样想过，就是连梦也没有发过。你想我们处在这里，自己的生活尚且难解决，还能想到这一层吗？"

"对的，我们现在还未是谈情说爱的时候，我们是要把精神贯注在学习中的。假如我们在这年纪轻轻的时候就陷入这条'事情'的路，是会阻碍学习的。"

"啊！时候不早了，我们要回去了。我父亲在等候着我们呀！"

亚当在踏着原路回家的途中，随口唱出《义勇军进行曲》来："起来！不愿做奴隶的人们，把我们的血肉，筑成我们新的长城……"

过了几个星期，是一个星期日，我又有机会在华埠和亚当相见了。此次他真正从心里发出笑容来，他告诉我他近来参加集体学习，觉得有很大进步，同时他还叫我约朋友组织一个读书会。我还没有决定应允他的要求，他就替将来的读书会定名为"新生读书会"了。

亚当自去参加集体学习之后，一下子就老练了许多，他对我说："我不愿意困在房里读死书，既烦恼又不能收益，我决意放弃孤独生活，跟千千万万的华侨社会青年共同学习。"

"登，我父亲现在很能谅解我，他一点没有管束我，我天天去学校，每星期日都到集团去共同讨论事情，研究学问。我发现新生了，我得到了解放了。我今天才发觉做人的乐趣，我要努力，我不甘做落后的青年。登，我也希望你和我一齐向前进！"

"当，我很早就知道你将来是华侨社会的优秀青年，你有希望。去干吧！你去，胜利就在目前，加紧学习吧！"

（《新生》，1950 年 2 月 7 - 10 日）

衣馆博士

子　常

先生不知何许人也，亦不详其姓字。先生少时就跟着父亲来美谋生，因年纪轻的缘故，所以有机会进学校里去读书，等到年纪大了，放学回来就得帮助父亲熨衣，礼拜尾去企台或洗盘碗，以得些日常费用和购买书籍之需。先生天资聪颖，加上他的好学不倦的精神，所以在学校里的成绩常名列前茅，就是那些有先天"聪明"的鬼仔鬼女，有时也得向先生请教。

先生父亲见到先生那么聪明好学，心里时时感到安慰，无论如何困难艰苦，都要设法供给先生进大学。当然他有他的远见，希望将来儿子学有所成，回到祖国去升官发财，就是不回到祖国，在美国也搵份上等工做。先生经过许多年的刻苦生活，果能完成父亲对他的愿望，结业于纽约某大学，并得有硕士头衔。毕业后，曾一度回国去搵世界，一则可以见到多年不见的母亲；二则可看看祖国的近貌，可是去不成，原因是他哥哥写信叫他不要回去，他哥哥说祖国的博士、硕士、学士多得数不胜数，而至流浪街头的不知有几何，毕业即失业。先生哥哥在祖国也得了个学士学位，找不到事做，而至困守家园，从事农业工作。从此先生回国做事的念头就冲到九霄云外。

然而，辛辛苦苦读完大学，那里愿和父亲一起操衣馆呢？所以先生就鼓起勇气向老番求职，先生的高明多次不受老番赏识，依然无所事事。

有一次，先生从报上见到登载着一家公司聘请一个有才干的人做书记，有意胜任者要写明学历和对公司前途建树的文章。于是先生回到衣馆，呆呆地费了三天工夫，写成了一篇有关公司未来建树的文章寄到公司去，先生写得真是"琳琅满目"、"畅所欲云"，老番见到这样一篇写得有声有色的文章，也觉得公司前途一定有大展鸿图之势，结果先生被聘请，老番写信给先生择定日到公司去订立合同，可即日就任。先生得到这个意外的喜讯，真是喜跃若狂了。到了去见老番那天，先生高兴得几乎连眼泪都流了出来，破例儿买了一樽洋酒，欢天喜地和父亲碰杯，庆祝事业的成就，才去见老番。

先生到了公司，说明他是公司的被聘请者后，谁知老番一见先生是"黄面皮"，心里很不满意，可是老番是"有教育"的人，不好意思当面话人"生歪相"，所以就借故推辞说："蜜氏打①，对不起，公司现在不宜人了，将来宜人时才通知你。"先生听了觉得莫名其妙，后来一想，心里有数，同时他不是个幼稚的小学生，而是个硕士呢，种族歧视当然无话可讲，一肚子气回到衣馆，将情形告诉父亲后，两父子呆视了半天，怨天怨地！

过了一年，先生父亲因工作过劳，不幸与世长辞了，先生依然找不到事做，不得不继承父亲的衣馆做下去，所以人们就为他起了个绰号叫做"衣馆硕士"，后来过了一个时期，人们进一步叫他为"衣馆博士"。

我是去年二月在衣馆认识先生的，当我第一次听见朋友们叫他为"衣馆博士"的时候，我觉得很奇怪，我以为他熨衣熨得很好，做衣馆有余，人们才用这怪名来过奖他。但后来向老板打听一下，才知道是因"毕业即失业"迫着做衣馆，才得了这绰号。

我受了好奇心驱使，接着问老板："这样叫他，他不讨厌吗？"

老板说："不讨厌，他自己有时为自己介绍也说'衣馆博士'。现在除了他同乡的几个兄弟知道他原来的名字外，其余的人就完全不知道了。"

"喂，老板，纳入息税，他用个乜名呢？"

"他取个老番名，他个老番名非常难记难讲，就是去过一两年学校的人，叫他的番名也不轻易叫得正，所以人们永不叫他的番名，个个都是叫他做'衣馆博士'。"

我呆呆地望着老板，心里觉得很难过，把这样一个不美的绰号放在一个"落魄"的人身上。

我生平是一个最怕羞的人，只要人们不讥笑我就谢天谢地，那里有勇气去讥笑人呢？所以我时时想问他叫什么先生。有一天放了工，和他一道去喝咖啡，我趁着这机会就问他；"先生究竟你姓乜呢？"

他笑着看了我大半天，我觉得他这种苦笑实非笔墨所能形容。他说："衣馆博士！"在旁饮咖啡的人，听见这个怪有趣的名字后，也暗地里发笑。

"先生，这是什么意思呢？"我说。

"我自己也不知道，近这六七年来，人们就一直这样叫我，同时，因生活艰难，负责家庭的重重担子压得我忘记了过去一切，你一时叫我说出

_____

① 编者注：mister 的音译，先生之意。

原来的名字，我也记不起来。常，你就照人家一样叫我好了，我不讨厌，这名字多么有意思呀！"说完，就拿着咖啡来饮，他的表情真使人感到伤心！

我和他在同一衣馆工作三个月，后来我父亲有病，我就和他分手到父亲衣馆来，我默默地忆起和他一起工作的期间中，他给我的印象是很深刻的，他平素沉默寡言，对旧中国的丑态有深刻认识，有时听到一些工友不了解中华人民共和国焕发的真正面目而长吁短叹的时候，先生就很合理的分析几句。

有一次，老伍伯见到报载着新政府清算地主恶霸的严厉情形的消息时，就叹了一口气说："唉！社会变了，我们用血汗搏来的钱，将来回到祖国也要二一添作五，这样何苦做呢？"

"衣馆博士"就很和气向他解释："老伍伯，不要无愁可愁，我们最大的希望就是想社会早日转变，社会一日不转变，我们华侨一日不能回到祖国去。他说回唐山怕共军清算吗？老伍伯，你有几多银呢？打正你有五万元，这五万元未够孔祥熙洗一回衣，这样清算你有乜用呢？况且共军不是清算那些用自己劳力搏来的银的人呐。"

"虽然是，国民党当时用买什么救国公债、汇兑金元券的骗术，华侨破产很大，就是本人也损失万多银，不过，旧时冇家下世界那么男盗女娼，'衣馆博士'，你觉得是吗？"

"衣馆博士"又笑笑地说："老伍伯，社会转变，男盗女娼的事情就会无形中消灭，最简单来讲，像你老伍伯手上从容，你想去做贼吗？一个女人有饭吃有工做，还甘去做'众人老婆'吗？"

老伍伯被他这样一说，心里也有些反应，可是他还很怀疑，就问："为什么社会要转变一下？"

"衣馆博士"说："我在第二次大战时，随军回到祖国，日本投降时，我曾回到广州，见到不合理的社会和官员的无能，我就觉得很伤心。在我的团里的一个排长，在黑夜里见到一个中国女学生，就开硬弓拖回住所，把那个女学生生生压死，虽然有中国官员知道，也当作冇事，把这件侮辱我们中国妇女的丑事，抹煞得干干净净；同时有些小官员过借着这机会去带'老举'（广东话妓女）回来供给老番，而从中捞世界！你想，这样的社会还保存它做乜呢？"

经他说出事实证明后，老伍伯才明白社会应该变一变。我从听他这次的谈话起，我才觉得先生是一个对祖国有关怀的人。的确，他说的话丝毫没有"闭门造车"，况且我经常亲眼见过不少像他说的事发生；同时，当我在十六岁那年，跟着表兄去做后生（勤务兵），自己就亲身代表表兄到"老举寨"去向龟婆收数。这件事虽不是公开，但却已成为公开的秘密了！

我离开"衣馆博士"回到父亲衣馆来后，很久没有和他见面了。前个月的一个星期日，偶然去唐人街碰见他，他握着我的手说："常，我请你去太平洋食餐。"

"奥，衣……衣……先生。"我始终不能把他的绰号叫出来。他又笑着说："'衣馆博士'这个名字那么好听你都不高兴叫吗？喂！常，你叫就叫返一次呀，过几日就得叫咯。"

"啊，你过埠吗？"

"不只过埠，而且过太平洋呀。"

"回祖国去吗？"

"是，所以我要你趁这机会也来叫一声呢。……等我回到祖国的时候，我的名字或许就要更改了。"

"奥，衣……衣……衣馆博士，祝你一帆风顺吧。"我见到他今天特别开心，终于红着脸叫出来了。

我们到了餐馆，吃了一餐丰富的晚餐后，他争着找数①，经我多次说服，结果我结了账。

走出餐馆，他很不高兴的说："常，太对不住，荷住你破费。"

"那里话，这就作我对你一点敬意和送行酒吧。"

"不敢当。"

"喂！衣馆博士，你现在可告诉我你的真名罢。"

"等我离开美国，回到祖国的怀抱时才告诉你。"

到了星期四那天早晨，他叫我帮他拾行李，我到了他"家"里，见到房子空空如也，最宝贵的东西就是两柜书籍。我帮他拾好，拿下楼，请了一架的士把行李搬上去后，他紧紧的握着我的手说："常，祖国见，望你自重吧，我到了祖国一定写信给你！"

我为他那种熟烘烘的友情所感动，喉咙像塞起了一块东西来，眼睛也突然感到了一种酸热。我终于说："好，先生，祝你一帆风顺！"车儿开行了，我远远见到他不停的在车厢里挥手告别，直到车儿转过另一条街时，我才离开站在送他的地方，在街上慢慢的走着，心里却默默地祝福他平安抵家。

（《新生》，1950 年 11 月 14 日、15 日、16 日、17 日）

---

①　编者注："找数"意为付钱。

老　泪

摩　天

自　序

　　我习作的过程只是年把的光景，但在这短促的期间里，在所有的拙作中，这篇《老泪》算最难产了，它足足拖了我半年的日子啊！

　　一九四四年的炎夏，我取得军假返纽约，其时《老泪》已在我脑中酝酿，归营之后，我动手写了两万多字，便匆匆整理行装，渡海长征。在太平洋上生活太单调，日来日去，百无聊赖。于是搜出已写的一部分来看看，感觉太稚气，割爱把它丢进洋里去，决心再写，但船舱里太挤拥，战舰上面成天站满了人，不能写，只堆砌了万把字，又停住不能写下，作罢，转了方针看书，偶尔写点征途散记和小诗之类算数。

　　一直到了印度，《老泪》遗忘了，后来高木兄的"激将"信三番四次的飞来，问着"老泪流得出吗？难道就这样让它吞进肚里？"……我为人好胜，怎吃得这口气?! 便决心去完成它才罢休！可是就在这时患了水土不服，时当肚痛作泻，日间又忙，晚上没有灯也没有台子，蚊子又多，只得放下蚊帐，燃着洋烛在床里写。后来患了瘴病①，精神支撑不来，被送进医院去享了一点清福。就在这期间里把《老泪》重新构思，出院后一气完成了它。当时很兴奋地回信给高木兄说："谢谢你的挑和激，《老泪》毕竟被激出来了！我兴奋得要撕开自己的胸膛；同时我领悟到经过一段艰辛的途程，终会达到一块光明的境地，正好像这次战争，中国的人民已熬尽了千辛万苦，仍然在日益加重地熬着呢，然而光明的日子必会来临的，我们将会在胜利的爆竹声中跳跃……"

　　挟着《老泪》飞抵中国，一连串地忙煞的日子过了之后，跟着又在跳濠时被枪的带条擦损了眼睛，连走路也不方便，故直至现在草草把它抄好，但和原稿相比，许多句子和段节删去，改的改，搬上搬落的也有，甚

---

　　①　编者注："瘴"就"疟"的繁体，即疟疾的意思。

至缩短了两万多字呵，我的思想的变更，可见于此了！

　　读者也许会怪责我插上英文之不当，但请原宥美国华侨社会中，说话中西合璧是普通现状的。

　　　　　　　　　　　　　　一九四五年七月战争中的昆明

　　洗街车慢慢儿溜着，水花沙沙的洒着，潺潺的流水，在晨曦里，在那段经过洗濯的街上，闪烁地流往沟里去。无情的车轮，缓缓的马蹄，人的笨重的脚步，或快或慢地展开着他们的辗踏。刹那间，通街已变成七糟八乱，斑斓污湿了。

　　一根棕色拐杖，拖来了一双一步一跛的脚，其中一条是瘸了的，就全靠这杖子跨过那污湿的街，在行人路上还拐了好一会，才踏进一间咖啡店里，里面的椅子底下，已摆上种种式式的架着的几双腿儿了。

　　"Good morning，全记！"跟着这个对边的招呼，柜案后边的青年笑容可掬地摇摆着走开来，但马上又退回去，仿佛那一走是不必的却又是习惯的。

　　"肥臀，咖啡，咖啡！"那所谓全记的老瘸腿边吩咐，边找个空位坐下，将拐杖丢在一旁。

　　"忌廉①？"斟着咖啡，顺口一问，他明知道全记跟乳酪水火不相容的；其实，他可以记清楚那个熟主顾爱喝怎样的咖啡：浓浓的或是淡淡的，不加乳酪的或是连白糖乳酪都不要的……这回，不知是他信口开河抑是没话找话说，——自从他父亲满载荣归，把生意全盘交落他手上，他便决心要好好地经营它，尽量讨顾客们喜欢，然而有时话唠叨得多了，渐招人家轻视，给他一个粗鄙浑号——肥臀；他看来确实胖胖地，特别是他的屁股，可是这浑号似乎不大风行，只由一班游手好闲的人——华埠的渣滓——创出来，由他们叫下去，其他的人却另有花样，叫他做"半竹升"（美国华侨通称土生子女做竹升），他们认为这花名既斯文又怪有意思的，为的是，他听了西乐便口随着哼，脚跟着敲，有节有拍的。如果认真高兴了，他会自然而然地作拥抱之势，自个儿跳舞，跳呀跳。什么的 La Conga② 呀，什么的 Rhumba③ 呀……一般人认为这个有"竹升气"；同时，他到美国来仅仅几年的光景，因为惯与土生青年们胡混，说话养成中西合璧，所以他们便给他"竹升"这称呼而又加上一个"半"字。但"半竹升"毫不计较，

————————

① 编者注：cream 的音译，奶油的意思。
② 编者注：康茄舞。
③ 编者注：伦巴舞。

叫他什么都欣欣然应着，大有"呼我为牛者应之为牛"的风度。

"咳！明明知道了，还问？"他这一咳，并非呛了烟，而是他表示讨厌或深恶罢了，是的，大多数新宁人都有这种习惯的，不过全记咳得很婉转，如同一般人吐鼻涕。

"Sorry，全记，口惯了，我 couldn't help it！（把他没有办法）……喂！眼皮红肿肿的，成夜干的什么勾当呀？"端上咖啡，照例要开开玩笑。

"你管得那许多，咳！！"爬满青筋的手抖颤地接过杯子，还未放到台上，他已经贪馋地啜了几口咖啡了，之后，他舀了一匙羹白糖，心不在焉地，琅琅的搅着杯子。

"嘻，嗯，……Don't say it（不要讲），我知道咯！我知道咯！"碰了钉，"半竹升"知道今天的牙儿打不过，赔了笑，管自照顾其他的客人去了。

喝咖啡的人，总是那么闲悠悠地喝着谈着，每喝一口，仿佛便要从那饮料中咀出些什么来……

四座的高朋陆续挤满了，兴哄哄的打成一片：生意经、女人经、读博经，私事、家事、朋友事、国事、世界大事，什么都有人谈，咖啡可干，话却讲之不尽。

全记的柜子上新添了三个芳邻，他们都是中年以上的，劈头就大谈其战局，谈了半天，其中有一个摇头唏嘘的说：

"一句话讲尽：战祸就是战祸！大仔阿遊，有妻有女，好端端的，要当兵去，还不是祸？！"

"唉！我那个'阿斗'呢，上埠来未够半年，一征就征去了做步兵，又有什么办法？"第二个也切身地叹息起来。

"打仗事，怨得来？！还有的更惨万倍呀！谭沃哪，人家都哑子吃黄连，有口难言，两个仔，什么大学念书的，都在半海中碰了鱼雷死掉了，连灰都不见，人家何曾怨天怨地呢？"其余那个连忙举例好榜样来斥责他们。

全记听着，登时一阵心伤肠断，他的核桃脸上，鹰嘴鼻的两边，泪水急速地倾泻下来；他那特别长的、兜出来的下唇，微微地颤抖着，不自主地接着那滴下来的泪珠。哎！他听够了！匆匆付了钱，拭着如泉涌的涕泪，出门去。"半竹升"莫名其妙，又不敢追问，怕再碰钉，光搔着头皮瞧着那背影哆嗦着走去了……

全记在行人路上拐着，一跛一跛的，那汪汪的泪水封住了他年老的视线，他看不清眼前的一切……

是一九三九年的初冬吧，傍午，微弱的北风在吹着，华埠的街上是那么熙熙攘攘的，同盛号杂货店的玻璃外，摆着一档生果。鲜红雅绿的果堆上插了一块旧纸皮，用红水写着：全记。一边附带两行小字：四时生果，实价不二。不知是主人自己亲手挥毫的，还是别人代笔的？总之，价字看来像个"债"字，实字分别写白了，而字画，恰如他的主人自己的面孔一样的粗俗哩。

主人披上特号大领的破袖冷衫①，黑色的，穿着黑色的"腊肠裤"，戴着脏到几乎认不出原来是棕色的鸭嘴帽。他抱着膝，坐在木箱上背靠了杂货店的玻璃窗，作着他近年来天天做的幻想：苹果每箱成本多少，一箱里有几多只烂了？零沽每只定价多少……桔子……柚子……如此类推，加起来一乘，减去原价栈租，等等，大概赚了多少？若遇了"烂市"（市道滞销）或特别热闹的日子，又怎样？……

这行生意有没有竞争？不！有！只有一档生果车，就是那个长着两撇黑须，喊着沙哑叫声的意大利人。咳！我全记看他在眼内？单拿卖苹果而论，他简直是外行，中国人爱吃那些尚未十分成熟、爽夹脆地，他偏要贩那些熟得快要发霉的，大个又怎样？还有，当街上停满汽车的时候，意大利人的生意果车就要搬动，简直无立足之地了。纵使有都会被警察干涉的，比不同我全记这么据实一定的位置，听由生意自己来。

于是他又算着：一年三百六十天，每天三块钱总会赚到的，好！拿三来乘，三三归九，三六一十八，……一千零八。如果一路福星，三年四载，儿子洪辉就有来美国的希望了！洪辉到来，争争气捞世界，一两年就有模样啦，有钱有拍手②，什么事办不来？！要开生果店，可以的；要做衣馆，谁说不能？就是开一间"餐馆仔"（小小的菜馆）都得，我全记炒两味也过得去，"老番"（西人）懂什么味道？是的，洪辉可任打理餐厅，我在厨房独撑一面，真的不难事！只要有钱打发他来，万事皆妥了！父子俩一心一德，咬紧牙根熬它三几年，生意有了根基，留交儿子打理，像"肥臀"的爸一样，自己返唐山，"火烧旗竿——长炭！"（"炭"叶"叹"，广东人称享福为"叹"）……

他想得入神，好像前途有的是光明、美满、无穷的幸福！他的心如春花在怒放，怒放！脸上几条浅皱纹都涨上了兴奋的血。街上游人若鲫，杂货店川流不息的人出人入，他都懒去理会。

"斧头仔全！……想过瘾啊？"叫声乍然而来，虽不大响，却已够沉思

---

① 编者注：指毛衣。

② 编者注：指帮手。

中的全记惊跳了。他惶惑地愣着看跟前的人。

"你叫谁？有什么帮趁①？"他勉强地笑着问。

那人摇着头，不可思议地笑着。

"顶靓苹果，五个仙一个。"全记拿起个苹果给他看。

"哈哈！斧头仔卖苹果，这是什么玩意儿？哈哈！"

"喂！斧头仔前斧头仔后，什么意思?！有话只管说，别转弯抹角！"一个苹果向空中一掷，用手接回来，又一掷，怪笑地咬了一口苹果便走去了。

奇怪的家伙，他是谁呢？大家啊两不相识，开口就是斧头仔；那狞笑，那神情，那眼睛，……他知道我的过去么？咳！怎会?！——他满肚疑惑。

这些疑惑使他回忆到从前的日子去：那时他是刚红极一时的"斧头仔"，名字像利刃般刺着人的心，不论是自己的"手足"，或是"异堂"的人与"中立"者，都恨他入骨，但又害怕他，他杀人不眨眼，枪那么准，跑得飞也似的。主子的钞票抹煞了他的天良，他只看见主子的钞票，听到主子的命令，钞票在他眼前一幌，一条性命马上便结束了。可是每次干掉一条性命，斧头仔全便告失踪，匿到"手足"们的衣馆去，耗子似的见不得人，事过境迁，他再钻出来，趾高气扬地走着。

忆及过去，感到近几年来生活上、心理上和肉体上的突变：发已斑白了，腿跑得不如意，眼睛也不可靠了。每当他注目凝神看一会天空，阴霾中会有千万的金星在闪耀，他的心，哎！软弱得连自己也不相信，曾经杀人为活的他，而今上下楼梯都颤栗栗的"如履薄冰"，偶或踩了什么软曳曳的东西，他便由内心里颤到脚趾，人事的变换真难逆观啊！

他向后伸伸腰，脑袋轻轻触了冰冷的玻璃，打个寒噤，下意识地向同盛号里一瞧。只见一条条半僵半活的鱼，在碎雪上睁着眼珠，颤着尾巴，恰像五年前他放了一口冷枪，击毙了那个人倒在街沿的情形一样。于是刚才那狞笑的青年仿佛又在玻璃里呈现了，而且还叫着斧头仔全；他那个炯炯的目光，是否那死者的儿子，心中悸栗不安。

夕阳走近它的末路了，像个倔强的失败者，在这时仍不屈不挠地鼓着余勇作最后的挣扎。那点余勇直冲霄汉，烧红了半个天空。然而失了前进的时机。它终于没落了！一阵送殡的乌云飘上来。整个宇宙都哭丧着脸，阴森、可怖！北风在宰割一切，震栗一切，人们的脚步加速，呼吸感觉困

---

① 编者注：意指"你要买什么"。

难了。垃圾、废纸，吹遍半空，扑到窗上。家家户户忙把窗门关的密不透风；铺店门前的檐帐都绞开来。一切准备大风雨的临降。就是楼头的鸽子和街上推货车的人，都匆匆找寻躲避的地方了。只有汽车叫着，坐车太太们饱受着红绿交通灯的气。

全记提早收了档，货尾通通搬进同盛号里，放好在租定的角落。店伙们正忐忑地吃着晚饭，一面小心翼翼守望顾客进来，一面盯住台面的肴菜——这时候他们的肚子和"波仕"① 的银箱同样的要"进"。

从同盛里，他买了半磅芥菜，一点烧猪肝，便要赶回住房炊饭，大风吹着他的冷衫的大领，刮着他的核桃脸面，鹰咀鼻更青黄，一天蕴盖下来的烦虑也被吹散了。

怒雷长尾巴拖着地球滚，闪电在后边鞭打着，北风助纣为虐地咆哮着，地球滚动着，嚎咷着！……名为世界第一大都市的纽约，脸色被吓得青黑一阵，疯了样震抖着，震抖着！骤雨乘势侵来，像无数的长钉子钉打着满城高低的楼宇。

全记缩着脖子一路跑，长钉子不留情的追着钉下来。他跑到住楼的门前，停下了，喘过气，筛干了身，便慢慢的爬上那黑麻麻的楼梯。抬头一望，一朵五枝光的电灯亮着最顶的楼梯口，昏黄的光照不过几尺的圆周，有些房门里露出一线朦胧的灯光，淌出低微的人语……

本来每个楼梯都装设电灯的，后来穷住客出不起租，楼主既要吃牛排，又要赚钱多置实业，便把所有的楼梯口灯泡取去，因为这些电费都是楼主去负责的呀！这一来，穷住客们是不敢去干涉的，虽则要干涉起来也很有理由，但问题是谁去争这唉气②？尤其是华人要争就有麻烦了啦，甚至要见官要请传话、化钱，到官大人面前说不定横来查根究底，问你怎样入美国的，那就糟了！咳！为了一朵楼梯灯的小事来自寻烦恼，干得过?!深想一层，还是"百忍成金"的对。就算胜利了，楼梯灯装上了，又怎样呢？能拿来当饭吃吗？多生枝节，不难会弄到"无枝可栖"才活该！所以全记和其他的住客就忍了这口气，没有跟啬楼主吵过，他们渐渐在乌灯黑火的楼梯爬惯了——他们一生不都是在乌灯黑火里爬着的么?! 惯熟地，一步退一步，全记爬，爬……猛不防踩了一只猫，哗……的一叫，吓了一额汗，哆嗦着听了一忽儿，定了神再爬上去。

他又停住了，似觉得有人鬼鬼祟祟的跟着他。但当他停住仔细听了半晌，却又没有什么人，只听见外边翻滚的长雷，哗啦的风，淅沥的雨，和

---

①　编者注："波仕"是 boss 的音译。
②　编者注：意指"这口气"。

远处汽车笛子的鸣叫。他归咎自己耳朵坏了，继续，他爬，他渐渐想到烧猪肝的甘香、清水芥菜汤的野味，肚子不禁饿起来了，咕噜咕噜的饥肠在里边埋怨。

"谁呀?!"他突然吆喝道，为的是他再度听到鬼鬼祟祟的脚步声音。

"……"

"呜……或，或或!……"狗在下边一间房子里吠起，还有老妇人地沉沉喝止声。

"谁?……别整鬼做怪!!"

"或……或或……呜……"

不胜愤怒地，"管你三七二十一，再不出声就开枪!"

"……"连狗声都没有了，只听到他自己急促的呼喘。

他没有开枪，他根本就没有枪，只是越发慌张地爬。

"嚓!"下边，距他不远的楼梯上，一支火柴擦亮了；火光中照出一副冷酷无比的白脸，帽子斜斜的盖了额，嘴唇紧张地噙着一根香烟，当他低头亮烟的时候，那一双杀气腾腾的目光，还是牢牢地尽盯住全记。

"又——是——你?!……到这里来干什么?"停住了，回过头来问。

"拜候你。"他冷冷地说，深深吸了一口烟，喷出一口云雾。

"哼! 你太有心了，我没有功夫!"还没说得完发脚便要走。

"忙什么? 哈哈!……我特地来的，太不领情呀! 喂，我们的账……"那个把手上的火柴挥熄了，又是一楼的黑暗。

"放屁! 鬼欠你的账!"

"怎么一下子就忘记了呢?……才好五年光景罢了。"那人故意把语气柔软化。

"走! 谁跟你瞎扯这个? 无端白事，白天里叫人斧头仔，黑夜里又闯进来算账乱喊的，咳!"

"无端白事?……你大约还记得陈平这个名字吧? 五年前哩，长新咖啡店门前哩，那是你最得意的功绩呀!"烟头火时而扩大，时而缩小，时而移动……

"我不懂你的话，你快走! 走!"他厉声地，恐吓地。

"哈哈哈! 走? 那有这样容易的!……算清那笔账才走未迟呀。"一阵怪笑声扬起来，烟头火向上移动者。

"账账账! 你是来拜神还是存心来闯祸?"

"是来闯祸的! 怎样?! 告诉你，陈平就是我父亲!"他把"父亲"两字说得格外沉重。

"?! ……?! ……?! ……"他惊讶不已，但又故作镇静，勉强定了神，说："那关我什么事！我不认识他，我不懂你的鬼话，我懒得跟你胡说八道！……"他又想发脚走了。

"走往那里?!"那个突然恶狠狠地喝住他："你杀死了我父亲，今夜仇人见面，你插翼也难飞得了！"说着就追上去，楼梯起了一阵乱响。

"放手！放手呀契弟!! 别扼住……"一包东西跌落楼下去了，大概就是全记那包烧猪肝吧，同时楼梯响得更厉害，可以听到两个人搏斗、挣扎的骚动的声音。

"哈哈哈！……哈！……我要捏死你！我……"这声音是紧促的，咬牙切齿的，跟着是拳头的挥击，霹拍霹拍地响着。

"大佬，大……佬！不是我……杀死……你……父亲，那……那是……先……先生们主……主使……"说话的咽喉似乎被扼住了，艰难地，嘶哑地直着声叫。

"他们出钱，你出手！"又是霹拍霹拍一片响。

"不……不是的！我……我……"

"你放冷枪打死他，在长新咖啡店门前，你还有什么可说?!"

"救命呀！……"

"你们蛇鼠同窝，通通该死！该死!!"

"救命呀！……"一块沉重而软的东西碰碰砰砰的滚下楼梯去。

"呜……或……或或……"狗在猛吠，扑着门外边，风雷雨电仍在施行它们的毒刑，地球带着遍体疮痍，在滚转，嚎咷……

一个狼狈的黑影，飞出楼外，消失在风雨中。

全楼起了骚动，人声嚣杂。

琢！……琢！……琢！……

一张厚刀劈着一条"扑插"（pork chop，猪背肉），三五个行将冷坏了的苍蝇有声无力地在砧板上飞着。

"怎样发生的?"劈着扑插的老关皱着他的浓眉。

"说是姓陈的陷害他。"一个妇人在砧板前答。

"姓陈的，……什么缘故?"老关停了刀，挺关切地。

"谁晓得?!"她耸了耸肩，反问道。

"唔……"不知其所以然，继续劈他的扑插。

另一位伙伴走过来探问：

"早晨，七婆，……听说是谁跌伤了?"

"七婆说是全记，……昨晚大风大雨的时候。"老关抢着替七婆答了，熟练地把扑插包好放在砧板上。

"嗯?!"那新来的仍不大清楚，"怎样？……"

"刚才对阿关说过，姓陈的害了他，但不知为了什么仇恨呢？"七婆仍是推测不出。

"伤得很重吗？"

"唉唉，头破额裂，脚也断了，流了满身的血，摊在那儿不省人事，没人打理，天又冷，雨又大，那里找人帮忙?！轩仔爸爸有事'有家收'（不傍家的意思），迫于无奈打发轩仔叫架救伤车来。医生来到，摸摸这，摸摸那，说，这儿伤，那儿损，又说失血过多，危险，要马上送往医生房（医院）去做什么的输血救治……唉唉，我女人家没主意，只好由他们车了去。俗语有话：'救人一命好过吃三年斋（吃素）哪！'唉唉，我累了一夜，不曾好好的睡过，……从来没有见过那么多的血啊！"七婆那凸出来的面颊看来像个凸出的品字；没有见过太阳似的黄脸，当她叹气时显得更加青白了。

"没有拿住凶手吗？"

"谁去拿?！早就逃跑了！不知是谁报告了警察局，来了两个警察和一位穿便服的西人，他们跟救伤车一同来，质问这个那个，叽里咕噜，问谁是伤者的亲属朋友，没有人睬，同楼住的人都怕惹祸上身，眼光光闭着咀，我说我认识全记，他们便问我许多话。"

"后来怎样？"老关插咀问。

"没有怎样，那穿便服的西人取出一本簿子，胡画一阵，去了。"

"送到那间医院去？"其余那个伙伴问。

"碧文医院，今早我和轩仔去见过他，他可以出声了，但女看护叫我不可和他多说话，……阿全开口说：'七婆，我没有钱，怎算好？'生怕我问他借钱似的。唉，哎！天晓得，阿全卖了多年生果，钱往那儿丢？"

"可不是?！哈哈！……他爱喝酒是事实，"老关笑道，"这就是你的扑插，七婆，"他指着那包东西说，"还要些什么？……黄牙白？……鱼？——顶靓的 seabass①，新鲜！"

"Seabass？骨多哩，有腥熏熏的，轩仔又不喜欢。"她摇着头。

"那么油浸咸鱼好不好？"

"怎样价钱？"

---

① 编者注：海鲈鱼。

"嗨！平①！……七婆你买，就记到最相宜为止。"老关顺手义②一块油浸咸鱼，伸到七婆的鼻端去，嗅一嗅，"好香的，老关不会车大炮（说谎），我们的波士（boss，东家）顶喜欢它，我们餐餐都吃着它，又香又够味！"

"就要两块，试试看，两口儿，吃不多，试过好再买。"

"得！"老关挺感动地拣着咸鱼，每义了一块，先凑到自己的鼻端嗅嗅，然后包裹起来。

其他那个伙伴，到现在才有机会继续问道：

"他没有钱，那又怎办？"

"哼！……我答他，我说：'阿全伯，既然进来，就易入难出，只好叫轩仔和医生说句好话，求个情吧，钱是一定要出的，看多或少。'那孩子不知和医生叽里了些什么，医院方面应允减少诊金，五成计算，院租呢，那就一文不减，一个五，二个十收足。还说不包医，阿全伯听了，泪水汪汪，还是我说了：'阿全伯，伤势很重呀，不留医没办法，谁叫你生成黄脸呢！又是没有妻妾在这儿，谁给你在家里敷药？要滴茶水也是不方便地，不如暂时有一文交一文，有一十交一十，欠着的就欠下吧，挂着账，将来平安无事，做工有钱，慢慢偿还也是可以的。远和叔那次都是这样办的呵。'他想了好久才慢吞吞的：'七婆，我……钱是……有的，但那些钱呀，预备……预备打发儿子过来美国的，我……'他便哭起来了，后来，他到底没奈何，只好说：'我不欠这些衰钱！……七婆，拿我的钥匙去，钱通通……'哼！你们做梦都想不到呀！墙隙间，甚至缝在衣角里，……唉唉！孤寒人，蚕虫师爷自困自，一旦失火，那些钱不是会全数烧清光！"

"他不相信银行？"老关问。

"奇怪吗？许多人都是这样呀！"

大家笑起来，这件新闻就算告一段落。七婆接过包裹，嗅嗅，赞誉一句："真香，香呀！"

"熟人熟事，骗你么?！"老关笑眯眯的，"来货不多哪！"

于是他们顺便诽谤一番战争，结之以大家喟然长叹，临走，七婆照例问一句家乡消息：

"阿忠他们有来信么？"

"阿忠没有，阿干来过一封，说及上梧州办货去，他提到福祥两兄弟都上山落草去了。唉！这年头儿，什么都变得快啊！他们兄弟俩一向都循

---

① 编者注："平"在粤语里是便宜的意思。
② 编者注："义"是切的意思。

规蹈矩的呀！"

"总之一言难尽！……"老关说。

北风伸着厉害的舌子，已把昨夜风雨糟蹋了的街面和一切都舔得挺干了。市立廿三小学刚放午学，小学生们跑遍街上，这些学生，有很多已在十八廿二之间的年龄了，他们是从炮花烽火的中国逃难到来的"金山少"，现在投进这小学附设的外侨班来学英文，以备将来应世之需或作更深的研究，他们有的是半工半读，有的却仗着父兄的福荫，衣服极其时髦，首饰极其珍贵，无忧无虑，不慌不忙地踱着方步，选择最称意的菜馆子跨进去；而土生们，大多是年龄较幼的，或在街上掷球，或匆匆跑回家吃午餐，或跑到意大利人的杂货店里，嚼着 cheese 夹面包跑出来……

七婆在同盛门前站住，北风砭得她发抖，口唇冷成黑漆的，脸色似乎针不出血，疏落的一头发缭乱飘拂着，她的小眼睛，向街前四望，像找寻什么……

"轩仔，……轩仔呀！……"她一见儿子便高嚷着。

轩仔正和几个同学掷球，跳着，笑骂着，他听不见妈妈的叫声。

"轩仔！！"

轩仔应着跑来，还不时回过头去和别的孩子争骂，仅是个十四岁地孩子，他已长得比妈妈高了半个头。他穿着蓝色冷衫，袖子为了利便掷球，卷起来，他的手臂长的满是长长的嫩黄毛，咀边还留着过午的胡子，一对"反骨耳"得意的时候，例如赛胜了球或是自己跑了两个 home runs①，他便学"人猿泰山"狂叫，效"King Kong"（美国影片里的大猩猩）捶胸血跳，因此一般土生同学叫他做 King Kong；由祖国来的同学叫他马骝王（广东人叫猴子做马骝），轩仔引以为荣。七婆听了这花名却要怒悻悻的了，在七婆的眼睛里，儿子多好看，高大健壮，不淘气，而且跟她学了一口中国话，这尤其难能可贵，与众"竹升"不同。

她从手提袋里掏出一只苹果给儿子，算是他的午餐。轩仔喜出望外地把苹果向胸前擦了几擦，便大咬特咬了。

"看你！……看你！……噫噫……黑口黑面。"溺爱地，她拿住他，用衫袖替儿子抹脸。

"Oh！Silly！（笨货）……我自己会抹的！"他挣扎着，又咬一口苹果。"Let me off, Mom（放开我，妈妈）！"

---

① 编者注：棒球术语，全垒打。

"定住!"装着生气,把儿子紧紧按耐住。见他定住了,她抿着咀微笑了。

"买了什么,Mom?"他瞧着地上那个纸袋。

"扑插,油浸咸鱼。"她卷起儿子的冷衫袖。

"扑插!!"他,惊奇地,同时挣脱妈妈的手,把衫袖重新卷上去。

"恩,今天你爸生日,……没有钱劏鸡杀鸭。"她眼眶红起来了。

"爸生日?!"他当然记不起来,这又不是他的 home run 呀,"会回来吗?……他知道吗?"

"除了赌博。还记得什么呢!只顾赌,赌呀赌!赌得发昏了,连家都忘了!"她要流出泪来了。

"Good(好)!爸不回来,我们可以吃多一点,'人多好做作,人少好食作'呀,你说的。"他一溜烟跑开了。七婆又好笑又好气地看着他猴子似的跳去,学"人猿泰山"狂叫。

从前,七婆有一点小活计,她替"半竹升"的父亲做粉角子和猪肠粉之类,那时"半竹升"还是早上从校门滚进去,晚上从校里滚出来,闲时和"半竹升"们厮混,乘单车在街上兜风凉的"大未透"(还没有承认长进)哩。后来七婆的活计因为她的丈夫和"半竹升"的爸在赌场中争起来结成了冤家而失掉了,她就只在家里发呆,眼巴巴望着太阳钻出来,落下去,而所赖以支持家计的,就只是从那烂赌的丈夫的指缝下漏下来的一点点,这还不是常有的,十回有九次她挨地只是一顿臭骂。

从街上回来,她洗过儿子的衣服,摸摸这,摸摸那,不觉已到日将西沉,儿子放晚学了。她边做着饭,边盼咐儿子:

"去找你爸回来罢,一年一度的大日子!"

在平时的日子,他回来也好,不回来也好,七婆是不打紧的。但今天是他的生日,在女人的心目中,生日是值得纪念的一天。

过了两个钟头,轩仔独自归来了。他说:

"不见人!"

"找过祥云房没有?"七婆失望地沉到椅子里。

"都找过了!他们说爸过海赌大博!"他贪馋地揭开饭煲盖一嗅,水蒸气涌起来,他摩着鼻子叫痛。

"那只衰鬼,有钱赌大博,无钱养家!"她愤怒而且悲哀,哭了。

"No need to cry, Mom(妈,别哭)!我们两人吃不好么?"儿子又是这么的一腔,皱起眉头,噘着咀。

小白狗在台底下翘着黑耳朵,侧头瞧着小主人,又瞧瞧七婆。

带抽带咽的吃过了晚饭，饭气一过，房子便冷冰冰的，七婆蜷伏在破棉被下，这棉被，她不知染上了几多涕泪，也记不清曾经独自拥抱了多少漫长的冬夜，有时夜半她看着玻璃窗外的雪花月影，边感怀身世，叹生活之无依，搂住儿子呜泣起来。她也曾悔恨到美国来便过着悲惨的人生，如果在祖国的农村里，她割山草，砍柴，甚至拾猪粪都可以度活的啊。但当她想到炮火连天的祖国，她又有点庆幸自己住在和平的地带。她看看儿子，儿子天天长大起来了，这好比看着她的前途渐渐接近光明，她有时会傻笑起来，直至倦眼睁不开，才昏昏的睡去。

儿子叫冷，跺脚擦手取暖，不安心去做他的功课，自暴自弃地，他扔了书本，要上床睡，但这会儿，妈已阖上多愁的倦眼，吹着丝丝的鼾声，而四壁是那么的萧条、冰冷。

"King Kong，牛高马大的，又留级了！哈哈！……"

"又留级了！"

"哈哈哈哈！……"

这些惯听的同学们地冷嘲热讽，从萧条的四壁崩裂出来，针一般刺着轩仔的听官和他的心脏，他的脸发烧了，愤怒地站起来，拍着台子又椎着胸膛说：

"你们只管笑！哈哈！……哈！……I will show you（我给点功夫你看）！"他重新打开书本，孜孜兀兀的用功。

街上掷雪球掷完了，公园的雪人也慢慢消融了，教堂的钟声是美妙的、闲悠悠的，它给全纽约带来了无限的春意，市立廿三小学里，传出来学生春季毕业的歌声，在礼堂上，毕业生们都兴奋奋的，全身焕彩，独轩仔毅然穿着那蓝色长袖的冷衫，站在后边跟大家引颈高唱"我们的母校"，他的声音特别老壮，在其他的小学生听来是有点难听的。

男女毕业生都忙极，各拿着一本漂亮的皮簿子，友好地相互交换签名，大家写几句劝勉的话，轩仔拿了一块从笔算簿撕出来的纸，给几个同学写上他们的姓名地址，似乎这就是最后的聚首。

大家兴哄了好一会，便唱离歌，唱完了，成群结队到公园去拍照，轩仔静悄悄地在铁栏外徘徊，他满想同他们一齐拍个照，好看看自己的模样儿，然而回心一想，拍了之后，妈妈没钱去买一张，那又有什么用？于是他把拍照的念头打消了，向回家的路走去。

远远看见小主人，小白狗竖直黑耳朵跑来了，她绕着小主人的脚跳呀跳的，忽而一口咬住鞋带，使劲地拖着，倦了，她把头攒在地面，屁股朝天，摇着尾巴旋磨子样转呀转的，转厌了，她翻个筋斗，滚地，屈脚仰躺着，一动也不动，让小主人抓几下肚子，抱到怀里。

"Frankie！"（富冷奇，狗的名）轩仔疼爱地玩着怀里的爱犬的耳朵，"你知道么？我毕业了，他们再不能笑我留级了！"

小白狗富冷奇伸长红色的舌子，舔舔小主人的下巴。他发痒而笑，搔着富冷奇的头，扭着她的黑耳朵，沉思的说：

"Frankie，他们都进中学去，我也想一同去，但……我有打算先做工挣点钱，帮助妈妈，你怎么说？"

富冷奇把头乱筛一阵，四脚一挣，跳下地，抖着毛，跑在前面引路。

"不赞成？好！……你不是我的朋友。滚开！"他稚气地发怒起来。

她跑向楼上去，他在后边跟着，到了家，她不进去，只直笔继续向上跑，鼻子嗅到什么似的，发出呜呜的怪声，抓扑着一间房子的板门。

"Frankie！"小主人在下边吆喝。

"呜……"富冷奇尾巴摇得那么快，还是发出怪声。

"快下来，下来！……全记不在家，你在那儿呜什么？！"

"癫狗！抓破门子，全伯回来不宰你才怪！"小主人骂着跑了上去。

但小白狗仍呜着，扑着。……

小主人蹲下来，好奇地从锁匙孔子瞄进去，只见一个高高的人影，乍然把电灯扭熄了。

"全伯！……全伯！……"轩仔以为全记病愈归来了。

里边却死样的沉寂。

小白狗不肯罢休，在小主人身边穿来穿去。

"全伯！"

也没有答声。

轩仔惊慌起来，直跑楼下，叫着妈妈。

家里没有人，门半掩着，电灯扭亮。台上摆着一樽"威士忌"，一双筷子，一只碗，还有一堆干花生，一碟卤味排骨，轩仔一看知道是爸爸回来了。轩仔的父亲，不论赌输赌赢，回家时必买备一樽酒，自个儿醉个痛快的。

爸爸既然回来，他在那里呢？……轩仔奇怪着。

妈妈呢？爸同妈出街去？不会啊，爸没有这么恩爱的，那时，他忘记什么东西，要妈出去买，妈去得太久，他等不来，去找妈詈一顿？会的，爸的脾气是顶坏的，……轩仔这样推测着。

微风正吹着窗帘，轩仔打了个寒噤，走过去把窗门落下。瞧瞧空屋无人，他便快手快脚拈了一块排骨塞到咀里，啃一会，再瞧瞧，还是没有人来，他一手抓住了"威士忌"，扭开盖子，呷了一口，马上盖起来，用衫袖抹抹咀，满意地倒在床上慢晴着，而刚才的事，也就给肉香和酒味抹煞了。

四楼上，一个窗门勒的拉下来，走火梯跟着响了一阵沉重的脚步，他定神听着走火梯的步音，听它渐渐走近，走近，忽然一个影子一幌，便有人拉起窗门跨脚进来，轩仔睁开了眼睛，认识那就是他的父亲，慌张地把口里的东西吞下去，偷偷地抹了咀唇，才叫道：

"爸！往哪儿来的？"

"多事！"盛怒的父亲立刻喝着。

"刚才上边全记的房子……"他邀功地要报告刚才的事。

"不准你说！记住来！"他边喝边坐下开樽独酌。

"嗯，嗯！……"轩仔在父亲的凶狠恶煞的眼光下，咽着自己的唾沫，后来又转调说："前天你生日，找你大半天，不见人，妈哭了！"

"让她哭死去吧！哼，女人，专凭那泡马尿（眼泪），见到她那副丧家脸就不吉利！"他用那辣刺刺的液体纵烧着胸中的忿火。

轩仔不敢多说了，只在床沿坐着，低头推想：爸爸一定是从全记的房出来的，但他进去干什么？偷钱？搜东西？有东西值钱的么？钱又早已被妈妈拿到医院去了。他于是偷觑父亲，只见他不要命的狂喝着，同时又似喃着什么，看那情形，一定又是赌输。这输字一闪上轩仔的脑际，他便暗暗替妈担忧了。经验告诉他，爸每次赌败回来，老是把气泄在妈身上的，他骂妈的形状难看，脸生得苦相，这样不好那样不吉，种种刻毒的说话。他恨父亲，恨他残忍！妈也是人，都是由父母养出来的，何必自受这气！西人夫妇，不是相亲相爱，一早起来就拥吻一回然后早餐？爸和妈何尝那么亲爱过！相反的，妈不挨打挨骂就好了。他越想越怒，要站起来给爸一个耳光。但他没有勇气，他不是一个真正的人猿泰山，也不是一只力大无比的 King Kong，他知道爸是犯不得的，特别是当他喝酒的时候，犯着就如同触了地雷，他会爆炸起来的。

门咿哑轻响。妈回来了，她提着一只纸袋和黑色手夹。

"妈！看我这个章子，还有证书，我已毕业了哩！"他从裤袋里掏出那两件东西给妈妈看。

他妈不大介意似的，她看看那铜章子便立即交还儿子，把证书掷在台上，对丈夫说：

"你打算怎么办？他已毕业了！送他上中学，还是？……"

"中学？试问他们中学大学生干什么鬼来？丢！鬼好听，有名无实！

这只又是散心鬼，他学鬼得！找工给他做吧，十四岁仔，有气有力，不做工等死么？鬼养他一辈子！"他酒气醺醺的舔着指头。

"年纪还轻，皇家（旧头脑的人称政府的意思）不准呢。"她软弱地辩解着。

"皇家！扎实肚皮同你的皇家讲去吧！"拍着台站起来，咆哮完又坐下去大喝特喝。

七婆的青脸哆嗦着，低头不语。

"妈，让我找工做吧，挣得钱，日后再读书，Not too late（也不迟）！"见妈太难过，又怕逆父亲之意，轩仔这样说。

七婆阖实眼盖，咬紧唇皮，不能说话。

"懒理你们，我立刻过埠去，到新地方过了这个死人运，离开这张丧家脸！"他又批评她的脸。

轩仔忍无可忍了，他握紧拳头，向他爸的脸上猛打，拍的一声。

爸摩着被击的脸部，疯牛般站起来，两只半醉而带怒的眼睛红得像火球，要扑向儿子，要杀掉儿子。

七婆青着脸带哭带颤的搂住儿子，她梦想不到他会动手打父亲。

但丈夫忽然平静下来，说：

"哦，……居然动手打老豆（父亲），原来学校就教你这一套，好！看你们怎样活下去！"他扔了筷子，披上大衣，怒冲冲地出门去，连头也不回。

"你不能去，你不能去呀！"七婆丢了儿子，追出去，狂哭着，"你不能丢了我们走啊！家用一点也没有，房租，电费，你……"

他依然不回头，她椎着胸膛，椎着门外的板墙，痛哭，狂叫，哭死哭活。

清晨，没有处置的儿子仍徘徊于梦乡里，七婆却站在一间咖啡店的案柜前了。

"我好想帮助你的，七婆 but（但），轩仔 just a kid（不过还是孩子），未到做工年龄，你知道做工年龄吗？Eighteen！……一旦查出，怎算好？受罚不打紧，手续太麻烦！My dear（亲爱的）七婆，我劝你还是送他去 school（学校）好，读饱'胜'（粤语中"书"与"输"同音，讳言输，故称胜）将来不愁钱，make lot of money（赚大钱）！"半竹升一边答一边忙得可怜，斟咖啡、端咖啡、报菜、收银、榨橙汁、奉承顾客，一手包办。而顾客们，这个叫半竹升，那个又叫咖啡，弄到他跳来跳去浑身大汗。

"我明知这样的，但有什么办法？那烂赌鬼要他做工，自己去过埠去，丢下我们两个，唉唉！生悭死俭，两口儿也得要吃要住呀！我想了一二，想不出别的法子，只好让轩仔暂时去挣唊吃罢，男儿有志气，将来自然有机会去读胜的，你一个人忙得这样子，生意一天比一天好，早晚要个帮手，轩仔年轻，但有力气，我们不巴望什么，只求两口儿活得下去便心满意足了。"在这忙碌的当儿，七婆本不想去打搅他，但她又处在生死关头，有什么办法！

半竹升来不及回话，打发这些顾客去，又迎接那些来，收杯碟，抹台。回到柜里，他抹着汗松了一口气，说道：

"七婆，我不知怎说好，……"他抓住脑勺子，腮颊向两边扭动，沉想默想的样子，两眼忽然向上一瞪，心生有计地，"有了，叫轩仔日间上 school，下午回来 just work part time（做一部分时间的工），由六点至……不，就六点至晚间十一点，好不好？"

"好极了！"七婆喜不自胜地扪着胸答道。

"工钱呢，你别担忧，我一定 take care of it（看顾），金由地（指美国各埠）谁也不能 work for nothing（白做）！"

"怎会呢，我都说过了，我只求两口儿活得下去，不巴望工钱呀。"

从此，轩仔每天放学归来，边扎上围裙帮助家计了。

日子平平无奇地奔逝，有一天的下午，轩仔放学回来，吃完晚饭，夕阳的美丽的光线仍洒满一房子，轩仔面着窗门的玻璃梳理他那头顽固的头发，他把它梳好之后，放了手，头发又竖起来，惹得他怪烦厌。七婆边缝补衣裳，边瞧着发笑。

忽然，小白狗在楼上吠起来了：

"呜……，或或……或……"

"死狗！"房里有人喝道。

狗继续吠，跳来又扑去。

门慢慢地打开一道缝，一根拐杖生出来向小白狗猛打，不中，打在地板上，拍勒一声，小白狗惊叫着，垂下尾巴跑到她的主人房里去。

"妈，真讨厌，梳来梳去梳不成！"轩仔孩子气的对妈说。

"嗳唷！蹲下来！"七婆放下针线，抿咀笑道，"一心望你兴家创业，斩断穷根，好叫你妈吃碗安乐茶饭，啊！看你呀！连自己的头发都梳不来。嗳唷！……真正竹子一般硬直直的哪，哼！牛精！"她替他梳了一会，打一下他自己的屁股，说："得咯，照照镜去。"

轩仔站起来，走到窗门去照，在那模糊的玻璃里，他看见房门外，小白狗窜进来，跟着，一个中等身材的人拿着拐杖出现了。

"全伯！"轩仔大声喊着，"妈，全伯回来了！"

七婆惊讶地抬起头来，扔下针线。

"啊！阿全伯，回来啦？请坐请坐！"

"刚才出院的，"他答着拐进来，"你条狗已不认得我了，早早就来扑门，呜呜声！"七婆殷勤地递过茶来。

"当时以为是那样的，"他接了茶忸怩地轻举着瘸腿说，"但，似乎是没有，没有……"他要说的大概是伤口已痊愈的事。

七婆难为情地瞧着他的瘸腿。

他突然放下拐杖，撇题说：

"房里的东西，零零乱乱，不知谁进去搜索过？"

"是吗?！"七婆惊疑地问道。"那次我进去找钱，收拾得停停当当才出来啦，门又锁上，到底出了什么乱子？"

"是的，门确是锁得牢牢的，现在还是这样，但衣服什物都乱铺满地。"

"怎样进去呢？"她很难明白。

"大概是由火烛梯撬开门窗……"

"Mom！"听到提及火烛梯，轩仔如有所悟地叫出来，"That's it. That's it（是了，是了）！就是我毕业那天，Frankie 吠着全伯的房子。我上去探看，门锁着，里边亮着灯，有人在搜东西。我以为是全伯，于是叫了两声全伯，没人，电灯就扭熄了。"

"你为什么不当时告诉我？"七婆怨责着儿子。

"你不在家，没有人在家，后来爸……爸……"他停住了，他不敢直白说出来，他还没有忘却那天爸怎样警告他，——多事，不准你说，记住来！

"后来爸怎样？"七婆迫着问。

"爸，……爸回来……"他有点苦难的样子。

"爸回来，又怎呢？"妈还是追问着。

"没，没……没有怎，"他更乱了，但急的情急智生地说，"我没有对他说。"

"为什么？"

"呵，妈，爸的脾气，你还不懂?！"

"哦！……"

"忘记这件事罢，反正没有失去什么，……有什么值钱的呢？"全记决意把问题打消。

"你们谈吧，我要返工了。"轩仔乘机脱身。

轩仔走后，全记说几句羡慕七婆有儿子帮手的话，七婆又问及他打发洪辉来美国的问题。

"现在自身难保，生悭死悭存下的一点钱，都为了这只衰鬼脚用尽了！"他凄怆地说。

"多少剩下一点吧？"

"只剩三四十元，能支持多久呢?! 能做出什么事来呢?!"

"睇送食饭，睇烛喃无（念经），未尝活不下去！唉唉！钱就是这样的，这头来，那头去，真个没把握，轩仔的爸从前做衣馆，人人嫉羡，哎哼！天！谁知不过几年光景，什么都转了，衣馆一夜输给人家了，还不够，连我的首饰都当押了！那时刚刚世情淡，失业多，后来卒之，卒之跟着人家到唐人街来乞粥水，勉强活下来。"她仿佛不胜感慨细之。

"这是过去的事。这几年来，世情可不同，原本想再熬一两年，便打发洪辉来，而今成了一场大梦！"

"人算不如天算！"她经验地、命运论地，"穷鬼天注定的，生下来就穷到底，一辈子没出息！一旦有点积聚，天灾人祸就横压过来，结果走回原位！"本想劝全记顺变的，到这儿反引起自己哀戚。

"哼！他恃年壮力强，他欺负我年老！前几年他为什么不敢动我一动?! 前几年他为什么不敢走到我面前来算账?! 他胆小，他小人气象，他害了我的脚不打紧，但累及洪辉，他，……他不能来美国了，碰到这个仇人，我就一刀斩他两段！"他似乎扼住了仇人的脖子，咬牙切齿，把手杖打着空间。

"阿全伯！"七婆明白他是指谁发气的，低声细气劝道，"我真难明白你们男人！冇又争，有又争；你算我，我算你，试问过千过万钱才上到埠来，就单单来互相斗气么？"

"七婆七婆！你有所不知啦，这个世界，让人一寸，人家进一尺，不恶就活不成。人家欺负你，踩你到泥里底，当你做傻仔，永远吃亏，受气！那个姓陈的，他以为得势啦，你看住来，迟早我给他功夫看！"

"我不愿意！"她憎恶地掩住耳朵，"我怕听这些，你有你打，他有他打，国家有国家，打呀打，你们似乎生出来就是吸烟、赌博、打架甚精！……你看轩仔的爸赌成怎样，还要再打?! ……你件案早就交警察局查缉，就让他们去办吧！"

"咳！他们缉鬼！……我靠他们吃饭？……有仇必报，亲身报！"他怒不可遏地站起来，要走的样子。

"请坐吧，你这条腿！我们谈别的，你已经回来了，打算做点什么呢？……生果档？"

全记没坐下去，在房中拐了半晌，猛地转过身来，带狠带恨的指着瘸腿叫：

"这么样，能做什么呀?！冚八冷（统统之意）都懒做了！"

全记怀着"冚八冷都懒做了"的心情，不觉已消磨了两个多月的光景，受伤原有的三四十元，快到山穷水尽的地步了。这小小的一点钱，如同绝路重围的孤军，真是朝不保夕！而饥饿与死亡又是节节近迫，如果没有救兵，明天便临绝境了。

想到这，全记得立刻找工做，他问过好几间衣馆、餐馆，什么货铺，甚至咖啡店，都碰了壁；至于古玩店，他那敢问津，他生就的唇舌永远说不出一句漂亮话；像银行或什么 office（办公室）工，他更攀不到，他既非什么毕业生，也不是什么公子少爷啊！

但全记还未十分失意，下唇还是兜着呢，他希望有日会碰个意外的机会，是的，他这么期望着。

然而时运不济，犹太楼主咆哮着跳来了！这犹太人一个五二个十把全记数落，屡催不恤，是忍无可忍了。全记见得楼主有逐客之意，又惊又忿，考虑一回，钱是没法交出来了。惟有厚着脸皮，等他下次再骂一顿，便乘势跑出去，把欠租一笔勾销。

楼主果真再来骂一顿，恐吓一番。全记由得他恐吓，低头不语，楼主没奈何，只愤愤的赶他出去。

全记挟着破烂的铺盖狼狈地滚出来，却被楼主截住抢了去，他只抓住了寒伧的皮匣慌忙拐脱，望祥云房而去。

可是当他踏进那条阴气袭人的主楼的通道，刚要跨到后楼的时候，一个打开肚子拖着拖鞋的胖子把他堵住了。

"嗳。钱大哥，好捞吗?"全记温文有礼地问候。

"什么丧家野，那儿去?"钱大哥抽着雪茄，指着全记的皮匣问，全没有半点温和与好感。

"上你处去，嗯，……求个情，放在上边三几天，找到地方便拿它走……"

"混×账，霎你戆①！'有作'时不识人，搂蓆（倒霉）就找钱大哥，走！别上去！正在开皮（开赌）！听真嘛？"

"界就人情，唔界就道理，犯不着闹神骂鬼！"全记被逼紧了也不示弱的。

"谁闹神骂鬼呀？哼！讲恶么？捱捱这！"钱大哥唾沫喷到对方的脸上，雪茄拔了出来又塞进去，伸出拳头挑战。

"咳！"见势头不妙，他不烦硬碰下去，但又不甘丢尽面子，就只好这么一声才走。

他是多么的愤恨呵，他感到世界是冷冰冰的，全人类都生来和他对敌的。他恨不得重振斧头仔当年的威风，把他们一一杀掉。

他拐到依离思别街的故衣店去，把皮匣和几件旧衣卖掉了，而所得的代价仅是一元三毛五仙，也好，这可以支持一两天的。

一天过去了。

两天也勉强地过去了。

然而第三天呢？他摸摸袋子，啊！空空如也！只剩一块揉成一团的厕纸，掏出来看，仿佛看着自己的生命快要同样揉成一团，不觉黯然神伤！

饥饿，彷徨，饥饿……手插在空无一文的裤袋里。失望地，灰暗地，恍惚地，他拐着，电灯的眼睛，人们的眼睛，甚至七婆的小白狗的眼睛，都冷冷的瞪着他。而肚子，啊，正如自己的袋子那么空空的，而且发烧似的，耳朵呜呜的低鸣，他要吃，要喝，可是没有钱！只好厚着脸皮，追着西人游客，伸着手，苦笑地乞怜着。遇了侨胞，他的手便要缩回来，如不，他们许会狠狠瞅住他，骂他丢尽中国人的面子，咳！连乞食都不能自由么？

天上，太阳灿烂地照着，他如同华埠的波士们的笑脸。然而苦力们，苦着脸挂着汗在街上推他们的手车，或是在土库底，在蒸汽腾腾的厨房里捱他们的日子。汽车，在街上跑来跑去，且林市果（地名）的天面卡车②里的搭客，总是好奇的瞰下来。

全记就在且林市果的一间西药房门前挨着，一手照常拿着拐杖，另一只手却抓住一块烂布，目不转瞬地望着勿街（街名）上来往的汽车。

一辆一九四零年的"达猪"（DODGE）呼呼驶来了，他急速地拐到街边，一手向空中摆着，那汽车跟着全记的手势向后驶，缓缓的，忽左忽右，停住了，车门弹开，一个黄发高个子拖着一个火色长软发的女郎出

---

① 编者注：骂人的话，大意是你傻子啊。

② 编者注：指那种露天双层的观光旅游车。

来，她拍拍屁股，乃至跳了几跳，他便搂着她憨笑着踱开去。

"Sir，sir（先生），抹 car（不）？"全记在后边叫着，用那块烂布自动去抹车。

他们回头看看，男的凑到女的耳边喃些什么，然后向袋里一挖，说："OK，Charlie！Here is your quarter（这是你的两角半）！"

"Thank you！Thank you（谢谢你）！"拾了钱，诚恳而感激地。

过一会，又一辆汽车来了，全记又这样拐到街边，刚要伸起手来，一个衣衫褴褛、蓬头垢面的意大利人抢上来了，他跟全记一样伸起手绞着，全记老不高兴，掉头怒目一瞪，却敢怒不敢言，正在这当儿，又一个同模同样的意大利人也抢上来了，也是绞着手……

汽车停住了，钻出来一对青年男女来。

"Sir！Sir！抹 car？No？"全记又自动去抹车。

"Let me do it（等我来做）！"那意大利人争着叫。

"Let me do it！"第二个意大利人也争着叫。

男主人摇摇头说："Not today（今日用不着）！"揽着女人的腰儿去了。

在后边，三个失望的人怒目相视，继而大骂，有英文，有中国话，也有意大利语，喊杀连天，直至警察走来，大家才狼狈惊散。

"愈穷愈见鬼！"

全记带着忿怒在街上拐了几遍，不觉又是黄昏，肚子饿了，挖通衣袋，只有那个 quarter，半竹升的经济菜单的价目熟悉地在脑中打圈子；番茄椒牛饭三毛半，鸡碌饭七毛半，芽菜猪三毛，火腿炒蛋饭三毛半……白饭每碗五仙……

他终于进去吃了三碗白饭，用豉油捞着混进肚子里，还喝了一杯咖啡。之后，他穿过披路街和包梨，向干尼路桥头寻他的睡处。

仲夏的夜天，清朗得琉璃一般，月姐孤洁地高挂着，倒影在东河里，偶尔，船笛一两声从苍茫的远海飘来，混着凉风吹到干尼路地桥头，便遭桥上火龙般的车的轮声混淆，消灭在无边无际的冥冥夜色中了。

桥头，小公园的石椅上，只有一对男女喁喁细语，一下子又像两只善斗的蟋蟀，口咬口，互相紧紧拥抱着，头顶，婆娑的叶子擦出戚戚的怨妒声。

一阵清脆的拐杖声，的得的得地，渐来渐近，那对热恋的人儿被扰得松开来，看看惊动他们的人只是这么一个残废者，他们于是立即又拥抱得要溶归一滴了。

来人没有理会他们，没精打采地拐到一张石椅上坐下，面对着四边的夜景……

遥远的海上，只有女神像娉婷地站住，似乎刚才出浴对着月镜梳洗，布碌仑的军港，神秘地伏在清凉如水的月色下；派拉蒙戏院和市政厅一带，灯光灿烂地炫耀着；而地底车、巴士、汽车、货车，载满月亮的清光，缓缓地，络绎不绝地从布碌仑那边驶过来，有些钻入文铁吾的地底，有些在公园下边驶过去；半空中，摩天楼的探射灯在划着，旋转着，像一个古代英雄在月下舞剑。多数的楼宇慑服，挺不起脖子，有些倔强的楼头，怒着两只红眼，千斩万戳面色不变。

虽然面对着这些美丽的夜景，全记的心只打算着明天的生活，如果他能像从前那么精壮的话，明天的生活便用不着担忧，但而今，啊！完全异样，大有今非昔比之慨了。死亡的深坑在前边，饿鬼的魔爪攫向他来，真叫人不寒而栗！他忧虑，他恐怖，斧头仔也是怕死的呵！海风从桥底吹上来便觉肩头一阵冻，把手交架的搭在肩上，他躺下去了。

干什么好呢？抹汽车，竞争太多哩，那班"通心粉"（意大利人）专门抢生意，抢不来，他们便刺破人家的车轮泄愤，警察来，他们便鸡飞狗走，万一被警察拿错了自己，岂不是黑狗得食，白狗当灾？——缕缕思潮涌上了他的心。

卖报纸倒不错，孩子们，大大细细，一放学回来便随街叫卖报，爱高叫高，爱低叫低，成本又不多，他自己喃着，喃着，鼻鼾吹起来了。

呼……索落——索落……落……落落……

凉风吹扫着地面几片落叶。

他翻了半个身，手仍旧搭在肩上，身体曲成熟虾一样，梦神把他招引，招引，……他踏向遥远的故乡去了：

年轻的妻子是那么娇艳的，她捐着红色的扁担，每端挂个黑木桶子，里边荡着清脆的水声，他，年轻的全记，牵着牛往池塘撒早尿。

"尿，尿……尿……"这不耐烦地哄着牛撒尿，颈筋躁暴地凸了出来，太阳笑红了脸爬上藁堆的后边。

他每朝那么哄斥着，牛渐渐老了，全记疏落的发也渐渐粗了。他做爸爸了，他的儿子，圆眼睛，溜得那么活泼而天真，小手儿最喜欢抓住爸爸的兜嘴唇，妻在旁边窃窃的笑着。

"洪，洪……辉，呵！……仔……?"他发出叹语。

呼……索落——索落……落……落落……

凉风吹扫着地面的几片落叶。

"I love Jeanie with the light brown hair（我爱金发的珍妮）." 凉风送来

一阵寂寞的歌声。树上撒下凋零的叶子。

"Get up you bum（起来，你这流氓）!"警棍猛打石椅，"Get up before I...（起来，不要我……）"

全记惊醒，把眼睛一睁，看见一个体格魁梧的警察站在面前，棍就要打下来了。

他 yeah（是）着，慌忙抓了拐杖，滚出了公园，他的影子消失在包梨的黑暗里。

华埠已沉睡，只剩几个夜游的人影，和着不夜天的餐馆招牌的灯光，寂寞地点缀着寂寞的街，半竹升的咖啡店和同盛的门当然已关上好久了，但同盛账房里边还亮着一点灯光，透出麻将牌的拍响，望进去却瞧不见人，给账房的帷幔遮住了。同盛外边，全记旧日的档位，而今已换了一张新台子，玻璃上贴上一张白纸，写着："新记。"旁边另贴了一块纸条，被夜风飘浮着。风定时可以看见上边写有"新到吕宋芒果"这几个字。

"中国人，咳!……拾口水尾（模仿）甚精，撬墙角（掠取他人所有）第一!"

骂这一句就是全记，他被警察赶走之后，从干尼路桥头回到华埠来，他本想找块地方睡，但找不到，经过同盛的时候，他被里边麻将声诱住了，看看自己以前的发祥地，已被"新记"占去，他才愤愤的詈骂。

无意中，他信步地拐向哥伦布公园，只听见公园的西边发出打墙基的巨响，几根长长的铁柱任由机器转着，钻往地心去，铁锤拼命的打，火车在强烈的灯光下搬运泥土铁料，一切伟大的建筑工具都被利用了。

哥伦布公园里，筛满细碎的月影，风一吹来，枝梢舞动，那些细碎的月影便在地上漫舞了。

过去的几夜，全记曾经跶到这儿来，但嫌它太嚣噪难寻好梦，所以定了在干尼路桥头的园子里度宿，一连几夜尚算安然无事，今夜却意外地遭到了警察的驱逐，只好没奈何地回到这儿来，身体既已疲惫到有气无力，嚣噪也得抵住的啊。

他倒在椅子上边死般睡着了，就是警察的棍，怕也睁不开他的倦眼了。

呼……呼……

鼾声不断地吹着。

隆!……隆!……

铁锤震天撼地的打着。

宇宙呵！他就在这不宁中褪去他的睡衣了。纽约的摩天楼，骄傲地接受住第一线的晨光，园中的枝枒，受柔风的温存、眼光的抚弄，撒娇地抛着一片片的落叶，落叶轻轻飘飘的落到那张熟睡的核桃脸上，但见鹰咀鼻歪了一歪，瘦削的手升起来，全记醒过来了，他拿着拐杖，开始踏他颤危危的步子。

早上的华埠又在蠢动着，杂货店门前总是摆满一箩一篓的鱼虾瓜菜之类，同盛当然也如是，伙计们手脚不停地搬着一箩一篓的东西，那所谓"波士"的却挺闲悠的啜着一杯早茶，靠着门瞧他们流汗。

"喂！全记，来！你有一封信，在里面，……不，在北荣袋里。"一个淌着汗的伙计叫了。

前来的全记有点难信，心里想：那里来的信呢？

但北荣点着头，从裤袋中抽出一封信来，交给全记。

"嗯?！……唐山来的！"把信拆开来，看不懂，锁着眉，说："老关，多烦你，读给我听！"

"笑话，叫他罢。"老关一边推着一箩白菜，一边指着他的"波士"说。

"混账！我喝茶要紧！"波士马上卸责了。

全记左右为难，要走了。

"拿来！"北荣自告奋勇地叫着，"连这一点都做不到，你们还天天叫着什么互助精神?！"

北荣把做工手套脱去，接过信，低声地读着：

父亲：

　　没有收过你底信和家用两年多，你现在怎样了？自从外祖父死后，外祖母天天洒着眼泪过日子。她既没有儿孙，也没有田地，真是个孤苦伶仃的老人，妈迫得接到我们家里来，大家有饭吃饭，有粥喝粥，但我们也是三天两顿的穷骨头，外祖母常独自长吁短叹，说她自己老了，活着既无益，反加重我们的负担！她竟于前两夜自缢死了！今天已把她草草埋葬！——

北荣正想继续读下去，却反被全记打断了：

"八十几岁人，死就死，偏要留一只吊颈鬼在我家里，真混×账！"

北荣讨厌地瞪他一样，才继续读下去：

爸，你重返美国已十年了！妈独守十年，又饱受贫病交攻，亲戚死亡的打击，但她逆来顺受，不消极，不悲观，她没有享受过半天快乐的日子，这是什么缘故呀？难道我们是命运注定的穷鬼？不！我不相信这个，我要挣扎，我要找条出路。

昨天，李钿的儿子从香港归来，他是行船往爪哇的，我决意跟他去跑一遭，我知道此去给妈妈极大的打击，然而为着我们的生计前途，顾不得许多了。

他读完，又向全记解释一番。

"他去行船？咳！行船有什么出息！"全记不满意地说。

"什么才有出息，伴住他妈妈一辈子？"北荣有瞪他一眼。

他怔住了，自相矛盾地说："让他见见艰难也好……"

儿子的信提及"家用"，这两个字对于全记是多么生疏呵！年来他虽然卖生果积点钱，那些钱都是预备打发儿子来美国的，不是作家用的，他简直没有想起过"家用"呀！他又意识到老妻十年中是怎样的难过，也感到自己漂流之苦。尤其是现在，仇恨、孤寂、冷酷的人情世态，呵！种种的，种种的。

现在，虽然打发儿子来美国的事已告失败了，他却有点矜夸自己的灼见，就是前年吧，他接到儿子毕业高小的来信，他才猛然想起自己还有一个儿子，一点希望，在自己渐呈衰老的时候，这一点希望又把他的雄心激发起来了，但终于天不做美，事与愿违，横祸吹到来，人也废了，钱也废了，希望也废了，什么都废了！

在这世途荆棘，到处碰壁的时候，乞食既被侨胞嘲为大辱国体之事，自食其力去抹车，又跟那些意大利鬼争不来，你要逞强，他们比你还强，你要骂他们一顿，他们的回骂更使你难堪，甚至摩拳擦掌扑扑过来，没法，容忍几天，然后转行卖报纸，因为饭是要吃的呀！无论怎样。

街上，姑娘们轻薄的裙裾在热风里飘拂，男人的白革履又开始的得的得地响了，就是楼头的白鸽，都热得透不过气，张着咀，呵！炎暑的攻势又在发动啦。

就在这裙裾飘拂、白履的得的热闹中，全记的报纸生意"开张大吉"了。

"纽约，商，民气！……纽约，商，民气……"他把报纸向空中扬扬，吃力地叫着。

但他的叫声马上被孩子们的盖住了，孩子们大声叫着：

"华侨日报，民气报，*MIRROR*（镜报），*DAILY NEWS*（每日新闻）。"

他们旋风似的卷过来，又跑过去，追着过客……

侥幸的就是这几天以来祖国的军事都略有进展，所以全记的生意在这狂热的竞争下还能维持得住，然而祖国的血肉长城，在敌人残酷的轰炸中，也不是牢不可破的呵！

报贩们知道最清楚，他们的生意老是跟着战争的进退而起落，战事停滞一下，他们的生意也就停滞一下。

全记不喜欢这行，因为报纸的价钱是死板板的，分文不能加多减少，比不同从前卖生果那么自由定价，而且天天叫到喉破声嘶，只不过得两顿饭饱，想大发达是不可能的，但弃它不做又有点可惜，根本就不知做什么其他的好。他仍是叫卖着他的报纸，夜间依然在公园里睡觉。有一夜，当他被打墙基的巨响震得心离离头昏昏的，他自言自语道："够了够了，明晚决不再来，到包梨旅馆睡一觉自自在在的，所费不过毛半。"

今天报纸还未出版，他没事做，在街上游离浪荡，当他经过一间又一间下等酒吧，酒味一阵又一阵扑出来，他的喉咙起痒了，他吞一口吐沫，还是痒，他忽想起年来为了运滞，折口福，和酒阔别太久了，他很明白，现时自己已全盘身家财产只有三块钱，吃、喝、住，贩报本钱，一概都是从这三块钱开销的，那里还有多余钱喝酒？这么一来，他便迟疑了，但香辣的酒味没有停止扑进他的鹰咀鼻，反而似乎越来越强，他喉间痒得厉害和有点干涸。看看酒吧里，尽是奇形怪状的人，他们右手一樽左手一杯的大喝特喝……

今晚不住旅馆吧，把旅馆费拿来喝杯啤酒，解解喉干不很好么？……他自忖着。

迟疑地，他跨进酒吧，台上、柜面，有的是黄澄澄的啤酒，袅袅的烟柱儿，醉汉们互相拍背、捶背、摩鼻子狂笑，案柜后边，煞神似的掌柜巴着口在赔笑，心却在暗算着什么……

"啤！"全记拍着案柜叫了。

一只大毛手摊在他面前，蕉子样大的指头傲慢地弹着。

"Beer！"高声的，用英文说。

蕉子样大的指头依旧傲慢地弹着。

"咳！欺你老豆无钱?!"他掷了一个毫子。大毛接过去，一杯黄澄澄的啤酒马上端过来，全记一手抓住它，搁到咀边，喉咙抽了几抽，杯子干了。全记深深吁出一口气，又是一声："Beer！"

第二杯端上来，照样灌到肚里去，第三杯搁到唇边的当儿，忽被一只软软无力的毛手握住了，全记掉头看时，但见一张满是乱须的嘴脸贴上来。

"Get out（走开）！鬼同你亲近呀，契弟！"愤怒地，全记挣脱那陌生的手，喝他的啤。

醉汉再缠过来，恳求全记买给他一杯酒。

全记的拐杖举起来了，醉汉才像晓风杨柳摇摆开去。

其他的酒徒，都是带着九分醉意的，他们或是恶言臭语相骂，或是抱头高歌，他们的歌大都是浪漫的、颓唐的、凌乱的，甚至古旧的。而最高唱入云的就是那支：

Today is today, tomorrow, hell with tomorrow！...（今天就是今天，明天就是明天，明天个鬼！）

在笑与歌、争和打的癫狂中，全记的脸红得像早上的太阳，眼睛给无数的血丝绷得转不动，有点恍惚，但他手上的杯还盛着黄色的液体，升着白泡儿。咳！啤酒比茶没有分别的，从前他一天喝到晚不曾醉过呀，他忘却今天没有吃过什么，空着肚子把酒灌进去，自觉地肚里一阵热，继而咕噜作响。

他的头有点异样的感觉了，昏昏的，手上的玻璃杯跌落地上破碎了，掌巴者要上来干涉了，他看着掌巴者圆睁的眼、凶狠的咀脸，一张变成两张，而三张、四张……云霄般摇晃在空间，跟着，什么都旋转了，天好像在翻，地好像在覆，拍的一声，他连人带拐杖倒在地上了。

"Throw him out（抛他出去）！"大毛手一挥，一条满胸黑毛的大汉闪出来，将地上的人一抓，毫不费力掷出街外。

可怜的全记，他摊在天面车架的铁柱旁边，一只耳朵被擦破了，流着鲜血。撒了一把黄尿，湿了裤子，下午的太阳蒸晒着，发出一阵臭味，招来一群苍蝇，嗡嗡的在那儿飞舞……

同时，在半竹升的咖啡店里，几个常临的熟客在闲扯聊天，这些人，清闲得很，一天喝十多次咖啡，每次谈不同的新闻，华埠中的特别消息，他们必先知道详细。

"……真是见所未见，闻所未闻！青天白日随街撒尿，娘儿们见了多难过呀！"他们一个说。

"那次害他不死，真是'好死唔死'，留着他来丢中国人的面子！"另一位接上来。"可不是，西人看见了，他们不会说：'这是全记。'他们必定说：'看呀，那是中国人！'……他是贵同乡呀！"第三者满头是道地。

"我们全县没有这样的一个臭契弟呀！……总之，百岁唔死都有新闻听！"

"讲清楚些，我听得糊里糊涂的。"一张嘴从邻近的台子插过来。

于是有人将全记在街上撒尿的事道述一番，好奇的问者都挺仗义执言地道：

"怎成世界呀……这种不体面的家伙要教训教训的，——少一个便宜一个！"他回转头向案柜边谛听的半竹升说；"你们做生意地，对付这种人顶容易，不做他的生意，赶他走，间间店铺如是，抵制他，看他知不知死，看他到那儿去?！总不信他能够吃 hot dog（香肠）过日子！"

半竹升微笑不语，抹他的盘碗。

"捉他游街示众，以一做百，我说！"有人提议道。

"Well（好），"半竹升把盘碗放下，犹豫地，"这是花旗地面，各有各的自由，他随街撒尿，撒他的，只要他不撒在我的盘碗上，that's all right！他本来是无心的，他喝醉了啦！我们做生意的，见生意就做，无分贵贱，对待 all the same（一视同仁），business is business（做生意就是做生意），他交得出钱，他 order（叫）火腿蛋，就 serve（卖）火腿蛋，他 order 牛尾汤，就 serve 牛尾汤，断不能说 get out here（滚开），我不做你的生意！"

"半竹升，既然各有各的自由，你不喜欢做他的生意，干脆就不做，也是你的自由，是不是？"一个质问着。

"跟他说，等于对牛弹琴，他有名竹升啦，竹升有什么脑！"一个劝他的同道。

"你听不见他怎么说吗？'只要他不撒在我的盘碗上'，就由他撒！他以为好幽默呀！激到我火爆爆（台山人俗语，盛怒的意思），你看他怎地自私自利，只顾自己，不顾国体，这种人在中国就会做汉奸，就该杀！"被劝的似乎绝不受劝，俨然很严重的模样。

"喂，喂！向他出气做什么？竹升到底是竹升呀！"

"走吧！争来争去不中用，国体可以拿来当饭吃，当咖啡喝么？俗语有话：'各家自扫门前雪，莫管他人臭死蛇！'"

大家哈哈笑起来。半竹升收了钱，陪着笑，眼送他们走出去。

墙上的电扇单调地呼着旋着，除了半竹升，咖啡店已没有其他的人。

一阵玲玲瑯瑯的响音从土库底传上来，通往厨房的小型升降机载满洗净的盘碗升到案柜后边便停住了，半竹升拭去额上的汗珠，便把那些洗净的盘碗从机里搬出，换进去一些肮脏的，他咬紧牙根拉动绳索，机子便缓缓降下去，他把声音提得很高的向下边叫道：

"OK！……了了了？"了了了就是半竹升的帮厨，原本姓廖，名字可不清楚，大概近了了音，要不然，半竹升为什么总是分平、上、去音那么开玩笑地叫他呢?

"O——K!"了了了在下边答,唱歌一般。

"O——K? ……了了了?"半竹升故意重问一声。

"O——K!"下边的人也重复唱着。

"喂,今晚吃什么餸①? 这么热的天气。"

"谁做波士就谁出主意",下边的人,恶作剧地,"竹升婆爱吃什么你?"

"真了得,你这把咀! 专会揶揄人。"

他们一个一句,牙交打得正高兴,忽有人敲打着嵌门的玻璃,半竹升把话吞回去,看着站在门外的不是谁,而是自己的年轻的妻子,他大声叫道:

"Darling(亲爱的),你怕进来吗?"

在土库下边,厨子们在窃笑着。

外边那个廿把岁的女人,无限娇憨地摇头笑着,这使半竹升更不明所以,更不耐烦了。平时,不论咖啡店里怎样挤拥的窜进来,向那做到身水身汗的丈夫问这样那样,今天为了什么缘故呢? 他疾步去拉开门,问道:

"什么事? ……打算去? ……"

"Honey(爱人),我没有时间细说啦," 她匆忙地答着,"Peter, Jimmie, Mr. Eng 他们在 subway station(地底车站)等我哩!"

"等你去哪儿呀?"

"去 beach 呢(去海滩)。"

"在这个时候去? Darling,不要去,老伍那家伙不是好人,他见了女人就,就……well, I don't trust him(我不相信他)。That's all!"

"Honey?! ……" 她满面绯红,惊讶而羞怯,但随即平静下来,撒娇地,"这么热的天气,我不能天天困在家里流汗呀!"

"Alright, alright(好吧)!"他无可奈何,长嘘了一口气,"……去吧,去你的 beach 吧!"

她给他接个吻,匆匆地离开了。

他满不高兴,连门也懒得关,顺手扭开案柜上的播音机,想听赛球的消息,但没有,把他扭住了;叮的一按银箱,随便看看,也不是,拉开雪柜门,冷气吹了出来,他蹲下去凉了一会,也是太无聊,顺手收拾地台上的牛奶樽,狠狠地啃着:"That God damned Mr. Eng(那天杀的老伍)!"站

---

① 编者注:粤语,菜的意思。

起身，又从雪柜里取出一樽可口可乐，开了盖，一口气喝完了，胸中顿觉一阵凉快，但，猛地，他叫起来：

"Hello（喂）！全记，几时进来的？……热啊！"

"咖啡！"全记蓬头垢面坐着，一只耳朵还凝着淤血。

"热的？Iced 的（雪藏的）？"

"热的！"

"想标（有冒出之意）汗？"

"咳！"

"听说你在包梨喝醉酒！"

"谁说的？"

"全华埠都知道，说你躺在街上撒尿哩！"

"我撒我的，奈我×何！……难道撒尿都不得自由?!"他，傲慢的。

"如果你这样做下去，他们说拿你羞辱国体和违背公共卫生为理由，捉你游街示众！"半竹升善意地警告他。

"怕他们么?!他们有本事只管动我一动吧。我全记是死剩下来的！"

"By that time（到那时）你就迟咯，寡不敌众呀！唐人街有许多黑暗势力，他们要这样做就这样做，难道你全记还不晓得？"

"我还用得着你来教？我是从那儿出来的呀，肥臀！我一世人都是拼个烂（不顾一切之意），他们不怕你听明，最怕你烂，你只要拼个烂，他们就'老鼠咬龟'无处入手。懂吗？细的！……拿咖啡来吧！"他目空一切地、挺有把握地。

"OK！OK！You'll get your coffee（你的咖啡就来）！And you think they can't touch you（你以为他们不敢动你一动吗）?"半竹升厌恶而不耐烦地取咖啡去了。

咖啡端上来，两人互相瞪了一眼，没出声。

全记一口气喝完了咖啡，似乎想起了一件事，摸摸袋子，吞吞吐吐的说：

"没有……钱，明天给你！"

"喝酒喝到醉都有钱，一杯咖啡钱都交不出来?!What's the idea（什么道理）?"半竹升怒起来了。

"就因为喝醉都有钱，袋子被人搜光了！欠住你一个 nickel（半角），明天就拿来，飞不去。"

"我不要紧一个 nickel，但你'烂有野'（不可一世），呼神喝鬼，下次来我就踢你这臭死蛇出去！"

"你不必担心，全记穷也要穷得硬气，别说一个 nickel，就是一百个我都还给你！"

"我说我不稀罕它，你还要 talk big（夸咀）！"他从没有这么怒过。

全记闭住咀，静悄悄走了。

天气一天比一天热起来，多数人已跑到海滩上去了，富有的人家自不待说，老早就搬到清凉的地方避暑。留下的，只是奔驰不暇，抽身不得或欲去不能的市民，来支持这个暑城……

除了星期日，华埠就很少热天的游客，它像一个平静的池子，连轻微的涟漪也没有。久不久或有一些鱼儿游到水面来喷几个泡沫，动几圈微小的波纹，半忽儿又复归沉静了。

但，今天的华埠是迥异寻常的，它有盖断一切的狮鼓声和雄赳赳的喇叭声，于是这个小小的池子便如同突逢暴风疾雨，激起无际的波纹，飞溅着水花……

——……起来！不愿做奴隶的人们！把我们的血肉，筑成我们新的长城！……

——起来！起来！起来！……

狮鼓声和乐曲的雄音，震天动地地打成一片，接着，童子军的喇叭队一齐奏了。

在勿街上：青年团，商团，救国团，美国旗，童子军，旗队，醒狮团……一队跟一队移动着；而银纸（钞票）砌成的标语，横幅，中国旗，种种式式的，大大小小的，在千千百百人的嘶叫里招展，在老老幼幼的手上飘摇……一面阔大无比的青天白日满地红旗，由穿上中国服装的妇女们缓缓拉着走，像一面大网掠过河底，是的，她们就是伟大的渔人，但她们的捕获不是为的一家数口的饱暖，而是为着救济祖国遍地的哀鸿呵！

"捐钱！捐钱呀！捐钱救济祖国同胞，又是捐钱打日本鬼！"

"这就是我们帮助祖国的时候了！"

"一张银纸，救一条命呀！"

"救多一条命，就会杀多几个日本鬼呀！"

"茶楼上的侨胞呀……救救你们无家可归的兄弟姊妹，救救你们为祖国流血的兄弟姊妹啦！"

"捐，捐，捐！"

"有钱出钱，有力出力。"

"……"

她们声嘶力竭地，汗流满面地，在街上高声嚷叫。

老妇人，女孩子，一齐拿着钱筒出发随街劝捐，她们的天真的心、热烈的心、纯洁的心，并没有顾虑到捐得钱可能会像"可鉴"的"前车"一般的大半给"先生们"丢入私囊里，或是怎样地胡乱开销净尽，她们一径地深信着那些迸着汗筹来的钱，百分之百地是寄回去救命的！她们在人群里穿插，在七月的强烈的太阳光下，碰着谁就给谁插话。

热心肠的侨胞们，一点也不吝啬，她们知道后方的难民不救济，前方就会动摇，有了安定的后方，前方才会打胜仗，有了可用的人民，军队才得到新的补充的力量。他们拿出以血、以汗，甚至以眼泪挣来的钱，慷慨地浇着祖国血肉长城保障下的自由之花，尽了他们在这个神圣的抗战中至上至大的责任！

那澎湃的人流，渐渐扑到了披露街夹勿街的地方，但忽而被一座新筑的板台抗住了，它是预备晚上开游艺会用的，它顶上挂起纵横的电线和扩音机，还有五颜六色一串串的旗子；可是那汹涌的人涛并不因此而被阻，它继续向前奔流，冲扑！"起来"的歌声唱得更高，更高！

全记突然在披露街夹勿街那儿出现了。他莫名其妙地自问道：

"哼？……又是'七七'啰？"

但他前、后、左、右的人全不理睬他，他们引起脚胫，伸长脖子，一味的流汗、呐喊、掷钱……钞票和银子在那阔大无比的旗中跳跃、滚动，十足是网中之鱼。

"渔网"渐掠渐远了，接上来的是一队青年中美旗队，他们大都是每天在街上见面的青年，其中有两个非常熟识的，一个是高高的轩仔，一个是胖胖的半竹升，他们看来都兴奋得很，全记不知不觉地要向他们招手，但他马上把手放下来。

两个七八岁的女孩子，穿上花红的祖国服装，拿着钱筒子和一盒纸花蹦蹦跳跳地跑来，给每一个观客插上一朵纸花。

"唔？！……又来喽？！……"一个老头子煞有介事地。

"谁教你的？哼！……"

"七婆教的。"女孩子把钱筒摇响着，接了钱，又兴奋地追上别个观客去了。

"没有钱，走！"全记狠狠地朝转身。

"有，有！"两个女孩子异口同声。

"没有，我说！"

"一个 nickel 也好！"

"讨厌！别围住我，你们这些'死女胞'呀！"身一筛，女孩子快要插到来的纸花便落了地，全记不知不觉地把纸花踩了。

"你踩了我的纸花，跛脚佬，你得捐钱，你得捐钱！"她们一个大声嚷起来，但立即被狮鼓声淹没了。

"美美，兰儿，什么事？"一个妇人从人堆里钻出来，她，一样地也拿着一个钱筒，一盒纸花。

"七婆，七婆！那个老伯踩了我们一朵花，不捐钱。"女孩们控诉着。

"那个吗？……"七婆指着拐了开去的人问，"由他吧，他很穷，他的确没有钱；你们看，那边来的才是有钱人，他们才该多捐些。"

顺着七婆的指示，美美和兰儿跑了过去。

"阿全伯！"七婆在后边喊着拐开去的人。

可是他不会回过头来，人声，歌声，狮鼓声，喊捐声，闹得天翻地覆，但她却不舍得仍旧追着追着。

忽然，那人给人堆堵住了去路，停下来，惊疑地回头向着她：

"喂！……你也要攞景（挖苦）我吗？！"

"我——？不是呢？"她笑着摇摇头，"我有话同你讲。"

"？！……"

"——且林市果戏院请人抬告白牌，你愿不愿意？"

他摇着头："我走动不易。"

"嗯？！……如果愿做的话，不妨走去问问；他们是想请人的，也不大辛苦，光是抬着牌子走。"

"我不做！"他不大高兴地，"——刚才见到轩仔。"随即把话岔开了。

"他参加了旗队哩！"做母亲的有着骄傲的样子，说呀说的又匆忙地摇摆着而去。

全记是想不通：哼，这女人，中国现在打成什么样子，她懂得么？自己既平庸无知，正所谓目不识丁，又是穷鬼，偏有这闲心跟人家去跳，怪！

他当然不知道，今日的中国，正靠着像七婆这样的平庸之辈，前线，呵，那条血肉的长城！不是许多这样平庸的人建筑起来的么？

恶脸的太阳疲倦地跌下了西边，微微的晚风轻拂着华埠每间店铺的门上的中、美国旗，而披露街夹勿街的地方那个板台上，一串串的颜色纸花和旗子，早飘动得五彩缤纷。台下的观众围拢得水泄不通。掌声一响，以为西人点了头，开始演说，说的什么"中国今天，美国明天"，又指摘他们的政府不该卖废铁给日本。之后，名重一时的黑人歌手就为了我们的友谊义务演唱。跟着又是弄把戏的中国人弄他们十年如一日的把戏；更有什么女士的献歌、跳舞……都演完了，观众的手掌都拍得发痛了，最后轮到自由演说、唱歌、奏技。那时站在台下的土生青年们哗噪起来，公推半竹升上台唱歌。之间半竹升在人群中竭力逃走，但最终给几个青年竹升抓住，把他死活拖上台来，他缩头缩颈，耸耸肩，两手展开，表示莫奈何有不打紧的意思。

"Well！……"他说，"你们把我拉上来，打算怎样？"

台下的人笑着。

"唱歌！What do you think（你以为怎样）？！"有人叫道。

"又——好，先拍掌后唱歌！"他幽默地说。

台下狂笑起来，鼓掌一阵。

"唱什么歌好呢？"他抓抓头发。

"CHINATOWN（华埠歌）！"不知道谁提出了。

"CHINA—CHINA—CHINATOWN！……"他唱起来了，但又说，"No，No！我要有一个帮手！"台下又笑。

他眼看台下扫几扫："呀！……I got it（有了）！——轩仔，上来！"他一手搭住了轩仔，同时对观众取笑地说："He's a good singer as well as a good dishwasher（他唱歌跟洗盘碗一样好）！"

台下又是一阵哈哈。

轩仔睁圆眼睛，张大口，摇头抗议，但一群青年涌过来，把他拥上去。他还是要逃跑，被半竹升一把揪住了他的裤袋，拖到台中。

他们便合唱了华埠歌，点了头，在雷似的掌声中要下台，却被观众喝住了，他们齐叫着：

"More，more（再来）！"

"More？"半竹升做个鬼脸，又把屁股筛几筛，"哈哈！You will be sorry（你们会后悔的）！"

"Go ahead，sing（唱下去）！"

"OK！Tarzan（泰山）！Let's sing（我们唱吧）！"他拍一下轩仔的肩膀，一手又握住了那只扩音器。

轩仔椎几下胸膛，学人猿泰山长啸一声，半竹升也学泰山叫了几叫，但叫得不像，反惹得台下的人笑个不住，他把身一筛，把裤袋一紧，便唱：

——我们不怕日本强……

他回头看看西乐队，他们屹然不动，他们压根儿不明白他唱什么。观众哈笑着，他做个鬼脸，又从头唱下去：

我们不怕日本强，
我们不怕他们犀利的大炮和刀枪，
我们有大无畏的精神与血肉，
我们不怕日本强！……

他又看看轩仔，见他动着唇皮，却没唱出声，便问：
"轩仔，轩仔！我问问你，你唱什么鬼，老是动着咀唇皮？"
观众笑刺了肚，口哨吹得震大价响。
"So，you want to play（你要闹么）？"轩仔不甘示弱地，"好，我唱！"

我们有这个 fat guy（胖子），
我们怕乜（怕什么）日本鬼？
我们有这个 fat guy，
我们 must fight（一定打）到底！……

台下，掌声、笑声，浓厚而紧张地闹成一片，震荡着，半竹升不服输，马上接和着：

我们有这个 King Kong，
敌人来到死清光；
我们有这个 King Kong，
我们就誓死抵抗！

有时狂涛骇浪般的笑声和鼓掌，等到所有的口都闭住了，一个妇人还是单独地笑着，她似乎是抑制不住心里的狂欢。她不是谁，就是轩仔的妈妈七婆。在平时她听了人家叫她儿子做 King Kong 便快快不乐，现在听了却笑个不休，轩仔和半竹升于是并肩齐唱：

我们不怕日本强，
我们不怕他们犀利的大炮和刀枪，
我们四万万人一颗心，

> 我们竹升"竹壳"（指由唐山出来的人）一条肠，
> 我们抗战到底，
> 最后打胜仗！……

在欢呼声里，轩仔又椎着胸膛，学人猿泰山高声叫着，拖着半竹升跑下台，大会就此结束了。

人群一片喧嚣，向各方散去……

那天全记虽然向七婆表示不愿抬告示牌，但后来却抬起告示牌来了，他一手拖着那块牌子，一手拿着杖子拐着，拐着，……其始地面是热烫烫的，后来转凉了，甚至铺上银晃晃的白雪了，啊！残酷的严冬又到人间！

在雪地上走，对于这个瘸腿的老人，着实太危险了啊，他一天跌了几跤，这一来，他便把这个玩意儿放弃了，将积下来的一点钱再干贩报生意。

在如意茶室楼下，一间杂货店的门前，他的摊子建立起来了。冷风从勿街两段刮来，从披露街也刮来，刮得他透不过气，他尽可以搬到别处去的。但他老不想搬动，因为他认为这是最中心的地点，不论行人从披露街走或从勿街过，这里都是他们必经之地，所以，他宁可抵抵冷风，也不愿放弃这个心目中的好位置。

一个苦寒的冬天艰辛地度过了，转眼又是第二个冬天，然而全记的报纸生意并没有变动，只加多几本下流书：什么姻缘，什么罗带，什么艳遇……而他自己却变得异常苍老了，他依旧戴着那顶帽，穿着那件特号大领的冷衫。

十二月七号的那天，珍珠港事变爆发了！报纸大载特载，字字惊人，同时，香港、新加坡都被炸了。美国向日本宣战，英国和中国也对日本宣战了！整个世界震栗在炮花烽火之下，卖废铁和军械给日本贼去屠杀中国人的美国，现在才领略到恩将仇报的痛楚！

在报纸纷纷飞扬中，全记的儿子的信也飞来了。那晚，全记在冷风中卖着几份残余的报纸，他用垃圾桶烧起猛烈的一堆红火取暖，把信拆开来，仔细地看一回又一回，似乎不大明白。

"家信？不会的吧？这个日子。"在他身边烘火的老人好奇的问。

"如风，给我读一读，我的仔寄来的，提及英国，但我看不清楚，眼目真差！"

如风凑到火边，架上大框眼镜，看了一遍，向全记说：

"是从伦敦寄来的，他说香港和新加坡被炸了之后，他们的船不能驶向爪哇，迫得逃到伦敦，现在闲着，留在海员暂时收容所，那天空袭来了，他们恰巧到饭堂去吃早餐，空袭过了，回到收容所一看，楼顶已中了炸弹，他们还算幸运，得免于难。他叫你不用挂心，他又说将来或许会走美国这条水。"

"走这条水路?!……太危险呀! 德国的潜水艇那么厉害，天天炸沉许多船只呢!"

"事实呀!"如风严重地说，"德国的潜水艇神出鬼没。"他最崇拜德国，他常常说德国的科学是天下无匹的。他一天到晚都闲着好像寂寞地等待他的末日的来到；可是晚上因为年老血衰不能早睡，喜欢伴着全记烘火，全记起初有点讨厌他，但后来却变成了同房共住，而且每逢全记要喝咖啡或有别的事情，如风便替他看守摊子，两家就成为很要好的朋友了。

"如风，你识字识墨，烦你替我写封信吩咐他千祈①、千祈不可走这条水路，不可行船，在这个'砰彭火乱'的时候，行船的性命冻过水（谓有生命之险）呀!"

第二天，如风给他写信寄了去，全记一直等到春尽了，还不见儿子回音，他非常担忧，生怕儿子已经驶向美国来，并且在半路碰了鱼雷了，他的心快要碎了啊!

到了仲夏，那夜天上只有几点疏星，全记托着愿，听如风和几个闲人在他身旁谈战事。有些批评德国攻俄的失策，有的骂丘吉尔，而如风拥护德国始终如一，依然说着德国的厉害。

一个同盛的伙计走到来，向全记的耳边喃些什么，只见听者跳了起来，立即叫如风看守档口，他自己急忙忙地跟着同盛的伙计走了去。

"在账房里!"同盛的波士一见全记进来，又怒又急地青着脸向他说，"快带他走! 追踪一到，连同盛号都不可了!"

全记来不及搭咀，直冲入账房，一个青年穿着一身湿衣服抢上来握住他的手，说："爸爸吗?!"

"洪辉!"他几乎晕倒了，那个长久的幻梦，而今不期而实现在眼前! 但他随即转了口气说，"这不是说话的地方，返房去吧!"

回到住房，全记不问自取地从如风的衣箱里取了一套衣服，给儿子换上了，才说：

"那天接到你的信，就马上回信叫你切不可再行船，但你总无回音，我以为你一定在半海中遇了不测，夜夜阖不着眼。"

---

① 编者注："千祈"指千万的意思。

"没有收到呢！我跟船公司打了合同，心里想：船一到纽约，我便设法上岸。等到那天我们的船真的在纽约停泊了，我们一班华人海员向英船主取人情上岸，船主不准许，他说当这用人正急的时候，他不敢冒这个险，因为中国人诡计多端，放出去就不回船，诸多麻烦……直到今夜，军械载满了，明天晚上或会驶回伦敦去，我认为今夜不逃走，就永远没有机会了，谁能担保在半途中不遇着敌人的飞机和鱼雷呢?！所以天一黑，我爬上船上面看势色，好撞板（触霉头）呀，船头船尾都有人看守，爬下去，过一会再爬上来，也是逃不得，足足试了五六次，然后走脱身，险些还变成水鬼哩！……"

全记一直唔着，哦着，叹息着，及至儿子停住了，他又问了一堆话，后来又吩咐儿子出街要谨慎些，因为近来逃上来的海员太多，暗查到处搜查的缘故。

他们有说有答的吃晚饭，熄了灯，各自躺下，在黑暗的房中谈起家事来，不禁欷歔长叹，过了一会，洪辉把这次渡过大西洋的艰险详说了一遍，才把父亲的悲哀的心情唤转过来，不住的叫着："好在（幸运）呀，真正险呀！"

洪辉到纽约不觉已好几个月了，其始他在华埠一间餐馆里帮忙做厨房，但后来因为"水紧"（风声不好），他便听父亲的苦劝，暂且闲在房里，看看书，整理房中什物，看着苦闷的日子苦闷的溜去。

不论在街上，在铺店里，男女老少都谈起当兵来了。全记在街头卖报纸，都感觉年轻顾客日益减少，既然有，他们大都穿上戎装了。而报纸上不就登载着"又一批华侨青年入伍"这一类的标题，后来愈弄愈凶，甚至载着"盟国驻美外侨将受征"等字样。全记听了，心里又忿又替儿子着急，但儿子解释道：

"会有可能的，因为美国的战线太长哩！不过既然大家都盟国，同一目标而战，那么征及外侨也是公道的！我自己偷关上来，天天像老鼠一样不敢在大庭广众之中露面，自己有气力也不能自由地找饭吃，日子过得真苦！我打算现在去注册，如果调去验身，及格当兵，也不成问题，人家死得过，何况自己?！如果不及格的话，多少留点凭据，在街上走也不必怕神怕鬼，同时于自己良心上感到好一点的！"

"混账！'好仔唔当兵'，当了兵，十死一生，纵使死不去，折了手归来，或是跛了脚归来，像我这样，那时还有什么用?！"全记竭力反对，而且把当兵的结局说得这么可悲可怖！

"那么，他们查起——"

"不必去理它！"他截住了儿子的话，"迫得紧张时然后打算吧！"

"但要来临的事迟早要来临的，现时有许多人都像我一样偷关上来的，他们都已经注了册，而且入伍了，他们都报在大埠出世，出世纸在地震时失掉的，这计划行得通。一则由此可以为盟国献身出力，二则可以领张出世纸呢。"

"人死了，要张出世纸来中么用？近来验身太简单，十个九个九及格！做花旗兵运去红毛替英国鬼打仗，打得过？咳！德国潜水艇满海都是，神出鬼没，有人说，有一次几十艘战舰美国运兵船，有大战舰护航啦，谁知到了半海中途，德国的潜水艇出现了，水雷一放，护航的战舰便'契弟'走得迟，几十艘运兵船——沉到海底，几万条性命牺牲了！都是白白为英国送死！"

"爸，你从那里得到这些不可靠的事实?！首先，我见过德国的潜水艇，我知道是怎么回事，既然有大战舰护航，他们的责任就是护航，怎会遇到敌人便走？到时敌人的潜水艇遇到我们的毁灭舰便走才是真的呢！"儿子挺有经验地解释着，"还有，这次的打仗也不是替英国人打的，我们是为全世界反侵略、反法西斯而打的！"

说到这里，他似乎在回忆起一件事，沉思了半晌才接下去：

"——还记得我初上埠那夜，你对我怎样说的吗？你说你希望我争气做人，将来替父亲这只脚报仇。但是，爸，那只是私仇啊！现在千千万万人的脚被敌人打断了，千千万万人的家被敌人蹂躏了，千千万万人的性命被敌人杀害了，正需要报仇呀！正需要我们未死的青年去报仇呀!!如果我去当兵，不只为你报仇，而且为全世界不幸的人报仇呢。你想想吧，事不宜迟啦，我的主意已定，——明天就去注册了！"

"你们年轻人都爱那一套——说漂亮话，也不知天地高低，做事但凭一时火气，不去审慎。即如你要替这许多人报仇，一双手，怎得来呀？就算你有法子，也不一定要当兵那么险的，在后方做工，既可以挣钱，又可报仇、救国呀！人家笨×走去死，你也要跟人家笨一份吗？……咳！"

全记说着，忿然地走了出去。

在父亲那种自私而可怜的苦劝、阻挠之下，儿子却毅然注册去了。因为年轻人已知道自己的责任，在为真理去打倒强权的责无旁贷的今天，年轻人已把生死置之不顾了！年老的和自私的一代，如果能够看清楚横在眼前的现实而及时醒悟过来，打消根深蒂固的自私心理，那就很好；如果依然一样的顽固，那就让悲惨和剧烈的现实去惊醒他们吧！不过年轻的一代看见了责任就要奔前，顾不得打拍不醒的那些在后面哭泣或者吹着自私的鼾声。

全记一边咒骂着自己的儿子不听话，一边希望他验身不合格，好叫他回来一心找工做，三五七年便返唐山去，反正花旗不是黄种人的世界，他这样喃着。但不过几天，洪辉被召去验血了，又过几天，1A 咭片（立即征召的通知）也来了，不过被洪辉偷偷的收下。做父亲的还没有发觉，还说着一片埋怨的话："我早就劝你不要跟人家去笨，打死了谁可怜，连灰都不见返来呢，……你等着瞧吧，1A 咭片就会来的，……你佬（父亲）吃盐多过你吃饭（年岁长见识多）呀！……"

下午，外边飞着雪片，洪辉在窗前无目的地眺望。他推测着验身咭片快要到来，假如验身及格，父亲便孤形只影留在后方，像妈妈留在祖国烽火之下，他一方面悔恨他不该这样认真。处于自己这样环境的人，有着年迈而相隔万里的慈母和残废而流落海外的父亲，是情有可原的；但一方面又认为替全世界的真和平与正义而斗争，个人的牺牲是在所不计的！在这内在的矛盾心情斗争得正盛的当儿，下边门子的铃儿响了，跟着便是不三不四的歌声，他一听便知道就是那个古怪的邮差，那邮差每次送信来总学猫叫、狗吠，和用女喉唱着自制的歌。

他跑下去，在自己信箱里接到一张咭片，他猜这就是验身咭片了，其始颇兴奋，但当他走上楼梯，就给他带来了不同的心情，几乎是懊丧的，在他走进房子的时候。

他还是站在窗前，手握着那张咭片，呆然地沉思默想，天渐渐暗下来了，雪在窗外愈舞愈甯，愈甯愈乱，像他的心绪一样啊，他颓然地沉到一张椅子里……

他忽然想起爸爸在街上卖报纸，他把咭片塞进裤袋里，便到街上去了。

"你来做什么呢？他们昨天才拉了一个呀！"见儿子冒着大雪跑来，全记警告他道。

"怕乜呀？你会暖暖吧！……他们不能动我啦！"

"好心听一次你佬的话吧！"

"他们没奈何了，我说！……你先回去吧，我顶档！"说着他揭开了那块油布，炫耀在眼前的满是《美人恩》《罗襦轻解》《衣馆伯艳史》……他一声不作，把它们一一拾起来，丢到后面的垃圾桶中，然后说："要来做什么，这些下流的书！"

"你傻（疯）了吗？要成本的呀，死仔！"全记抢了上前，从垃圾桶把它们拾回来，但有些已弄脏了。他轻轻的用手抹着拍着，又把它们珍惜地收藏了。"还是一齐回去吧，不会有什么生意的，这么大雪！"

收了档，他们一同回去。

晚饭时，洪辉终于把验身日期宣露出来，他老人家喫了半饱就咽住了。

验身那天，全记一早起身，从外边拿了咖啡点心回来。

"爸，再吃些，我一个人怎吃得来呢？"

"吃吧，兵营里没有这些东西吃！"

"你担心了，我还没有验身呀。"

"怕你不及格？牛似的！"他夹了一块点心，但吃不下。

"放心吧，你又不是医生，就算牛也有毛病哪！"

儿子的话，打不散老人家的悲伤。眼看自己唯一的后嗣快要远去，送死去，就是什么"国家至上""民主第一""为国而死死也光荣"这一类的说法，在他是充耳不闻了。他只想到，那所谓"民主"，那所谓"国家"，对自己有什么关联呢？有了民主，不能担保他不要卖报纸过活；有了国家，又何尝不是半生落魄海外呢！而儿子偏要跟自己走相反的路，醉于民主，醉于死！他越想，心就越痛，朝着窗子，禁不住抽泣起来。

"……点心怪好，是如意馆的吧？……"见老人家抽泣故意逗他开心。

但适得其反，全记大声呜咽了。

"爸，是时候了，我搭车去了。"儿子拾起了他的行装。

"到，到那儿去搭？"那么尖锐的，儿子的话刺到他的心窝里，他急急地瞧过来，茫然地望着。

"三号天面卡。"

"一定要去？……少你一个不少呀！"

"一定要去！"

"……送你上车……"

"不必了，你整夜不曾入睡，大清早就起来，你歇一阵吧！"

"……那……那我送你到楼下……"

"你歇一阵吧，我验完身就回来！"

"咳……"他坚持己见地先拐去了。

到了街上，他便站住了，眼送着儿子的背影愈去愈远，好像送走了自己唯一的希望！他也没有心情去卖报纸了，只是躺在床上凄泣。等到晌午，仍不见儿子归来。心里更焦急，便向且林市果拐去……

冷风在吹，且林市果天面车站的搭客上下不绝，独不见儿子的身影。冷和饿、疲惫与焦急交攻着，但全记忍受着，等候着。

车站上边的电灯亮着了，街灯也闪起明朗的眼儿，全记失望地，带着破碎的心回来。

没有吃过什么呢，他昏晕地，呜咽地睡了过去。

他的心猛地一跳，惊醒过来，已是半夜时分，他向对面的床子叫：

"洪辉……"

没有回音，只听到水喉滴着水声，他又是失望，在床上叹气，辗转……

才朦胧入睡，忽然门子嘎的响了，他跳起来，喊道：

"你回来了吗？——洪辉！"

"是我——如风！"

这一夜似乎特别长，难过；然而破晓终于降临了！他连脸都没有洗，便向昨天的地点拐去了。可是直笔候了几天，都是丧气而返。

有一天早上，当他刚要出门的时候，那位古怪的邮差的歌声又出现了，全记走到自己的信箱一看收了一封信，他认出是自己儿子的笔迹，便喜出望外地拆开来，慢慢坐到楼梯上一个个字读起来，却不大明白，于是走回房里，把如风叫醒了，打算请他读读。如风半醒半睡，有点气忿地说：

"你这个人到老如是，只顾自己不顾别人，人家辛辛苦苦才睡着了呀！……什么事？！"

"是洪辉的吗？"当他把这信递过去，如风下意识地问，"从那儿寄来的呢？"

"我还没有看过，你整震（故作紧张）什么！……这封信地址又是写英文的，我那里看得出？扭着电灯吧。"

全记把电灯拉着了，"看内边，看信肉吧！不识字真不方便。"

如风看了之后，解释一番，来了，全记的心才感觉舒服一点，至少，他已知道儿子的下落——果然，他已验身及格，不过因为不愿父亲多受几次离别的痛苦，所以验身过后就径直到军营受训了。

日子不容情地溜跑，战争也日趋剧烈，征兵便愈益频繁，华侨青年，为人类争自由，与法西斯匪徒作殊死战因而身殉的，时有所闻。同时，一般完成了军事训练的新兵，也得赶赴前线去补充，他们在出国以前，照例都有一个假期，回去与家人话别，洪辉就在这种情形下得假返家。

全记见了武装起起的儿子，既悲又喜，及至听到儿子不久便要出国，他又潸然泪下。

"爸，你不为我训练及格庆幸，不为我出发前祝福，倒也罢了，怎么又流起泪来？"

"唉，仔呀，我只单生你一人，将来……捧香炉、买水（养老送终之意）都指倚你！……现在你要去前线，……万一有个……万一有个三长四短，叫我怎活下去！……还有你的妈呢?!……"

"那是光荣的事呀！青年人，那个想死呢？……国家有事，号召到来，死都要干啦！现在前线拼命的，那个不是人家的骨肉？那个没有父母？如果他们的父母都跟你一样——自私，还有谁去打仗?!你放心吧，看远一点吧！我明天假期满了，就要回去，但我相信还会在国内逗留一些时才出海的，到那时我一定写信回来。我的部队里有四个唐人，一个是纽约的，其余三个都是西方水（指加利福尼亚州一带）那儿的人，我们有声有气（有说有笑），互相——爸！你没有听我说的么？……"

儿子的话，做父亲的早已听不入耳了。失神失智的背转身，如同偶像一个，只有兜出的下唇，微微的颤抖着。

有谁在敲门，洪辉走去开了，原来是好久不见的七婆，她还没有跨进门就先把洪辉身上下端详了一会。

"比从前强壮多了，我刚才在勿街见到你，一时还认不出来呢，你走过了。我才猛地记起，待要叫，你又匆匆走远了。"七婆说着，笑眯眯地走进来。

"哈！你真有心了，七婆！我像从非洲来的么？"洪辉指着自己被太阳晒黑的脸部问。

"嘻，嘻，……黑鬼一只！"笑着，她回转头去对那朝着窗子木坐的人，又说："啧，……啧！阿全伯，我来了，你怎么粒声唔出（不作一声）?!"

洪辉向她使个眼色，说：

"你跟他讲吧，七婆，我没法讲得他明白！"

"什么事呢？吵交①？……"她问。

"爸听见我快要出国，就伤心起来，半句话也不说，早知这样，我宁可保持秘密了。"

这时，七婆的小狗扑着门子，呜呜地叫了几声，便跟一只猫打将起来，拼命的追往楼下。

"啧，啧，啧！……俗语说得好：'尽忠不能尽孝。'他出国打仗，为国家，尽忠啦，用得着伤心！——我的轩仔哪，他辞了那份工，又罢学，走去做船厂工，而今还说要投海军去，我都由得他搞，'仔大仔世界'啦！他打算后天便去，我说：'去吧，年轻力壮的，守住家里孵蛋吗？'……你说对不对？"

但全记依然不动声息，两眼痛苦地紧闭着。

---

①　编者注："吵交"是吵架、闹矛盾的意思。

"像你这样年纪的人，还多忧多虑做什么？万事看开些，等打胜了仗，那时洪辉回来安安乐乐揾世界未迟呀，他还是很年轻啊！"

"七婆，……好心啦，我今天不想说话！"

七婆默然了好一会，大家都沉在寂静中。

"我要走，阿全伯，你好好地自己保重吧！"终于，她搭讪地说出了这么一句，然后，她又问洪辉道："你明天什么时候走呢？"

"下午三四点钟。"

"那么，明天早上来我处吃餐便饭，同你爸一齐来。"

"七婆，你还客气什么呢？他滚搅（打扰）你们，怎过意得去呀！"洪辉推辞一番。

"什么话！千祈要来，记紧呀！"她告辞了。

早上，洪辉独自到七婆家里吃了饭，好容易便到了赶车回营的时候，他收拾了一切，走到父亲面前伸出手来说：

"我要走了……"

他慢慢转过头来，忍住泪，伸出那爬满青筋的哆嗦的手，握了上去……

两只手放开了，儿子大步跨出门。

他放声哭着，不知什么时候才自止了。

早晨的阳光射进来了，晓风瑟瑟地吹拂着破旧的窗帘，窗帘投下的影子在鹰咀鼻上走动着。

洗街车慢慢的溜着，水花向两边沙沙的洒着，潺潺的流水，在晨曦里，在那段经历过洗濯的街上闪烁地流往沟里去，无情的车轮，缓缓的马蹄，人们的笨重的脚步，或快或慢地展开着他们的践踏，刹那间，通街已变成七糟八乱，污湿斑斓了。

一根棕色拐杖，拖来一双一跛一跛而走的脚，其中一条是瘸了的，就全靠这杖子跨过那污湿的街，在行人路上还拐了好一会，才踏进一间咖啡店里……

一九四五年正月三日写成于印度军次，一九四八年五月卅日改定于纽约

（华侨文艺丛书第三种《人间爱》，1948年）

雁　行

湘　槎

珍姊，我底亲爱的家姊①：

飞机降落 Karachi 之后，算是在印度最终一站了。经过三日长途飞行，震耳欲聋的马达声悠然停止了，我们的精神也略为清醒、宁静些。现在暂驻于马拉营，听候船期归国。我们相见之期，大约在感恩节前两日。

珍姊，感恩节的火鸡我要吃生宰的白肉，你得好好地准备，因为这两年来，每逢感恩节来临，都是在战场上吃些有点变味的罐头鸡肉，真不痛快！

出国两年，终于有这一日——回家了。这两年的生活，并不是虚度韶光，老实说，有意思得很。哥哥还说，时代好比洪炉，人好比铁，一经投准了洪炉，生铁也会炼成钢的。

啊，忘了告诉你，提起哥哥，你一定会问我：妈只生你一个男孩，那里又有个哥哥来？慢着，珍姊，说来才话长呢，让我从头说起罢。我不是时常希望有个哥哥的吗？记得在三藩市读小学时，顶爱和占美打架，哼！这鼻涕虫那里是我敌手，只一拳，管教他倒在地下，半晌不能起来。唉，可恨！可恨他偏偏有个哥哥，我却没有，你打他，他的哥哥打你，没奈他何。假如我也有个哥哥，哼！不用说了，……

自此我常常希望有个兄弟。我曾很淘气地问过妈，为什么这般不争气偏单生我一个男孩？累得妈笑也不是哭也不是。我现在是个大孩子了，当兵两年多，东流西荡，想不到会流入祖国，更料不到会认了个哥哥。当兵真的有意思，至于什么"时代洪炉，铁炼成钢"，难解，总之有意思。

我认识哥哥远在前年纽约集中训练时，他叫 Gary，也是姓李，纽约人。生来很漂亮，高大、壮健、五官端正，看来是可以打几个回合的一条好汉。可是闹口角就似乎不大在行，因为他爱沉默，不多说话。上讲时，教官发问题，人们抢着答，他总躲在一个角落里不做声。要不是有时教官

---

① 编者注：粤语，姐姐的意思。

指名问他，而他不特答得通，且详细、有见识，人简直会疑他是个才貌不相称的脓包货呢。他待人很和气，但未尝见他自动地先向人请教问题，亦未尝见他做错一件事。也许因为全营只有我们两个是中国人血统这一点关系吧，我算是他最接近的朋友。他在中国长大，深晓中文。我喜欢他，因为他没有一般由中国来的唐人乡里那样的怪脾气——动不动自命为饱受中国文化而卑视我们在美国长大的青年。反之，他常常迁就我，谈话总是用英语居多。后来知道我虽没有到过祖国，却也读唐书、认唐字，他更觉得高兴，便和我很亲密了。有时我向他请教中国文字，他总是很用心讲解，没有半点骄傲自得的意思。我们曾作过梦想，有日大家都调去中国战场，那就更有趣了。

训练完结之后，他留在美东，我调去美西听候出海，相聚八个星期，就此分别。我曾写过封中文信给他，很快便有信回给我，意外地还称赞我写得好，勉励我努力学习。自此之后，我们时常通信。

在军中，认识不少中国人，大都是在美国长大的，中文程度比我还不如，我们撇开中国不提，大家说英语，过着美国人一样的生活，也玩得很好。在我所识的人群中，对于中国一般常识最丰富，又怀念祖国最恳切的，除了爸外，要算 Gary 了。爸是怎样苦心地迫我学中文，又固执地要求写信给他非用中文不可。有时灯下作家书，到了执笔忘字的时候，我便本能地相信起我那唯一的通晓中文的朋友——Gary，假如他在我跟前，那就省却我许多心神去查字典了。尤其是辗转由印度飞入昆明以后，自己虽是中国人，无如初次归来，除了识几个唐字，会讲广州话之外，人情世故、风土习惯对我都是很生疏的。我，差不多就等于一个洋人，在街上，任得孩子们翘起拇指叫"顶好老美"，我真觉得有点滑稽，而思念 Gary 的心情更切！

事情发生像神话传奇一样，是今年一个仲春之夜吧，忘记了时日了，我一个人在金碧路"金马"和"碧鸡"牌坊之间，踽踽而行，百无聊赖，正想转入正义路绕近日楼逛一回，便返谊安大厦的美军红十字会，候车回西站去。刚好转过街角，迎面来了个身材高大的美国兵。在昆明，我们的部队多得很，有空军，有陆军，甚至海军也有，没有约会，谁有闲心满街去认熟人？看看过了头，那人突然折身而返，向我招呼道：

"你是 Jackie 吗？真巧！想不到大家都在昆明。"

啊，是他——Gary，终日魂梦为劳想念着的他，却意外地突然在眼前出现，我愣住了，片刻说不出话，紧紧握住他的手，同时端详他一回，他比在纽约时消瘦些，太阳把他底皮肤炙得发紫，一望而知是风尘劳苦，不是一向躲在纽约享福的了。可是他却精神饱满，说话还是往日一样沉着从容，似乎染不上几许军人粗气。

"Gary，I am glad to see you（我非常欣幸得以看到你）！几时到的？从那里来？"我一急，说话总不免中西合璧。

"我吗？在印、缅战场耽搁了不觉大半年，还是多方请求，做了许多麻烦手续，然后得入中国。前日跟着convoy（护送、运输）由史迪威公路入来的。"

"那岂不是更好？在路上多看风景，我们飞过hump时四点钟的高空飞行，见的尽是云雾，冷到作呕呢！"

"看风景？"他淡然一笑，"不见年多，你依旧是个天真孩子。我们现在是打仗呵！在缅甸，天时是雨季，山路险峻崎岖，还要提心吊胆防着敌人袭击，你还以为由纽约到洛杉矶一样，沿途可以任你玩耍吗？不过，苦是苦，如果不是生在这个时代，也是人生稀有的遭遇，我始终不认为是一种损失，好在现在终于流入祖国了，也算得偿一件心愿了。"

"出国后就懒写信，以为你还驻在美东，真估不到会在这里遇着你！现驻那里？做什么工作？"

"现驻第七招待所，这是全昆明最雅洁舒适的地方，属后勤司令部，你如调来，大家同队，那就再好没有了。"

"这个，看情形再说吧。"他考虑了片刻，继续说："我当然喜欢和你同队。不过，后勤司令部似乎不大起劲，我想到广西去。"

我们站在马路边谈了好些别后境况，大家绕近日楼逛了一回，转头在正义路一间广东馆子吃了晚饭。他说这是初次入城，人地生疏，不知道搭那路巴士回去。我于是送他回到红十字会门口，看他截到了一架去第七所的吉普车，然后握别。

过几日Gary果然调来第一所，我们的房子恰巧有张空床，就安置了他。

我们又再度共同生活，大家一齐上班下班，工作很清闲，下了班更无聊。他如不出街就写信，日写夜写，真有他的！我们通常是玩玩纸牌，下注极微，志在消遣时日，那里算是赌博，当我们邀他下场，总是借故拒绝，事实上他如不写信，比我更无聊，一有空就写信，我实在不大相信他有那么多的朋友，除了这还有什么好写呢？我更不明白，不过他既是生性孤僻，我也不便查究他，只好由他罢了。

沉闷枯寂地过了半个月，我依然是玩纸牌、打棒球，他消磨闲暇的方法有了新花样儿了，他不再执笔写信，转行埋头埋脑看书，这些都是我不喜欢的。记得那日他出城逛了半日，挟了一大包东西，喜气洋洋地归来，未解开包裹时，叫我估量是什么，我自然以为是可吃或可玩的物件，那里知道相差很远！原来是一大堆中国霉烂土纸印的在我认为不值一钱、在他认为无上至宝的书籍，大约有三四十本，据说还是跑了几条街，费了半日时光，花了几万国币，然后弄到的，说时有无限珍惜的意思，我不合说了几句扫兴话：

"这也值得大惊小怪叫人估量，原来劳神伤财换来一堆废纸，送给我也不要！"

"废纸！"他发出像野兽被刺伤后的呼叫声，半晌说不出话，停一会，也许是自觉太激动了，然后回复常态和平而又庄重地对我说："你我之间，从思想行为各方面说，暂且不论谁在走着正确的路，总之有个距离，不能一致，比方你的消磨闲暇的方法是玩纸牌，输或赢，在我就认为一样损失。我说出来，也许轮到你觉得不高兴了。"

"不，我犯不着生气呀，根据民主原则，你有自由发言权，我不能制止你。同样道理，我也有权批评你的，我以为你太孤僻！"

我的火气也不弱，说就说了，不高兴惟有拉倒，我不惯奉承别人。可是，出我意料，他反而更和气了，很兴奋地说道：

"好！我们是美国华侨，我们应具有广东人的豪爽气概和美国人的民主作风才是！我先接受你的批评。不过，……我讨厌玩纸牌，怎么好呢？我们应找寻一种对于身心有益，大家都感兴趣的玩意才对。"

像是一阵阴霾密布，忽然又雨过天晴，我们不特没有心存芥蒂，反之更知道互相尊重，更了解彼此的性情。我们讨论良久，想不出最适合两人修改的玩意，结果，在草地上掷棒球。这天下午，不读书，也不玩纸牌，算为很满意的协定。

入了夜便不能打棒球，他读他的书，人们闹翻了，几乎拆了房子，他睬也不睬。有时不知去向，深夜然后归来，倒头就睡，不理其他。

我首先不满意这种枯燥生活，比方我们中国人做了美国兵。吃和住都依照美国人方式，那是军法，无话可说，何幸调到中国领土，却终日蛰处营内，读书，写信，打棒球，玩纸牌，没有半点中国色彩，我们平日渴望来中国做什么？我不甘这般地无所活动。那日吃晚餐时，我在席上对他说：

"你看，昆明是抗战后方的大城市，论天气，四季不寒不热，名胜有什么西山、大观楼、翠湖等等。我们算是中国人了吗？终日躲在执行所里，和老番（洋人）无异，我在美国生长的不用说了，比如你，凭着你的学识、经验、一表人才，竟弄到寂寞成这个样子，我替你抱不平！"

"你怎会知道我觉得寂寞？"他手中叉着一块红番茄，正在想放入口内，听了我的话，突然把它放下来，反问我一句。

"总之我们的生活是枯寂的。"我说不出所以然，"在中国仍是毫无活动，辜负了身为中国人。"

"活动？"他像很感兴味，又像故意作弄我，索性连餐也不吃了，停下来和我讨论了。"什么活动呀？论世界大事，现在欧战将结束，中国坐待胜利，天下极太平！做了兵，衣、食、住、行种种问题，有人为你安排，只合安分守己完成任务，没有什么活动必要。谈到非法活动，最多人走黑市了，可是，第一不够胆量，第二没有本钱，根本说不来，关于胡闹的，当然可以在街上拉几个走国际路线的姑娘，借架吉普车，随处乱闯，真可算大肆活动了，可是，我不感到兴趣，所以这些活动我不来。"

"你真是！不是唱得太高就太低。以美国盟军立场，自不应干涉中国内政或不知自重去干犯法的事，我们不是性的苦闷，也不至于随街拉野鸡。我们需要的是朋友，纯洁的友情，假如昆明我有朋友，男的好，女的好，单身的好，有家眷、有天真孩子的更好。一出城，有人款待，不再流浪街头，无所归宿。放假有人陪你玩，带你游地方，唔，多么好！"

"你简直想成家立室了。"他开玩笑地说。"不过，这些话总比平常说惯的动听得多……"

"那么，你也赞成了。可有办法？"

"朋友我是有的，而且是我幼年同学。上次我出城带回那包书籍，就是他带我四处奔走买来的，我出城多数去访他，你一向没有提起想结交中国朋友，所以我不惊动你。"

"你可以介绍我和他相识吗？"

"巧极了，他约我明晚去吃饭呢，大家一齐去好不好？"

这一来，我又觉得太快，有点难为情，我便说：

"这不行，人家请你吃饭，叫我跟着去？"

"算什么一回事呢，我和他是十多年老友，大家都是广东人，同声同气，更难得在他乡聚会，他一定欢迎你。当了兵，凡事百无禁忌，怎么害羞起来？"

"不过，跟人去混饭吃，成什么话呀?！"

"我教你，你就装做不知道是去吃饭的，和我同去好了。"

"做得！"

反正我又不是"礼义之邦"长大的人，何必拘谨呢！

第二天，下午五时下班以后，我和他匆匆洗了脸，腰间挂了条电筒，手里挟着外套，走出西站，依着老法子，拦住出城大道，有美军车经过，便跳了上去，不一刻钟就到了昆明。

他底朋友住在离"碧鸡"牌坊不远一条横街，还要经过一条污秽的冷巷，中国地方就是这样神秘的，入巷时，我以为内里定有三两间破寮，那里估到是一间旧式大院，真是别有天地！中间一个平方数丈用石铺砌的天井。下面有座假石山，也可以说是一个金鱼池，四围摆满盆栽花草，两边是厢房，窗门紧闭，正中是大院，屏门大开，望见里边摆着桌椅和许多家具。圆柱上钉着一个蓝底白字"××建筑公司"的招牌。这是办公室。

我平生顶爱玩金鱼，一见了金鱼池，那里还顾及其他，走近去看那些凸眼红鳞的小东西，往来游弋，把水沫泡儿一吞一吐，好不得意。正在看到出神，从楼上栏杆内发出一串清脆娇媚的广东白来，叫道：

"华哥，等你好耐（久）喇，过左（了）半点钟至（才）嘅（来）嘅?!"

我本能地抛弃了我那可爱的金鱼儿，抬头一望，上帝啊！原来是个妙龄女郎，虽不是东方美人典型，更没有脂粉修饰，可是轮廓清秀，特别是那一双精神饱满的眼睛。有着摄人的光芒，穿着一件短袖深蓝色旗袍，露出一双肌肉丰满的手臂，微微一笑，隐约见了一副匀细洁白的牙齿。我迷迷惘惘跟着 Gary 由回廊左角拾级而上了楼，楼厅内又转出一双男女迎接我们。Gary 连忙介绍我和他们认识：

"这位李先生是我同队兄弟，让我来介绍你们相识，这是郑先生和钱小姐。"

那时，先前招呼我们的小姐也跟着入来，知道她姓马。我机械地跟着他介绍一个就叫一声小姐或先生，同时，闲着的手也动了动，见人们都只点一点头，没有握手的意思，自己就忙把想伸出的手势缩回，下意识地摸了裤缘一下，也学人点点头。在中国地方，结交中国朋友，有生以来这算是第一次，刹那间我倒有点忸怩，自觉那不争气的脑神经突然汇了血一样，热气上升，无法制止，我暗想：糟了，做什么好呢？一时彷徨无主，后来决定索性放硬心肠，让 Gary 和他们招呼，我却好奇地东张西望。

楼厅是会客室的布置，中间放着一张圆台，几张圆椅子，下面有张旧式雕满花纹的贵妃床，两旁摆了些西式梳化椅，这样新旧参差，正是表示在大后方临时组合的现象，我们美军俱乐部也有这种情形。郑先生大约廿七八岁，高个子，清秀白净，戴了个近视眼镜，穿着整洁西服，说话时爱露笑容，虽然在和 Gary 交谈，常用一种商量口吻回顾别人，好像恐怕旁人遭了冷落似的。钱小姐十足东方美人姿态，雪白的肌肤，略带长形的脸庞，丝一般的幼眉衬着一双柔和的细眼。仪容大方，不多谈笑，一开口又极其温雅，是一个可以制造和悦空气的人。

是马小姐见我无聊吧，她让我坐下：

"李先生，请坐，不要客气，你是和华哥同队的吗？"

惭愧，谁是华哥？我想了一会然后领悟过来。

"是的，"我说，"我在美国时已经认识 Gary，我们说英语惯了口，就忽略了中文名字，我想，我以后也叫他华哥好了。"

"那么我又多了一个弟弟，"华哥加入谈话，"我妈单生我一人，我混入社会几年，自己找了不少兄、弟、姊、妹。"

"爱人呢，也有不少了罢？"马小姐像有意又像无意打趣地说。

华哥很高兴地微笑着，不说话，显然也并不着恼，但似乎不想讨论下去。我觉得真有趣，想不到马小姐是那么活泼天真的人物，我顾不得华哥高兴不高兴，连忙插嘴：

"他的爱人是纸、笔和书籍。不饮酒，不跳舞，不玩纸牌，嗜好特别与人不同，那里来的机会给人爱？"

"笑话，我说你虽然长大成人，心情总不脱孩子气，找朋友如在你说的那种场合得来，不如没有。霞，……马小姐，你说是不是？"

"唔，不依的，好好叫了人的名字，又改称马小姐！"她不回答华的问题，却对于这不够亲热的称谓，撒起娇来，装做生气。

郑、钱两人见她这般娇憨，却都笑了。

我才知道她叫做霞。

"很好，我们以后就叫名字吧，得先声明，不要笑我化外人不懂中华礼节都好。"华回头对我说："我索性把名字说给你听吧，叫不叫由你。我叫李念华，郑先生字寄萍，钱小姐芳名静婉，马小姐你是知道的了，她叫锦霞，锦绣的锦，云霞的霞，轮到我们请教尊别字了，Jackie。"

我当然知道我自己的名字！可是，我要怨句妈，她为我起这名字时，不过一时热望兴奋，总不为我有日要在交际场中应用那名字时着想。"群弟"，叫儿子做群弟的，可曾见带了一班弟弟来？多么小气，叫我怎能讲得出口！我慢吞吞地说：

"我，我总是用英文名字居多，我叫 John，人们叫我 Jack，你是知道的了，中文名叫……群……英。"

我费尽气力把"群英"两个字拼出来，从来没有练习过，不知道顺不顺口，可是，意外地得到郑先生称赞了，他说：

"好一个壮美的名字！今日正是群英聚会，让我们立刻上酒楼去饮一杯，时候已经不早了。"

听候小姐们穿外套，拿手提包，扰攘了一会儿，五个人出了金碧路，钱小姐右手搭在郑先生的左臂，这叫我知道他们已订好了联盟，只留下马小姐、华和我是独立自主的，我们三个人做一堆，把马小姐夹在中间，虽然挤一点，可是没办法，一分开，其中一个便受奚落。我很奇怪，华为什么苦苦邀我同来？要不然，他们现在是很好的一双一对了，好在我们所去的地方不远，就是转过街角一间上海馆子，叫"天香楼"的。

在酒楼坐定后，茶房送上菜牌，郑请我点菜，我推让给华，华说初次到上海馆，让给马，马小姐说一口非常流利的普通话问茶房有没有一种菜色，对方摇头表示没有，却又提出了别一种，于是他们便用国语讨论一回，最后连华哥也同意了，马小姐便连忙写下来。我在心里纳闷，但愿不要吃些我不敢吃的就好了，我从旁觑着她写些什么，原来是"黄鳝糊"三个字，入乡随俗，他们吃得，难道我吃不得？有人吃蛇哩，何况鳝，赌命吧！

酒席上我们谈了许多话，知道钱、马两人是表姊妹，南海人。有一个时期曾在桂林住了很久，桂林郊外的风景，果如马小姐所言，那就美丽极了。去年我在印度时，本来候命去桂林的，因为命令未发而桂林就失陷了，所以去不成，自叹没眼福。可是，她劝我不必惋惜，却把桂林失陷，她们在黔桂路上逃难的艰苦情形，形容尽致，像是故意操纵一下我那一喜一悲的感情，钱小姐比较少说话，有时郑先生说得有趣时，她也附和几句。郑先生曾任滇缅路工程师，近年在昆明做事，他们走难时曾分散了，最近才得重聚，华平日是沉默寡言的，却料不到他，一高兴起来，说话像由上游涌下来源源不绝的江水，郑偏好惹他，问长问短，他很激动地说：

"萍，一别八年，幸得你我都顽强地活着，这几年，眼见几多旧时好友，平日思想行为当得起我们导师的人，经不起大时代洪流一冲，有的是被淹没了，有的抱着礁石，死不放手，进退不得，你二哥就是这个样子了，我们虽没有什么成就，总算站在光阴方面，守着一个岗位，跟着大家前进呀，二哥始终不离开沦陷区，我实在替他可惜！"

"离开沦陷区，谈何容易，他现在的情形做不到了。"

"我以为只要有勇气、有决心，什么事都做得到！当我离开广东时，我祖母就不愿意我远走，她立定死了就招命的念头，我如犹豫不决，也许与她回归一路了。"

马小姐说完，望着华，似乎是期待他发表意见。

"你不知道我底二哥的为难处。"因为代哥哥辩护，萍抢先说了，"他是个善良的人，没有做过半点丑事。为了双亲年老，而且我又走了，他如出走，会令到老家很苦的，说起来，我应当负一半责任。"

"萍，不必难过了。"华见郑动了思家之念，便带安慰、带勉励地说，"你两兄弟就是新旧分野的最好对照，我所认识的人中，论才能，莫如二哥，就是思想落伍一点，他以奉养双亲做挡箭牌，大家死做一堆，何苦呢！"

"你是那一年离开家乡的？"郑底脑海中仍旧萦绕着家乡这一念头。

"忘记了时日，只记得是广州失陷前一日，当日也曾向西步行百余里，逃过难呢！"

"我一向以为华哥去美国多年，原来曾在广州逃难，那不过是七八年的事。"钱小姐用一种惊奇口吻说。

这把郑先生的精神提起来，对钱说道：

"早对你说过，华哥是我同里同学，他的文学功夫极了得，不要自负我们封你做岭东女词人，就以为华哥是个只识英文的洋学生，一心要在他面前班门弄斧，那才活该你撞板（碰壁）哩！"

"哈，哈，今番请得老师来收家姐了。"马小姐幸灾乐祸地拍手大笑。

钱小姐脸泛红霞，嗔怪着郑。

"你真是，说话总不给人留些余地的。"

"啊，女词人吗？素仰！素仰！"

"不要听他鬼话，有时百无聊赖，填它几圈，他们就要起你浑号了，华哥还要指教指教都好。"

"不敢当，我那里懂得什么文学，旧诗、词虽然在幼年时经训蒙师循循善诱，可是我嫌它限韵限格，不合我这个不羁的个性，总弄不来。"

"不教她诗、词，就教我英文吧？那你不能推说不会了。"马小姐很爽快地岔开他们的客套。

我的眼在看，耳在听，手和口则努力做实际工作，蟛糊的味道果然不俗，加点胡椒末更觉可口，华却看不过眼，一把交落我身上来。

"英文更不济了，可以另请高明，好在放在眼前的李先生是加省大学生，不愁没人教你。"

"你吹你自己好了，Let me alone 好不好？"

"看，他就说了半句给你知道利害了。"

引得大家都笑起来，累我也觉得不好意思一人独吃，放下了筷子。

我以为最易混过时间的是在有吃、有喝、有说、有笑的场合，吃完晚饭，不觉已是七时，我们营内规例是夜深十一时归队，现在还有四个钟头，叫我们怎样消遣呢？昆明虽然在抗战后方算是一个大城市，论起娱乐游憩场所来，就会觉得它底渺小，商议一会，找不到好去处，后来由马小姐提议步月色去翠湖散步一回，大家没有异议，郑先生抢先给了账，一行五个便离开了酒楼。

大街上的铺户都上了灯，电力极弱，有些铺户关了门，所以路上还是一段光一段暗。昆明没有柏油马路，都是用石块铺砌，高低不平，还有些渠口，稍一不慎，很容易跌了下去，就弄到满身污秽，华哥真是这时代的聪明儿子，一有机会，绝不错过，开着电筒，靠近马小姐身边。唉！我就慢一点，我何尝没有电筒？不过，算了吧，有道是"君子成人之美"，我索性走过钱、郑那一边，照着他们二人。

珍姊，你是我最亲切的同胞骨肉，不妨照心话告诉你，凡事不可不慎之于始，有机会如不努力争取，轻轻放过，以后机会就永不再来。假如我以马小姐为追求对象，我这一着行得大错特错了。虽然在中国境内，我自料敌不过华哥，以后我认了他做哥哥，更谈不到损失，又何况我根本没有在情场角逐的念头，但不知为了什么，我顶喜欢她，她底美丽容颜、活泼姿态、伶俐口才，在在令人倾倒。自然我也明白我不能占有她，而当时我实在很难过，我简直不能剖解我那取不得舍不下的矛盾心情。看着他们并肩而行、喁喁细语时，我一气而变为又羡又妒，悔恨多此一行了。

华哥所以有资格做我哥哥，因为他不太怎么而常顾念及我，也是其中理由之一。看看我们将行尽了那漫长的正义路时，他便发觉我一人太冷落，回头向我招呼：

"喂，Jackie，没有听到你在后边说话，我还担心你失了路呢。"

"Don't worry about me. I am watching you！"

失路，你快将失了你的心是真！我要给他一句双关的话，又不便叫别人懂得，所以才说英文。

他笑了笑，就在转弯进入华山南路的街角站住，听候我行近来。

翠湖我是到过一回的了。是两个月前和一位姓陈的美军同行。这地方叫翠湖公园，而积纵横不及一里，进口处竖立起一个旧式的石牌坊，正中一条碎石大道。转左有个"湖心亭"，实在位置则在湖边，日间被一档卖粉面的占了半个亭的面积，还有一雨档专卖碎虾米供给游客引金鱼用的小贩。栏杆外那一泓碧水，积聚了无数金鱼，大小不一，形色各异，当游客抛下它们底粮食时，便几十条一齐张着口挤做一堆，有些竟跃出了水面，煞是好看。

转左直行有座高桥，石砌的，两旁石栏杆断了一段，黑夜行路不当心，准会堕入水里去。过了桥，便是租艇供人泛棹的档口，极简单，一桌、一椅、一座钟，旁边湾了十来只破旧小艇，这里做生意的时间和湖心亭卖面粉的恰成反比例，要候至黄昏才有顾客来到，每艇租金六百圆一小时，六百圆，多么惊人的一个数目！据说八年前只这一个数目便可以买几艘大艇了，而现在呢，约值美金八角钱！

我那次白昼来，拍了几张风景片，所得的印象是破旧、荒凉、污浊，不用说比不上纽约中央公园和大埠金门公园底伟大、壮丽，亦不及卡拉奇、新德里、加尔各答任何一个公园底洁净、精巧。可是夜间趁着月色到来，更妙在昆明电力弱，灯又少，在白昼下见到积满莲梗、芦苇、污泥的翠湖，在月色反照下，真有点翠意。仰望长空，一轮新月，几点疏星，往来流走的白云，时而吞没了月亮，一阵微风透过树梢，恰巧月儿又露出面来，地下筛满了月影，从石桥上望过湖心，没有荷花的地方，一片平静无波的湖水，倒映了一弯上弦月，风动浮萍，吹皱一湖碧水，银光四散，这般情景，假如是一对儿并肩携手的话，很容易入了沉醉的境地。

我是爱热闹的人，也许我还没有谈情说爱的资格，我不会体贴别人的心理，我觉得应该痛快地玩一回，首先我就嚷起来：

"让我们扒艇吧，踱来踱去不外几条小路，太乏味，太没意思了。"

他们不知考虑什么，该不至于沉迷到连我底提议也听不见吧？没有半句回音。

"来，我一敌二，有本领的跳下去竞决！"我简直忘记了和艇家接头就想跳下艇去。

"好！"是华哥的应声，"就让你做一回英雄，可是，不要以为我底划船的技术太差，先此声明，输了怎样处罚？"

"输了的下次聚餐要做东。"我提议。

郑先生和船家接洽妥了，还了三只较为完整结实的小艇，我跳下第一只，只两桨，便撑离岸边丈多远。华和马小姐也很灵活，他们并肩儿坐下，转眼就涌出了湖心，惟有郑、钱二人就手忙脚乱，郑费了很多工夫，左扶右插，才把钱小姐安放妥当，只靠他一人动手，好容易才离开岸边，动一动，钱小姐不是嚷着怕船翻，就叫水溅了衣服，华、马初时也很有劲，伏着两个人气力，居然估先我几尺远。过了石桥，绕了一个湾儿之后，回头不见了郑、钱影踪，华像很开心似的叫我掉头去找寻他们，我既然志在扒艇，索性义不容辞地接受了这个好差事。

湖是被一条石桥分做两边的，当我穿过石桥底下，回到这边时，原来郑、钱两人简直没有到过湖心，湾在一株乘杨下，并肩儿互相偎依，停桨不动了，我觉得没有惊动他们的必要，带着平安喜讯掉回那边，打算报告华知道，啊！人真是最灵感的动物，又最会爱惜时光善用环境的，那边和这边，不约而同地一致行动，稍异的就是华和马小姐空间相交日浅，还见懒洋洋地一桨一桨弄着浪花儿。

"华哥呀，不用挂心，龙王还没有把他们请去呢。"我有意捣乱地嚷着。

"那很好。"

"那么，就快呢？不来了吗？"

"问他们好了，我们早已预备。"

"他们不来又怎么样？"

"那么，算你赢了。"

算我赢？岂有此理！可是，我将怎样做好呢？发脾气，没有借口。捣乱？又觉得太幼稚了。扒艇竞决是我提议的，一人敌两人也是我说的，我才领悟到华叫我做英雄的意思。我既然无心成全了他人，当继续完成这种任务，我知趣地棹去湖心，使劲地打了几个转，弄得水花四溅，单桨双桨，直行背行，表演尽我所懂得的各种技术，多么卖力，可惜没有人注意，博不到赞好的掌声，独个儿玩了大半个钟头，我真有点疲乏了，就催着他们归去，他们也依了我的话，各自把艇交还艇家。

走上岸来，时钟已交九点了。华要送小姐们回寓所，我才知道她们不是在郑那里居住。直送她们至女青年会宿舍门前，然后告辞。

这一夜，我们回到招待所不过十时，大家都很兴奋，没有归宿舍睡觉的意思。招待所是向原日一间农业专门学校借用的，礼堂前有五六级石阶，对开一片青草地，我们就坐在石阶下对谈起来。

"今日成绩如何？我平日把你当做和尚呢！"

"废话！有什成绩？根本我和你一样平凡人，谁愿意做和尚？"

"爽快点，又不是和你竞争，何必瞄着我呢？"

"你猜我和她谈些什么？"

"猜得着还问你！不过，看情形你们倒像已经认识了许多日子似的，她华哥华哥地叫得那么亲热，而我事前却一点也不知道，你这人真够朋友！"

"这也值得大惊小怪的么？亏你还是美国生长的青年哩，告诉你，萍介绍给我们相识的，自然也曾一同吃过餐，谈过话，看过电影。不过，她底身世，到今日我才知道大概。"

"她是怎样一个人？"我急于要知道，不顾轻重，胡乱把问题发出来。

"她是怎样一个人，我没有观察清楚，她以后怎样做人，我更无从推测，可以知道的是：过去她是个娇生惯养的千金小姐，跟着爸爸在汉口经商，很愉快地过着童年生活，战争带来了人们悲惨的命运，就在她十八岁中学毕业那年，她底父母直接、间接地相继在兵火下死去。此后她几为举目无亲的孤女，四处飘流。更不幸是流到香港，香港不守，走入桂林，而桂林失陷。却好在风尘中遇着郑、钱两人，婉是她底远亲，也是个有家归不得的漂泊者，她们同病相怜，相依为命，萍是忠厚练达的人，他和婉好，自然无形中也有关照霞的责任，我知道的不外这样。"

"你喜欢她吗？你觉得她怎样？"

"她热情。"

"还有呢？"

"也聪明。"

他那答话的简捷，使我怀疑他有点过分的矜持，忍不住追问下去：

"她不是也很美丽？还有，天真呢，活泼呢？你总不提起！"

"是的，这些都是她底长处。不过，也许就是她底短处。"

"这又叫我不明白！"

"比方，热情是好的了，但感情最容易冲动的，不也就是最热情的人？聪明是好的了，可是，许多人恃小聪明而自负，误了一生。"

他依然是这样冷淡，任他说感情冲动也好，我实在不能忍耐了，我指着他底鼻尖说：

"你敢对着月亮起誓，说你不爱她！"

"太幼稚了，何苦来！我承认爱她就是。"

人是有良心的，始终敌不过良心的谴责，要说出实话来，我不禁满意地微笑了。突然，他又说：

"我爱她的心情，如爱你一样。"

"废话！我又不是女人，你作弄我！"

"你以为爱是指爱一个异性的吗？这思想太狭隘了。世间可爱的人不少，应做的事更多，男女恋爱，在我看，不算什么伟大的事。我，直至现在，还没有把我的生命力浪费在恋爱圈里的意思。我以为，世间如有所谓爱，爱同阶级同是被迫害的那一群，没有人种、性别、年龄的界限。我说爱你，就是这个意思，不是有心取笑。就以马小姐而论，我爱她，不单是爱她那美丽的外表，我同情她底可怜身世，我更敬佩她倔强的精神，最低限度她能不畏艰苦，跟着大众辗转流亡，不甘在沦陷区里苟且活着，她是有光明的前途的，我又何必因为怎么一念，便想占有了她呢。"

"你会说话，令人听来似乎道理条条，在我看，男女相爱，便应当结合，说不到谁占了谁，我祝福你们有个美满的结果。"

"不是这样简单的，你没有了解我。"

他做出一种痛苦的表情，像有无限心事地，喟然长叹。

是的，我承认我不了解他，表面上，我觉得他待人谦虚和气，乐于助人，自处生活严谨，一丝不苟，不失为一个正人君子，所以我喜欢和他接近。至于他底身世、他底心事，那惟有他自己知道，从来没有对我说过，最惭愧的就是连他的中文名字，也是日间无意中知道的。我想了解他，不能不撩起他底往事，原来，他底身世绝不是我幻想中那么美满，而是人海中一段伤心故事啊！

他自称是个来历不明白的人，在粤南近海的市镇里一个小康家庭长大。父亲是个慈祥忠厚的华侨，大半世时光在海外劳作，以血汗换来的金钱，为家人谋幸福；母亲是个精明果断的女人，她用她底所谓爱，老早就为儿子（亦可以说为她自己）排下命运。她叫他去离家不过几码远的家塾，读些四书五经一类的书，她不许他和别家孩子玩，因为恐防会变得野性难驯，不许他买果饵吃，自然恐防生病。从小事以至大问题，都受管制，他什么事都不用自己动手，自然有人替他安排，养成他一种多思少动忧郁沉默的个性，博得闾里亲戚甚至自己的母亲都说是纯良的孩子。

他早熟，十岁便吟诗作对，一篇之乎者也的东西，也很得塾师赞许。他爱读小说，终日里埋头在书本上，为赵子龙记功，为林黛玉流泪。他只有这一种消遣可以自由，他底母亲以为他专心用功，不加制止，所以旧小说读厌了，便从年纪较大的同学处借些冰心底小说、圣陶底童话来读，觉得新颖有趣，又醉心新文艺起来。

他童年也有过一段罗曼史，他和他底表妹，天真无邪地互相爱着，可是环境作弄他，使这美丽的爱苗遭受暴风雨摧残，不能如愿望地生长。他底母亲不大喜欢这姨甥女，可以说是因为妇人势利心重，要门户登对，轻视姨母家贫。可是姨母也轻视他，使他大惑不解，直至十三岁那一年，有日翻箱倒箧搜寻东西，在母亲装载嫁衣放在最底的木箱里，无意中发现了一张卖身契。这一来，把他吓得目瞪口呆，手颤心跳，一颗自尊心粉碎无存，热泪夺眶冲出。他几乎放声大哭起来了，不过，算他沉着，会想到这是揭穿秘密，是一种对于自己极不利的行为。他立即把房门关闭，从头一字一字地再读，泪珠一滴一滴地流下来。他明白了这十几年来过着笼中鸟般生活，与其说是慈母溺爱，不如说是有意用圈套困住他的阴谋。他又明白姨母看不起他，不外是为了有这一点世俗人认为失体面的事。初时，他曾怨恨那一双忍心抛弃骨肉的贫苦农民，后来想到饥寒交迫中一家人同归于尽的惨象，卖了他，亦等于放他一条生路，免至大家死做一堆，又见得自己生活优裕，不禁说声惭愧，反而怜悯他底生身父母了。母亲瞒住他，自然有她底苦衷，他不知道时，心理安静无事，岂不是较知道了更好？

他虽然是这样宽恕了别人对不起他的行为，但心里总觉得难过，他把这染满泪痕的卖身契放回原处，整整哭了一日。

他叙述到这里，便忽然停止，叹了一口气。我从来没有见过他这样激动，我想和缓一下这样紧张的空气，便说：

"西人怕生育，又爱养子，儿子不是亲生的多得很哩。"

"我知，不过中国旧社会不同，许多人不是你这种看法。"

"难道你表妹也和她底妈一样陈旧脑筋？"

他没有立即回答我的话，过了一会儿，才把他底故事续完：

他曾把这事告知表妹，而她早知道，又是姨母作怪，想离间他们的感情。不过，她不计较这些，一个穷家女儿的她，不敢料父母不会把她出卖，因此这不能影响他俩与日俱长的爱情。

自此之后，他存心挣脱那家庭的枷锁，跳出那樊笼做个自由的人。恰巧那在外多年的父亲回了家，他就以求上进为名，得到父亲允许，便离开家庭，去省城升学。

在学校寄宿，倒也自知地过了几年。然而，失意事也并非没有，就在他初中毕业那一年，姨母贪着六百元身价银，把自己亲生的女儿，卖给一位富商做第三妾侍。他回到故乡，一对年轻情人，只有抱头痛哭，他眼睁睁看着自己的心爱人断送了青春，牺牲了毕生幸福，走入坟墓。他痛恨人性的自私，为了解救自己，不惜卖女卖儿，这般残忍！他也痛恨自己，只会在一旁焦急，无从援手，这般无能！幸而他没有悲观失恋而自暴自弃，却会把失意事放过一边，拣中了书本做唯一良友，努力用功，但求精神有所寄托，不致回思往事。

"七七事变"之后，他还在大学里念书，直至广州沦陷，糊里糊涂地听着父亲的摆布、母亲的苦求，不跟着学校搬去后方，自己一人远走美国，当时觉得能避乱他乡，不留在沦陷区做顺民，也不用留在后方吃苦，深自庆幸，那里料得到刚到异地半年，劳倦一生的年迈父亲，竟自抛下那初入社会不识世务的青年，找他自己的安息之路，有一朝就一瞑不起。

和他父亲同在波士顿开洗衣店的族叔，欺他人地生疏，把生意结束了，清算起来，他领不到半点利益，反而得了一笔债项，便要离开波城。惨经大故后的他，更遇冷暖人情，茫茫前路，无家可归，日夜流浪街头，夜间在火车站里坐过通宵，这才大彻大悟地尝透人生苦酒的滋味。我最记得清楚他曾这样说：

"小资产家庭长大的青年，无一技所长可以在社会立足，平日娇生惯养，捱不得苦，到了末路是极其凄凉的，我现在以过来人身份自供罪过了。"

"人，果真能悔过，倒不失为好人，据说，上帝会降福能悔过的人啊。"许久没有给我开口的机会，我趁空胡凑几句。

"我不信上帝！我全靠我自己的力量去改造自己！而且现在我也有朋友了，我不再自卑自馁。我知道世间不单独我是苦命人，我有勇气正视一切恶劣势力，我痛恨从前的我，把一切丑恶和盘道出心里痛快得多。在从前，我简直当为一件不体面的事，那敢对人说?!"

他把以后的事，简略不提。我只知道他半工半读在纽约混过几年，直至珍珠港事变，然后投笔从戎的。

我们相对默然，大家都陷入深思的境界。我回味着华哥的说话，无怪他有时是那么冷淡沉默，原来早年曾有过一段伤心史的。为了安慰他，我便说：

"过去的事已成过去了。难道你还念念不忘你底表妹?"

"她完了。她算是不幸的做了时代的牺牲者了。"他说罢，似乎无限感慨，接着仰望长空，注视那高照大地的明月，仿佛是走入了梦境一般。"我答应过有日回去救她的。假如她还活着，我要帮助她扭断那商人缚束住她的枷锁，当着最顽固的势力下，我张着手让她走入我底怀里，哈，哈，真是人生最痛快的一件事！"

"你简直存心报复了。"

"是的，十年前他们向我挑战，我自知不敌，退缩不前。现在我自信有力量战胜他们了。我不单是因为复仇一点意思，我要使他们惊异着从前像只任人宰割的羔羊的我，何以一别几年，就变了出柙大虫，给一班处境如我从前一样困难的青年，注射一支兴奋针，并叫那顽固地拥护旧势力的人们，确实知道他们底黄金时代已成过去，他们底势力早已没落了。"

"问题是你能不能像从前一样爱你底表妹? 如不，你抢了她过来，虽然是一时快意，究竟不是你底幸福呵。"

"这真成问题了。我不会因为她受人蹂躏过就存一点陈腐的贞操观念而左右为难她，可是我相信纵然她底肉体还活着，但灵魂早已死了，我也完全变了，现在的我再不是她从前爱过的人，何况时世乱离，几年隔绝，生死不相闻问呢！"停一停，他像痛定思痛地又起了无限感触，继续说：

"过去几年生活逼人，几番走到悬崖底边缘，还要继续走，明知是绝路，还要有像开'史迪威'公路那种精神，架桥也好，凿山也好，总之要有勇气、有耐心去面临它、渡过它，错一步，就会堕落崖下，粉身碎骨，自然，我已不是单身无助的了，有许多同路人在前带领我，在后推动我，我也尽了我之所能帮助他们，还有许多彷徨无主又不甘退后、伸手求助的，更有许多失足跌了下去，遍体鳞伤，呻吟辗转的。我明知自己虽已渡过几个难关，而仍然踏着一条满途荆棘的路，但人类同情心驱使我回顾他们，当我想到自顾不暇、力不从心时，我内心非常痛苦。"

"你这比喻真好，可不知马小姐到了什么境地？"

"她？"他似乎意外地听到我又说回马小姐身上来，便想了一想，然后说，"几年艰苦生活折磨她，还能够顽强地活着，总算跨过了生活底悬崖。不过，据我看来，她近来又走上了感情悬崖底边缘去了。"

"你这话指什么？我不高兴又来猜谜语。"

"我也是主观地推测罢了，我知道有人在追求她底爱，而她心中不大属意这个人。你知道，这也是很烦恼的事。"

像马小姐这样的人物，有人追她，我并不觉得惊奇。但，华似乎早已洞悉一切，又似乎与他没有关系，这就引起我对这事很大的兴味。因此，我还是苦苦迫他道其究竟。可是他真的疲乏了，懒洋洋地站起来，一连打了几个呵欠。

"相识日浅，不大清楚，总之有这样一个人，反正这人又不是我，干吗替别人担忧！"

"我看，她不属意这人，一定看上了你。"

"天晓得！"

"不过，这是三角了，当心点，杀败了连我也丢脸哩！"我打趣地反激他。

"笑话！我如决心爱上她，任何人都不是我敌手，你不知道我的本领！"

"好大口气，我倒要看看你的本领了。"

"可是，我对她的心情，早已对你说过了。"

"又是你做和尚叫她做尼姑那一套？喂，太可惜了，无意经营，不妨召顶呀！"

"你想来？属在兄弟，绝无问题。"

"我在说笑话，不要认真，我不配！"

"是的，提起配字，除了年龄一项之外，你们不相配。配字是择偶的先决条件，比方，你们的思想、个性、嗜好、学识、经历，分开来论，各有各的好处，但各个发展的方向不同，一合起来，就觉得距离很远，这便是不相配，千万别误会，我不敢说谁配起谁！"

"好了，好了！你配，你配！所以叫你当心不要失了她。……笑什么？我说真心话啊。"

夜深了。营房都已熄了灯，明天又要早起，我们不约而同，步着月色，返回宿舍。将入门，他又问我：

"后天星期日，大家去西山玩一天，你去不去？"

"你和他们约定了吗？"

"唔。"

"就是五个人？"

"不，还有位黄小姐。"

"你识她？"

"不，因为我曾对婉说过，你没有女朋友，她介绍给你的。"

"真有你的，这才像个哥哥呀！这一定'配'我了？"

"哈，哈，我不能负责，我又没有见过她。明天打抹一下你的照相机罢。"

经过一夜睡眠不足，第二日像小孩子除夕望过新年的心情，深觉日子特别长久难过，好容易等到星期日早晨，把你寄给我的菲林带了两卷，肩上挂了照相机，一行两人走入昆明城里，直叩女青年会的大门。

虽然是约定，但我们提早半小时报到，被马小姐半讥半夸奖地说："美国人真守时间呵！"反令我们觉得很难为情。

老郑未到来，那位答允和我们一同出游的黄小姐，早已在座。她也是女青年会的住客。钱小姐便介绍我们认识。

黄小姐生来不错，虽不算怎样美，但绝对谈不到丑字。可訾议的就是过度不调和的修饰，把脸涂得粉白，口唇像血红，头发卷成像只发狂的狮子，还穿上大红大绿的衣服。我一看这人，就找不到半点可喜的地方。心里想：假如这人就是今日我的伴侣，可真有点呕气。继而一想，游伴又不是终身伴侣，有人一场好意为你找个来，不强如孤清一人跟着别人一双一对的后面？何况这类人物，虽然我不喜欢，但在一般人看来，这正是抗战几年大后方的天之骄子，几多人梦魂颠倒，求亲近而不得，她肯陪我，我算是有幸的了。而且，我，一个离家万里的远征军人，残酷的战争，可以使我片刻间离开这地方，或离开这人世。为了使自己不要时常加快美丽的过去，推想渺茫的将来，捱过沉闷枯燥的现在，我需要有个人陪我玩耍。至于这些人是何等样人，虽足影响这日愉快程度的深浅，但，究竟不必太自私、太认真地当作一回事，反正大家都是这地方的过客，玩完大家便分手了。

钱小姐介绍我们交谈几句之后，就走入里边，留下华和马小姐一对，我没有加入的余地，环境迫我不能不和黄小姐略事周旋，一开口之后，原来她底言语较之样子更沉可厌。

她很自豪地说她自己也是华侨，我心纳罕：这一定是特殊阶级的华侨了，要不然，怎会这般骄傲！果然，她爸在南洋做橡皮生意，她又说，南洋华侨有大富大贫，言外之意，分明笑我们居留美国的发不起，她家自然属于富的一类，还着重声明她底皇家曾封她爸做爵士，她是香港五娘所生，因在香港出世，所以也是皇家旗下的人民，我虽然觉得她满口皇家皇家地有点刺耳，但，这正好比有些人动不动就花旗、花旗一样，我没有排斥她的必要。可是，她竟不知自重，首先挑战起来。她说：

"百多年前，你们也受皇家保护，要不是华盛顿作反，现在还是一家人呢！"

这些话，在她看来或者算是"得罪当称呼"，以为提起"一家人"就更觉亲密一点，我可却忍耐不住了，便反问她：

"中国为什么对日本作战？不就是争取民族底自由、平等吗？你皇家从前压迫美洲殖民，一样地，为了争取自由、平等，美利坚人民就要反抗，就要独立！"

她并不立刻答辩，停一停，像是诚意，又像是随便瞎扯：

"不过百余年历史，美国无日不在进步，现在是头等第一的国家了。飞机、战舰、大炮、吉普车，以至于口红、胭脂、香口糖，都是美国出产最多又最好。"

"你是说物质吧。我以为美国精神方面也有不少好处，比方同是对付殖民地问题，何以法国底安南、荷兰底东印度、'贵皇家'底缅甸，美国虽然军事上失掉了菲岛，但没有失掉菲律宾底人心，到现在，菲律宾人还相信真正解放菲律宾的是美国人，能切实遵守诺言，有力量打回菲律宾去的也是美国人……"其实，世间那有自甘做奴隶的人？有殖民地的国家，根本就不合道理，我这话也许为美国掩饰，抹煞菲岛民心，不过因为她想在我身上估胜，我当然不愿示弱，所以随便说几句奚落她，可是，奇怪，她没有半点着恼的意思，始终是很感兴味地望着我，这一来，我内心突然生出一种歉意，这对一个初相识的朋友，尤其是女人，未免太不客气，露出了我那粗鲁无礼的弱点，于是，本能地留住了许多冲至口唇边的话，她比我更识趣，看见我迟疑地住了口，便接着说道：

"我很同意你底话，单就这几个月来，住在昆明的市民，能够安居乐业，不再听那呜呜的警报声，不就是美国人助我们争回制空权了吗？无怪满街巷的孩子们，一见你们行过，就伸出拇指叫 ding how① 了。"

只要她回复到中国人身份，我便感到相当满意，何况又带点幽默意味，我本能地陪着她笑了。

郑先生终于到来，我们就出发往西山去，在近日楼公共汽车站搭车。

啊！车简直那里叫得坐车，形态仿佛走入一间正在拆卸的木屋，动态像骑上一匹 Texas 省的癫马。一路上，我为小姐们叫屈，假如识一个稍有地位的人，起码美军少尉就够，可以领架吉普车，勉强坐六个人，既快，又安稳，兼够威风，好不写意！我内心里第一次改变了轻视做少尉的心理，觉得从前有资格入军官学校，因为不愿爬上这阶级而放弃权利，到现在有点悔恨了。然而，除了这样，我仍然以为少尉也是不值得干的。

捱过一时三刻的苦况，终于平安抵达西山下的一个村落，车，出我意料之外，没有在中途震得粉碎，值得用"平安"两字，大家互相祝福。

下了车，拍去身上的泥尘，松了一口闷气。大家都有点饥意，找不着饭馆，在一茶店休息半句钟，各人吃了一碗云南火腿面，然后起程，从这里上山顶，算起来约有两里路远，碎石铺成的斜坡，如用车，可以驶到山腰，天时尚早，太阳虽已高升，还没有发挥他底炎威力量，我们决定不候汽车了，步行上山。

这日游西山，以我和马小姐两个最年轻的人，最兴高采烈，黄小姐不会比我老几多，可是，虚伪的客气应酬，在她底身上找不到半点天真纯洁的青春活力。

马小姐和我带跑带跳地过了两度山涧石桥，钱小姐比较柔弱，她赶不上了，于是大家坐下来休息。石桥离涧底有几十丈深，桥身有十来丈长，在加省，这样的桥是卑不足道，在中国，这样工程就不可多见，而风景也不错啊！涧底下涓涓不绝的山泉，好像深不及二寸，清澈见底，连从山上冲下来的鱼花儿，也隐约数得过多少。

---

① 编者注：应该是"顶好"的意思。

　　我的照相机吸引了大家的注意力，首先是马小姐做着斜倚桥栏远眺山景的姿势影了一张，黄小姐继起仿效，我有的是菲林，有求必应，接着单人的，找伴侣的，一连就拍了几张。

　　我从前听人说过，中国女子是不轻易送照片给人，更少见和别人一同照相的。我看华哥邀马小姐同拍一照，简直一说就合，绝不见她有半点迟疑，这把我的野心挑动了，我鼓着勇气对她说：

　　"马小姐，你肯赏面和我同拍一照留做纪念吗？"

　　"好！"

　　她直截了当地应承，我底心像开了一朵花。

　　可是，有变了，她站着原有地位没有移动的意思，这不厚不薄的唇儿辗然相笑，又用匀细洁白的牙齿把下唇咬着，笑不出来，一双明亮妩媚的眼珠儿，充满着友爱的善意溜着我，笑也不是，恼也不是，这做什么？我摸不着头脑，有点迷惘了，她见我呆着不动，然后很温柔地说：

　　"拍纪念片是应当的，不过，你老是小姐前小姐后地叫我，可见我们底交情还没有到达一同拍照的程度。"

　　"那易极了。何不早说？累我饱吃虚惊！以后叫我做群哥，我叫你阿霞，好不好？"

　　"你真不害羞，做哥哥！你几岁了？"

　　"好话。二十二年零一个月。"

　　"看你，连年龄也不会说，想做哥哥？教你呀，我们中国人就说廿三岁了。我大两个月，叫声霞姊啰！"

　　"我如不是说得这样清楚，你怎会知道比我大两个月呀？不过，我不信。拣中你做妹妹，你又不认我是哥哥。"

　　她和我争闹一回，她们人多，我敌不过，而据我知道，中国男人往往好自认自己是别人的父亲，她要做姊姊，也许是一种传统的精神，非绝对胜利不可。我是不计这些的，本着饶让女人的一贯作风，结果我认了输。

　　做了姊姊之后，她高兴有序了，和我拍了一张照。——前月我寄给你的那一张，她就是霞姊。另一张用自动掣影的，从左到右，后排站着穿军服的是华哥，数过来的是霞姊、Mary Wong 和我，前排坐着婉和萍。

　　除了黄小姐喜欢西化，她叫我做 Jackie，要我叫她做 Mary 之外，我们从这日起，就取消了小姐、先生的称谓。

　　顺带提起，黄小姐的中文芳名，我始终不知道，她不但有个英文名字，还讲一口带着英格兰人口音的英语，不用说，这是香港的书院里学来的。这时代，在几个后方大城市如重庆、成都、昆明之间，美军密布，假如能说一口流利英语，能直接和盟军谈话，可算是风头最劲的人。也许是有意在她朋友面前显能吧，Mary 和我讲话，总是爱用英语，我当然不会示弱，这一来，反而和她谈话的机会多了些。

将交中午，我们行抵山腰的云栖寺。中国的寺院，和我在印、缅所见的，有些不同，很少见有刻满梵文的佛塔，但亦自有它底庄严华丽处。首殿正中，安着一尊几个头、许多手臂、形容古怪的大佛。两旁是四大金刚，据说他们是四兄弟，大约不同母所生，只有一个生得漂亮的。转过殿后，有一位手持怪异武器威风凛凛的大神，萍说这叫卫护，神龛两旁有副金字对联，大意称颂这是护法尊者。华哥这人专好排斥宗教，他开玩笑地说：

"耶稣所以被钉死，就是因为缺少一个卫护的护法尊者，可见无论鼓吹什么宗教，都要靠武力支持。"

可惜大家注意浏览，没有人和他辩论，要不然，他一定还有许多话哩。

卫护神龛对开是一个大天井，两旁有两株三丈多高的古柏树，中间安放一个高与人齐的铜鼎。天井两旁的厢房是知客室，正中上了十多级石阶，便是大雄宝殿。殿中有三宝佛，壁厢塑满五百罗汉。我底珍姊，这是值得特别说给你知道，任你在美国游尽名山大川，见过百多层楼的大厦，你却没有欣赏过这种中国固有艺术！这些罗汉，塑来有俏有丑，坐骑呢，有禽、兽、鱼、虫和许多或者古时有之而现在已绝种的动物。妙在个个活现如生，尤其是几百个之多，容貌动作，绝不相同，更觉难能可贵。你如回中国，我介绍你看一看这些罗汉们，怎见得好？这里有几张照片为证。

在云栖寺混了一个时辰，和尚待茶，吃了碗斋面，不收账，却拿出缘部来要捐钱，算起来，这碗面可吃贵了。

离开云栖寺，行半里又有间太华寺，顺着游行程序，自然入去观光。从建筑物看来，太华寺远不及云栖寺伟大。我以为正殿也有罗汉像，正好作一比较，原来没有，里边檐桁破烂，颜色褪落，充满荒凉气味。

同是眼见一件事物，人的注意点各有不同；Mary 对什么都敷衍，人云亦云。霞和我则东瞧西望，像哥仑布想寻新大陆，婉专心一意读那些刻在柱上的对联，华与萍却很有意味地讨论一件事，只见华说：

"云南人一提起唐继尧就肃然起敬，我也承认他有再造共和的功绩。可是，你看大雄宝殿的牌局，居然有'开武将军唐继尧重修'这几字，这封号是老袁给他的，到现在还保持下来，尤其是加在一个打倒老袁的人身上，这真成笑话了。"

婉听了，十分佩服地说：

"原来华哥对于考据也感兴趣，这一点我就没有留意，却不及你了。"

"这是民国四年的牌匾，当时老袁得势，情势不同今日。"萍很感慨地说。

"经过三十年没有人修改，即此而论其他，可见本省要改革的事正多。"

他们一转过题目便讨论云南的政治经济种种问题，如不是我和霞觉得不耐烦，催着起行，将不知怎样了结。出了太华寺，便向最终的目的地——西山的龙门进发。这一段路，颇觉崎岖，小车已不能走过，斜坡又高，婉和 Mary 都有点气喘，可幸不久就到了和千步梯相接之处了。

原来上龙门有两条路：其一就是我们所取的，由斜坡上，经过两间古寺。还有一条由苏家村直登沿山边的石级——千步梯。这些石级也许有千步，幸而不是呆板地步步匀称，迫人一口气跑上山顶，几十步便有个长坡，或转一个大弯，可以抖气。上到半山，石级愈高愈狭，穿过一度洞门，便有一间仙阁，所见的尽是神像、石碑、破龛和废柱，但一连过了几度洞门仙阁之后，可真渐入佳境了。

所谓龙门，是依石山形势，用人工凿出一个迂回曲折的洞。相传有个石工，因为遇着失意事，精神无所寄托，立誓以毕生精力，循山边凿一条路通上山顶，后来凿到最高峰的龙门时，他已衰老疲倦，自知难以了此心愿，尤其使他苦恼的就是凿到神殿里一位魁星。我底珍姊，你没有到过祖国，一定未见过魁星像了。据说，此公在神界里的任务是主点天下文士，古时候如果士人想中状元，非靠魁星施恩不可。可是，此公相貌不类斯文，简直像只怪兽，头角嶙峋，睁眉突眼，一只脚做踢人模样，一只手拿着笔，高高举起。石工知道凿到笔最难，稍一用力不匀，就会折断，便把这支笔凿到最后，又许下心愿，如果断了，这工程便告终止。果不幸凿到魁星笔时，当真折了，那石工便涌身岸下，意以身殉。我们上到龙门时，好奇多事的我，首先验明魁星手里果然拿着半支笔，然后对于这有传奇意味的故事，再事考量；用人工凿一条路上山，已不容易，还要凿栏河、神殿、神像、神龛、香炉、石台，都是由一个山凿出来，我承认它既伟大又精巧，却不信是一个人的力量。

从龙门俯视，底下是苏家村，阡陌相连，房舍人物都看不清楚，仿佛是撒下了许多小黑点，望开去是滇池，天水苍茫，一望无际，终日在喧嚣尘市中，到此才觉山川的壮丽。

在龙门流连了好些时候，又拍了几张风景片，然后从千步梯下山。落到苏家村，恰巧有车，搭了上去，依着原路回到昆明。

夕阳虽好，已近黄昏，我们一日畅游，至此又疲又饿，于是拣一间广东馆子吃晚餐了。

点过菜后，婉摊开抹筷子的草纸，写出一大堆字来。写完送给华，华点头赞好。霞和我同时争着要看。

"好多字，你识？"

"我不识，偏你识！"

"你念不出，看我不打你。"她说。

终于这字条落在我手上，第一行题目是"洞仙歌"（游西山三清阁），我便一字一字念出来，虽然有几个很少见的字，我不识，我猜这就是半形半声一类，照声读出来，哼，居然一字不错！

这使他们意外地惊奇，不去品评文字，反先研究起我来。我见大家虽是萍水相逢，但既已认兄认弟那么亲切，又何妨做一下自我介绍呢？

我便先从爷爷说起，他的故事，爸对我说了不少遍；爷爷是个读书人，有没有考试做官，我不知道，我料你也未必知道，或者没有，如有，怎会跟洪秀全手下的王爷去作反？但他做了军师，曾在大江南北，横行一时，想来一定有点名色。要不然，他又怎会于失败之后，也跟着这王爷逃亡海外，创立了现在最老字号的堂会呢？他教爸读书识字，还教他不要忘了作反，——后来叫做革命，所以爸也养成和爷爷一样脾气，年少时满腔热情，曾返祖国革了半辈子命。民国成立，后来他又和有势力的人意见不合，退回海外，在加省买地种菜，教我们姊弟读书，大意是这样说了。珍姊，我在他们面前，把你吹到了不起，我还对婉说：

"我虽不曾吟诗作对，我底家姊就会，不见得便比不上你呢！"

假如婉寄些文章请你指教，珍姊，我惟有在胸前画个十字。恳上帝宽恕我吹牛，祈祷着他会帮助你。

吃过晚餐，因为一日疲劳，大家都不愿移动，闲谈一会，尽欢而散。

我们的交情，可以用这日上西山做象征，——越上越高，与时俱进。以后，黑龙潭、白龙潭、大观楼、筇竹寺，稍有名色的地方都到齐，粤、川、滇、沪各式菜馆亦无不尝遍，很愉快地混过了四个月。这期间，萍和婉订了婚，华、霞两人亦火般热。从前是终日埋头书卷，像个苦练头陀的华，一变而年轻了十年，像个不识世故过着初恋生活的小伙子。我呢，正经事在霞这里学了一口不三不四的国语，她也识了几句英文，自然她在学校里学过英文了，我不敢居功说是我教她的，总之我们有个机会实习我们说不惯的言语。

我除了她们之外，再没有女朋友了。对于 Mary，不像从前那么讨厌她了，可是，仍然不大亲热，因为她存了一种要不得的心理，姑不论她想接近我是善意或恶意，我承认她有这种权利，但她也应该尊重我的自由权。她把我当做是属于她所有的人，我如送些东西给霞，或和霞多说几句话，她就老大不高兴，她不了解我和霞的纯洁友爱，盲目地缠着我，反不及霞能了解我底心情，霞亦有她底为难处，她怕 Mary 发生误会，当着 Mary 面前，很少和我嬉笑，我便渐渐觉得这种生活实在有点无聊，也许是厌倦了。便不像从前那样殷勤地拜候她们，有时让华哥独自出去。

俗语说"今日不知明日事"，我以为这话最合形容军旅生活。有一天，将近放工时间了，突然一个命令下来，要华随着大队汽车，出发往百色，即夜起行。

他，三年行伍生涯的老兵，这些调动当然不会大出意料，不过，这几个月来安定地有规律地活着，工余生活又是多么写意，简直忘记了自己是个在战争中的军人了。突然命令下来，好比晴天打个霹雳，把正在做着的好梦惊醒，带他走回现实之路去。

接过了命令，下意识地看了又再看，呆站着，默然沉思，他一会还说不出话。我绝对同情他那时的心情。战争使人们不能和平自由地过活，且不说丧气话，上了前线会不会有着完整的身体回来，单就我们几个月来的交情，亲如手足，在目前就要无可奈何地分散，不知后会何时了。想到此，我心里也很难过。他底心，自然比我底惆怅万千。好在他是个冷静的人，还是他首先发觉不能僵立下去，慢移着步履，返回宿舍。我帮助他执拾行装，问他还赶出城去和她告别不？他摇了摇头，很沉痛地说：

"不去了，军法不许！这几月来，我感谢她把我这负重于人生旅途中有点怠倦的人，带入了另一个愉快的天地，而我给她的是无限苦恼，以后也许不再见她了！"

"你不是待她很好吗？来日方长，何必因为暂时离别便丧气呢？！她一定会等候你回来的！"

"我不是担心战死，更没有怀疑她会抛弃我，事实上，若说在情场角逐中，我可以算打了场胜仗啊！"也许是体谅我焦急地期待下文吧，他歇息不久，便继续说下去："就在这半月来你很少在，我出去的时候。我不是也曾对你说过有人在追求着霞的吗？这人想排挤我，却被我把他杀得大败。也是好一个人物啊！年轻、漂亮、有地位，是个中国空军少尉。"

他说到这里，便回复到这几月来青春蓬勃的生气，似乎把月前就要分离的事，忘得清清楚楚。我见他高兴，便附和地说：

"有种的！我最憎少尉这些小官，初做官，小鬼升城隍，满身架子，非打倒不可！"

"假如你认定现在是进攻时期，昆明做战场，发动你底情场角逐战，Jackie，我教你一个秘诀，我们华裔美军有许多优越条件，只要你会利用它，包你百战百胜。论起容貌、体格、个性，这是天赋的，没得说；如论地位，俗语有话'不怕官，只怕管'。任他对手是个大官，我们是来华助战盟军，虽然是个士兵，可不受你管；论才干，只要略识中文，有普通中国人赏识，这便够了，因为人们早已默认我们懂英文，到的地方多，生活充实的了；论财产，任你自己吹牛，离家万里，人们无法查究，在中国当公务员是很清苦的，若单靠薪水入息，有些地位很高，其薪额比不上我们的二等兵。……自然我说的不免是庸俗人见解，但也是不可抹煞的事实，何况世间庸俗人多得很哩。"

"岂有此理！你可以用任何手段杀败你的敌手，但不能说我的霞姊是个庸俗人！"

"哈，哈，不敢，不敢！你底霞姊，Jackie，你真不愧我底弟弟，我见你们多么友爱，感到非常愉快，满足。我不敢轻侮你霞姊，我知道她爱我，我也爱她，可惜这位少尉大人就误会了，以为我尽量发挥优越条件，将他迫走的。先前的话，就是他对别人发牢骚，间接传入我底耳鼓里，我一时高兴，借来教你，现在索性说明。"

"啊，原来有张本的，我就不相信用金钱地位可以博得爱情。你们既然相爱，那就好了，管他人觉得怎样！"

经过片刻而兴奋，他底笑容又敛住了，很庄重地说：

"还有许多问题，你不知道的，人固然要有热情，但也不能失了理智，这几年，我在人海飘流，也遇过不少这种场合，得了许多经验，有些人善意地可怜我底身世，或误认我是埋没了的英才，向我招手，我如不是有个理想，早已入赘人家，何愁妻财子禄！"

"所以就是爱情第一！"

"就因这问题使我非常苦恼！老实说，我未识霞以前，我走着很正确的道路。生活压迫我吃了不少苦头，我觉悟十年前在小资产家庭下过着颓废生活的无意义，觉悟到这时代不是青年人把值得珍惜的精力和时光消耗在恋爱圈里的时代，也知道自己常识经验太浅薄，做不得大事，所以并不凭着一点热情，追求梦幻的理想，只向光明方面，拣个岗位，紧守住它，有空就向生活学习，在书本自修，本来是过得好好的。可是，自认识霞以后，她底青春美丽、纯洁天真，又是个天涯孤女，多么令人可爱可怜！我坦白地承认我底小资产阶级的弱点太多，积重难返；我曾勉励她怎样读书，怎样做人刻苦耐劳，捱过现在的难关，站起来，向前走，所有比较响亮的口号都叫过了。而自己呢，写了一半的东西搁下笔，把一大包书籍送给友人，过着浪漫陶醉的生活，任谁也不信我会变成这样。有日回到美洲，一班老弟兄们追问起来，我简直没话好说。"

"这不算罪过呀，人，不见得个个要独身过一世的，我始终觉得霞姊是个好女子。"

"我不是说她不好。不过，人对于择偶的对象，总要有个理想的标准，不能因为对方盲目地爱你，就被感情左右，勉强相从。要顾虑到如因暂时环境的需求，一时感情冲动而结合，是不会长久的、美满的。这几夜来，我辗转反侧，总不成眠，你是知道的了。我发现有一点该是男女相谈中反常作用；我爱她的心情，是做大哥爱小妹爱护的爱，年龄、思想、学识，都有个距离，大家贬一点说：我是大老颓，她是太幼稚了。你以为是不是？"

"完全是心理作用！"我以为他因为离别而起伤感，极力安慰他。

"还有一点顾虑；有时花钱阔绰，不知我家世的人，当我是富家子弟，其实我是一贫如洗的。自己一身，总不愁饿死。多了一个人，我便觉得累赘，从没有养过妻子的经验，我简直没有自信心。虽然霞不曾嫌我穷，但你为我设身处地而想，你不会忍心令你的爱人受委屈吧？"

见他说得那么凄然绝望，我底脑海中盘旋着几个问题：我能令平日在生活上、在精神上的哥哥，带着那么沉重的心情重上征途，没有人给他半点勉励和安慰吗？我忍心见我认为很美满的一对情人，因为缺少我底助力终于拆散吗？我忍见我底霞姊将来为生活所迫，投到一个我不相识的人的怀抱里吗？不，我不能。在患难中不能助人，交什么朋友？认什么兄弟？！珍姊，即使你不同意，我甘愿把我应得那一份家产花清。我曾对他说：

"华哥，不要为经济问题担忧，目前你要几多，我都可以支持，将来更不成问题。你们可以搬去加省和我同住，我家虽不算富有，但有农场耕种，你如喜欢在城里工作，我家有餐馆，还有专办出入口货的商店，有工齐手做，有福大家享，我不是自私自利的人啊！难得在乱离中苦乐与共，我……"

"Jackie，不要再说了。"他带着哽咽的声音，要求我中止说话，"我不知要怎样才能表达我感激你的心情。这几年，我好像浸在血和泪的海里活着，我看见一些愚蠢自私的人，做出一些人害人的惨事，把我气得要哭；但我看见人们有正义感、同情心，热情澎湃，本着自我牺牲的精神去救别人，我也大受感动，制不住我底热泪。可诅咒的战争，偏不把我讨厌的人淘汰净尽，有时却强迫我和我所爱的忍痛分离，这真苦煞我了！我在缅北时，曾一度心理变态，不敢结识人；我怕团聚时欢，抵不过别离时苦。今番路过昆明，假如不认识你，不认识霞、萍和婉，我孑然一身，了无牵挂，现在……"

他不能继续说下去，我知道他心里非常痛苦。我自己也曾有同伴，今天还是和我共同生活的人，明日死耗传来，只在我脑海中留下一幅轮廓模糊的血象，而且我也是个军人呵，我能料明日不会调动？我底心里默祷着他平安回来，口里简直无话可说。低下头把他的衣服塞入背囊，收拾好了，看看手表，我说：

"是吃晚餐的时候了。"

"是时候了！"他把我的话只听到一半，"几月来梦幻般陶醉生活，我应当是醒来的时候了。你还记得我们在街头相遇时的情形吗？我不是嫌后勤司令部不起劲，要到广西去？环境作弄我去不成，现在又作弄我不能不去。我不信世间有所谓命运这种东西，现实告诉我，我们还在战争。身为军人，要服从命令，完成任务。私人一切未了的事，留待战胜后和平的时代再提。"

"你明白这点，便不觉苦恼，连我底心里也好过得多。你行后，我明天出城告她，说你不久就回，不过命令来得太匆速，没有空暇来告别。以后霞姊如有困难，我有一分力尽一分，你放心好了！"

这日大家相对无言。吃过了晚餐，候至夜后九时，我送他上了汽车，直至他们大队列车开行，望不见车尘背影，我才踏着沉重的步履回归宿舍。我底心中有一种从来没有尝试过的寂寞空虚，简直说不出这是什么滋味。从此我看不见华，不，我底亲爱的哥哥，我变了一只失群的孤雁。

第二日下午放工后，我出城先探望萍，把经过说给他知道，他也觉得无限惆怅。我们同去女青年会找着婉和霞，天幸这日 Mary 跑了街，不致令我加多一重局促。

霞初时还以为华躲在暗处开玩笑，经我们诚恳地告诉她，才相信是事实。怅然呆立，本来是喜溢眉宇的气色，突然脸色一阵红一阵白，一双灵巧动人的美丽眼睛，转瞬间便失却光辉，霎下霎的灌出一泡泪水。这样一个美丽活泼的人，假如失声哭了出来，那太折磨我底心了。我连忙用话安慰她：

"他会回来的……"

我不做声尤可，还没有说完，她便一翻身倒在椅上，把头伏在茶几，呜呜地哭了。

我最怕见人哭，一哭我就心乱，平常已经不会说话，到这时候，更无办法。萍说了许多话，举出无数道理，什么"天下无不散之筵"呀，"人生聚散有数"呀之类。婉更不离她底诗人本色，她说要尝过别离味苦，将来重逢更觉甜蜜，——辛酸后的微笑，才是人生最快乐的俄顷。霞充耳不闻，她哭她的，仿佛非哭尽了眼泪不会停止的趋势。我忍不住动了火气起来，大声说：

"霞姊，你这算什么？我妈看着我远渡重洋，离家万里，没有流过半点眼泪。华哥不过去广西，虽然是打仗，总希望有日回来，哭是弱者的行为，你知道吗？"

哼！有时我就不相信我底力量，任你才子诗人说不动她，我居然一喝她就住了声了。

终于霞也强作欢笑陪我们去吃饭，但一经我们谈论起华的为人，她便回复常态，较别人更热烈地加入讨论了。没有华在旁，我和他们聚会这是初次。这日的会合，也可以说是为华而起，脱不离以他做中心。大家是熟人，索性公开讨论了：我约略把我所知道的华和他的日常生活说了一遍，萍说华底个性像《水浒传》里的林冲，怎地看得到、熬得住、把得牢、行得稳。婉说他底身世像杨志，没落了的世家子弟，落魄江湖，日与粗人为伍，仍不消失了他底儒雅文秀，环境作弄他不能走上平坦大道找个出头，有时想起埋没了一身本领时，他是很懊恼的，霞却有点不耐烦，说道：

"你们总是引东引西不着实际，群，你乖，你对霞姊说，华哥在美国有没有爱人？"

要是别人，我会说："我知个屁"，可是霞姊，尤其是那么温柔像哄孩子般问我。叫我怎能放过一个取笑的机会！我装做满脸正经地说：

"美国没有，中国可有一个。"

"什么？"她受了意外打击，连忙查问究竟。"她在那里？"

"就在昆明。"我绝不犹豫。

"姓什么？"

"姓马。"我忍不住笑了。"假如你想知道名字，她叫锦霞。"

"看我不打死你这顽皮马骝！"

虽是这般说，究竟有一宗心事，没有动手，不像平日这般洒脱了。她还追问：

"告诉我，为什么他有时这样冷淡？他有什么心事，你是知道的。"

"他是廿八岁了。俗语说：人到中年万事休。人生历练深，自然会多思多虑。所以，你便觉得他冷淡。"

"其实廿八岁正是青年有为的时期。"

"你这样说好极了。可见他真是无风起浪：他就愁自己老一点，配不起你呢。"

"别信他废话，他嫌我年轻幼稚是真！"

"不，别冤枉了他，他没有这样说过。"

"口不说心里说呀！"

"那么，我真不知道了，到底你们才是真心！"

"够了，何必斗口角！"萍又加入讨论，"华是理智重于情感的人，这种人往往是顾虑太多，行事太谨慎，这就是他的缺点。但也有好处，只要他想通想透，认为可行，这件事一定办得成功，决不失败。谈爱情亦一样，他认为可以爱你，应当爱你，那么，他就是你一生最忠实的伴侣，永不叛变。即使他不免要离开你，我相信他决不会令你吃亏、受苦，悔恨识错了他。只要你不负他，他是决不负你的。"

"我负他？为了他，我连朋友都失去。"霞见萍偏袒着华，负气地说。

"其实，在我看来朋友有几种，你失了那一个，那算是损失。"婉很冷静地也说一句。

"我知。"霞无条件承认，"不过，华实在太冷淡了，我觉得有点灰心！"

糟了，这还了得?! 我连忙抢着说：

"他是爱你的，他曾对我说了许多关于你的话：他不单是爱你底美丽的外表，更爱你底内心。我底上帝！我总记不清那些文绉绉的话！总之，大意是爱你能在乱世中又是个无依孤女倔强地和命运斗争，有见地分别光明和黑暗。走回后方，不愿做顺民苟且图活，宁可四处流亡，捱过这几年艰苦生活。他简直是崇拜你哩！他不想用爱情缚束你，希望你珍惜已往光荣历史，知道自己在这大时代中，有许多任务，找一条光明的出路。我劝他早日结婚，他说目前战争未结束，他是个军人，准备随时离开你，是真心爱你的就不应令你失了他而伤心，不应因为占有你的念头阻碍你底前程，甚至会累你做个寡妇……"

华哥说得对，霞姊够热情，也就是感情最易冲动的人物。我还没有讲完，她又呜咽起来。好好一番安慰的话，反而令她再哭一回，我很抱歉，惶惑地问萍：

"什么事？说错了？"

"不，没错，我们的好弟弟，你太天真了，就因为你底话太动人，她自己感怀身世伤心起来。"

这究竟是我惹她伤心，我知道今番不能再大声喝止她底眼泪了。我彷徨无策，用了求助的眼光望着婉，婉便很温和地拍着霞的肩头，说道：

"霞，勇气点，这不是家啊，失礼别人！……我说的不错吧，我早决定华哥不是个冷面冷心的人。比方，牛先生何尝不是个军人，他有替你着想吗？他只想占有你，自私、不量力，卑鄙之极！……你不会再笑我贪慕美军虚荣，离开你底飞行家吧？……哈，哈！"

"唔，我不依，人哭你笑！"

抬起头来，再没有哭下去的呆劲，过了一会，她重新把精神振作起来，透了一口气，徐徐地说：

"是的，华哥说得不错，我应该自己找条出路！我从来就不服气人说女子是弱者；不信男子做得的事，女子就做不得，我没有依靠男人过活的意思。不过，这几个月来，我日日做着好梦，梦见我在美国，住洋楼，坐汽车，过着美满和平的生活，我沉醉在梦境里。我拒绝了牛先生的推荐，可以说我不愿干那些不合我个性的职业，根本我也不喜欢他这人。可是，我也婉辞了白先生约我加入救亡剧团的请求，几年流亡生活，把我折磨够了，我怕跟着剧团，重上流亡之路。我舍不得离开昆明，因为一离开这里就不会再见到华，不会再见那日夕相聚的一群知己。我留恋着今日以前的生活，绝对不觉得过分，肯定地认为这是我几年折磨不死的报酬，还把那可笑的一双一对影息海外的念头，当作崇高的理想，我的思想堕落了，行为也落伍了……不过是一年吧，手指纤纤，活像个养尊处优的小姐，再找不到从前在工厂里过着女工生活的痕迹了。……战争，万恶的战争，悠悠八年还没有停止的影兆，终于把我华哥带走，把我底好梦粉碎无存。……我如不找条出路，不特心情难过，生活也将过不去了。"

"霞姊，不要为你的生活问题担忧，我可以帮助你。"我便把昨日和华哥谈过的话，再说一遍，我还说："我真心真意希望你们去加省和我同住，不要以为坐汽车、住洋楼是腐败思想，在美国，有汽车的人多得很呢。"

"谢谢你，我底好弟弟，我相信这是你底真心话，只这番话便增加我不少勇气。但我不需要这些了。现在我还有积蓄，还有气力，不致就会饿死。……唉！以我这样一个伶仃无助的孤女，当我离开家乡时，我预料有日筋疲力尽就倒毙路上，我底尸身任饿狗争吃，不敢奢望有人看我一眼。

那里料到遇到家姊和萍哥，更估不到这几月来又识了你们兄弟，人说人生有一知己，死也死得眼闭。我，一个凄凉薄命人，沦落天涯，竟遇四个知己，我太幸福了！我要活得好好的，苦干下去，不负我底知己的期望！……可是，做事是做事，恋爱还恋爱，两个不相犯的问题，不见得因为做事便不准心里有个爱人呀！华如在我身边，我要重重地教训他一顿！"

"好厉害，我底小姑娘！"萍向她做着鬼脸，"我劝你暂时还是把恋爱问题放在一边，先想一下做事吧。"

"那么，我明天去找白先生，就加入他底救亡剧团，好不好？"

我向萍探询救亡剧团的情形，知道这剧团是做新戏的，是中国文化界有名色的人物所组织，准备去各战区前线，巡回表演，慰劳军人。萍也认识白先生，他是那团体中很好的领袖，是中国前进作家，华最喜欢读他的作品，也很崇拜这人。我想，华哥佩服的人，一定不会太差，霞又是个多么活泼好动的人，做戏正合她底个性，所以我也主张她应该立即进行。

从这日以后，因为华去了百色，我知道霞底心会觉得空虚，其实我自己何尝不寂寞呢，我于是再度把闲暇时间，消磨在女青年会里。Mary 初时见我常来，也很喜欢，后来知道我那么勤恳地拜候她们，不过为安慰霞起见，便意冷心灰，不大和我周旋了。婉为了这件事，曾向我道歉，她承认初时对我太隔膜，当我是洋人性格，所以找个识英语的人陪我玩，现在知道她不理我，劝我不可介意。我也坦白地说明我不大喜欢 Mary，她不来，于我更方便，大家一笑了事。

人究竟不是为享乐而生的，各人都有任务。萍事务最忙，我不敢时常惊动他。霞自从加入救亡剧团以后，虽然没有搬出女青年会，可是，今日演习，明日开会，也忙个不了。婉、黄两人就闲散没事做，但是婉有点旧家风小姐脾气的人，没有萍，她不敢单独陪我出街，要扭着 Mary 同行。这一来，我又索性不去了。

前线节节胜利，华刚到百色，恰巧又收复柳州，他写封很短的信来，说道军务太忙，有开入柳州的趋势。

驻在昆明的美军，为配合华军作战，调动频繁，我虽不是作战人员，但也出勤往陆良去了。

陆良离昆明不过九十华里，我出差的期限也只是两个星期，但这十五日的时光，我觉得比十五年还长久难过；愚蠢未开化的人，满目荒凉的地，吃的不合胃口，住在帐幕里受苦，这都不要紧，我曾捱过这种滋味。但今番离开昆明，我底心忽忽如有所失，昆明本来比不上三藩市一条街，有什么值得留恋？我也说不出所以然。于是，想到人。就说女人吧，Mary

心意不属，决不是怀念她所致。婉是萍底了，不干我事。想到霞，我真是念念不忘她，但她是属于华哥的了，我简直空无所有！我偏偏时常想念她，为什么我底心不好好回来？我吃餐时，似乎霞也在旁边，熄灯就寝，幻见她微笑安睡的爱情之外，还有一种情，也许不独一种，不过我不知道这叫什么，比方，我初离家时，终日思念爸爸、妈妈和你，现在离开了他们，不免也心里怀念，这便是个例子。

在陆良捱过半个月，便调回昆明。行装才卸，立即出城去访霞，我底心是多么切望要见她，我意料中她一定也很高兴见到我。

可是，天啊，如有神的话，我要问操纵命运的神：霞果与我们无缘，为什么你把她与华哥带在一起？为什么你又把华哥带走，留下我来照应她？现在，为什么又让别人回马翻身再来争夺？你真作弄我了！

当我走入女青年会底客厅时，就看见一位穿着空军制服的小白脸，我底心忐忑不安，多看他几眼时，他也恶狠狠地对望着我，等一会，首先走出来的是 Mary，看见我和这人各据一边，她便表现出颇觉尴尬的样子，先向他点头招呼，却走过我边来，像告诉什么秘密地细声对我说：

"这就是牛先生。他近日常来找霞，现在一定约好同出街去，霞还在里边打扮呢！你想结识他，我可以介绍。"

我不见霞和婉跟着出来，心里明白几分，经她说明，果然不出所料！我底心像藏满了炸药，这不识趣的姑娘还问我愿不愿结识他，好比燃着了药引，怒气迷心，我记不清说了些什么话，大约是：

"我走了，算我认识了一般女人，我永不再来！"

我是对 Mary 说的，我竟迁怒别人，我还有空向她道歉吗？横竖女人都是一样，不妨开罪多一两个了。

我两步跳过天井，直奔大门，仿佛听见霞在后边叫我。她叫声越高，我却跑得越快。我不是好欺负的，她底伎俩已被我识穿了，我不回头把她揍个半死，算是看在华哥面上，我那有耐心听她编造鬼话，再来骗我呢?!

走到街上，我把头抬得高高的，不让盈眶的热泪滴下来，我几乎要哭了。与其说失了她我觉得伤心，不如说愤恨的怒火烧昏了我，女人，短情薄幸水性杨花的女人，她底心是刻毒的，手段是残忍的，骗了华哥底纯洁爱情，刺伤我那热腾腾的心，不特华哥不幸，算我也倒霉极了！

继而一想，我这算什么？华哥这般看重我，把我当做兄弟，现在他底爱人被别人夺去，我却发足狂奔，让那小白脸踌躇满意，我对得起华哥？最低限度，我应当留在那里苦缠，即使占不到上风，也弄到两败俱伤才是。

一时义愤填胸，觉得我如不转回头一拼，简直将来没面目再见华哥，就算为自己设想，也不能咽下这口冤气。可是，一转过街角时，我又有点顾虑了：恋爱争风，非亲力亲为不可，我不是华哥的身份，又不及华哥会沉着应变，我回去只有打架，这种场合，不是用打架手段可以制胜的。好！你这小白脸欺我华哥不在，便逞威风，今天输给你，明天你看我的！

我恨恨地转回正义路，猛然醒起我还有个萍哥，萍是华底好友，论起华与霞的问题，他更脱不离干系，不找他找谁？我加快步履跑去萍处。唉！倒运的日子，呕气事连续发生，萍偏又不在家。我虽有留下一张字条，略述我所见的情形，表示失望，我不能看下去，正在设法早日离开昆明。

这夜，我写了一封信给华哥。

华哥：

今日回到昆明，此行得了不少教训，离开城市走入农村，然后知道城市人的虚伪。中国农民是那么诚实纯良，他们底生活又是那么贫穷劳苦，而这类人却占了中国人口的大多数呵，我觉得自己侥幸较他们安乐，但又惭愧不能和他们共尝甘苦。你说得好：我们庄严华丽地穿起军装，却浪漫奢侈地过着颓废生活，我们应当自省一下。我想，我纵不能学你一样在前线打仗，也应当守住自己底岗位，尤其是生活要严谨一点才是。

不要提起女人了，我早已忘记 Mary，你也不可思念着霞，让她们自寻出路吧。

你底群弟

我承认只末尾两句是我心中要说的话。其他满纸陈言，因为我不忍把真相告诉他。

闷恹恹地过了几日，有日午饭后，由招待所的办事人交来一封信。是萍寄来的，他叫我出城见他。还有事商谈，信已发了几日，因为由中国邮政，并非直接用美军军邮，所以转递频繁，迟到三日。

接过萍底信，念着一场相好，就算和霞反脸，与他无干，所以不能不出城一行。

见面时，他劈头一句就说：

"你真幼稚了，险些儿闹出笑话！"

"你不是亲眼看见，所以不觉得生气。"

"好！让你先说，你见了些什么？"

"我不愿说，气极了，我请你也不要提起！"

"究竟你有没有见了霞？"

"没有，她在装扮呢，没空见我。"

"你没有见她，又怎会知道她在装扮呢？"

"Mary 说的。"

"但听一面之词，冤枉好人。老实告诉你，都是 Mary 捣鬼！"

"可是，我亲眼看见牛呀！他是霞底旧好，我不能不信。"

"是，他就是牛。不过，只可说他是霞底旧友，谈不到好字。你们未到这里之前，牛是那么热烈地追求着霞，霞已经不大理会他，华哥来后，牛更无从入手。"

"就因为现在华哥去了，情势不同。"

"你知道你和 Mary 交疏了吗？"

"老是拉着 Mary 做一堆，干她甚事？！"

"就是因为她，不干她事，那便没事了。你是在民主国家长大的人，你应当明白社交公开，绝对自由的，霞如走过牛那一边，我们也无从干涉，何况你不爱 Mary，那样，她爱了别人，更加名正言顺了。"

"怎么？你说 Mary 和牛……"意外的惊奇，使我不知怎样结束我底话气。

"是了。Mary 早已认识牛，但一向因为男的热恋着霞，女的心意在你，华走后，牛又再来，无所进展，恰巧你又去了陆良，Mary 以为你不会再回来了，牛对于霞也感到绝望，所以两人就亲密起来。那日是牛来访 Mary，他先到，所以你见 Mary 先走出来，霞出来见你时，你已怒冲冲走了。"

"Oh！Thank God！"

我仿佛接到谣传已战死的友人一封平安捷报那么欣慰，又像经过数十里苦行车后，突然躺下来休息那么舒服。我不能学萍那种冷静若无所事地坐着，我喜欢得说不出话，在萍底房里踱来踱去。

当我略为安静，一把怒火又涌上心头。

"Mary 太卑鄙了，不该造谣生事，离间我和霞底感情。"

"她怕你与她为难，所以推在霞身上。瞒过一时得一时。她就是这种人，不必计较了。"

我想，这也说得是，事情明白就算了，反正我又不爱她，这正是很好的下场，我说：

"算了。我们现在去找霞姊，好不好？"

"她会来这里的，她每日这个时候都来问你消息，我们去她处，假如遇着牛和 Mary，岂不是令你很难过？"

"不，我不会难过的。只要牛先生不苦缠我底霞姊，他也会变为我底朋友。我现在要找霞姊，不能令她先来，使我底良心上觉得多一点罪过。"

萍笑我草包，火气猛，但终于陪我出门。转过正义路时，果然远远望见霞和婉来了，我轻轻地拉一下萍底衫袖，叫他注意，这包括了如果霞反起脸来，他要调停。他算是会意了，点头笑一笑，她们其实早已望见了我们，却交头接语，装做不见，是有意想奚落我啊，我只好硬着头皮，赶上几步招呼霞姊。她，别来廿多日，似乎消瘦些，但神采风度，不减前时。她初时很矜持，不理我，却经不起我底顽皮，扮作小孩子般，编造许多幼稚的话，还伸出手来问她要不要打几下，这才逗她有说有笑了。

吃晚饭时，霞姊痛定思痛无限感慨地说：

"你兄弟们都是危险人物，识了你们，令人终日提心吊胆，患得患失！"

我也明白所谓危险的意思，我们曾带给她的乐是疯狂般快乐，苦呢，也苦煞她了。我觉得以后我应当学萍哥一样，稍为冷静一点，但不能不先下个声明。

"如有什么不好，我愿招在我一人身上，别连累华哥。先天给予人的个性各有不同，我不像华哥那么沉毅儒雅，也不像萍哥那么和蔼可亲，我火气猛，我救得人，也杀得人！知我谅我。"

"唔，样子不像黑旋风，身份不是武行者，叫你什么好呢？"萍又想从《水浒传》里起绰号。"有了，论他本人，一腔热情，少年任性，活像九绞龙史大龙。"

"这可对了，就这样叫他！"她们齐声附和。

"我就是我，别胡说乱道呀！"

我嚷着反对，他们偏不住口，闹成一片，无形中却把空气调和，我们又回复到当日的景象。

萍把话说回正题，他底信说道有事商议，果真是件要事，他和婉快要结婚了。初时想候至战争结束后才举行，但最近因为萍底建筑公司，接了镇边一件工程，他们要搬去蒙自，他想带婉同行，结了婚，于旅途中，于将来共同生活，都较为便当一点，所以提早举行结婚典礼。我听了自然高兴，但知道他们快要离开昆明，又觉得有点怅惘了。萍对我说：

"我们订婚时，曾得华哥答允将来做男傧相的。现在他远去广西，我们又急于举行婚礼，所以征求你意见，你愿不愿当这种职务？"

"这是一种极光荣的职务，但我是在海外长大的人，恐妨不识中国礼仪，见笑宾客。"

"国难时期，一切从简，不敢惊动朋友，不过循例有男女傧相，是想拍一张纪念照片，将来有日山河光复，回到故乡，叫堂上老人家知道我们曾正式行礼，并非苟且从事罢了。"

"我做女傧相，偏你不敢做男家的？"霞姊大约恐怕我年轻害羞，故意激我。

"你也来，那不能少了我一份了。"我索性趁势卖个人情，答应下来。

萍和婉结婚那日，我向主管长官请了一日假，因为是初次吧，又是一场盛典，平日最和我作对的少尉老爷，竟然批准我底请求，人心果然是肉做的，更增加我无限高兴。

萍说过一切从简，果然不觉得怎样铺张，宾客卅多人，大半是萍底朋友，女家的除了霞做女傧相和一位婉底远亲做主婚外，只有几位女青年会的朋友（连 Mary 和她底牛先生也在内），我索性很大方地和他们招呼，我底心是怎地易喜易怒，这日我不特恕过 Mary，连牛先生也不觉得讨厌了，因为这又新奇又高兴的遭遇，使我喜极忘形。从此 Mary 是有主名花，我呢，我也庆幸自己始终是自由快乐。

我今番渡海远征，路过昆明和他们结了天涯骨肉。在我廿二年人生过程中，算是一件不寻常的愉快事，但过了郑、钱婚礼之后，那喜剧差不多唱到尾声，成一段落了。过几日，萍和婉依着原定计划，离开昆明，搬去蒙自。

做人好比踏上一条路，在途中也许遇着许多同路人，结了伴，大家互相扶助地一道走。但是谁走得快先达目的地，还是各靠自己的能力。别人只可见你想踏入歧路时劝阻你，见你疲倦了想跌下来扶起你，终不成背起你走，或留下来等你，误了自己前程吗？

霞和我是怎地依恋送别婉和萍，但理智告诉我们，他们不能不去，他们底前程是远大的、光明的，我们便很爽然地祝福他们上道。

此后，只留下霞和我一对漂泊人。霞初失婉，像我失了华哥时一样空虚。可幸她底剧务、我底军务，都日忙一日，时间消磨在繁忙工作里。这也好，我们便没空去回味失群后惆怅懊恼的苦味。

有日见了霞，她送给我一张入场券，请我星期日去参观她们底新戏，我约略问了几句，知道戏场地点是在一间学校底礼堂，霞扮演一个婢女。我口是应承到时必去了，心里想：婢女就是丫环，戏台上见了不少丫环，连交椅没得坐，站在小姐身边，道白时但说了名字，更不用说唱情了。尽管是新戏，终不成丫环变了戏中主人？这也值得去看么？想不去，但星期一横竖没事做，这些时日把我忙个半死，也应该玩耍一日，霞既有份表演，如不去，辜负了霞底盛情，终于是去了。

戏果然是新，连剧名也别致，单单一个"家"字，真奇！坐下来，四围张望，只我一人穿美军服装，看客大约以为我入错门口，不约而同地先把我鉴赏一回。我不免觉得有点忸怩，只好低下头来读那剧目。原来，《家》是一位中国出名作家底小说，又经戏剧家改编为戏剧的，顿时使我对这出戏抱了较大的期望，不敢存轻视的念头。

果然是新，没有唱情，没有锣鼓，是白话戏。布景又是那么单纯。但这些更显出它底真实性，不是矫揉造作的。第一场便见了霞，她扮一个叫鸣凤的婢女。这婢女占全剧一个很重要的角色。自始至终，操纵着全场喜怒哀乐的感情。她，那令人可爱可怜的婢女，寄身一个富有大家庭；太老爷把她当泥沙般践踏，老爷们把她当玩物般玩笑，太太们把她当犬马般使用，她没有起码做人的权利，简直不是个人。只有一个年少英俊的三少爷，他底思想和老人家们划然两代，他恨那些老朽顽固的人物，恨那可诅咒的大家庭。他爱上霞姊，不，戏剧中的婢女，她也爱他，把他当作救星，把她自己前途希望都寄托在这少爷身上。

我看到这里，一面替那婢女底可怜身世悲伤，一面也庆幸她所遇得人，意料一定是喜剧收场了。然而，不，环境作弄她，老太爷要把她卖给一个商人做妾侍。霞姊底表情的深刻，令你不会相信她是初次做戏的演员。单就她用那凄然求助的眼光望着那三少爷，和后来绝望地带着一缕辛酸投塘自尽那两个场面，任谁都承认她底演技是成功的。

戏剧演至婢女投塘之后，我便离座走了。自然因为我那简单的心，觉得霞姊不再出场了，懒得再看，此其一；二呢，我看不惯中国旧封建社会那些人害人的悲剧，虽然是看戏，仿佛自己也在地狱一般；三来我也切齿这些戏中主人太不长进，女的竟弄到自杀，男人大丈夫却又无法帮助一个弱质女子，还有什么值得看下去的呢？我推想这出戏的收场，如不是那少爷跟着投了塘，就是他只顾得自己一人，逃走了事。甚至会留恋着这大家庭的繁荣富贵，苟且活着呢。这种少爷，没勇气救人，总不信他有一把火烧掉那大屋的气概，这在我看来，始终是呕气的，不如及早出场。

我没有走入后台庆祝霞姊演出成功，因为我知道她事忙，而这些不过是世俗人做形式上的事，我在心里祝福她，她果然找着一条光明的出路了。不特跟着那充满生命力的救亡剧团的一班人做事，四处劳军，是一件有意义的事；就算为她个人着想，她底天才、她底性格，是多么适合做戏剧艺术的事业，她将来的成就是无可限量的。

一个星期后，一天清晨，我赶去东站送别霞姊。这几个月来，在我们队伍中，环境作弄我最后离开昆明，要我参加每一次送别，但这番我送霞姊，算是在昆明最后一次饮这一杯别离苦酒了。我忆起婉姊底话，尝过别离味苦，将来有日重逢，更觉愉快。反正别离已是不可免的事实，我唯有放眼望着将来。明知是苦，我不敢泼了它，我要尝透这种滋味，好和有日重逢时的心情比对一下。

出人意外，霞姊这日也不是愁眉苦脸，反而分外高兴。她们已束装待发，远望见我，赶着过来握手，抱怨地说：

"群，等你半句钟了。我还担忧你没有收到信，不知道我就起行哩。"

"信早收到了。由城西赶到城东，也不容易。"

"我在信里没有告你一个好消息。我高兴极了。"

"什么好消息呀？"

"初时决定去南宁的，现在改道先去柳州。前日接华哥底信，说道离开百色去柳州了，赶得快会遇着他也说不定。"

"那真是好消息了。"

"可是，最近又收复桂林，也许他离开柳州了。"突然皱起双眉，象征她底心里存着愁丝一缕。

"不会的。"我肯定地说。停一停，自己也不知所以然，便又开解她："纵然在柳州遇不着，来日方长，你们总有一日相会的。"

"但愿这样就好了！群，老实告诉你，以我这样的一个孤零女子，由前方返入内地固然艰难，但，你想由后方走上前线，也非容易。我加入救亡剧团，一来是为自己找出路，还有一部分理由，是想跟着剧团到广西去的。"

我明白到广西去就是想找华哥，这想头太幼稚了，简直不了解行军之变化无常！不过，这一片痴心，我是万分同情的，何况是有可能的一线希望呢。

她是高兴极了，还问我有什么话转告华哥？我祝福她一路平安。见了华哥，就说我快要离开昆明了。

太阳渐渐高升，照遍大地，照着一群充满朝气的新中国青年，高唱着

"起来！不愿做奴隶的人们……"的《义勇军进行曲》，慷慨上道，也照着我这孤零人，望着尘影绝、歌声渺，还怅然站在大道中。

天边发出呱呱地叫声，飞过一队排着人字形的雁阵，它们是多么自由快乐地振着翼儿飞行，又是那么友爱同心地向着一个目标前进。突然，平地轰的一声枪响，把那雁行拆散了，它们哀鸣着，向着东西南北各自分飞。剩下一只较为幼小的失群孤雁，在空中打了一个圈儿，好像还想找寻它底已失散的同伴。然而，它底同伴早已飞得远远去了。我为它着急，我想叫它：

"你也去吧。再起一枪来，你可抵受不了！"

脑海中闪出个"去"字，我才发觉自己还呆立道中，也应该归去了。

昆明底西山依旧那么青，翠湖一样绿，我底人呢？都去了。我不留恋什么？上星期原子弹掷下广岛，前天就盛传日本会投降，假如是真，那么，连我们美军来华助战的任务也完成了。我们迟早要走，在我呢，不管时局怎样演变，渡海长征已过两年，正合请假回家团聚了。

我现在庆幸已踏上归途，我们相见有日。战争是罪恶的，我痛恨制造战争的魔鬼。期望这些丑事不再重演于人间。

珍姊，你来信总是怪责我不把在昆明的生活告诉你。我底生活是这样平凡，又不是挂满奖章的英雄烈士，初时我想不说了，闲下来姑略写一二，却不料一写就那么冗长，不知道你是否喜欢读下去，就此搁笔吧，祝你安好！

你底群弟

一九四五年秋于印度军次

后 记

流落在美洲这一段过程中，我识了不少朋友，在朋友鼓励之下，我学写小说，在朋友赞助之下，这篇作品竟然印了出来，一生得力于朋友者至大！

我不配教人怎样做人，也不敢向壁虚构写些有传奇意味的故事。这篇小说虽不是完全事实，却根据我所熟识的人们底身上所曾发生过的、类似这样的平凡事情。

小资产阶级背景的智识分子，对现实不满，对被迫害者有同情心，有新的倾向，又摆不脱旧的羁绊。这种人，虽或有些思想较我激烈的朋友们绝口不提，而我还没有激烈到如此地步，我寄点希望在这种人身上，对于他们底矛盾思想和行为，也带点惋惜，认为应该弄得明白些。《雁行》就是以此类人物为描写对象的。

除了此类人物之外，我曾接近过各阶层的人，虽没有遇到言行相符的革命家。而清谈革命的，却给我看清面目了。他们说话时慷慨激昂，牙尖咀利，——嫖妓说是深入群众，赌博叫做训练斗争，甚至破坏革命阵营，与托匪、特务之流勾结，都有辩解。我识透这些作伪者，深切痛恨空谈瞎扯和鄙视言不顾行的人，我做事和写作，宁可不够激烈，先以不向人间捣乱为原则。

第二次世界大战中，我曾在美国从军，远戍于中、印、缅战区，因为没有见过轰轰烈烈的英雄，所以犯不着凭空构造一些英雄事迹，只好写成《雁行》，算是纪念这番遭遇。但愿永成过去，世间不容有第三次战争。

至于人，书中有所谓"我"的，不一定作者自况，那不在话下了。但假如有朋友考证出我在写谁，或把书中招在自己身上，那只好请原谅，落笔时，心中爱的成分较多于憎恨（虽然是反映战争中一小部分人得过且过的怠倦心情，有点惋惜），而确没有存心挖苦的意思。

现在看来，所描写的对象已成历史陈迹，经过三年，是前进的已迈步走在我前头，我底希望不算空寄；是堕落的已无法自拔，我深切痛惜之余，唯有警惕自己。

我对这篇作品并不满意，不过，正在开始，我也不期望一写就满意的。我要继续留心多做、多看、多听各样事情，然后多写。

一九四八年七月七日　湘槎于纽约

（华侨文艺丛书第三种《人间爱》，1948年）

下编
20 世纪 40 年代美国华侨
文艺论争资料选录

华侨大众文艺

老　梅

华侨大众文艺有建立之可能么？我常常这样想，觉得虽有可能，却并非易事。华侨青年中爱好文艺的人固多，而提笔写的人还极少。有时和他们谈谈，真个是津津有味，若请他们动笔，便立即摇首示意，敬谢不敏了。这自然是太谦虚，但也有其原因在。

大概一来是日常的生活太苦，这是每个人都感到的。不论你有怎样卓越的天才，到底需要一点闲暇，需要一番练习和思索的工夫，才能写得出一些比较有意思的作品来。二者是一向缺乏相当的文学修养，因而缺乏自信心，有时兴致勃起，想提笔直书，却又自行恐慌起来，不知道写出来的东西是否像样。由于以上种种困难情形，所以华侨的种种物当中，比较清新的文艺这一部分似乎无形中略去。除开大多是属于个人抒情的，根据一定格式的诗词不计，以华侨生活为本位，以华侨社会做背景，用报告文学或小说体裁技术，作更细致、更曲折、更繁复的描写的作品，简直是凤毛麟角！

我们侨胞，除谋解决个人生活，还参加祖国每次革命运动，早有其光荣历史，尤其是这次抗日运动，其出财出力，都比任何时期更为热烈、更能一致。如果我们肯把这一切经过事情、工作经验，小之如个人的日常生活——在衣馆、餐馆、唐人街做生意或做店员与抗日筹饷的关系；大之如集会、巡行、作国际宣传等等加以详细体察和选择，必然有许多可以用来做写作的材料的。

我们侨胞，也和国内同胞一样需要多多的文化食粮，有了相当文化食粮，相信于各种运动上，其发展必更迅速、更普遍。同时也可以和国内文化界互相呼应，联成一气，负起社会教育和抗战建国责任。华侨文化界诸君，让我们大胆地来尝试一下吧！

（《新生》，1940年7月17日）

广东文学论

温 泉

上篇 广东文学史的演进

广东古百粤南蛮之地，禹贡列为扬州徼外，楚人始渐殖之。所以秦汉以前，历史很少记载，有之就是一些神话，像五羊仙人化石之类。那时的广东地方，正是一片荒芜的处女地，居民的身份还没有给承认做"上国衣冠"，哪里还谈得上"文学"两字？

公元前二〇四年，南海尉赵佗乘秦乱据两粤自立为南武王，虽然不是一个怎样贤明的领袖，却还颇肯努力把中原文物制度移植到这炎荒的土地上来。广东文化大概当在这个时候开始萌芽的。然而当时还不敢自附于皇汉诸民，所以赵佗上文帝书仍自称："蛮夷大长"，其不敢与中原民族抗衡，更无论己。

汉世南征及于交趾，以后，两粤才算给打开了大门。而当时南征大军，曾是一再取道于广东的：史称元鼎五年，伏波将军路博德引兵出桂阳，下湟水（北江支流）；又，马援师次合浦，楼船将军段志灭，诏援并将其兵，即此可证。中原人士，于此乃得以知道南服边疆，尚有这一片可用之地。孙吴既分鼎，设置广州郡，拟为重镇。晋朝底名臣陶侃就曾为广州都督。陶侃是一位大政治家兼军事家，他底治粤政绩一定可观，而在这样一位名臣底管理下，广东文化又必然有了新的进步。

五胡乱华后，东晋以中原民族退保东南，广州地位突然提高了自不必说，而那时的文化人——士大夫"过江"之后，不免流徙及于五岭之南。所以，自此广东地方就不复有蛮夷、边鄙等类的称谓。同时，佛教禅宗祖师达摩也从广州进入中国（至今广州西关区还有西来初地的圣迹），于是广东更成为外来文化输入的孔道。广东文化既经具备、成长，为文化表征的文学就如瓜熟蒂落地诞生出来。

唐初，第一个在中国文学史上写出姓名的广东人是诗人而政治家的张九龄。他是广东曲江人，他的诗虽然是"如轻缣素练，实济时用，而窘边幅"，不大具有文学艺术的成分。但，无疑的，他乃是五岭以南、粤海以北这一带地区，唱出了文坛上，黎明前的歌声的一只大雄鸡。

然而，那时广东文化中心还停滞于曲江附近，距离稍远的地方，仍旧不免有草野之感。像韩愈贬居潮州，他就大叹着："下床畏蛇食畏药，海气湿蛰熏腥臊。"这位"文起八代之衰"的中国大文豪，他的流寓广东，虽然给广东人以文学上一种不磨的印象，但他不喜欢广东，把广东地方目为野蛮地区则是了无疑义，不然，他也不会垂涕说出"云横秦岭家何在？雪拥蓝关马不前。知汝远来应有意，好收吾骨瘴江边"这种诗句来的。在他的心目中，好像把他送到广东就是把他送到鬼门关似的。这和后来另一位大文豪苏轼对广东的印象就大不相同了。不过，无论如何，这位韩大师所赐予广东文学界的恩惠实在不小，最低限度，广东这地方因了他在文学上的宣扬而更著（他的名作《祭鳄鱼文》就是在潮州刺史任上写的）。缅想当日为了近水楼台先得月的缘故，必有许多当地士子私淑他老人家的文章的。故韩愈流粤之后，实可看作广东文坛的奠基时期。而自唐迄宋，广东文学要算在东江一带特盛（有唐宋人集作的《潮州文概》可考），韩愈对广东文学的影响是如此重要。

五代末，南汉刘隐依珠江流域建立起小王国来，刘氏虽然比不上同时期的南唐李氏父子的风流文采，但史称隐招贤礼士，亦有足多者。其嗣君如龚，长辈虽昏乱也颇有一些风雅感。他们建筑了昌华宫在荔枝湾上，至今尤为广东名胜之一。又开辟花埭，广植素馨花，都是雅人韵事。而弘扬佛法、大兴寺院，尤与当时盛行的佛教文学相呼应，使广东文学和佛教发生了因缘。这些"小国王"们他们自己虽不是在文学界范围内的一员，但他们已经替广东布置下许多"文学的环境"来了。

宋改岭南地为广南东路，这才是"广东"两字由来之本，而宋代大文豪苏轼谪居广东，则是继韩愈带给广东人以文学上的影响的又一人。他不但在东西两江流域逗留过，甚至在"野人岛"似的海南地方也住过一个时期。凡他到过的地方，都有留诗纪念，所以广东人对于这位不世出的大文豪的印象最深。而苏轼也不像韩愈，他喜欢广东地方，喜欢广东人物、习俗，甚至连"四时皆是夏，一雨便成秋"的天气都觉得新奇可爱。他尤其爱吃广东特有的荔枝，以至于说出"不辞长作岭南人"的话。后来，连他的出关随侍的爱妾朝云也死于广东地面了，这虽令他感到莫大的悲哀，但他依然没有半句不慊于广东的话。这位中国文坛上超人的苏轼，他是如何地爱恋着广东？至今广东到处都有东坡遗迹、东坡传说，这些遗迹传说反映在广东文学上又是如此之广大。广东文学受苏轼的影响深重，又远出韩愈之上，试看宋代广东出过的几个文人，如连州蔡齐基长诗学苏玉局；增城崔与之取号菊坡，有步武东坡之意；而南海李昂英底文溪词风格是瓣香于子瞻的，可以知其盛况。

南宋以后，广东文学已由北部的曲江、东部的潮州而向西向南渐次展开了它广大的领域；而文学在广东，到此便达到了顶点。可惜的是一向都做了中原诸省的附庸，没有可以自显的地方，纵有几个出名的诗人，也缺乏特异的风格。王士祯说："南海多才，以未染中原江左习气，故尚存古风"。实际是说广东文学故步自封，没有进益——落伍。

南宋之亡，多少忠义之士出关随驾到广东来，演出了崖门投海一幕悲壮剧。广东人目击身受亡国之惨，不由得精神上起了大大的激动，因之，汉族、异类之分，弥觉深刻。这种民族底冤痛，支配了以后好几个世纪的广东思想界，有时潜伏，有时发扬，而于其发扬，始则表现于文字，继则表现于行动，这种真正的"民族主义文学"（和鲁迅指出抗战前有人企图创立的民族主义文学是根本有真假之分的）底产生不是出于偶然，而从此广东文学就具有一种特色。

论到广东民族主义文学的形成，起初乃是一种遗民文学，那些遗民们当初是随驾而来，成是在地方上有着职守曾经动过劝王之师的，亡国后，隐居遁世 ［如东莞赵必众（从玉）]，往往于所作的诗文里，流露眷怀故国、愤怒异族侵凌的词句；及其子孙，犹有守着父兄遗训，誓不仕元的。虽然那时的广东没有什么大作家留有可稽的遗著，然而终元之世，广东文人之出仕者的确很少，见于史籍的似乎就只南海孔伯明一人。到后来，朱元璋起兵江南，光复汉物，然有明一代，广东文人凭吊崖山者的诗章（如陈白沙、梁有誉、李之世等）还是不能自已于前朝的仇恨，尽力发挥那神明华胄见凌异族的哀痛。这种文学递传而下，使广东人夷复之辨强执不舍，造成相距数百年后的广东，再来一次抗拒外族吞噬的殿后战。

明亡之际，凡广东稍有文名之士，几乎无不参加了神圣的保卫民族战争，袁崇焕鞠躬尽瘁于先，继之慷慨殉难者有陈子壮、陈邦彦、张家玉、黄公辅、梁朝钟等，而号称绝代才子的黎美周和岭南神童的邝湛若，也一样做了为民族尽大节的英雄。

明亡以后，一班抗节不屈的广东人，尤多不愿践满人之士，餐满人之粟，于是相率逃亡海外，集会结社，以图光复。这不但为华侨在海外有组织行动的起始，且为后来孕育革命大业的根芽。这一批亡命者之中，尽有能文之辈，他们伤时感事，每每写下一些纪念亡国、追怀死难的悲哀，把民族思想从广东带到了海外，播散在华侨社会里。同时，因为生活在外国统治下，自有接受新兴的西方的民主思想洗礼的机会，慢慢地，他们写的文章也起了质的变动，于是由下面的公式构成了华侨文学：

民族主义文学 + 西洋民主思想 = 华侨文学

因此，华侨文学是民族主义文学所演进，而为广东文学的别系支流，这种华侨文学曾于辛亥革命的前夕尽了很大的努力，创造出一页光辉灿烂的文学史来。

广东人的民族主义文学，自经受两次亡国奴种的惨痛锤炼以后，是变得更加激烈了。明末清初，号称岭南三大家的诗人屈翁山、陈独漉、梁佩兰，除佩兰一度臣清，不敢作血泪语外，翁山、独漉都是痛心疾首于民族深仇，高呼复仇排满口号且欲见诸实行的。观于翁山东出辽阳，将效子房沧海故事时，独漉送行赋诗："中间一杯酒，各有万里行。飘飘沉湘水，迢递辽阳城"。似乎两人之间早有协议，一往辽阳，一去湘楚，都是进行分工合作的复仇报国的义举。同时，与之相呼应誓不和仇敌合作的还有何栻、何巩道、高俨、陶璜、张穆、陈乔生、黄居石辈。更有一门殉国的僧函可及僧函罡、僧深度、僧今释、僧剩人。他们都是广东文学界里很著名声的诗人。风气所关，广东民族主义文学于是更加深刻化。这深刻的民族主义文学虽一再经过清廷文字狱的罗织、惨杀，而遭受巨大打击，然而，无论如何，总是不能够彻底根绝。终满人底统治，排满复汉的思想能以久而不坠者，一由海外华侨始终维系思明情绪，二由国内一班尽力民族主义文学的作家们甘犯斧锧、投荒徼，不断以文字暗中唤起仇恨当时统治者的心理。而广东民间的这种心理尤其深切。因为广东经过鸦片之战和英法联军之役，一度有亡省之痛。而香港之割，开全国失地之先河，广东人恨清朝无能之心，与复明兴汉的思想恰成正比。所以洪秀全得以乘时而起，挟"仇恨世家"的两粤健儿，席卷胡满山河半壁。试观当时太平军中的石达开、李秀成、李侍贤、洪大全等，均为民族主义文学高手，他们虽不必为广东人，但他们的作风是得诸广东人的传染则显然属实。纵然他们写作不多，片鳞只爪，但亲历艰境，和仇敌作血的斗争，凡所写的当然较为充实，篇篇都是可歌可泣、感人深切的作品。而这几个人的作品所加于后来革命党人的影响，也确实很大。及清之季世，丘逢甲以文人身参与台湾失陷之役，所为诗文，民族主义思想弥切，读他底《岭云海日楼诗抄》，可仿佛其人底身世。而被目为海内奇才，能以旧文字运新思想的黄公度，他底《人境庐诗草》充满了被帝国主义压迫的弱小民族底沉痛，尤为推动革命的潜力。

辛亥革命，广东文人如胡汉民、朱执信、廖仲恺、潘达微和前期的汪精卫、后期的梁启超诸人，都为民族主义文学的作者而参与实际革命行动的，在当日的《革命军》，《天讨》，《新民丛报》刊物中，还可考见。不过他们底写作已经是民族主义文学底婪尾，因为辛亥之后，民族革命已经告一段落，若干的单纯民族主义理论已成古典。而不久之后，五四运动发生了，这运动展开了中国人底世界眼光，同时共产主义在俄罗斯成功，更反映出中国社会经济的崩溃原因所在，帝国主义者、军阀、官僚、土豪、劣绅之类所造成种种积恶，乃在中国智识阶级底心目中一一现出。由是从前狭窄的民族主义遂成过去，代之而兴的乃是具有社会革命性的三民主义和更激烈的共产主义。这两个主义并非根本不能容如一般善于吹毛求疵的人所说的，所以，曾有一个时期互相携起手来，发动四千年来得未曾有的国民革命底大业。而在那个过渡时期中，广东人底民族主义文学跟着也变了形了。

在国民革命大业进行当中，国民政府首先在广东设立，当然，适应这个已经到临了的时代的文学作品就在广东建立起来，而革命文学，乃在国民革命的影响下应运而生。虽则这初期的革命文学其解释因人而殊，但原则上都采用新兴的语体文和新的形式而走着新的路线则全国一致。国民革命北伐军未发动以前，华中、华北的革命文学只有借租界做营垒，其活动颇受限制。只有在广东却不须托庇于帝国主义的荫护，故这运动得以公开地大规模展开，对封建社会和帝国主义一例加以猛烈的抨击，以致许多北方的怀着热血的青年们，抱了无穷希望跑到广东来。那时广东的报纸副刊如广州《民国日报》副刊的"现代青年"、广州《国民新闻》副刊的"国花"，就是当日广东革命文学的摇篮似的，都充满了向帝国主义者、军阀、官僚、土劣、买办阶级等挑战的所谓革命文学作品。其余文学社文学刊物的组成和出版更如雨后春笋般，差不多中等以上的学校都组有文学团体，都出版文学刊物（如中大学生组织的红晖社出版的红晖周刊等）。特别是鲁迅南来之后，更加掀起了广东文学界的高潮，先前那些一味摇旗呐喊的、买空卖空的、对革命认识未清的假革命文学忽然寂灭了。由于鲁迅的指导，广东文坛上要求现实化、大众化、正确化的一片论调发生。于是，在提倡现实的革命文学之外，兼为大众文学打立了基础而发起民间文艺研究者有岭南大学员生主办的倾盖社；主张以广东方言写作，以求作品真正达到大众化者有罗西等主办的广州文学社。而致力于新文学，蜚声当时的广东作家如罗西、洪灵菲、钟敬文等，都各有成就，为第一批新文学作家的成功者。

虽然后来广东终于给新兴的军阀盘踞了许多年，阻止了革命势力底进步，把青年有为的作家杀害、放逐，抑压得不敢抬起头，而且以复古的政策企图推翻既成的新文学，捧出了黄晦闻、陈述叔两个失了时代的文学家，利用黄时陈词（？）为号召，做起提倡旧文学的反动行为来，以致好些意志薄弱者大买词谱诗韵攻读，而报纸副刊经常充斥着佶屈聱牙的"执版式"的小令和绝句。政府复借市府合署落成为征诗运动，籍以为旧诗作者吹擂，广东文学到此便有退化趋势。然而一部分的新文学斗士还是坚守不拔，他们或她们要寻求光明、清除腐臭的热望、决心和努力，丝毫没有减低过。也不因为有了一些中途变节、退化落伍的作者陆续发生而影响那向着广大前途迈进的新文学底生长。

那时候，以鲁迅作风相尚的有厉厂樵等组织的万人社，出版万人杂志和万人丛书；以革命文学正统号召的有李焰生等组织的新垒社，刊行新垒杂志；以研究民间文艺著称的有刘万章等组织的中大民俗研究会（名称似有未对）出版民俗周刊和广州儿歌甲集。而广州文艺社草明、欧阳山等的方言文学论战更是震动广东文学界于一时。其余如红棉社的红棉旬刊、南国社的南国，东方文艺社的东方文艺等，都能紧守岗位，和当时的复古文学殊死战，广东文学虽在逆境中，也还产生过像香菲作的《糠粞》一类成功作品，殊可欣快。

抗战发动后，北方的有名文化区如北平、天津、上海都相继陷落，文学工作者于是大帮相率南下，重演五胡乱华时代的一幕。首先是郭沫若把《救亡日报》发刊于广州，跟着巴金挟着《烽火》来到，终之茅盾也把《文艺阵地》移下来。广东文学界因是从长久的冷落中忽然兴旺了一个短短的时期。那时期，虽在暴敌大轰炸的威胁下，倒还做了许多文学工作，孕育过一些差满人意的作品——像欧阳山的《战果》。

然后，广东文学中心的广州也终于遇到沦陷的命运了。香港虽然曾经负起过广州遗交下来的广东文学界里"代拆代行"的职务于一个期间，却不旋踵而又带着这个任务一起消失在广东人底瞩望里。

如今广东底文学到了那里去了呢？自然有人以为她是在曲江，因为有许多广东底知名作家在那里继续写作，可是一因物质问题，二因思想问题，广东文学在那里已经不止饿到肉体消瘦，不像人形，即使灵魂，也给符术禁咒得潜藏勿现。我以为真正的广东文学如今是出洋游历去了，是的，当一九三七至一九四〇年的这几年间，许多曾受过文学洗礼甚至做过文学工作的广东人都流亡到海外。尤其是美洲，因为美洲一直到现在还没有遇到香港、南洋一样的命运，所以在美洲各地的广东"文侨"，无疑的应该继承着祖先们遗下的华侨文学精神，拿新的程式、现实主义的作风、大众化的题材，渗和进去，发扬而光大它，使具有悠久优良史实的广东文学不致由此而斩，且更期望能于他日胜利来临之后，还把新生的文学种子带回播在乡土上，给从兽蹄蹂躏下解放出来而久已荒芜了的广东文艺园地重新栽种起文学之花。那样，相信将来的广东文学必能在整个的中国文坛里放射出特异的芬芳来的。

下篇　广东文学底背景、特质和动向

文学的发生孕胎于环境的禀赋，说到环境，有天然的和人为的之分。天然的如气候、山川、交通、出产等；人为的即政治、教育、社会组织、风俗习惯等。这种种都是使到一地方的文学受到绝大的影响的。

岭南地近热带，气候终岁如春夏，多雨而湿，令人感到懒洋洋地，这种气候使人赋有情感丰富、喜欢讴歌的灵魂。具有文学原始型的抒情的山歌，在广东底任何一个角落都可以听到。这些山歌都是富有情致的，虽然不像大人先生所指出的什么风雅颂，什么乐而不淫、哀而不伤，却真是地道的一大本尚待收编的民间诗集的草稿（《诗经》不就是一本被删改过的古代民间歌集吗？），所以，从前就有人说过："岭南风俗柔靡而善歌"（记不清是那一本诗集底序语）。这里所谓"柔靡的民性"，正像一张弛缓了的弓弦，并非根本不可以紧张起来的，不过国需要紧张的时候，这些岭南人确然是"很会享受"他们自己底"生活"的。他们不止善歌，且善作饮食。世俗早有"食在广州"之谚，而广东人底杂碎生意在海外商业界的地位更是人所共知。又长于心思、技巧，娱乐的方式，真是五花八门，尤其喜欢于言语之间弄小智慧。顾亭林说过："南方之学者，言不及义，好行小慧。"于广东人的确是一语道着。这种种凑合起来，把广东人形成了好一群浪漫主义者。更加大部分的土地肥沃，物产相当丰富，又和外洋交通最早也最便，"发洋财"在广东社会里是做官以外的一条特有好出路。再加上终年不雪，花草四时，构成了广东底最优胜、最特异的文学环境来。

秉着柔靡的先天的广东人，而落在这一个富于浪漫性又有丰富享受的可能的环境来，必然地，其反映于文学作品者为浪漫主义的、享受现实的、机巧的。然而广东在另一方面又几度成为亡国奴种的战场，像上面所讲过的一种民族冤痛，深镂于居民内心深处、孤臣孽子底教养下，使得广东人世世代代受着吃不消的辛酸耻辱之感。

世界上唯带着浪漫性的人最容易趋于激烈行动，平时以优以游，一旦生命受到逼迫，他会挺身而起，干出惊人的反抗行动来，所谓"悲歌慷慨"者是也。这因为带浪漫性和反抗性的都是属于聪明人的事，沉重凝滞者决不趋向浪漫，也决做不出反抗的事实来。

然而广东人也有一共同的缺点，是没有博大气象，也不能持续耐久。在广东人是没有学不到、做不到的，可是浅尝辄止，器小易满，花头太多，念头转得快，往往一件事刚开头，同时也流露着罢手的消息。广东人是一刻都离不开刺激的，恰像一张弓弦，你不继续扯它，一放手它就回复了本性——弛缓，但当它一紧张起来时那可厉害了，和排山倒海似的，其势决不可当，这一点我们可以拿太平天国和辛亥革命做个例证。

这种缺点也就是广东文学在全国文学界里出不得头地的一个原因。从来广东所以生不出像韩昌黎、苏东坡以至曹雪芹、鲁迅、茅盾等震惊一世的作家者，一半同因于文学历史根基浅薄，一半即由于民性自安小成，不知刻苦，没有伟大的魄力，好动而不好静，多言而不事深思。这是民族性使然，非人力所可左右的。

在广东文学底本质上，其发生的背景如彼，所以广东文学底一般性都是聪明透露、充满自娱性、多巧思、有浪漫倾向、易使人冲动的，坚强起来到极度坚强，弛缓起来达极度弛缓，激烈处叱咤风云，消沉处俱忘人我，就是这个样子。

我们很容易在广东文学史里找出三个典型的广东文学家来，以证明上面所说的话。这三个人都有着相同的浪漫作风，却又都托心于民族大义，可为广东文学作者底代表。按照三人底时代排列起来是：屈大均、王隼、苏玄瑛。

屈大均，字冷君，号翁山，番禺人，为明末倡义死难的陈邦彦弟子。清兵陷广州，大均削发为僧，号今种，颜所居曰死庵。戊戌，北游京师，访明思宗死社稷处，又东出榆关，阴蓄复仇行刺之志，不果，吊袁崇焕督师故垒，赋塞上曲而还。庚子，复归于儒，游吴，谒明孝陵，已而与魏耕谋复汉腊，事败，窜伏桐庐。壬寅，拜宋烈士谢翱墓，作诗自况。丙午游秦，与殉难义士王壮猷孤女王华姜结婚，嗣是拥娇妻，调稚女，吟诗结社，博弈饮酒，内有美满家庭，外有豪华征逐，享乐达于极点。庚戌华姜死，女亦夭殇，故交凋谢，坎坷迫人而来，大均以其余生从吴三桂，欲说之立明后行光复，不听，失意谢归，厥后丧乱频仍，平生知己如陈独漉亦以助尚之信反清失败系狱，壮志消磨殆尽。丙子病殁，年六十七，遗诗有"所恨成仁书，未曾终撰述"及"后来作传者，列我遗民一"等句。

王隼号蒲衣，康熙间番禺人，早慧，七岁能作诗，惊动老前辈。及长，不乐事胡清，常一度入丹霞为僧，游匡庐以览天下之胜。既复返于儒。其妻潘孟齐，亦能诗，夫妻唱和甚乐。卒后，门人私谥为清逸先生，以明其志。平生致力文学工作，其最重要者为编辑《岭南三大家诗选》。他特选屈翁山、陈独漉这两个富有民族思想的诗人，附以海内推重的梁佩兰，称为岭南三大家，实有深意，不然，当时"以诗名世"的李青霞和号称鹤山才子的易秋河何以不入其选？

苏玄瑛，字子谷，号雪婕，小字三郎，父香山人，商于日本，因娶日妇，生玄瑛，挈之返国，父殁，不得志于家族，因出家披剃于惠州某寺，法名博经，法号曼殊。行脚遍南北，西至身毒。旋思其母，复儒服，东渡日本，留学五年。归国后，从革命党人游，慷慨悲歌，目无余子。平生对宣传革命尽力甚多，曾一度欲枪击康有为，以扑灭保皇党敌对的行动。民国成立后，耻与变节奔竞于袁世凯门下谋禄位的革命党为伍，益放荡不羁，有时服饰辉煌，一夕挥金以百数；有时穷蹙无归，衣败絮煨火寒林中。喜吃朱古力糖，致成痢疾，终不戒，遂不起。玄瑛生平颇有艳遇，其所珍藏之弹筝人像为千古大谜，所作《断鸿零雁记》则似为半真实的自传，而其本事诗的绮艳则早已脍炙人口。

上举三人，由儒返佛，由佛返儒，游戏人间，忽虚忽实，又都曾经行万里路，观天下奇，更其相同的是都有过一个醇酒美人或家庭乐事的享受期间。除王隼没有实际参与过民族解放斗争外，大均一再侧身光复运动，至死不忘遗民身世。玄瑛奔走革命宣传，愤世嫉俗，曾不离其慷慨悲歌之本色，名士英雄，兼而有之。这三个人都是一代怪人，亦浪漫，亦沉着，你不能拿一个笼统的名词来称他们。这种人在整个中国、整个历史里找来，尚且不可多得，而广东乃以一省地方，两个朝代，却产生了三个出来，而且，更奇的是都为文学界著有声誉的。其实推考起来也不足异，原来，这三人都不过禀受着广东地方环境的影响，而发挥出其特征罢了。如慕远游，是广东人冒险性的表现；擅吟咏，是广东人感情丰富喜欢讴歌的表现；喜学佛，是广东人易消沉，好奇多变的表现；耽享乐，是广东人现实主义的唯用的人生观的表现；轻死生，是广东人易冲动，能反抗的表现。至于其明民族之大义，扬革命之高潮，那又是从孤臣孽子的传统下教养出来的。

以上说过广东文学发生的背景，现在得把广东文学特质提一提。

广东民族性既与中原民族有殊，所以文学上的观点也不一致。以言诗歌，则大抵推重风雅，所谓岭南三家、粤东三子、南园五先生，多数不能例外。其好逞小慧之处，尤为广东人特色。号称"岭南派"诗人底代表孙贾，他底名句"冬至至日日初长，久客客怀怀故乡"已为广东诗品下注解。以言戏剧，则粤剧自成一派，所配音乐亦为靡靡之音；插科打诨的丑角在观众心目中成为重要角色，至有称"丑生""文武丑生"等怪名目。戏剧情节多数为整套的头尾齐全的；无论如何严肃的剧情必有诙谐的场面。剧作家如不顾全观众善乐享、喜欢小慧的特性，管保你演出时不能卖座。以言小说，广东人第一位知名的小说家吴趼人，他底名作《二十年目睹之怪现状》似乎是供给好奇的、机智的、需要不断刺激的广东人阅读而写。因为这本小说对社会黑暗面控诉的成分不若挖苦成分之多，压根儿不过是一些"笑料"而已。至若他底《恨海》则直是抒情作品，鸳鸯蝴蝶派一流的作风，又显然是广东人颓废消沉的一面；他如做了汉奸的张资平和别有用心的张竞生我不愿多讲，罗西也迹近衰飒，李金发是多才多艺的"才子"，困守住象牙塔里不曾出来过。倒是欧阳山、草明、林焕平、任钧辈多少带点民族自觉性。此外还有一种流行于"士大夫阶级"的诗钟，这是一种文字的玩意，所谓想入牛角尖里的磨砌工夫，无非根露粤人好行小慧的本色而已。没有文学上的价值，故不具论。

广东人还有一种特殊的乡土文学——粤讴，它和山歌、采茶歌相类而异趣。粤讴始创者为南海人招子庸，其体裁介于北方弹词与小曲之间，而缠绵幽婉，甚有情致。子庸所写的《夜吊秋喜》和浙人流粤的缪莲仙所写的《客途秋恨》并称粤讴两大杰作，内容都是描述青楼妓女身世悲凉的，允为广东人浪漫作风的正宗。其支流有南音，则近乎鼓儿词，什九皆演儿女情事，或根据民间传说，或复演通行中下级社会间小说，如《梁山伯访友》《花笺记》《背解红罗》《夜偷诗稿》等，均为民间流行唱本，即闺阁中人亦多解此道，而广东下层阶级及妇女辈甚有借之为学习认字的课本者。此等歌曲，其所创造的粤语方言字汇，尤为不可轻视的方言文学权威。又有所谓龙舟的则近似儿歌，多吉利语，丐者操之以为莲花落，亦有演述故事的。世人每以粤讴、南音、龙舟混为一谈，其实三者底体裁、唱法均有差异，只可称为同一类型而已。这一类平民文学的发展，对于将来广东文学的决定性很有作用，无怪被指为急功近利的广东作家如罗西、欧阳山等辈，有提倡方言文学以促进广东文学的企图（实则广东方言和北方各省比较，其去国语标准特远，岂特发音悬殊，而口语名物亦大异，广东新文学之所以不发达，是由于居民底国语程度太差，诚属一个严重的条件）。在短期内语言未达到统一以前，社教的工具实不能不暂借方言为利器。

按照广东过去诗人之多，而民间爱好歌咏又如此普遍，论理，也该在新文学界里产出若干以"声律"为美的新诗歌来雄视国内才是，然而并不，自黄晦闻、陈述叔、江霞公、李云屏等几个旧派诗人替广东诗坛唱过了薤露之歌后，久矣不闻粤中有能和北方的朱湘、刘大白、徐志摩、闻一多、陈梦家、臧克家等抗衡的诗人，那真是一件大奇事！（虽然也有一个陈残云，薄负时誉，可终没有什么惊人的作品。）

　　未来的广东新文学动向一方面是秉承优良的民族主义和革命思想两大传统，把浪漫的作风加以净化、升华，发挥广东人底聪明、机巧和易冲动的优点，更求其刻苦、坚忍和伟大性的增进。在形式上要毁弃旧的、失了时代意义的、不切实生的一切格调。在口语、取材上要打倒不能大众化的情节、词汇和一切死板、肉麻的对话。要采用少量的方言，补救粤语和国语未能沟通的地方，增加粤人对文字领悟的方便，同时使文学中的对话语势更有力而充满真切感。尽量把广东特有的环境如洋行经纪底生活、海外华侨的群态、华洋杂处下的万花筒、革命世家、抗战地方外景等一切实情，采纳、摄取，通过文学方式的整理、剪裁，以介绍于中国文坛上。尤其对于广东人特别爱好的声律文学，要注意加以扶植。相信广东文学在将来当有一个光荣的时代，因为经过这次血花的洗礼——神圣的抗日战争以后，这种期望是会自然而至的。

　　写成本文后，得向读者声明一点：此作乃初稿写成，里面少不免有引证未当，推论欠周的地方，统得在将来再稿时修正，若有同道先进，惠赐南针，或相与辩难，则尤所欢迎！

　　　　　　　　　　　　　　　　　　一九四三，十一月脱稿

　　（《华侨文阵》1944 年第 1 卷第 4 期；《华侨文阵》1945 年第 2 卷第 1 期）

绿洲创刊辞

本社同人

在这文艺生产的供给缺乏得像沙漠上的水一般的华侨社会里，我们是一群需求文艺滋润的渴荒者，我们追求着一个绿洲的呈现。

美洲的华侨社会，是有着快近百年的历史。其间经过了我们先人的筚路蓝缕，以至我们目前的挣扎搏斗的血、泪和汗所浸润，就使地面层像是枯瘠，地下层必然暗流着一道涓涓的水源，足以滋生出一些华侨文艺的根苗，甚至使它绿叶成荫，开花结果。

我们是抱着这样的坚定信念！

我们更还相信，我们于决定了解救这渴荒之后，就得自己动手发掘、寻求。只要人手多，步伐相当地一致，我们终必有找到甘泉和绿洲的一日。

我们不是什么探险团。因此，我们不想戴高帽子，但也不怕人家用大帽子来压。我们又不是什么成功作家。因此，我们不敢鸣高立异，也不避嫌稚拙的批评，因为，我们相信，精熟是要从稚拙中长成出来的。我们自己并不是绿洲上的人物，而只是找寻绿洲的渴荒者。我们致力着耕耘，但我们并不严格地规范着收获。对于产生在未来的华侨文艺应具什么的姿态，我们愿意探讨，不愿意先加成见。

和我们一样同感渴荒，而又肯向华侨社会地下层发掘源泉，以自力更生，来培植出华侨文艺的青年写作朋友，我们是极欢迎、极愿意和他们携手并肩地作集体的努力，去应迎华侨文艺的新生！

(《绿洲》1945 年创刊号)

发挥"五四"的精神，
展开华侨文化的斗争

茫　雾

从历史的记载中，我们从来没有忘掉了这沉痛的一页：当欧洲第一次世界大战期间，帝国主义在争取殖民地的政策下，曾经引起了四年的大屠杀。处于半殖民地的中国，趁着外来势力没有东顾余暇的机会，在经济的基础上，曾有很大的发展——民族资本趋向于独立，民族工商业趋向于广大。渐渐地，我们产生了"对外摆脱帝国主义的紧迫，对内铲除封建的束缚"的民主思想。五四运动是我国文化斗争史上最光明璀璨的一页。

五四文化运动的展开路向，最主要的就是去除腐毒的封建文化，建树现代的大众文化。事实上，它奠定了国民革命的根基，而转入了更艰难伟钜的改革时期。在这个运动里，胡适之、蔡元培、陈仲甫、刘半晨、钱玄同、丁文江、吴虞诸位先生，曾下过一番最大的努力；自然，他们是受了西方自然科学思想很深的灌输和影响，但为着了要赶上时代，革新环境，对于西方的开明文化，我们是应该予以接受、学习和研究的。

今天，在国际形势千变万化、风云弥漫中，我们纪念五四运动，是具有更大意义和使命的。在现今潮流的需求和指向之下，我们所肩负的任命，是以科学的精神，保障人民的真正自由和幸福，建设一个民主的和平世界。站在中国这一边来说，我们的新文化运动，今后应转入"在内力求抗战胜利建国成功，实现真正民主的政治；对外力求国际地位平等，实现主权独立"的阶段。以目前的情形下断论，我文化界已向着这两点实践着：唤醒民族的睡梦，戳穿政治的黑幕。这是值得惬怀的一件快事。

在海外，我们的文化运动，平心而论，是不够积极的、分散的；最低限度，我们的范畴尚嫌狭小，我们的战斗目标还未一致。事实上，它很需要改革和建设。在华侨社会里，这个传统的习惯还没有彻底澄清，它就是着重物质较高于崇尚精神，革命的奋斗思想的成分，似乎尚未充实。以上这一点，论者绝非故意歪曲和挖苦，七年多来的事实和教训，使我们认识和体察到的委实不少。不过，有一点是值得我们所欣幸的：新文化的思潮，已日渐提高和热烈；侨众的国家观念，已日渐浓厚和充实。这一个可喜的现象，就是新生的蓬勃朝气。准此以观，则只要我们的新文化运动，是具有建设性和系统化的话，那么，将来的收获，必然是伟大与符合时代的需求的。我们一定要了解和看到这一点，建设华侨文化的大前提，就是力争思想上的自由，革除派别的病疾，发扬大同互爱的精神。我们的立场应该在国家民族的利益上，甚至在世界人类的幸福上，去除残旧，实行新兴。在今后的文化运动上，我们要以全力来宣传、斗争和检讨，与五四精神配合而发展起来，则我们的路向和步伐，必臻一致！

说到思想解放这一方面，自然是我们文化运动的一个奋斗中心点。有了思想的自由，不仅个性可以发展、学术可以兴盛，而且每一件事实的真理，多由自由批评、相互折衷激发而发现，否则思想被统制，不仅个人受着束缚，社会成为特务化，人权得不到保障，事实得不到真理，而且学术将无抬头的一日，赶不上时代的前头。综括言之，在民主声浪日益高涨的今天，解放思想，是必须实现的一个大前提。所以在展开华侨文化运动的斗争里，我们很需要一个思想新启蒙的运动，清滤了一切封建的渣滓，灌输清新的元素，而深入，而清楚，更而扶植和坚定民主的奠基。

最末，我们热诚地希望着全体的海外新青年，跟随、学习和实现五四运动的伟大精神，向着真正民主的大道，努力奋斗！

（《绿洲》1945 年创刊号）

华侨文艺问题

——给华侨青年文艺社诸君一点意见

老 梅

我是喜欢单刀直入的，青年朋友们大概总爱爽直，闲话不要，一切弯弯曲曲的客套语也都略去了罢。这样，我们大家谈起来会显得更加亲热。

华侨青年文艺社主编的《绿洲》月刊，到昨天为止，刚刚出完了第五期。我虽然没有怎样高深的文艺素养，却原有点文艺的倾向，所以每一期的《绿洲》，都拿来从头至尾地阅读一番。我有一点感觉，《绿洲》里面的作品，不能说它不是"文艺"，但好像还缺少了一点什么似的，那就是华侨的面貌和气息。换句话说，形式上可以说是文艺了，实际上却未能称为"华侨文艺"。我不知道写稿的青年朋友们有没有和我相同的感想，在我看来，那里大部分的作品，倘若拿到国内的文艺刊物去发表，读者也一例当作文艺来欣赏，要分辨出它的特殊色彩来，是并不容易的。

文艺要反映大众的生活意识形态，这是大家晓得的。但大众的生活意识形态，并不是到处如一，各个地方有其各个地方的特点，因此文艺在总的目标上可以有共通的作用，但作品的内容显然有别。比方过去几年来大家提倡抗战文艺，在这个阵营内的作家，提起笔来无疑都是为了抗战而尽力。可是，某一作家在某一地方体验（或参加）的人民的抗战动态，和另外一个作家在别的地方所体验（或参加）的人民的抗战动态，未必雷同。他们的作品发表出来，读者便能识别得出他所描写的是属于哪一个地方的实际情形，而不是心造的幻影或凭空的说教。

我的意思是，作为华侨文艺的说法，它应该具有其本身的特点。这并不能因为作者是华侨，写作的是文艺，就把它当是华侨文艺看，必须是作品所表现出来的是真正有血有肉的华侨生活意识形态，无论什么人看去，都可以指出那是我们华侨的面貌，甚至可以拿了这些作品作为研究华侨问题的一种资料。我以为这是我们提出华侨文艺的本旨。

美国华侨有近百年的历史，不能说华侨大众里面没有文化，不过还没有人好好地把它收集，探讨研究，通过艺术的手腕，具体地给予再现罢了。这种工作，也许认为艰深一点，非有相当的时间致力非为功。然而眼前的一切活动，我们一定比较熟悉，写你所最熟悉的东西，这是从事写作的人的要诀，我们岂可以放弃了眼前的许多题材，而要去找那"大"的题目，吃力地推敲，作品看起来还是觉得不够结实呢？

有不少的作家原来很有才气（姑且这样说），在修辞学上下过很大功夫，但他们往往因为与大众生活隔离，只凭着一点推想力勉强写作，用美丽的词句尽量装饰，我们认真一读，就能判断出该作品是空洞的，没有灵魂的，没有血肉的。反之，我们是融洽在华侨大众的生活里面，先有了一些生活的经验，问题只在于怎样把它来处理，如果我们能够抓住它、表现它，那么，即使在文句的运用上和形式的摆布上未能尽善尽美，倘和上面那种作家比起来，我是宁取后者的。

华侨青年文艺社诸君，我想都是各有职业的份子，至少是半工读的。华侨在美国的工作范围，大概总离不了餐馆、衣馆、做华埠的买卖（较少）……这几种，战时才有多少参加工厂。就在这些被有些人目为"平凡"的生活之中，我们便不愁没有写作的题材了，用不着舍近图远，再向别的生疏的和真实性甚难估定的地方去找。《绿洲》这一期冷红君的《一欢一忧的胜利日》关涉到工厂的事，和先前有过一两篇触及餐馆的，都是我们所需要的，然而像这样的作品实在是太少了。

自然，文艺工作者的任务不单是消极的表现与描写，他还应该具有进步的、正确的思想和世界观。"文学百题"，一言难尽，留待他日再来讨论。此刻的要着，请先从各人的生活经验和实际体会得到的各种题材着手，来奠定我们华侨文艺的基础。

（《新生》，1945 年 9 月 17－18 日）

弥月之献

路　斯

　　"五四"唤起了我们，从美西、美中和美东，聚在一起，心儿连着心儿，涌出热情，带着希望，在一片文化荒漠上，找寻绿洲。

　　风沙止不住我们的步脚，希望，走在前头，带着我们去找一注甘泉，来调解我们那干涸久了的喉咙；带着我们去找一块可能播耕的土地，来解救我们的精神枯荒。

　　这"绿洲"，还只是存在我们心里的一个想望。我们愿意做一个华侨文艺沙漠中的行者，从"五四"起，抖出仅有的一点气力，一步一步的走着，开始找寻。同时我们也常常挥动着手，跟走在这片沙漠上其他许多的同路人，互相呼应、互相督促，愿有那样的一天：你我并肩合力，开引地下的和远方的水流，来开辟一块处女地，从东方，从西方，移植几枝花果，在这片荒原上，描出我们华侨自己的一点葱绿。

　　时代昭示，反侵略已到了决胜的黎明，这黎明，临到海洋，临到大地，也临到了这一片无边的荒漠上。借着一线光亮，我们看见了那还没有跑清的憧憧黑影；我们也拼出了那充满严肃气氛的斗争路向。昨天，光明与黑暗搏斗的血流，还多么鲜明！今天，我们将随着这鲜明的血流，迎接明天到来的欢悦。

　　为了反映华侨社会，为了变革华侨生活里那些陈腐，走向新生，华侨文艺自有它远大的进军前路。我们愿意，也面向这目标参与战斗的行列，努力学习和工作，将一点一滴的心力，献给华侨新文化运动的斗争。我们也愿意跟其他爱好文艺的青年们，互相切磋，互相砥砺，趁着这初期学习写作的时候，从集体的锻炼中迸出力量，生热，发光，把华侨文艺，推上它那远长的航道。写了这，我们站在学术无私的立场，打开真诚的心胸，伸出热诚的两手，接受你们的警示！

（《绿洲》1945 年第 2 期）

新的希望

徵 玲

我记得在唐山的人们（或许在海外也有的），有些人叫正月做"新月"。我们的《绿洲》是在之中旬出版的，我想把这期当作"新月号"，也许未尝不可。虽然所谓"新月号"的时期，委实与过去没有什么特别不同的地方，可是，在新月的开始，我们来自我检讨一下过去，展望一下未来，倒也不是完全没有意义的。

《绿洲》自出版迄今，老老实实说，我们没有很多的"不朽"工作或写作可自傲，反之，在过去的时间，我们的缺点曾彼此指点过是有的。不过，《绿洲》自创刊日起，无时不受到那些吃"特种饭"的人们嫁罪、讥讽、造谣中伤，分化、离间的向我们队伍中袭击，虽然我们的同伴是分布于全美国或远在欧亚的战场，虽然我们大家彼此未能都谋过面，却能认清目标是一致，始终没有后退或动摇的；反之，互相勉励，朝气勃勃地前进，按时期期出版与读者相见，这点，是以自豪面可告慰爱护我们的读者的。

是的，《绿洲》过去的内容，我们是接受过善意的批评，已在学习、改正之中了，我认为：华侨文艺固然要有华侨的"骨"与"肉"、"笑"和"哭"来做华侨文艺的独特性，是正确的。但是，我们的读者是华侨，而华侨"今日的社会"是美国，"明天的社会"是祖国的情况下，如果我们完全忽视了祖国的文艺不介绍，或摒弃居于斯的美国大众文艺，不去作翻译介绍，我怕并不一定满足读众的要求，所以希望大家以后注意到这一点，充实《绿洲》的内容，使它能成为肥沃的田园。

《绿洲》既成了绿洲，人们（读者）在这里居住（阅读）就愈多，我们的责任就愈繁重，所以我们写作就要以华侨大众做出发，华侨文艺就要到华埠、餐馆、衣馆、荣园……华侨所到的角落去。同时，善意的批评我们要虚心接纳改进，在华侨社会里，能共同为文艺工作的青年，我们应当多多结集起来，大家一致去学习，去写作，这，才使我们的力量日趋强大。但我们要警惕，奋力维护我们的固有阵营，才不致被捣乱或摧毁！我们时常提到现世纪是"人民的世纪"。然而祖国的文艺工作者，还不断地争取人民最低限度的自由——出版自由、言论自由，而我们呢，想说什么便说什么，显然比祖国国内的环境来是优越得多。既然写作自由，我们应该除把《绿洲》充实之外，还要多多写作来协助华侨进步的文化事业，影响我国的光明路向。我们固不应矜夸，也不应看轻了自己，以为年轻或未能实现我们自己所理想的刊物或报刊，就灰心、怀疑或退缩，应以"有一分热，发一分光，就令萤火一般，也可以在黑暗里发一点光，不必等候炬火"（鲁迅语）来做我们工作的座右铭，这是我的新的希望。

（《绿洲》1946年第9期）

献给 《绿洲》

——重提华侨文艺问题

老　梅

文艺节同时又是华侨青年文艺社和它主持的《绿洲》周年纪念，为了这个具有双重意义的日子，该社早就发表预告，准备出一个特大号。他们除了邀请海内外的作家名流题词撰稿之外，还得要我也来参加说几句话，凑凑热闹。他们这种热情，我是感到非常兴奋的。

华侨群众社团纯粹是自动主编的刊物，能够按期出版一直维持下去的，并不多见。《绿洲》则已维持了一个年头，未缺一期，这样的精神，已是值得赞颂的了。并且他们青年当中，据悉都是散处美东、美中、美西各地的，每个人各有其正常职业，生活的担子，并不能压缩他们学习研究的毅力和兴趣，尤其值得赞颂！

论内容，《绿洲》虽然还没有达到完善的境界，然而老练成熟，是由幼稚做起，只要大家努力磨砺，自会日有进步。不用说，华侨青年文艺社诸君，一定会了解到和必然做到这一点的。

先前，我有过一篇短文——《略论华侨文艺问题》，是想向华侨青年文艺社的青年朋友提供一些意见。文内着重指出："作为华侨文艺的说法，它应该具有其自身的特点。"那就是作品里面要有"华侨底面貌，华侨底气息"。不然的话，不管作品看来如何"斯文"，词句装饰得怎样秀丽，也还是不能称做华侨文艺的。

现在，我的意见仍是一样，对为《绿洲》写稿的青年朋友，寄以极大的希望，好把华侨文艺的基石奠下，但观一年以来，直到此时为止，《绿洲》发表的文章，带有"华侨面貌，华侨气息"的，着实很少。主要的原因，或者是受了篇幅的限制，因为文艺的表现方法，多少要经过若干曲折的途径来烘托暗示，一千几百字的作品是不易成功的，这有点像是英雄无用武之地；其次或者是写稿的人，在华侨生活方面的经验上和体会上，还没有结集起足够的真材实料，提起笔来便感到不知从那里说起。

不过我以为我们青年做事，必须从现实环境中想出办法，找寻工作的门路，不可因为这个条件或那个条件没有具备，便把原来的目的放弃，敷衍了事。就写作方面说，文艺的应用，是以局部的描写来关照全部的，短短的有关生活现状的一角的记述，并不失其价值，只要你能体验和体会得真切，灵活地运用艺术的手腕，把它适可地表现出来，便会显得该作品的生动有力。说到题材，大至于整个华侨社会的生活形态，各阶层各行业的华侨组织，小至于个人偶尔在街头的见闻感觉，一天的工作经过，生活的片段回忆，诸如此类，都是可以成为写作的资料的。

末了，我诚恳地希望华侨青年文艺社诸君，学习再学习，努力更努力，让《绿洲》今后有更多的结实的作品出现。

（《绿洲》1946 年第 13 期）

《绿洲》创刊一周年

茫 雾

光阴荏苒，只觉瞬息之间，又是伟大的五四青年节了。去年今日，正是《绿洲》创刊伊始之时，以言世界，则烽烟弥漫；以言民众，则哀声切耳，这景象当然是战争之神所一手造成的。然而，现在呢，一切的一切，都焕然一新，火光灭了，枪声停了，哭声也由微弱而止息了下来，真的大地回春，万象更新，自由和平的空气，重新流遍了人世间。跟随着这种潮流，《绿洲》也同样的遭遇着种种不同的演变，尝尽了甜蜜苦辣的滋味；不过，可告慰的是：她是始终怀着一颗纯洁的心、坚毅的意志，冒着漫长的黑夜奋斗前进，她希望和信仰着那黎明前的曙光终会到临！

值此周岁刚满的诞辰，我们追忆过去抚养的艰辛，认识现在责任的重大，瞻望将来使命的伟钜，心坎内自然是涌起了无限的感慨与兴奋了。在下面，且让我们来做一个切实的检讨：

首先，我们想到的是过去的一年间，《绿洲》得以欣欣向荣，不屈不挠的向前努力奋斗，并不是因为她有着一个特别完整的先天，而是因为她有机会沾获到海外大部分青年们的爱、热和力的灌输。所以，我们都很为此而庆幸。交结了许多情意和投的同志们，认识了许多心肠坦白的青年朋友，得到了许多文化界的真正的领袖们的指导与爱护。虽然，《绿洲》的进展并不是怎样的顺利，成绩并不是怎样的优美，但是，我们是这样相信着：宝贵的经验、深刻的认识、坚决的信仰，将会使《绿洲》百尺竿头，更进一步，永远不会"畏难而退"！

第二，《绿洲》的立场，在创刊时已经这样说过："不知宗派，不竖门户"，完全公正化；《绿洲》的宗旨，在创刊时也已经这样说过："联络海外青年，发扬华侨文艺"，弥补这儿文艺的渴荒。过去是这样，现在也是这样，将来还是这样。关于"统一与充实海外文艺的阵线，争取思想上的解放"这一点，我们不敢妄自称为一支新兴而强有力的精锐部队，但我们是这一队伍里的一小部分，愿意献出所有气力，去激励奋发，向着共同的目标前进！

　　第三，《绿洲》的态度，经过了一年来的描画以后，已经清楚的表现了出来，那就是：沉着工作，不断学习；拥护民主与真理，反对横暴与强权。在行动上，我们也许是脆弱了一点，但经济上的窘压、人力上的微薄，也就无可奈何了，不过，这只是一个时间上的问题而已。我们的公正不阿的态度，曾经在无形中围遇了许多异路的朋友，因而蒙受了许多无理的诋诽与讽讥，实在感到痛心，然而我们并不因此而心灰意冷。古语说得好："平生不做亏心事，半夜敲门也不惊！"是的，我们很需要切切实实的批评，但我们却不需要离开了事实的争吵与指摘。

　　第四，关于"绿洲"这两个字的含义，我们不得不再来一次更明显的解释。有人说，以"绿洲"为名，未免太过于浮夸了，仿佛以华侨社会看作沙漠，以自己看作绿洲，好高骛远，实在要不得；又有人说，自称为"绿洲"，就是把海外的文化工作者看不入眼里，有点唯我独尊的坏性质。这些说话，我们听了是多么的难过呵?! 所谓"好高骛远""唯我独尊"这一层，我们实在做梦也没曾幻想过。在创刊辞里面，我们曾经特别郑重的这样说明："……我们自己并不是绿洲上的人物，而只是找寻绿洲的渴荒者……"一年来的《绿洲》的历史，已证明了这一点。我希望，人们对于我们这个刊的名字完全冰释。其实，处于这个人民世纪里，稍有良心的话，谁个都不愿意舞弄"超人"这把戏的！

　　最后，我们感觉到，有一件事情是应该汗颜的，那就是：我们对于发挥华侨文艺这一点，没曾下过真功夫，而只是从皮毛上着手。所以，华侨的现实生活、华侨的血肉与灵魂，都没有痛快淋漓的反映了出来，这当然是我们的疏忽，是我们的错过。不过，来日方长，这个错过是可以补偿的。同时，为了沟通东西文化的阻碍，我们华侨的气息，应该多多与四方社会人士的、祖国社会同胞的相连渗润在一起。今后，《绿洲》的学习方向，应该是切切实实的反映华侨的现实生活，介绍西方的科学文明，传递祖国里面一切的活现象。

　　一年的光阴是过去了，摆在我们面前的，是第二年的开始。《绿洲》是海外青年们的一块自由园地，希望我们能够手儿牵着手儿，肩并着肩，大家联结起来，一块儿学习，一块儿歌唱，把我们的气息和音调，传送到每个角落里去！青年朋友们，请你们看看，还要看远一些呀，在我们的前面，不是隐约的现出一块异卉奇葩、佳禽茂木的《绿洲》来了吗?! 让我们加紧脚步走上去吧！

　　　　　　　　　　　　　　　　　　　　（《绿洲》1946 年第 13 期）

华侨与文艺

顾 鸿

一

有一个时期，我常常喜欢走到华埠的书店去东看西翻，看见有合口味的新文艺书便买，弄得自己房里的书栏快满了，还是不时的到书店去走走，还是不分廉贵的买。不过，渐渐也少买了，不是因为看腻了或者怕耗费太多了，而是新来的书少了，后来就简直没有。书店里摆新文艺书的一角的架上，老是那几本。倒是那摆着什么剑、什么侠之类的旧小说架上，却一本本的齐全不过，架顶上还叠着一包包，还有红红绿绿的画着美女封面的"少奶奶"什么、"爱情"什么的货色挂满了店铺的一角，而且日新月异。我闷着问书店老板说：

"没有新书到吗？"

我是熟顾客，老板知道我问的是那一类的新书，答道：

"没有。叫国内暂时停寄了。"

"生意不好么？"

"并不坏。只是你要的那类书籍的生意难做罢了。你看架上还有一大堆，没人过问了，你们青年人个个跑来问要新的，叫我把现有的放到那里？要是像那些——"他指一指那边架上的旧式小说和美女封面的东西，"就好了，天天办来新的也不怕，十年也有人买！"

老板做生意是要赚钱，他这点"生意眼"是不能厚非吧。可是，旧式小说和美女封面的货色难道就是"不朽的作品"，而新文艺是朝生夕死的东西么？并不见得吧。这只说明在华侨社会（也许在整个中国社会也是一样）提倡新文艺，还是一件多么艰难的任务。可幸的就是在华侨社会上，也正结集着一群新文艺的爱好者，而开始看"且看下回分解"和"妹妹我爱你"的东西的也大有人在，书店老板对于这点"生意眼"也应该有的。

二

什么是华侨文艺？这个问题也曾经提出讨论过一两次。可惜就只一两次，没有太多的讨论。有许多华侨青年习作者，提起笔来不知写什么，不知怎样适当的写。就是写成了，发表出来，也多是患着贫血的东西。我觉得多来讨论华侨文艺的性质，对于青年们的习作是会有帮助的。

曾经有人提出过一篇作品的作者是华侨，它并不一定就是华侨文艺，只有那篇作品反映的是华侨生活，这才是华侨文艺。这意见是对的。正像反映中国人民大众的生活才是中国人民大众的文艺是同样的道理，也正像要做一个真正的中国大众文艺作家，他只有深入到大众中间去生活和学习一样，要把华侨生活反映得深刻，要自己的作品具有华侨的骨与肉，是华侨大众喜闻乐见的东西，就非要深入华侨大众里面，去实际的体验与学习不可。

不过，我也想提出一点补充。就是华侨文艺是与祖国的文艺主流不可分离的，是息息相关的。所以今天的华侨文艺，应该具有民主的精神和思想、大众化的作风和现实主义的内容。离开了这些而去谈华侨文艺，就只能是象牙塔里的东西；离开了这些而去谈反映华侨生活，就必然不会反映得正确和深刻。还有一点，以我们的居留地而言，华侨文艺应该向美国文艺学习，吸收美国文艺的精华。

总括这些意见，我认为反映华侨生活固然是华侨文艺的主要任务，而一篇作品如果具有上述那些条件，不论它的题材是什么，只要是我们华侨写的，是和华侨的气息相通的，也就不失为华侨文艺。

我也会有机会看到美洲各地的华侨报纸的副刊。把它们类别起来，大致可分为两种：新式的和旧式的。十几年前，旧式的占着优势，占据着副刊的是武侠小说、色情文字以及风花雪月之类的旧诗句。近几年来，却是新式的占了优势。这是一个进步，也是华侨文艺正在起着变化。可是新文艺之走进副刊占着一角地盘，那么历史就更短了，而且这些新文艺作品，也很少是华侨自身的产品。

这可也不能怪报纸的编辑先生。在华侨的中间，爱好新文艺，喜欢提笔习作的人本来就不多。有的，也多以为自己置身在牢笼似的旅居生活中，见闻不广，只是兴致袭来才随意写几篇，而一向又好似没有人予以鼓励，不要说"提拔"了。反之，嘲笑青年们"舞文弄墨"，嘲笑他们的作品幼稚，倒是常常有之的。

在文艺爱好者和习作者本身自然有着许多阻碍和缺点。处身如牢笼，生活单调，这是一点。在向报纸投稿之前，肚子里想着自己写的这些东西，因为是一般读者看不惯的"新派"，不会有多少影响的，于是把自己的志气灭了一半。也有和这个相反的，成天躲在房子里读着文艺书，少到人众处露面，只凭情感的冲动，主观地东写一章西写一段，当做练习未尝不可，但作为投稿就只有充其人家的字纸笠。更有生活不充实，只好搬些新奇的词句去装饰内容空洞的作品；或者为求简便，不对一件事物加以研究便写；或者不顾粗俗，此时此地的事物不谈，专写自己不熟悉的疏远的事情……总之，这是因为社会上一般人并不注重文艺，从而文艺习作者也并不把自己的工作看得严肃和重要，多少带点"玩玩"的态度的结果。

虽然如此，华侨报纸今天能够透进了一点文艺的新鲜气息，还是靠着这些文艺爱好者和习作者的努力的，而且他们也在一天一天的进步着，改正着错误的态度，文艺是文化的一个最重要的部门，文艺更给予华侨文化界以新鲜的气息，文艺爱好和习作的朋友们，不要小视自己，更要认识华侨大众。我们的目的并不一定是要华侨大众个个都懂得文艺是什么，我们的目的是用文艺这崭新的武器来为我们的理想而斗争，用文艺来影响华侨的思想，来发扬华侨的民主精神。我们的工作是为了一个进步的健康的华侨社会，更是为了一个民主自由准备的祖国。如果我们的作品写得好，写得正确，写得有骨有肉，华侨大众一定爱读，而且一定会受到影响的。

（《绿洲》1946年第13期）

一年间

赐　汝

时光真无情，华侨青年文艺社又已渡过了一个艰苦的年头在已消逝的时光中，不但是整个世界从残酷的战争中赢得了胜利的和平，公理的伸张，奔向光辉的民主大道，而且也是我们站在狂风暴雨的面前，克服了一切艰难困苦的黑暗障碍，化险为夷，逐步踏上时代的阶梯的一个历险的阶段。

文艺社就是以前在报章上热烈讨论的"通讯组织"的前身，我们感到现在思想被毒化，文艺落在低级趣味的井坑里，抗争是急不容缓的了。所以，路斯同志就动议组织"绿洲文艺通讯社"（后来改为"华侨青年文艺社"，以下简称"文艺社"），以通讯的方法，约了数个有文艺爱好的青年，公开讨论和提供意见，通过通讯"手段"，同致力于"文艺"（中心工作），而进取我们的学习成果（目的）。若以路斯同志指出通讯是情感的联系、工作的启示和相互的砥砺。文艺以读写并重，自然不囿于"纯"，因为，思想斗争已进入至尖锐的阶段，燃毒歪曲，已纷至沓来，我们要紧握武器，迎战敌人，为解放华侨思想，我们应该尽自己的一分力量。所以我们要走出象牙塔（我的意思不是自命为文人，不过我不爱用"为艺术而艺术"这几个字眼罢了），不否认政治在文艺中所起的作用，努力去认识生活，体验生活，反映生活，改变生活。经过了一个长期间，讨论完了，我们便着手进行组织的工作，集中精神，来发展我们的隐藏力量，贡献出各自的智能，向华侨社会的恶势力斗争。

所以，在孕育中的文艺社，便在去年五四青年节宣布成立，在华侨日报报刊《绿洲》，而今，已有一周岁之期，我们怀着无穷的期望，对以往的作一检讨，望在为了作更深的努力。

"青年社"的宗旨，是通过通讯，联络华侨青年文艺爱好者，共同研究文艺写作、文艺理论，从集体学习中强化自我教育；并献出所有的力量，为参加建设华侨新文化、解放华侨思想而努力。我们循着这个方向，从事文艺工作的研究与发扬，更为祖国的民主和平实现而呼喊。

　　我们是一群在战斗中学习的青年，散居在美东、美中、美西各地，而且有的参加反法西斯的军伍行列，远征海外，从欧洲到祖国。不过我们大多是劳苦大众，为着解决各自的生活，日夜劳作。然而我们利用工作的暇时，来从事文化工作，写出我们心中的一切，发表我们纯洁真诚的对国事的观感，除了供给每月两天的《绿洲》第13期期刊外，其余的便分散到各报章杂志上去。在我们的努力下，估计稿已经写下三四十万字了，我们不以此为满足，反之，我们依然继续努力，使我们的心声永远和亲爱的读者联系在一起。

　　一年来，我们除了集中精神来从事文艺的学习，站在文化工作者的立场，以坚定的意志，求正确的认识，发展社务，展开工作。为了青年文社的前途，我们曾百般的努力，意在美西也能找到一块学习与工作的场地，然而，我们找到了，正欲积极进行时，在匆匆的短期间内便夭折了！是的，我们曾主编了一个副刊，而根据客观的环境来决定内容，展开读者的视野，以软性的文字来融合硬性的文章，以真材实料的内容来吸引读者，我们发表文艺性和理论性的文字，我们也参加政治的斗争，我们一切都是根据"为争取民主"做出发点的。不幸我们与报馆方面发生了意见的分歧，使我们不得不要忍痛离开，再走别的路径，这是我在美西的一段奋斗过程。

　　从行素同志的通讯中，知道了民族圣者鲁迅先生的夫人许广平（景宋）女士，在今日的物价狂涨中，生活是很感困苦，我们知道，鲁迅夫人在寇伪摧残下仍始终不屈，坚贞奋斗多年，直到胜利的号角响了才获得自由。我们"青年社"同人和朋友特发起捐款援助，这只是慰劳与鼓励文化斗士为国内和平民主团结而继续奋斗的意思。后来接了鲁迅夫人的来信说："鄙人伏居泪滨，对社会毫无贡献而乃不遗在远，重承你们物资赐助，却之不恭，受之殊愧，再三商酌，倘过于见拒，或负你们盛意，若任意接受，又恐对不起鲁迅廉洁自持之教，万不获已，只得就已寄的言行拜领，以示接受你们垂注的盛情，但绝不敢将你们宝贵的金钱随便浪用，必当留用纪念鲁迅事业，这一点微意，敬请赐谅。……"而最近接到中国文学家胡风先生寄信来委托我们"青文社"代"希望社"在美洲招设，我们希望海外同情人士尽力帮助，多招股份，以期《希望》肩负起文化建设的重担子朝前勇进！

　　还有，在中国经过了八年的艰苦抗战而达到最后胜利的时候，内战的炮声已跟着爆发起来。所有酷爱和平民主的人民，莫不加以强烈的反对，尤其是智识阶层和劳动大众，集体行动向政府呼喊。昆明的学生，便在这样的爱国情绪下，开反对内战，反对干涉大会，遭反动派的压迫和摧残，而三个学生和一个教授便无辜死在反动派的炮火下，我们文艺社同人，对这种非人道之屠杀罪行，坚决地加以反对。可是热泪代替不了我们的爱国热情，所以，我们便决定了拍发电文回祖国去向这群尽忠国家的爱国学生致以同情的慰问。

这些皆是我们一年来认为最有意义的工作，然而，我们固不敢以此自豪，现实血泪的斗争，尚待我们以最大的理智去奋斗，去争取。以期在来着的一年，更光辉地写下历史的新页。回忆当成立伊始，有些人便震惊相告，不是说最近有一班文人走左，便是含血喷人，诽谤、诬蔑交加。可是我们却处之泰然，未加理会，事实终会大白的。虽然，在这一年当中，我们正站在民主浪潮冲击下，不前进就倒退，坚持以往对民主的信仰，以人民立场，对内要求和平、团结、民主与统一，对外则要求自由、平等与独立。

（《绿洲》1946 年第 13 期）

略论华侨文艺的改进

玲 玲

最近三四年来，华侨社会各方面都有着进步，不管有些地方进步得太慢，太少，而其努力，确是到处一样。这是新时代的新反映，是可喜的现象。就文艺方面来说，由于文化工作者的努力，由于知识青年的狂热，使新文艺抽芽、生根、茁壮，向着长成，其成果可以说是前所未有，一般华侨文化水平的提高，虽说没有十分普遍，但近年来那进步的姿势，确和过去大不相同。然而，这里有着一个大缺陷，就是华侨文化工作的开展多偏于平面的推广，而放弃了深度高度的突进。

并不否认，近几年来，好些爱好文艺和有志于文艺的青年，组织了文艺性的团体，召开和展开了很有价值同时也有些收获的文艺座谈和文艺通讯网的活动，不过，到底因为力量微薄，工作零星，实难以称之为文艺运动。大约因为组织不健全，计划失了系统，加以客观的局限和牵制，于是，十人八人的劳作，也就表现不出什么成绩，更莫说"收割丰登"了。

试回头看看过去三四年间，华侨的文艺活动有些什么累积？除了美中无甚表现外，美东的纽约、美西的三凡市这几块地方都有可观的成果；纽约方面，表现得最显著，收获得最丰富的要算是《华侨文阵》了，各样各式的文艺，他们都有过很努力的进军。其次是《中美周报》的"文艺"，过去也有过不少美丽的花果，接着起来的是华侨青年文艺社在《华侨日报》副刊的《绿洲》，虽然没有发表过配称为"华侨文艺"的作品，但他们正是朝着这方向而努力的。三凡市方面，文艺的气氛，一向都很清淡，没有什么突出的记载，值得提起来的是《金山时报》副刊里短时间的《海外集》，那儿曾泛过一阵春潮。或许，我们期之于将来吧，华侨青年文艺社的主力在美国，在学习上，他们将有向前一步的进取吧。

今天，我们必须跨进一步。

今天，我们要孕育一个华侨文艺运动，使华侨文艺能配称为"文艺"，也能配称为华侨的文艺。

这个运动，一句话概括：要使华侨文艺华侨化。本来，文艺决不能有什么界限的，如果，在文艺领域里将华侨文艺用一道围墙去跟祖国的和外国的文艺界分开来，全国"互不侵犯"，那是故步自封，自投牢笼，不但不能使我们自己的文艺繁荣滋长，而且还会"瘦死狱中"。但是，文艺虽无界限，却不能没有民族性、社会性和地方上特有的色彩和风光。文艺华侨化，决不能是保存"侨"粹，而是使我们的文艺带着华侨的气息、华侨的光彩而生长茁壮起来。要使我们的文艺成为华侨的血液，不要使之成为一套用来装饰的锦衣，也不可使之成为少数人享用的奢侈品。它即是华侨社会的希望、华侨生活的反映，它该是华侨大众的东西。

华侨文艺是对华侨自己的历史，华侨社会现实里的各角度、各方面，有着深入的、系统的认识的。它是华侨大众变革自己的现实的武器。华侨文化工作者对于自己的历史与客观现实如果没有社会科学的创新、哲学的研究与处理，就不能洞察自身每周遭的东西那一些已经腐烂，那一些是腐烂的根源；那一些应该摒弃、变革，那一些应该发扬、光大。

要求华侨文艺的改进，并不是变成自傲自大的排外运动，说我们用不着去学习祖国的和外国的文艺。我们一定要接受祖国与外国的优良的文艺传统，再经过消化，使之成为华侨文艺的滋养素。只有这样，华侨文艺的枝叶才有绚丽的一天。

华侨文艺，不单就表面上说的，这里要一再论述的是从内容上出发。换句话说，我们要写华侨的情形，一般华侨所熟知的或习惯了的情形。这话说来有点奇怪。华侨的文艺作品，自然要取材于华侨社会，那有不写华侨的情形的呢？其实并不尽然，过去十之八九的华侨文艺作品，其所描写的不是祖国的就是欧美的生活情形。使人分辨不出那实是华侨文艺园地里的出产物。

我的意思不是说，所描写的一定要是每个华侨都经历过的情形。只要所写的情节是华侨生活里所有的东西，而富有华侨风味、华侨情调，反映出华侨社会的现实生活，就能亲切动人。过去路斯君发表了的《笑与泪》，算是华侨文艺的一个好的代表作。比方，三凡市华侨社会里面极特有的"发财上车"，虽然在洛杉矶没有这个情景，但如描写出来，一定能使洛杉矶的华侨感动，因为满心发横财，原是铸成华侨生活最浓厚的色彩。

为要求华侨文艺的质与量上的改进，一种新文艺理论来作基础与领导正是迫切的需要。因为没有华侨文艺理论，临到实践就缺乏配合与支持，好像舟行水上，没有舵，一定无法把持确定的航路。这种新的文艺理论，在目前就要建立起来。这种理论，光是介绍是不够的，一定还要研究华侨自己的文艺史（虽然为期短暂），文艺思潮，研究自己的社会动态，研究自己的语言，研究自己的读者，研究自己分内的政治任务。华侨文艺理论，要在广大的华侨生活中产生出来。

华侨文化工作者多来自祖国，我们可以说，过去的和现在的华侨文艺没有离开贩运阶段，就是说，已从祖国贩运到来了一些新的种子，今后的工作则是要把这些种子种植在自己的园地里。

此外还有，第二次世界大战在华侨社会里提供了不少新的事实和问题，至少面目是新的——提供了新的要求。今后的华侨文艺运动，不能只是接受过去的传统继续开展，应当结束过去的旧习，去陈出新，拓荒播种，在自己的土地里抽新的芽儿，开新的花朵，结新的果实。

一九四六，一月三十一日西线归来于洛杉矶

（《绿洲》1946 年第 14 期①）

---

①　编者论：本文原系该刊上期五四专号稿。

走往哪里？

高　木

　　正如祖国受了五四运动的影响而长生了新文艺之果一样，美洲的华侨界受了"七七事变"的影响也开放出新文艺之花来。

　　五四运动解放了中国社会的思想，展开了美洲华侨对当前认识、未来途径的选择和思维。

　　可是，由于五四运动而产生的中国新文艺已经紧牢得建立起来了，而从"七七事变"诞育出来的华侨新文艺，一直到今天还是在试探、摸索之中。

　　"七七事变"以前那段美洲华侨历史不必细讲，那时也根本谈不上新文艺。报纸副刊只有些章回小说、旧诗词，华侨人士做文字功夫的，只有诗钟、对聊这些劳什子，正是——纷纷名士风流子，象牙塔里好藏身。

　　"七七事变"以后，华侨们的视野似乎豁然开朗了，渐渐地，跟着爱国运动的刺激而引致一些新文艺在报纸上出现。更且固体、学校所出版的刊物如雨后春笋，大都附带着一点新文艺之类在里头。不过这些作品仅仅也是模拟来自祖国的作品，成分以抒情散文、诗歌为多。这些作品，不特不能称为华侨自己的文艺，就连带有华侨气息也难见。

　　到太平洋大战爆发后，就有一位称为"华侨青年导师"的某先生出来办一个规模颇大的刊物了，可是这位导师不知由于对新文艺缺乏兴趣，抑或是认定华侨界没有文艺的需要，这刊物起初完全没有文艺栏，直到十多期后才增设，也只是刊登一些祖国来的作品居多。自发刊到今，所载的作品可称为"华侨文艺"的，统共不过三几篇。他们不重视文艺，尤其不重视华侨文艺，真可慨叹！

　　可是同时战斗社的《战斗》在三藩市已经陆续刊载着不少水准颇高的华侨文艺了，特别是小说。而那里的晓角社的《晓角》也不甘落后，猛着先鞭，可惜昙花一现，出了几期就停刊了。

　　论作品，《战斗》的笔触比较深入华侨社会，技巧也相当高，但《晓角》的意识前进，分量比较多，总之都是初期华侨文艺的拓荒者。

纽约华侨文化社刊出的《华侨文阵》是有意为华侨文艺干点工作的，一开首就发表了好些华侨文艺文章，但公开提出"华侨文学"这口号，并下着定义为：民族主义文学＋西洋民主思想＝华侨文学，并以为这个来历其久地华侨文艺到今天应该有几点的改进："在形式上要毁弃旧的、失了时代意义的、不切实生的一切格调。在口语、取材上要打倒不能大众化的情节、词汇和一切死板、肉麻的对话。要采用少量的方言，补救粤语和国语未能沟通的地方，增加粤人对文字领悟的方便，同时使文学中的对话语势更有力而充满真切感。"（见第一卷第四期和第二卷第一期连载的温泉的《广东文学论》）这些都是后来的事。实际上华侨文艺应该是华侨所特有，华侨所运用，华侨所享受的东西。它既表现了华侨，又教育了华侨，通过娱悦华侨而推进华侨社会的文化，间接改善华侨生活形态和人生观。

近两年来，华侨文艺这问题渐渐涌起了高潮，在华侨青年文艺社主办的《绿洲》里就有过讨论如何建立华侨文艺的文章多篇，其中老梅先生提出的最低限度的要求是："要有华侨的面貌，华侨的气息。"这是对的，因为如果写的故事与华侨无关，人物不在华侨范畴里，那就首先自己贬低了作品的价值，这作品在华侨社会里的产生等于徒劳，纵然写得挺好也没意思。老梅先生一再勉勉《绿洲》诸君子，寄以莫大的期望，可惜话虽如此，创作起来却成问题，不知是华侨界列位作家不曾深入华侨社会考察一般华侨生活、意识形态，抑是觉得这里面没有可歌可泣的故事，或惊动世人的英雄，因而把心情淡下去，终于搁起笔来。这一向，就如老梅先生说的："《绿洲》发表的文章，带有华侨气息的，着实很少。"

单从带有华侨面貌、华侨气息的作品要求，已经如此难得，何况要深深揣摩华侨心理，活生生地解剖华侨社会各枝节的作品，更不知要几时能够产生。

新文艺在华侨社会里出现已有十年光景，"华侨文艺"这问题的提出和创作尝试也有五年多的历史，可是到今天华侨文艺不特还没有建立起来，相反地，连干这工作的同志们也越来越少了。他（她）们也不知是知难而退抑是另有"高就"去了呢，"战斗的作品，战斗的精神"也得有战斗的实践呀！不要畏难，不要见异思迁啊，华侨文艺如果终归建立不起来，那应该是全体曾经为华侨文化工作过的人们的羞耻哩。

问问我们干华侨文艺运动的同志们，现在华侨文艺成绩这样少，站在华侨社会责任的观点上，你们究竟走往哪里？

（《新苗》1947 年第 1 卷第 5 期）

华侨文艺十年

温 泉

祖国文艺和华侨文艺的血缘

一九三九年是中国抗日战争进入第二阶段的时期。那时，广州和武汉都已经相继失陷了，由蒋介石把持的国民党政府，龟缩于长江上游的重庆，开始其投机、摩擦的政治作孽；同时，在华北，中共领导下的八路军（后来改称人民解放军），却坚持抗击日寇，而且向敌后转进，在敌人后方打起游击来，情势到此，有眼光的人已清楚地看得出，这两者之间，是有着贤、愚、不肖的分别。全国文协虽然也追着所谓"迁都"而西入蜀中，但年轻有为的作家多投奔北方，或出亡南洋，尤以香港为文人集合渊薮，以其地密迩国门，空气自由，且文化相当发达。然即在香港出版的刊物，亦多载游击区作品。这些作品，由于作者的身历战斗，所以内容的充实、情绪的发皇，比起后方的最好作品仅以暴露抗战社会的黑暗而为能，大异其趣。而这一支中国文艺的新流，就是后来日渐成长、壮大，成为今日新民主主义文艺的中坚。

在海外，各地华侨的文化程度参差不一。大致以南洋方面的华侨文化程度较高，其次为欧洲，在美洲的可以算得做"落后"了。其原因，为了美洲，特别是美国的华侨入境艰难，操作劳苦，他们远迢迢地离开祖国，抛弃家庭，千方百计，甚至不惜拿生命博取，来到这个地方，其目的无非为了几个养家活命的钱而已；他们的出身，都是一些农人、小市民、水手，为了美国近五十年来的繁荣所吸引，另外也由于近百年来中国政治腐败，农村经济破产，新兴民族工业在外来的帝国主义和内发的军阀混战夹攻下建立不起来，一般平民生活日苦，失业日多，许多人在这种情况下无以自存，迫得出走。南洋，那里入境限制不十分严，到的人自然特别多，商人、企业家、教师、记者、海员……都有，知识分子不在少数，所以文化程度相当高。欧洲呢，去的都是商人、留学生，虽然也有海员，但一般地说起来，那里的文化也过得去。只有美国，这地方一向有歧视远东人的移民律的存在，中国人要进入美国，是不可想象的困难。除却偷关、卖纸等非法举动以外，正是人口的大概百不获一，而这些"不逞"的行为，以知识分子身份的尊严确实不会干的，只有那些惯于冒险的船员，迫于生计的农夫、小市民才来尝试，这些人知识水准自然低下，到来美国以后，能够做些什么呢？大多数做洗衣作，一部分开杂碎馆子、杂货店，他们在美国各大城市里聚居一定的地方，叫做"唐人街"（China-town），这些唐人街，往往是破旧、污秽的，中国政府的外交官员、留学生等是不作兴涉足其地的，尤其是因为华侨社会有一种封建意识甚深的姓氏、堂界之争，常常为了小故搅到互相狙击甚至械斗，无辜波及的所在而有，所以唐人街又被目为恐怖地区，这样的环境，还有什么文化可言？

自从美国故总统罗斯福上台，厉行新政，复兴经济，华人专营的杂碎业趁机抬头，好些赚了钱的店主，打发在美国的子弟进学校受高深点的教育，同时因了生意好需要人力，便把留在中国的年轻亲族援引过来。这些人，多半在祖国进过学校，念过新书的，头脑相当开明，所以一旦来到美国，就在老的、保守的华侨社会中起着新的、进取的作用。于是华侨的商店开始讲究装潢，街道力求清洁，唐人街顿改旧观。祖国的抗日战争，团结了一向堂派、姓氏异常分歧的华侨团体，斗杀之风以戢；祖国的抗日战争，送来了华侨后方精锐——留在祖国的中学、大学里念书的儿女，使得华侨社会里骤然充满新生的血液；祖国的抗日战争，驱使"不愿做奴隶的人们"在世界上每个角落发动了救亡运动，以积极募捐来支持祖国的抗战，而因为这件事需要各种人才，于是不同党派，凡有才能、知爱国的华侨们都纷纷被罗致了，形成华侨界空前的大团结、大组织，其间就跃出了许多前进的华侨人物，为了"救国"这个大题目需要宣传，于是华文的报纸、刊物纷纷出版了，华侨文化就此滋长、蓬勃起来。

以抗日战争的媒介"流亡"到美国的一帮青年知识分子，他或她们到美以后，无论做工或念书，都一直保持着他或她们青年特有的求知热，对于来自祖国，尤其是香港的书报刊物，特别爱好。因为他或她们早在祖国念书时受过了新思潮的洗礼，或且身历过大革命，参与过抗日战争等伟大场面，从历史的指示，这些人往往是在社会上起领导作用的，无疑地，华侨社会里的新文化运动就得以他与她们为中坚。这班人，思想相当正确，又经常地受着中国进步作家的熏陶，因之，他及她们都是秉承着中国最新、最进步，也就是最优良的文化传统。在美国各城市的华侨社会里，展开和古旧的、腐化的华侨文化的斗争，以至于把它整个击倒。

文艺是文化的具体表现，没有文艺的文化是难以衡量的，各式各样的文化特征，都反映于它所产生的文艺上，所以文艺直是文化的结晶。华侨文化和祖国文化的关系既如此，它的形成过程又如此，从这里就可以看出华侨文艺实在先天地和祖国文艺有着血脉的关联，而又应该保持着它独有的特点了。

华侨社会最初的文艺作品

以上说过，华侨社会是由古旧的气质里蜕变出来的，华侨文化是由旧而趋向新的，在新旧交界、方生未死之间，我们可以看出新旧一消一长的痕迹。单论文艺一样，也莫不如此。

旧的华侨社会里，有些什么式样的文艺作品呢？说出来很可怜，只有一些多读点书的侨胞们看完了"大戏"（粤剧）所写出来半通不塞，虽索解人的"增某女史""增某花旦"的旧体诗，若遇某商店新开张或什么纪念，就常常来一个"征联"或"诗钟求教"，那便是一班华侨作家大显身手的机会。

要看作品，那便是他们的作品，要说文艺，我想倒不如干脆叫做他们的玩意儿。报纸副刊，大抵都抄些祖国"旧肴"，填塞笃幅，也一贯地是"某处某生，貌美多情"那一套。不要说谈不上"华侨文艺"四个字，就连"文艺"这两个字也讲不到。

随着抗日战争的发动，中国人栗于救亡图存的艰苦，人人振奋，悲歌慷慨以兴，好些热情迸发的心声，都借了新诗形式表露写出，如创刊于一九三九年的《华侨青年》（纽约华侨青年救国团主办），它的文艺栏里就有几首可读的诗，这些诗，纵然止于怅望祖国，关怀抗战，不会有怎样的华侨气味流露着，是以还不能称做"华侨文艺"，但在华侨社会里，有了文艺，而且是新文艺，究竟是一件无可否认的事实了。

以后，在华文报纸里，便常有一些小诗、杂感等关乎祖国抗战的新文艺出现，不过由于编者对"此道"不重视，以为可有可无，不去加以支持和鼓励，结果，华侨社会里初生的文化婴儿——文艺，只好像有娘生没爷养的孤儿似的，自生自灭，没人过问。

纽约《美洲华侨日报》——美洲华侨文艺的摇篮及堡垒

1940年7月，在纽约，有一家新兴的华字报纸出版，那便是《美洲华侨日报》。它是全美洲里华侨自己营办的、最进步的报纸中最早的一家，也是最替新华侨文化尽力的一家，而且是后来对于建立《华侨文艺》的坚持者、差不多今日华侨工作者中稍稍知名之士，大半从这里出生。它的副刊《新生》，经常登载着华侨文艺作品，并且也曾借给《轻骑》等文学期刊做阵地。因此，它实在可以说是美洲华侨文艺的摇篮。

华侨日报的办事人，有好些是华侨青年救国团属下的人物，他们都是华侨社会里的进步分子，他们的眼光远大，意识正确。主编者老梅，对于文艺，特别是华侨文艺，有着独到的扼要的简介。《新生》里，除了上述的各项贡献外，还不断地介绍文艺名著，选登文艺批评、文艺理论、祖国及世界文坛消息，这不单方便了一半华侨文艺工作者，而且事实上也帮助了他（她）们很大很大。有了这个报纸，华侨文艺工作者的勇气就不会馁下去，因为，在目前华侨文艺诸刊物此兴彼仆的情形看来，只有这个最后的，也是最坚固的堡垒绝对没有动摇的形式。我们华侨文艺工作者，在艰苦的恶战里，一意识到这个，就多了一点希望的寄托、精神的慰安。华侨日报是美洲华侨文艺的摇篮，同时也可算作它的堡垒。

《中美周报》——华侨文艺青年的练武场

一九四一年秋，纽约出现了一个《中美周报》，周报的主持人是一位颇有点虚名的新闻记者，在美东几家国民党报纸混了一个时候，不知怎样一来，纠合了好些华侨"闻人"，开张了这盘"生意"。这个刊物也是个综合性的，内里也有文艺一栏，所载的主要无非是"唐山货"，而且是第二、三流的海派作品，不离风花雪月、情呀爱呀之作（到后来索性登起长篇侦探小说来）。它的"大众文坛"，才是专门给"本地作家"做练武场，借广招徕（当然不会是为结识天下英雄好汉）。许多华侨文艺青年，就曾经在那里开过大弓，举过石鼓的。可惜该报有一种不好的作风，多疑善妒，好的创作绝对不会登出来，而且许多对于新兴的华侨文艺的理论和批评的稿子，从不予以发表的机会（大约是怕受人利用），这种态度，使得它和青年读者之间愈离愈远，终至完全失去了所谓"青年导师"的头衔。

不过，《中美》自始初发行到战后一两年间，倒登过好多华侨文艺创作，这是事实，而且，有些还很可称道，够得上有些让读者所说"美丽的花果"的哩。

此外，在《中美》，还发生过两件很有意义的事情。一件是《中美》某期有一位在美国参了军的作者写了一篇《莽林习战》，却被另一位写了一篇《白日见鬼》去批评它，这原是一个文艺论争的开端，可惜终因该报编者不愿这件事讨论下去，不特不予鼓励，而且暗中抑制，使得这个论争展不开来，真是憾事。要使全美洲爱好文艺的青年们，都能通过这通讯网的组织而增进学习，团结一致，集中工作，用意很好，问题就在规模太大了，而有些响应者对此怀有野心，加之他们所拟的组织大网，规定了社员投稿的统制，几近垄断，贻人"文艺讬辣斯"之嘲，故终不能实现。

而今，《中美》无复当年（一九四二——一九四六）文艺青年云集的盛况了，旧人星散，较场草生，翻阅大众论坛，辄有不堪回首之感。然在美洲华侨文艺史上，《中美》不期而然地尽其练武场的作用，这功劳倒是不可抹煞的。

《曦社课艺》和《华侨文阵》

由祖国来美的在学华侨子弟，每有一个学术性的组织，在纽约，就是"曦社"。"曦社"成立于一九三九年，社员数十人，都是勤奋好学的青年，人才颇不弱，出版过两本《曦社课艺》（油印本）。他们这刊物的宗旨是：普及学术之研究，以广收观摩交换之效，一也；公开言论，以追及社会文化，二也；抛砖引玉，以求社会人士之教益，三也。（见《曦社课艺》第二期发刊词）虚怀若谷，可是内容倒真个充实，文艺部分也不在少，如果一路出下去，可能有很好的发展。惜乎大战一经爆发，美国加紧征兵，把该社的中间分子陆续征去了，人手一少，什么也难得干下去，然而他们一天没有被征，还是一天守着岗位工作，第三期的课艺改名为《曦光》，借了《纽约新报》的副刊地位出版。战后居然卷土重来，扩大规模，把《曦光》出了铅印的大本子——《战后复兴纪念号》。终于，因为时代来到了歧路上，这一个团体，正像整个社会一样，起了极大的分化，各人选择着自己的路途，奔他的前程而去，"曦社"今后大约要有一个长期的沉寂了。

在一九四二年末，正当"曦社"酝酿出版第三期的《曦社课艺》（这时已决定取名《曦光》），有一部分爱好文艺的社员，主张扩大文艺篇幅，和社外人士合作，铅印出版，后来因为资本不够，拉倒了，这一部分的人便另和社外的一些工人优秀分子组织成一个"华侨文化社"，于一九四二年十二月出版了他们的第一本刊物——《华侨文阵》。这是美洲华侨有史以来第一个纯文艺期刊，它的发刊词说："本刊不自菲薄，敢以公之于世，意不在自诩如伯牙的琴，但有意公开地征求'广大的知音者'则是实话。我们——本刊执笔者，都是一些华侨职业青年，又都于文艺有嗜痂之好的，既没有'文章华国'的野心，也没有'卖文为活'的必要。兴之所到，大家写点出来，凑几个钱，就印成了这一本，呈现于华侨大众之前。"可见这个刊物当初还是一种"以文会友"的消遣性的产物而已。不过写作者的技术相当洗练，材料也是丰富的、多方面的，正如有人说过："各式各样的文艺，他们都有过很努力的进军。"举凡文艺的理论、批评、介绍、小品、诗歌、小说、故事、新编、戏剧……样样都有，其盛处为华侨出版界前所未见。后面附刊的《猗彧》，原打算和坊间黄色小报展开竞争的通俗读物，结果却因了两难兼顾，没有怎样成效，可算失败了。但《华侨文阵》在当时无疑的是作了个异军突起，而且其势不可侮视，真的风靡一时，可以说后来华侨文艺运动的蓬勃向上，都是由于它的影响所致。

华侨文化社这班人据说志不在小，所以仅局限于文艺这一部分的成就者，不过因了人力、财力与时会都大大地牵制着，然而即使文艺这一方面的成就，也是艰苦奋斗出来的。该社长处是其对文艺有一贯的正确的认识和主张，而且能够躬行实践，从第二期的《华侨文阵》起，即明白宣露写作旨趣，在第二卷第二期的《阵前广播》就高呼着需要"建设性的文学"，以"远瞩前途，冷窥背影"自负，挑战地向那些现存的"专谈恋爱、剑侠之类的，以为推崇老庄，游心物外，教人家不分皂白，尽向统治权利赞美的，盲目地高喊革命，跟着人家乱跑的"一切帮派进攻。到此，这个集团的战斗性才发扬起来，以后都能一直坚持下去，不曾懈怠过。其次，社员的写作修养和技术，都有相当高的水准。此外又能随时吸收新人，不断增加实力，韧性斗争。短处是没有怎样参加实际社会工作的行动，和其他的进步团体失却联系，不能争取土生华侨和美国开明人士的合作，这些都是无可讳言的果实，为该社在华侨文艺运动过程里减低其成绩的主要原因。

华侨文化社除了刊行独立的《华侨文阵》外，还借《纽约新报》副刊的地位出版《前哨》旬刊，尽量发表小品、诗歌、影评及介绍祖国名作家，先后出过《诗歌专号》《鲁迅纪念号》等特刊，为《华侨文阵》尽了辅翼之功。

《战斗》《晓角》《青华》及《野火》

一九四三年春，三凡市加省华侨青年救国团发起了一个劳军运动，上演五幕话剧《战斗》以从事筹款。他们结束了劳军大事后，用余下的款项出了一本综合性月刊，就取名为《战斗》。这个《战斗》后来靠了读者的捐款维持，得以继续出版下去，虽然是油印的，可是内容丰富，意识又好。文艺栏每期都有几篇小说、诗歌、小品等，甚至戏剧也有载过。他们和纽约的"青救团"是兄弟组织，立场相同，人才比纽约方面似更优胜。他们的作品，在全部华侨文艺作品里最为特色，那就是多土生华侨或准土生华侨的家庭生活及社会生活方面的描写：像吴彼得的《裂丽奥》就可为代表，这是别个文艺集团所未曾写过的，值得我们特别注意。《战斗》自创刊一直写战后"加省青救团"改名为"加省华侨民主青年团"（一九四六年）还出过好几期，才停刊。他们的战斗精神可谓名符其实，而《战斗》所加于青年侨众的影响也很大，今日美西青年作家，大多是当日《战斗》的执笔者。虽然他们没有什么华侨文艺的理论，可是他们的作品总算实践华侨文艺的基本条件，而且成绩简直非常优异，停刊了，自然是可惜的，近闻有复刊的消息，不知确否。盼望实现，使得华侨文艺运动的阵容，恢复从前的宏壮。

和《战斗》约莫同时的有《晓角》。《晓角》也是综合性的，不过它是不定期的铅印本，文艺篇幅比《战斗》还要广大。第四期里就有小说一篇、小品四篇、诗歌四篇、戏剧一篇、写作理论一篇，占整个刊物三分之二强。它是加省屋崙晓角社出版的。晓角社的社员都是一些男女学生，他（她）们的写作宗旨是："……跟着时代的需求，同时在求知和学习里生长。……站在这无边无际社会的今天，我们从来没有什么野心的企图，也没有做过什么伟大的事业和史绩，仅有在自己责任上的责任，找寻工作。我们的责任是什么呢？现在正在着手启发我们的航程，循着时代号声前进。"（见该刊第四期编后话）它的文艺作品十之七八是反映华侨社会的"此时此地"之作，因之，在华侨文艺运动里，他们那一群可算是先进者。第四期出版于一九四三年双十节，以后就不见再有出版了。

《青华》和《战斗》同性质，也是油印本的，大约比《战斗》和《晓角》晚出些，是三凡市青华社编印的。文艺栏有小说、诗歌、小品等，还有很详尽的祖国文艺消息，也可算得是华侨文艺拓荒者之一员。

《野火》比《战斗》早出，铅印本，不定期刊，系屋崙野火社主办，文艺部分甚小，无可谈，主要写作者如乔木等也是《战斗》里的人员。

大约这就叫做"风气所趋"吧，好些出版的刊物，像一九四一年出版的三凡市强艺音乐体育社的《强艺特刊》，也有少许的文艺。以上是美西早期华侨文艺勃兴的情形，年代相当于一九四一年至一九四五年。

"华侨文艺"口号的提出

虽然《华侨文阵》第一期的短篇小说《夜》和第二期起连载的中篇小说《为祖国的儿女们》，已经是华侨题材、华侨背景、华侨人物，甚至采用华侨语汇。然而，正如当时各刊物一般，都是意到之作，不会对"华侨文艺"做过一种企图，一个建设。到了一九四四年，在该刊第四期上载的一篇《广东文学论》里，作者于论列广东文学史的发展之余，顺带引出如下的几句话：

明亡以后，一班抗节不屈的广东人，尤多不愿践满人之士，餐满人之粟，于是相率逃往海外，……这一批亡命者之中，尽有能文之辈，他们伤时感事，每每写下一些纪念亡国、追怀死难的悲哀，把民族思想从广东带到了海外，播散在华侨社会里。同时，因为生活在外国统治下，自有接受新兴的西方的民主思想洗礼的机会，慢慢地，他们写的文章也起了质的变动，于是由下面的公式构成了华侨文学：

$$民族主义文学 + 西洋民主思想 = 华侨文学$$

这里虽然还不过是顺带把"华侨文学"四个字说起，不曾再三致意，可是以后大家说好像心里有了一件事似的，因为毕竟有人提出了"华侨文学"这句口号来了。

而且这个定义下得很对，使华侨文艺名符其实，自然，我们要搞华侨文艺就得把它和祖国文艺从质地上区别出来。华侨在别国的统治下，常要受到了无理的歧视，那是无怪其发生了民族思想的，但在这里千万不要弄错，我说的"民族主义"和"民族思想"，绝对不是坏鬼诗人黄霞遐所歌唱的"死神捉着白姑娘拼搂"的以征服异族、发扬"汉族天骄"为斗志的那一套。正确地说，我们这里所提及的"民族主义"应该解释为"无产阶级国际主义的民族观"。大家都晓得，资产阶级的民族主义是：在自己国内，要使整个人民的利益跟从于它这一阶级的利益，把它这一阶级或其中某一上层阶层的利益在全国人民的利益之上，并企图由他们阻断"民族"这个含义，宣布自己是本民族（实质上是它的上层阶级）和其他的民族利益对立起来，企图把自己民族放在其他民族之上，在可能的时候，就去压迫和剥削其他民族，以其他民族的利益为牺牲，并从国外的掠夺中，分出一部分以收买国内一部分人去和缓与分裂本国人民对于它的反对（参见刘少奇：《论国际主义与民族主义》）。而这里所提的却和它根本相反，虽则不该习用了资产阶级的"民族主义"这一名词，但一经注解，真假判然，那也很容易明白的。作为方被另一些民族压迫、侵略的民族，像中华民族的，目前在要求解放过程中，显然不会是如资产阶级所提倡的民族主义那样。否则它就不能要求得解放。而中国现在走着新民主主义的道路，在获得解放之后也不容许它走回到从前资本主义国家里的资产阶级提倡的反动的、狭隘的那个"民族主义"那里。所以，我们这个被压迫的、无产阶级的民族所说的"民族主义"应该是："对于数千年来世代相传的自己祖国、自己语言文字以及自己民族的优秀传统之热爱。"而且更是："尊重其他民族的平等，同时希望世界人类优秀的理想在自己国内实现，主张各国人民的亲爱、团结。"（并见上文）因为名词雷同，所以这里必须详加解释，这样，才不至于犯了错误。

我们希望各民族一律平等，我们当然反对有歧视我们这个事实，努力为取消他人歧视而斗争，同时，也得反省自己有没有被人家歧视的缺点。认清楚歧视异族是和封建思想、资本主义、帝国主义等分不开来的，我们不能彻底地消灭封建思想、帝国主义及资本主义，那就休想有取消种族歧视的一日，而在联合一切被压迫的阶级进行向帝国主义、资本主义等斗争当中，我们必须改造自己，使适应于和人家合作斗争的条件。因此，我们当前的重要工作是不断地鞭策我们污秽的灵魂，坦白指出我们这一方面的丑恶，加紧"自己人"的改造或是再教育，同时，对于人家无理的、不公平的待遇，也要不客气的予以指出，以在自己所属的这个民族和别个民族之间，得到公允的"战友"间的平等，以利于在反封建及反帝战线上，并肩作战。这在身当民族前哨的华侨方面，更为急切。

至于民主思想，当然是属于人民大众的真正的民主，决不是有钱人单方面而讲的民主，资本家和资本家之间往来适用的民主，这对于我们执业洗衣作、杂碎馆的劳动者和小商人是没有好处的，我们所需的当然是有利于我们所属那个广大阶层的民主，换言之，就是为大多数人的利益而存在的民主，即所谓"新民主"的便是。

归纳起来，我们的华侨文学（或称华侨文艺的）应该在鞭策自己、提高自己、指出无理、控诉不平方面努力，循着要求新民主实现的路途迈进。只有那样，我们的华侨文艺才有作用，才有出路，亦只有这样的工作，才尽得我们做华侨文艺运动的人们永远追求的。

"华侨文艺"的口号提出了，定义也有了，好比我们的航行有了目标，有了方向，说到成功蒂法，那却有赖于我们的努力了。

一九四五年的华侨文艺形式

年代到了一九四五年，世界来到了另一个转折点，一方面是德、日相继投降，法西斯主义国家一败涂地，残酷的战争停止了，大家舒了一口气；另一方面确实反动的资本主义国家开始向争自由的民族掠夺战胜的果实，统治阶层向要求解放及获取合理生存的人民加紧压迫。旧的战火还未成灰，新的战火又已燃起，怅望天边，阴霾正盛，但无论如何，人民力量，已于战胜法西斯魔鬼一事上证明了，这总是值得庆贺的。

这一年的华侨文艺，除了《华侨文阵》和《战斗》等加强阵容，继续出版，兴及于五月间创刊的《绿洲》，高揭"华侨文艺"大旗以外，其他的华文日报也注意起所谓文艺这东西来了。这里，华侨日报的文艺版素来就热闹，不必多讲，到时《纽约民气报》副刊《前进》和《纽约新报》副刊《新疆》，这时候也跟上来了，而尤以《前进》发表的青年文艺作品为多。该报在九月十二日起刊出编者的一篇题为"欢迎海外文化界携手共进"的文章，内里说："编者的这番贡献，事先曾与八位文艺朋友谈过哦，大家都表示赞成，认为适合目前的需要。他们同时指出现在海外文艺圈地所表现的集中缺点，是在十足代表中国文人的劣根性，而不能代表抗战必胜的新中国，换言之，今日海外有不少刊物（原注：《华侨文阵》不在此列）和报纸副刊，其文章并不坏，但其精神上则一片暮气而唔朝气，其趣味上则完全低级而欠纯洁。……我们欢迎一切海外文化界从今日起，在一种新中国的精神里，一同携手前进。新的中国在前进，我们海外文化界不容落后。"那位编者也许是一片诚心，要把海外文艺（即华侨文艺）搞得好好的，所以他把副刊大大开放，欢迎一般愿意为所谓新中国精神感召而从事习作的文艺青年，携手共进。无奈党报的招牌，实在令人望而却步，所以，响应这一个号召的，除了他们的朋友以外，再无别人。其作品，大都千篇一律，绝无足道。就中以自署"文艺通讯社"投稿者的邝某写得最勤，而且，连侦探小说也居然写出来了！日子过得久，写着愈写愈劣，编者也愈编愈心淡，到后来，这个国民党报纸奉了党王之令，只要造谣，不要文化，就此把文艺者也一脚踢开，专心从事宣传他们剿民各线胜利的消息去了。和这个运动相呼应的，还有罗省的美西青年社在三凡市《少年中国晨报》编的《浪花》无定期刊。标揭宗旨："集合留美热爱祖国的一群，义声同呼，借诸楮墨，冀唤起同胞，共同向共匪声讨。"反动丑态，显已露骨，自必然无人向之领教，而他们自己也等不及人家的声讨，小小"浪花"，禁不起雄壮的大海一口气，竟连踪影都没有了！

《绿洲》和华侨文艺的声讨

《绿洲》是美东、西华侨青年作者大联合的结晶。美东以李顾鸿（青救）、茫雾、黄仁仕（已故）为主要人物；美西以路斯、老集、行素、周柳英、徐业、邓荣深、玲玲为中坚。这些青年作者，多是《中美》旧人，自从组织文艺通讯社不曾成功，和《中美》分了手后，就一直想自立营地，到了一九四五年夏，就组织成一个"华侨青年文艺社"，在纪念"五四"这一天，借《华侨日报》副刊地位，出版了《绿洲》（创刊号）。

他们的创刊号说：

"在这文艺生产的供给缺乏得像沙漠上的水一般的华侨社会里，我们是一群需求文艺湿润的渴荒者。我们追求着一个绿洲的呈现。"

"美洲的华侨社会，是有着快近百年的历史。其间经过了我们先人的筚路蓝缕，以至我们目前的挣扎搏斗的血、泪和汗所浸润，就使地面层像是枯瘠，地下层必然暗流着一道涓涓的水源，足以滋生出一些华侨文艺的根苗，甚至使它绿叶成荫，开花结果。"

"我们是抱着这样的坚定信念！"

"我们更还相信，我们于决定了解救这渴荒之后，就得自己动手发掘、寻求。只要人手多，步伐相当地一致，我们终必有找到甘泉和绿洲的一日。"

这里就明白标揭了他们的工作是为了华侨文艺的生产而追求着。同期老集的那篇《五四以后的新文艺》更指出："文艺是要反映时代的，它又是远无止境的，一个伟大的时代，当有伟大的文艺作品，自然会一代强过一代，……时代现实的发展是这样地猛进，文艺青救不能悄然躲进象牙之塔，做为艺术而艺术的梦。"假乎，根据现实，反映时代就是他们的写作宗旨，对，这一点没有错。所以，隔不上几天，《华侨日报》副刊《新生》便有一位署名历羽的，写了一篇《略谈华侨文艺》来加以发挥，说："然而什么是'华侨文艺'？华侨文艺的创造应具什么方向？严格说来，我们现在还没有华侨文艺，我们还没有见到具体地反映华侨生活的文艺作品。简单地说，华侨文艺总有它自己的特质，这特质是反映华侨的生活，发扬华侨的精神。正如《绿洲》创刊辞里所说，'就使地面层像是枯瘠，地下层必然暗流着一道涓涓的水源，足以滋生出一些华侨文艺的根苗'；而这道水源，也不是限于华侨社会之内，更应该是四通八达的连贯着我们周围的更大的美国祖国的泉源，去吸收美国文化的精华，特别是它在文艺上那种大众化的姿态，但自然不是生吞活剥，而是要加以'华侨化'。这样产生出来的华侨文艺，才是活泼有生气的文艺。……我们起码要做到善于吸收美国的文化，和深入侨众之中，体验华侨的生活，了解华侨的问题这两件事。"可不是，这么一说更加具体了，明朗了。

到了《绿洲》（周年纪念号）上，《华侨日报》编者老梅特为《绿洲》写一篇《献给〈绿洲〉——重提华侨文艺问题》致其期望之意。他说得好："先前，我有过一篇短文，略论华侨文艺问题，想向华侨青年文艺社的青年朋友提供一些意见。文内着重指出：'作为华侨文艺的说法，它应该具有其自身的特点'，那就是作品里面要有'华侨的面貌，华侨的气息'。不然的话，不管作品看来如何'斯文'，词句装饰得怎样秀丽，也是不能称为'华侨文艺'的。现在我的意见仍是一样，……就写作方面说，文艺的应用，是以局部的描写来观照全部的，短短，有关生活现状的一角的记述，并不失其价值，只要你能经验和体会得真切，灵活地运用艺术的手腕，把它适可地表达出来，便会显得该作品生动而有力。说到题材，大至于整个华侨社会的生活形态，各阶层各行业的华侨意识，小至于个人偶尔在街头的见闻感觉，一天的工作经过，生活的片段回忆，诸如此类，都是可以成为写作的资料的。"这，更加显明地指出华侨文艺最低限度应具有的本质和对于题材最简易的处理方法。

不久有署名绍华的，于其年六月十八日的《新生》写下《对〈绿洲〉的一点期望》，末尾处也说："华侨社会凌辱和华侨生活，其实是题材的沃腴之地，举凡奔波劳碌，悲欢离合，家境变迁，在居留国的困苦、备受歧视凌辱，以及侨界的种种相爱相助，或相挤相欺等等现象与事迹，皆足为我们写生表现的对象，而我们身历其境，体验迫切，自然当较只凭想象的事物写来为真实和有生气。"

又在《绿洲》第十四期（一九四六年六月十七日）上，该社社员玲玲发表过一篇《略论华侨文艺的改进》，于中有云："本来，文艺决不能有什么界限的，如果，在文艺领域里将华侨文艺用一道围墙去将祖国的和外国的文艺界分开来，企图'互不侵犯'，那是故步自封，自投牢笼，不但不能使我们自己的文艺繁荣滋长，而且还会'瘐死狱中'。但是，文艺虽无界限，却不能没有民族性、社会性和地方上特有的色彩和风光。文艺华侨化，决不能是保存'侨'粹，而是使我们的文艺带着华侨的气息、华侨的光彩而生长苗壮起来。要使我们的文艺成为华侨的血液，不要使之成为一套用来装饰的锦衣，也不可使之成为少数人享用的奢侈品。它即是华侨社会的希望、华侨生活的反映，它该是华侨大众的东西。华侨文艺是对华侨自己的历史，华侨社会现实里各角度、各方面，有着深入的、系统的认识的。它是华侨大众变革自己的现实的武器。华侨文化工作者对于自己的历史与客观现实如果没有社会科学的创新、哲学的研究与处理，就不能洞察自身每周遭的东西那一些已经腐烂，那一些是腐烂的根源；那一些应该摒弃、变革，那一些应该发扬、光大。……我们一定要接受祖国与外国的优良的文艺传统，再经过消化，使之成为华侨文艺的滋养素。……华侨文艺，不单就表面上说的，这里要一再论述的是从内容上出发。换句话说，我们要写华侨的情形，一般华侨所熟知的或习惯了的情形。……我的意思不是说，所描写的一定要是每个华侨都经历过的情形。只要所写的情节是华侨生活里所有的东西，而富有华侨风味、华侨情调，反映出华侨社会的现实生活，就能亲切动人。……"够了，抄了这一大堆书，不过想证明

《绿洲》所受各方面的教益不可谓不多，他们自己所见也不可谓不道地。其实自有《绿洲》以来，就展开从前未有的丰富的"华侨文艺"讨论，搜集起来，怕还可以出一本薄薄的《华侨文艺论集》呢。可是尽管有最好的华侨文艺理论，我们还得有华侨文艺的作品去尝试、实践。

《新苗》——结实累累的华侨文艺园地

《新苗》月刊陆续发表华侨文艺作品，就是积极地以工作来实践理论的表现。

《新苗》月刊创刊于一九四七年三月，在第一期的编者话里，说了几句如下的话："说《新苗》的作风和《华侨文阵》是一个模印出来的也不尽然，至少，在《新苗》上，我们更加致力于建立'华侨文艺'的工作，尽先发表外稿，推荐新人。"的确，《新苗》的班底虽然以华侨文化社的社员做基本，可是它又吸收了旧日《中美》的健将木云、美西新进作家老竹和郑百非等，每期内容有创作小说两篇，诗歌、小品也不在少，都是从华侨立场，为华侨立场，以爱护华侨的精神，深入华侨社会，揣摩华侨生活所得，指陈缺憾，鞭策污窳，配合中华民族当前解放运动及国际和平运动的要求，写出进步的、纯洁的、正确的、通俗的作品，盖不止于形态上赋有华侨气息而已，意识上更能一贯的以热爱人生，追求真理为中心；在技术方面，严格、简练，采取民间形式、华侨口语，甚至全用方言对话，这又是《华侨文阵》所未曾做到的。觊觎它的成绩丰富突出和工作的活跃强毅，称它为"结实累累的华侨文艺园地"大约也不是太过。

《轻骑》——华侨文艺阵营里的后起之秀

《轻骑》继《绿洲》停刊后创刊于一九四八年十一月，是三凡市华侨青年轻骑文艺社主办的，也借纽约《美洲华侨日报》副刊地位出版，社员以老竹、小麦、赐汝、绍立等为中坚。出发号说："从有华侨社会到今，数十年来，几乎全被那些从祖国带来的旧的恶势力操纵着，而产生了黑暗、专制、压迫、妒忌、投机、欺骗等坏情况，而造成今日这个恶状态，如果我们敢面对现实，作一彻底的清算，自然会发现许多在装饰后面的虚伪的笑声、血泪的痕影、辛酸刻苦的过程，用文字来书迹绘形，积极地去揭发人间的罪恶病菌，使在阳光下杀灭，让新生的华侨社会产生出来。……因此，我们愿以微小的力量，来配备这支小'轻骑'和那些民族的渣滓来投枪，用小说、游记、小品或诗歌的方式写出来，共享给亲爱的读者的面前，作华侨文艺的一支新军。"

这个刊物，有高木在《新生》上写过介绍文字，说它："对于自己从事的工作敬谨而谦抑的态度，比起好多未唱歌前把咀巴鼓得挺神气、挺阔大，唱出来却连自己都听不清楚的朋友，似乎令人易于接近一点。"也可惜只出了几期便不再见它的踪迹了。

《金门侨报》副刊《天光了》
——美西华侨文艺运动希望的象征

三凡市的《金门侨报》，无疑地是未来美西华侨文艺运动寄托其希望的地方。该报创刊于一九四九年春，中国人民解放军渡江南下之际。在华侨报界里，它是一支革命军，新作风、新编排，一切都显示其不凡与远大。搞这张报的人有好些是华侨青年轻骑文艺社的社员，至少，这两者之间是有很深厚的关系的。它的副刊《天光了》虽不见有大量的华侨文艺作品，可是经常有短小的战斗性作品，其他像诗歌、随笔等都有过。小说，虽然暂因篇幅所限，不能够登载较长的创作，短而好的又难为选择，目前未免付之阙如，但总望它将来通过办报人和写稿人的合作、奋斗，使得它能够成为欲断还续的美西华侨文艺运动继往开来的象征。

现阶段华侨文艺运动

华侨文艺运动已经有了十年的历史了，好好歹歹都该来一个结论。然而我们不能否认，目前我们的成绩还是很差，作品的质和量都不符我们所望。这，当然是我们华侨文艺工作者无可推诿的过失。以后，我们应该做的就是对以往工作检讨、批评，从失败的经验中接受教训，更加以刻苦奋斗的精神，再接再厉地干下去才好。

在过去的十年，我们有什么可以拿出来给人家看的、"像个样"的作品呢？这里，单就小说一门，我个人负责介绍下列十五篇：

摩天	《新客》	《新苗》
晨风	《勇士》	《新苗》
百非	《枪手伯胜的奇功》	《新苗》
余学仁	《夜》	《华侨文阵》
老更	《夜》	《中美周报》
湘槎	《春宴》	《新苗》
吴彼得	《袈丽奥》	《战斗》

（续上表）

涓流	《新同事》	《新苗》
路斯	《笑与泪》	《中美周报》
周流	《为祖国的儿女们》	《华侨文阵》
小黄	《祝寿》	《绿洲》
小麦	《邻居》	《轻骑》
老竹	《岸》	《新苗》
夏宁	《国文教师》	《晓角》
宜青	《在杂碎馆中》	《新生》

自然，这十五篇中有高低之分，但逐一评论就不是这里所能做到的。我所能告诉各位的唯一缺憾，就是描写土生青年家庭和社会生活的作品，几等于零，好像那些都不在我们顾盼之内。又，写华侨社会丑恶面的，人人都很深刻，但是写华侨社会光明、优美那一面的活动，像《裴丽奥》的就没有几个，这也不是华侨文艺的好现象。我应该极力钻入各阶层、各式各样的华侨社会里，把每个角落过细研究、收集，予丑恶、黑暗以抨击，同时也予光明、优美以揄扬，才是正理。

华侨文艺运动是一件艰苦的、持久的、需要韧性对付的工作，干这工作的都得赔钱、吃苦，甚至挨骂，受人仇视，等等，这又必须有慷慨好义、至刚至勇的情性去从事，若仅仅希望从这上面出出风头，那还不如早早改变念头干别的"玩意儿"的好，检视我们过去的工作，我们敬谨提出这个忠告。

现在我们能够凭以测量华侨文艺的进程的，除了上面举出的几种报章、杂志外，结集单行本还有华侨文化的散文集《里程碑》，诗集《冷月诗选》，中篇小说《人间爱》；华侨青年文艺社的《五四文业》第一集《喊呼》，以及美西华侨主办而在香港出版的《华侨知识》月刊。这些，集合起来，虽然还是寥寥无几，但也尽够我们从那里看到现阶段的华侨文艺是在怎么个情况、形态之下了。

今后的展望

今后的华侨文艺运动能否掀起广泛的高潮，还要看我们能否克服我们的缺憾为断。

过去我们从事华侨文艺工作者各有缺憾，这些缺憾都不是寻常的，如果不能克服的话，那么，我看华侨文艺运动是不会成功的，而且也不能支持得多久远。

这些缺点，第一，作者本身的缺乏人生经验，没有写作的预备，每每兴之所到，引笔便写。写出来的东西，都是无根的事体，离开现实的空中楼阁，其故事毫无情节，其人物看不出个性，其对话更不着一丝儿人情味。这种作品，当然为读者所鄙弃。在一九四五年十二月二十一日，《纽约新报》副刊《新疆》就有一位读者提出了当前活跃一时的"华侨文艺"的指摘：

"在今天，海外文坛，有些作家偏意以为文章是消闲的、过瘾的，以致回避现实。他们把风车当做巨人，今天写篇浪漫，明天写篇幻想，并且在这圈套里转弯抹角，白费极大的气力，但肯定的问题还是很难回答得出，也不免有些害处。这明明摆出做法的错误，他们只管读者歌功颂德，不惜违背现实和真实内容，毫无热情，那只是卖弄白描而已。"（余风《工闲夜记》）

不要以为海外读者无知，他们的眼睛雪亮，他们的批评锐利而正确。拉出过去的华侨文艺创作来看看吧，看看犯了这个"回避现实"的"违背现实和真实内容"的作品有多少。

第二，以前各文艺工作者或文艺集团都是彼此没有联络，各各朝着一个模糊的方向进军，甚至人自为战，这使得人力不能集中，战斗来不了突破的作用，正如玲玲说过的："十人八人的劳作，也就表现不出什么的成绩，更莫说'收割丰登'了。"今后我们必须统一美东、西、中的文艺战线，成立一个中国文艺工作者协会美洲分会，或是美洲华侨文艺工作协会那一类的组织，根据毛泽东先生的文艺理论，配合中华全国文艺界大会宣言和纲领，定出共同的目标。齐一个人的步骤，这也是意见不要而且急需的大事啊。

第三，从前各文艺工作者多半以"游戏文章"的态度来写作，所以对于思想、技术都不曾加以讲究，这不特不能使华侨文艺建立得起来，反而妨碍了它的生长。今后我们除了要立下决心为华侨文艺工作而外，还得虚心学习。"访寻名师学道"，这虽是一种旧小说的口吻，但我们文艺工作者却不可不有这种精神。像路斯、老集等几位加入祖国的"文艺生活社"从事学习，也就是要求工作进步的最好的前例。

第四，以前发表作品的地盘的确太小了，各人自己掏荷包办刊物固然不容易支持，也颇显分散实力，今后最好能够集中到几个进步的报纸上工作，像美东的《华侨日报》、美西的《金门侨报》都行，这样，我们经常有发表作品、讨论改进的地方，就可以余其力，每年搜集够得上水准的作品，由统一的文艺团体选印单行本，作为集成之资。

第五，从前的文艺运动是单方面的，只有中文版，从来没有英文版，要知道文艺原来没有国界的，更何于有语言，凭这样，我们很应该编英文版，和土生青年打交道。我知道有好些土生华侨青年办得有很好的文艺性刊物，像一九四六年俄亥俄（Ohio）出版的《东风杂志》（*East Wind*），我们应该先发和他们联络，取得他们的合作，充实我们的阵容，使我们的工作添多点努力和方向。

第六，我们从前似乎忘记了一件事，俗话说"近城隍庙打支好签"，我们生活在美国社会里，美国有许多向前的享盛名的作家，我们应该和他们通声气，向他们学习，而替他们把名著翻译介绍给祖国同胞也是我们的重要工作之一。

以上一开口列了这么多的"条件"，也许一时不能都做得齐全，但为了建立我们的华侨文艺，就使不能立刻使它们全部实现，也得按期做去，务求一一实现才是。

（华侨文艺丛书之四《突围》，1949 年）

后　记

　　本资料选编是对 20 世纪 40 年代美国华文报刊上的原始资料进行收集、整理的结果，这些原始资料包括《美洲华侨日报》的副刊《新生》（1940. 7—1950. 12，逢周日休息）、《华侨文阵》（1942. 12. 15—1945. 6. 1，季刊后不定期出版）、《绿洲》（文艺月刊，1945. 5. 4—1947. 12. 12）、《新苗》（文艺月刊，1947. 3. 10—1948. 3. 25）、《轻骑》（文艺月刊，1948. 11. 2—1949. 4. 13）。

　　由于篇幅有限，本书只分上下两编呈现。上编是 20 世纪 40 年代美国华侨小说选录，选取其中较为突出的数部作品，以展现当时美国华侨社会的各个层面：洗衣工人、餐馆服务人员、唐人街的有产者、退伍军人、刚来美国的中国妻子、在美国成长起来的年轻华人等。通过对这些普通人的描写，既表现他们与中国的紧密联系，也努力刻画他们在美国社会中的逐步变化，而这个背景恰恰就是抗日战争的爆发和实行了半个世纪的《排华法案》的废除。抗日战争对美国华人的影响何在？《排华法案》的废除究竟对美国华人意味着什么，给唐人街带来哪些巨大的变化？都可以在这些作品中窥见一斑。尽管这些作品在写作上略显粗陋，却为读者提供了诸多有关唐人街的生活情态，尤其是粤语方言和英文的混杂使用更有鲜明的代入感。下编则选择当时围绕"美国华侨文艺"展开的各种论争文章，为读者提供一些背景资料，以便更好地理解该时期美国华侨文学兴起和发展的缘由。在这些文章中，我们可以看到 20 世纪 40 年代美国的华侨文艺工作者们的文学理想，为建立起一种独特的美国华侨文学传统而付出的努力。

　　由于这些文章都是从报刊的复印件或者缩微胶卷复制品中一点点整理、打印出来，有些报刊因年代久远字迹模糊不清，或缺字漏字，如果发现错误或缺漏，请读者诸君指出并多加体谅。而在语言文字上，编者尽量保持原样不变，比如小说中经常出现"的""底"等的混用、粤语方言俚语的使用、夹杂英文的粤语音译词等，也会偶尔遭遇句子不通顺、句意理解比较困难等问题，望读者海涵。保持原样是想让这种风格和特点得以保留，也想让读者看到当时美国华侨文学发展过程中的逐步蜕变。对于文中出现的粤语方言俗语或者英译词，编者尽量做了注解，以方便读者理解。

这本资料选编从收集、整理到出版整整用了 10 年时间，回首才觉时光飞逝！

2010 年笔者有幸去加州大学伯克利分校访学，跟随美国亚裔文学研究专家黄秀玲教授（Cynthia Sau-ling Wong）学习。在笔者访学期间，秀玲老师已不给学生上课，虽无缘听到她的授课，但她慷慨地让笔者使用她的办公室，翻阅她的书籍和资料。正是在这些资料中，笔者发现了一部分作品的打印稿，读起来特别有意思，如《枪手伯胜底奇功》《春宴》《虚伪的忏悔》等篇均写出了 20 世纪 40 年代美国唐人街华人社区的种种生态，并且带着浓厚的粤语方言气息。笔者便生发出想进一步了解的意愿，为此，秀玲老师在家里翻找到了《新苗》的复印件，邀请笔者在当年的感恩节去她家住两天，顺便把这些资料交于笔者查阅。《新苗》原是麦礼谦先生收集的资料，在 20 世纪 70 年代末、80 年代初，美国各大高校开始设立亚裔研究专业，加州大学伯克利分校也成立了族裔研究系，麦礼谦先生便将此资料转交系里，特别叮嘱秀玲老师及旧金山州立大学的谭雅伦教授对之进行研究。1988 年《亚美研究》（Amerasia）杂志发表了二位对《新苗》小说的研究和翻译。之后，笔者又在东亚图书馆看到了《美洲华侨日报》《中西日报》的缩微胶卷，模糊觉得对 20 世纪 40 年代美国华侨文学进行研究是可行的。访学期间，笔者大部分时间待在东亚图书馆里复制缩微胶卷，或者是戴着白手套翻阅从仓库运来的麦先生的收藏资料，看到需要的就手抄在笔记本上。

回国后笔者就开始整理这些资料，当时复制《美洲华侨日报》的副刊《新生》时并没有仔细阅读，回来在电脑上一页页翻阅才发现有的部分缺失，有的复制不清晰。因此又求助于加州大学伯克利分校东亚图书馆的何剑叶老师，她帮笔者找了一位勤工助学的华人学生，花费了一个学期的时间断断续续补全，十分感谢他们的帮助。笔者这些年带过的研究生也都一一参与到工作中，帮助整理、输入文字，张瑞、张炜婷、申琼娜、齐冰昕、吴兴男、吴瀛苗、张婧婧、张利灵、孙林、王萍、古宝仪、邓佩琪都为笔者的研究工作付出了很多辛劳，在此一并致谢。这些缩微胶卷字体较小，因为纸张关系有的很是模糊，且都是竖排繁体字，更因为小说中常出现粤语方言或者英语翻译词，对来自五湖四海的他们颇有点难度。其中，吴兴男和邓佩琪还以《新苗》杂志和《新生》副刊的文学创作研究为题撰写了毕业论文，他们的勤恳努力，坐得住冷板凳的精神颇为笔者所欣赏。

　　学界对美国华侨文学的研究大多集中在台湾留学生文群及新移民文学方面，对 20 世纪 40 年代左右的美国华侨文艺知之甚少，相对于东南亚华侨文学的研究而言，美国华侨文学的历史梳理还是存在诸多盲点。笔者想通过对这些资料的收集和整理对此缺憾做一点点补充，努力还是会有回报的。2013 年笔者获得了教育部社科基金的资助，说明学界研究者还是相当支持对这一段美国华侨文学历史的研究。2016 年笔者又获得了国家社科基金的资助，这对笔者是莫大的鼓舞，更坚定了在这一领域坚持做下去的决心。

　　这些年笔者除了带领学生整理这些文献资料外，也撰写了相关学术论文发表在《中国现代文学研究丛刊》《新文学史料》《学术研究》《中国社会科学报》《世界华文文学论坛》《华文文学》等刊物上。感谢解志熙、郭娟、陶原珂、张聪、李良、张卫东等编辑老师的支持与帮助，使得这些史料及相关研究能够分享给学界诸君。尤其感谢老同学易彬教授，他扎实的史料研究成果给笔者很多启发，感恩他亲自给笔者的论文提出改进意见，还帮忙推荐给编辑老师，学术路上有此良友实属三生有幸。

　　本资料选编早在 2017 年已初步完成，一直苦于没有经费出版面世。十分感谢暨南大学高水平建设经费提供的出版基金，感谢暨南大学文学院程国赋院长对出版文献资料的支持！最后也感谢笔者的导师饶芃子教授和黄秀玲教授，饶老师将笔者引进海外华文文学研究之门，黄老师则在学术道路上给笔者很大推力，她们一直关心着笔者的发展，以此向两位导师致敬！

李亚萍

2021 年 5 月于暨南园